Wolfgang Hohlbeins Enwor
Das magische Reich

PIPER FANTASY

Zu diesem Buch

Geleitet vom Geist des großen Skar, folgt der Satai-Schüler Daart der Überlieferung und bricht zu einer Erweckungsreise auf. Als er der blutjungen Prophetin Irana begegnet, gewahrt er, daß Skars Geist ihn nicht nur belehrt, sondern auch überaus eigenwillig in ihm weiterlebt. Irana offenbart ihm, er sei dazu ausersehen, mit ihr das magische Reich zu suchen. Von dort aus drohe eine immense Kraft nach Enwor zu greifen. Um die Katastrophe abzuwenden, lassen sich Daart und Irana auf ein phantastisches Abenteuer ein, zu dem sie der Gnom Harkon verführt. Doch während sie sich dem magischen Reich nähern, verwischen sich die Grenzen zwischen Freund und Feind …

Dieter Winkler, 1956 geboren, leitete als Chefredakteur mehrere Computer-Zeitschriften und veröffentlichte bislang dreißig Bücher sowie zahlreiche Hörspiele. 1999 schrieb er als Co-Autor »Das elfte Buch« des Enwor-Zyklus. Weiteres zum Autor: www.dieter-winkler.de

Wolfgang Hohlbein, 1953 geboren, hat unzählige Bestseller geschrieben und gilt als Meister der phantastischen Spannung. Der zusammen mit Dieter Winkler entwickelte Enwor-Zyklus hat inzwischen Kultstatus erreicht. Weiteres zum Autor: www.hohlbein.de

Wolfgang Hohlbeins Enwor

Das Magische Reich

NEUE ABENTEUER 1

ROMAN VON DIETER WINKLER

Mit einem Vorwort von Wolfgang Hohlbein

Piper München Zürich

Von Wolfgang Hohlbein liegen in der Serie Piper vor:
Das Vermächtnis der Feuervögel (6508)
Wolfgang Hohlbeins Enwor. Das magische Reich
(von Dieter Winkler, 6531)

Originalausgabe
Februar 2004

Umschlagkonzept: Büro Hamburg
Umschlaggestaltung: Nele Schütz Design, München
Umschlagabbildung: Jon Sullivan
Satz: EDV-Fotosatz Huber/Verlagsservice Pfeifer, Germering
Druck und Bindung: Clausen & Bosse, Leck
Printed in Germany   ISBN 3-492-26531-6

www.piper.de

Vorwort

Eine der meistgestellten Fragen an uns Autoren lautet: Woher haben Sie eigentlich Ihre Ideen? Um ganz offen zu sein: Wir hassen diese Frage. Noch mehr hassen wir es, sie auf der dreitausenddreihundertzwölften Veranstaltung zum ebenso vielten Mal – und zwar möglichst eloquent, originell und ehrlich (vor allem ehrlich) – beantworten zu müssen, denn die wirklich ehrliche Antwort müsste wohl in fast allen Fällen lauten: *keine Ahnung*. Zumindest mir ergeht es in den meisten Fällen so. Ideen sind plötzlich da, basta.

Allerdings gibt es Ausnahmen, und eine dieser Ausnahmen heißt Enwor. Die Romane um die beiden Satai-Krieger Skar und Del gehören nicht nur zu meinen ersten längeren Texten, sondern sind mir auch ganz besonders ans Herz gewachsen; wie ich hoffe, dem einen oder anderen Leser ebenfalls.

Und wie ich auf die Idee zu Enwor gekommen bin, weiß ich noch ganz genau.

Nämlich gar nicht. Oder zumindest nicht allein.

Dieter Winkler, Autor der ersten Enwor-Kurzgeschichte *Malicia*, ist heute nicht nur ein außergewöhnlich kreativer und erfolgreicher Autor von Jugendbüchern und Fantasy-Romanen, sondern auch mein ältester Freund und Miterfinder der Welt Enwor. Es war irgendwann Anfang der 80er Jahre, als er bei mir hereinschneite und von der Kriegerkaste Satai und den zwei Super-Satai Skar und Del zu faseln anfing. Wir hatten zu dieser Zeit bereits einige Jahre an unserer ENdWORld-Saga gebastelt und jeder für sich ein paar Kurzgeschichten veröffentlicht, und nun brüteten wir darüber, wie man deutsche Leser für Fantasy deutscher Autoren begeistern könnte.

Skar und Del gefielen mir recht gut, und sie passten wunderbar zu meinen eigenen Ideen, zu den Reptilienkriegern der Quorrl und den aus Sternenstahl geschmiedeten Schwertern, den *Tschekal.* So lag es auf der Hand, dass wir uns zusammentaten und ernsthaft damit anfingen, einige der zahllosen Geschichten in und um Enwor niederzuschreiben. Kurz darauf erblickten die beiden ersten Enwor-Erzählungen im Fantasy-Folianten bei Goldmann das Licht der Öffentlichkeit.

Während Dieter mit den Tücken einer Diplomarbeit kämpfte, schrieb ich mit »Der wandernde Wald« den ersten Enwor-Roman im Alleingang. Geplant war, dass wir dann wieder gemeinsam an dieser Serie arbeiten würden, doch stattdessen ging Dieter nach München, um dort mit Computern zu spielen und schließlich CHIP-Chefredakteur und Sachbuchautor zu werden.

Inzwischen hatte ich Skar und Del in zehn erfolgreichen Romanen Leben eingehaucht, und die Fans verlangten nach mehr. 1999 machte mir dann der Verleger Hansjörg Weitbrecht, bei dem Dieter inzwischen als Jugendbuchautor unter Vertrag war, das Angebot, eine Enwor-Trilogie zu veröffentlichen. Das Schreiben einer neuen Staffel schien mir ein Fall für zwei zu sein, und sehr schnell wurde dann auch der von uns beiden verfasste Band »Das elfte Buch« veröffentlicht. Doch durch den Verkauf des Weitbrecht Verlags passierte das, was für Autoren wie Fans der schlimmstmögliche aller Fälle ist: Die in rascher Folge geplanten und teilweise schon geschriebenen Bände 12 und 13 wurden erst einmal auf Eis gelegt.

Es dauerte einige Jahre, bis der Piper Verlag beschloss, Enwor mit einer ganz neuen Staffel wieder aufleben zu lassen.

Der erste Roman mit dem Titel »Das magische Reich« liegt hier nun vor, der zweite Band mit dem Titel »Die verschollene Stadt« folgt in Kürze. Und dabei wird es nicht bleiben: Auch der nächste Band um Daart, Carnac – und um Skar – ist bereits in der Mache.

Viel Spaß bei Enwor wünscht
Wolfgang Hohlbein

Zur Zeit des Todes,
als ich spürte, dass das Leben aus mir wich,
fand ich die Kraft des Feuers,
gebannt in die Essenz des Lebens,
und ich ging den unseligen Pakt ein,
der mich dem Todfeind des Lebens auslieferte:
dem Feuer!

NACHTRAG ZUM ELFTEN BUCH

TEIL 1

Wer sich vom rechten Weg abbringen lässt,
stürzt ins Verderben.

Das zwölfte Buch

1

Daart fror so erbärmlich wie nie zuvor in seinem Leben. Mit einem misstrauischen Blick auf den vereisten Abhang, der nur einen halben Schritt neben ihm steil abfiel, blieb er stehen und schlug den Kragen seines schwarzen Ledermantels nach oben. Nicht, dass es viel genutzt hätte; der eiskalte Wind fegte Schnee und Hagelkörner mit unbändiger Wut heran, und wann immer Daart versuchte, ihm durch Engerzurren der Kleidung oder Wegdrehen des ungeschützten Gesichts zu entgehen, nahm er an Heftigkeit noch zu. Die bittere Kälte drang in jede Ritze seiner an sich recht festen Lederkleidung, und wäre er nicht ständig in Bewegung gewesen, hätte sie sich über kurz oder lang in seine Knochen gefressen und seinen Körper unbarmherzig erstarren lassen.

Angespannt wandte er den Kopf, um nach Carnac zu sehen, die auf dieser Etappe die Nachhut ihres Dreier-Trupps übernommen hatte. Ihre Bewegungen wirkten so steif und ungelenk, wie es die Witterung erwarten ließ, aber zumindest deutete nichts darauf hin, dass ihr die Schulterschramme, die sie sich bei dem Überfall vor zwei Tagen zugezogen hatte, noch ernstlich zusetzte. Es war ein Haufen verwahrloster Gestalten gewesen, die sie mit einem Pfeilhagel eindeckt hatten, um sich dann mit Schwertern und Äxten auf sie zu stürzen; aber nachdem Carnac und er die erste Angriffswelle abgeschmettert und zwei der Männer erschlagen hatten, hatten die anderen schnell das Weite gesucht. Dennoch war es nicht ausgeschlossen, dass sie ihnen folgten, und sei es, um Rache für ihre toten Kameraden zu nehmen.

Carnac war in jeder Beziehung einzigartig. Immerhin war sie der erste weibliche Satai-Sjen, der überhaupt jemals die harte Ausbildung so weit durchlaufen hatte – sah man einmal von Skarissa Marna ab, die in wirren Zeiten sogar die Herrschaft über ein ziemlich wüstes Aufgebot schlecht ausgebildeter Satai erlangt hatte. Daart war sich nicht ganz im Klaren darüber, was er für Carnac empfand, aber in jedem Fall ging es weit über das hinaus, was ihm als Satai-Sjen zustand. Unzweifelhaft machte er sich mehr Gedanken um seine Kampfgefährtin als um diesen verdammten Schneesturm, in den sie vollkommen unerwartet vor zwei Tagen geraten waren. Während er sie beobachtete, wie sie mit gesenktem Kopf auf der Spur entlangstapfte, die er im Schnee auf dem Plateau hinterlassen hatte, empfand er ein beinahe zärtliches Gefühl für sie – verbunden mit der Sorge, ob sie den Strapazen der Reise gewachsen sein würde.

Dabei waren Gedanken dieser Art vollkommen unnötig. Carnac hatte die gleiche harte Ausbildung wie er selbst genossen, und die Fleischwunde, welche die Pfeilspitze in ihre Schulter gerissen hatte, war nicht der Rede wert. Er hatte sie vorsorglich ausgesaugt und mit Haankraut versorgt, und so war es so gut wie ausgeschlossen, dass sie sich entzündete. Auch in anderer Beziehung gab es keinen Grund, sich um Carnac zu sorgen. Nach ihrem denkbar schlechten Start bei den Satai hatte sie sich bald gefangen und trainierte seit nunmehr einem Jahr am verbissensten von allen. Sie war so kampfstark wie jeder andere Satai-Sjen, doch immer noch ein bisschen fieser und mit ein paar eigenen Tricks auf Lager, mit deren Hilfe sie so manchen Trainingskampf gegen körperlich überlegene Mitschüler – Daart eingeschlossen – zu ihren Gunsten entschieden hatte. Carnac wies Eigenschaften auf, die so gar nicht zu den Satai passten, aber das hatte er wohl mit ihr gemein. Sie beide pflegten einen sehr unorthodoxen Kampfstil, geprägt durch ihre jeweilige Vorgeschichte. Das Dumme daran war nur: Sie kannte das Geheimnis seiner Herkunft, aber er selbst hatte außer ein paar spärlichen Andeutungen bislang nichts über ihre Vergangenheit in Erfahrung bringen können.

Das machte es nicht gerade einfacher zwischen ihnen beiden. Vor ein paar Monaten, beim ersten Trainingskampf mit einem echten *Tschekal*, war Carnac mit solcher Gewalt über ihn hergefallen, dass er all seine Kampfkunst hatte aufbringen müssen, um gegen sie bestehen zu können. Es war etwas Ungestümes an ihr gewesen, eine körperlich spürbare Woge von Energie, die sie ihm regelrecht entgegengeschleudert hatte, einhergehend mit

Bewegungen, die nicht mehr menschlich, sondern eher wie die einer Raubkatze gewirkt hatten. Als Skarissa Rabork, eines der sieben Mitglieder des Hohen Rats, den Kampf abgebrochen hatte, hatte Daart gespürt, dass auch er irritiert über Carnacs Ausbruch gewesen war; aber der Skarissa hatte auf eine entsprechende Bemerkung verzichtet. Damit war Daart auf sich allein gestellt mit seinem Verdacht, dass irgendetwas mit Carnac nicht stimmte. Warum er sich trotzdem mit ihr zusammengeschlossen hatte, sie sogar erst nach diesem Kampf zu seiner festen Satai-Sjen-Partnerin gewählt hatte, hätte er nicht zu sagen vermocht. Obwohl … nun, er konnte nicht leugnen, dass er sich ständig irgendwelche vollkommen übertriebene Sorgen um Carnac machte. Und dass er sie mochte und – zumindest einen Teil von ihr – besser zu verstehen glaubte als jeder andere. Und dass er ihr bei einem ihrer wenigen heimlichen Treffen außerhalb des Trainings leichtfertigerweise verraten hatte, wie sein Dorf unter der Knute der Feuer anbetenden Guhulan gestanden hatte – was bedeutete, dass er niemals bei den Satai hätte aufgenommen werden dürfen, denn Satai und Guhulan waren Todfeinde. Allein sein düsterstes Geheimnis – seine Feigheit während des Feuer-Rituals, die letztlich zur Ermordung seines Freundes Pe'te geführt hatte – hatte er für sich behalten. Doch all jene Vertraulichkeiten hatten das Band zwischen ihnen beiden gestärkt und wohl letztlich dazu geführt, dass sie sich gegenseitig als Kampfpartner erwählt hatten, die man direkt nach ihrer Rückkehr und der offiziellen Aufnahme in die Gemeinschaft der Satai durch den Hohen Rat gemeinsam nach Ikne schicken würde: er, Daart, der Mann zweifelhafter Herkunft, und sie, Carnac, der erste weibliche Satai seit Jahrhunderten und nebenbei eine ganz außergewöhnliche Frau, selbst für eine Kriegerin.

Jetzt stapfte Carnac vorbei an den teils mannshohen Schneeverwehungen und bemühte sich, dem vereisten Abhang nicht zu nahe zu kommen. Ihr schmales Gesicht mit den herben, aber durchaus attraktiven Zügen war wegen des hoch geschlagenen Kragens kaum auszumachen, und ihre sonst so katzenartigen Bewegungen wirkten eckig und mühsam. Dennoch glaubte

Daart in ihnen ein trotziges Aufbegehren gegen ihr Schicksal zu erkennen, den unbeugsamen Willen, rechtzeitig mit der *Essenz des Lebens* zur Korona zurückzukehren, der Satai-Festung in den Tormon-Bergen.

Wo aber steckte Harkon? Daarts Blick wanderte weiter nach rechts, in Richtung der Schneeverwehungen und des verharschten Felsvorsprungs, der das Plateau auf dieser Seite begrenzte.

Und dann entdeckte er ihn. Der zwergenhafte Führer aus der Shimpta-Sippe war bis zum Bauchnabel in einem Schneeloch versunken und zappelte nun mit seltsam abgehackt wirkenden Bewegungen herum – ähnlich einem Hund, der in einen Morast geraten war und sich mit wilden Bewegungen zu befreien versuchte, ohne sich darüber im Klaren zu sein, dass heftiges Strampeln oft nur das Gegenteil bewirkt. Einen Augenblick lang war sich Daart nicht ganz sicher, wer sich als hartnäckiger erweisen würde – Harkon oder das Schneeloch –, doch dann schaufelte sich der Gnom frei und schüttelte sich wie ein räudiger Köter, der in einen Platzregen geraten war.

Endlich hatte er wieder halbwegs festen Boden unter den Füßen; doch statt mit vorsichtigen Schritten die vereiste Ebene zu überwinden, die sich zwischen ihm und Daart auftat, stürmte der Shimpta los. Noch bevor er seine Bewegungen richtig koordiniert hatte, rutschte er plötzlich aus, verlor die Kontrolle über seine Bewegungen und schoss mit wild rudernden Armen über die eisverkrustete Platte auf Carnac zu. Mit einem entsetzten Aufschrei packte er sie am Arm und riss sie dabei fast von den Füßen. Carnac machte zwei, drei weit ausholende Schritte, fing sich wieder und schob den Shimpta mit einer ärgerlichen Handbewegung zur Seite.

Daart glaubte das zornige Aufblitzen in ihren Augen zu sehen, als sie den Kopf in seine Richtung drehte – was wahrscheinlich aber nur daran lag, dass er genau wusste, wie viel Wut sich inzwischen in ihr angestaut hatte. Der Ärger hatte vor vier Tagen begonnen, als der Shimpta mit großer Verspätung und einem Schwall fadenscheiniger Ausreden am verabredeten Ort am Fuß der Berge zu ihnen gestoßen war. Dort hatten sie planmäßig ihre Pferde zurückgelassen, um die Abkürzung über einen wenig begangenen Pfad nach Irapûano zu wählen. Carnacs Verdruss hatte sich seitdem beständig gesteigert. Harkon war ein hässlicher, keifender Wurm, der ihnen ununterbrochen vollkommen überflüssige und meist sogar widersprüchliche Ratschläge erteilte. Erst redete er ihnen ein, unbedingt diese Abkürzung zu nehmen, um ihre Kräfte nicht unnötigerweise mit jenen gescheiterten Existenzen messen zu müssen, die als undisziplinierbar aus den Stadtstaaten und Königreichen im Westen verbannt worden waren; dann aber führte er sie geradewegs in den Hinterhalt einer Bande mordlüsterner Straßenräuber und Geächteter. Und nach dem Überfall wählte er einen Weg, der sie mitten in einen Schneesturm brachte.

Daart schloss die Augen, so als könnte er damit der Wirklichkeit entgehen, fuhr sich mit der Zunge über die aufgesprungenen Lippen und atmete tief durch. Auf seinen Netzhäuten spiegelten sich grell strahlendes Eis und das Abbild zu blitzendem Kristall erstarrter Bäume: eine Landschaft im eisigen Todesschlaf, die sich mit monotoner Gleichförmigkeit bis zum Horizont erstreckte – und vielleicht sogar darüber hinaus bis ans Ende der Welt.

Das Heulen des Windes riss ihn aus seinen Gedanken. Es hatte eindeutig eine andere Qualität angenommen, und als Daart die Augen wieder öffnete, bemerkte er die beunruhigenden Anzeichen einer nochmaligen Wetterverschlechterung: Der Himmel hatte sich tief blauschwarz verfärbt, und die wenigen verschneiten Büsche auf dem Plateau erzitterten, als wären böse Geister in sie gefahren, um sie ihrer schweren Schneelast zu entledigen.

Mit Bewegungen, die unzweifelhaft durch die Strapazen der letzten beiden Tage gekennzeichnet waren, aber dennoch erstaunlich anmutig wirkten, stapfte Carnac den Pfad zu Daart hinauf. Auf ihren Wimpern und Augenbrauen wuchsen Eiskristalle. Die Gesichtshaut war am Rand ihrer Kapuze unnatürlich weiß, aber überall dort, wo sie vom Sturm gepeitscht wurde, knallrot und von winzigen Schneepartikeln durchzogen, sodass sie wie vorzeitig gealtert wirkte. Daart hatte beinahe das Gefühl, als erlaubte sich das Schicksal einen Scherz und zeigte ihm Carnac so, wie sie vielleicht in zehn oder fünfzehn Jahren aussehen mochte.

»Schaff mir diesen Idioten vom Hals«, knurrte sie kaum verständlich, als sie zu ihm aufgeschlossen hatte. »Sonst breche ich ihm noch das Genick!«

»Ich glaube …«, sagte Daart mit vor Kälte tauben Lippen, während er beobachtete, wie Harkon schlitternd und strauchelnd zu ihnen aufschloss, »ich glaube, das besorgt er gerade selbst.«

»Mach dir nur keine falschen Hoffnungen.« Carnac drehte sich zu Harkon um, der mit unbeholfenen Bewegungen den äußersten Rand der Eisplatte erreicht hatte und sich nun, sichtbar erschöpft und angeschlagen, an den Aufstieg zu ihnen beiden machte.

»Ich …«, rief ihnen der Shimpta entgegen, »ich wäre fast in dieser Schneespalte verreckt. Warum … warum habt ihr mir nicht geholfen?«

»Ach … du hattest Schwierigkeiten?«, fragte Carnac gelangweilt. »Ist mir gar nicht aufgefallen.«

»Schwierigkeiten?«, krächzte Harkon. Er blieb dicht vor Carnac stehen, atmete tief durch und schüttelte sich, sodass ein wahrer Schneeschauer von ihm aufstob. »Das ist ja wohl die unglaublichste Untertreibung, die ich je gehört habe. Ich bin fast bis zum Kopf in dieser verfluchten Spalte eingesunken. Wenn ich nicht so schnell reagiert hätte, wäre ich unweigerlich noch tiefer gerutscht, und dann …«, er fuhr sich mit einer säbelnden Geste über die Kehle, »ratsch!«

»Sich in einem Schneeloch selbst zu enthaupten wäre wirklich einzigartig.« Carnac winkte ab, bevor Harkon etwas erwidern konnte. »Ich fürchte, die Spalte, die dir beinahe zum Verhängnis geworden wäre, ist nicht die einzige Gefahr auf der Route, welche du für uns ausgewählt hast. Vor uns braut sich mal wieder etwas zusammen.«

Sie deutete nach vorn, und auch Daart blickte in die angegebene Richtung. Harkon hatte behauptet, dass sie den schlimmsten Teil des Weges bereits hinter sich gelassen hätten, aber wieder einmal hatte er die Rechnung ohne das Wetter gemacht. Der beständig schärfer werdende Wind trug den Geruch von Schnee, Kälte und Eis mit sich, und über den zugefrorenen Kuppen tanzten Windhosen, schmale, schattenhafte Striche, die sich in ungewisser Bewegung befanden und sich irgendwo an der Grenze zwischen stahlgrauem Himmel und schneebedeckten Bergkuppen verloren. Daart hatte schon so manchen Schneesturm erlebt – schließlich lag die Satai-Festung auf beträchtlicher Höhe inmitten des Tormon-Gebirges –, aber dies hier war anders. Er hätte nicht einmal genau sagen können, worin der Unterschied bestand und was genau an dem Anblick so bedrohlich auf ihn wirkte; und doch hegte er keinen Zweifel daran, dass sie geradewegs in eine Katastrophe schlitterten, wenn sie nicht schleunigst irgendwo Deckung suchten.

»Das …« Harkon schluckte hart, und in seinen viel zu großen Augen mit den riesigen Pupillen spiegelte sich Erschrecken. »Das ist … ungewöhnlich.«

»*Was* ist ungewöhnlich?«, fragte Carnac ungeduldig.

»Nun ja, das halt.« Harkon wischte sich mit einer erschöpften Geste Schnee aus dem Gesicht. »Ich weiß gar nicht … im Grunde …«

»Hör mal!« Carnac machte einen Schritt auf Harkon zu, und der Gnom erstarrte inmitten der Bewegung. Die blau gefrorenen Finger ruhten auf seinem Gesicht wie bei einem verunsicherten Kind, das die Hand vor den Mund geschlagen hat, damit ihm nur ja kein unbedachtes Wort entschlüpft. »Vielleicht könntest du dich ein bisschen klarer ausdrücken«, fuhr Carnac fort. »Oder sollte dir entgangen sein, dass wir uns nicht auf einer gewöhnlichen Satai-Sjen-Reise befinden? Dass uns der Rat angewiesen hat, wegen … gewisser Vorkommnisse so schnell wie möglich den zeremoniellen Anforderungen gerecht zu werden, damit wir als frisch geweihte Satai bei den Auseinandersetzungen in Ikne eingreifen können?«

Harkon ließ die Hand sinken und zwang sich ein gequältes Lächeln ab. »Weiß ich ja alles. Und auch, dass der Aufruhr in

Ikne nicht der einzige Grund ist, warum ihr so in Eile seid, sondern dass ihr für den Sterngeborenen gewisse Ingredienzien zu besorgen habt, die seine spezielle Form der Existenz, äh, erhalten sollen ...«

Während Carnac innerlich erstarrte, spürte Daart heißes Entsetzen in sich aufsteigen. Skarissa Rabork hatte ihnen versichert, dass außer ihnen und dem Hohen Rat niemand von dem eigentlichen Grund ihrer Reise in Kenntnis gesetzt worden war. »Woher weißt du von dem Sterngeborenen?«, fragte Daart drohend. »Ganz zu schweigen von dem Blödsinn, den du dir um seine Person zusammenreimst.«

Harkon schien zu schrumpfen, als er den Satai-Sjen einen Schritt auf sich zukommen sah. »Aber ... jeder kennt doch Sk...«, begann er.

»Sprich seinen Namen nicht aus«, donnerte Carnac, bevor Daart etwas sagen konnte. »Dir ist wohl nicht bewusst, dass du mit deinem Leben spielst, was?«

»Natürlich ist es mir das.« Harkon seufzte übertrieben. »In dieser Gegend, in der verrückte Digger und mordlustige Quorrl ihr Unwesen treiben, auch nur ein paar Tage zu überleben ist schon ein Kunststück für sich. Weißt du eigentlich, wie das ist, wenn zwei Reptilienkrieger hinter jemandem wie mir herjagen? Genau das ist mir nämlich erst vor ein paar Tagen passiert.«

Carnac nickte, während Daart an die geschuppten Giganten mit ihren Zackenschwertern dachte, die so manchen mutigen Krieger schon allein durch ihr bedrohliches Aussehen in die Flucht geschlagen hatten.

»Ich kann mir vorstellen, wie du beim Anblick der Reptilienkrieger die Beine in die Hand genommen hast«, sagte Carnac ärgerlich. »Hier aber sehe ich weit und breit keinen Quorrl.«

»Natürlich nicht«, erwiderte Harkon mit hörbarem Stolz in der Stimme. »Schließlich habe ich diese besondere Abkürzung gewählt, weil sich hier nur äußerst selten ein Quorrl oder anderes diebisches Gesindel hin verirrt ...«

»Wie selten das geschieht, hat meine Schulter bereits zu spüren bekommen.« Carnac strich gedankenverloren mit der

Schwerthand über den Riss im harten Echsenleder ihrer Schulterverstärkung, den die Pfeilspitze geschlagen hatte. »Und außerdem«, fuhr sie fort, »was nutzt uns eine Abkürzung, wenn wir auf ihr nicht vorankommen?«

»Überhaupt nichts.« Der Shimpta straffte sich. »Aber keine Sorge. Ich werde gleich nachsehen, in welche Richtung wir uns jetzt am besten wenden.« Noch während er sprach, setzte er sich in Bewegung und stiefelte mit hastigen Schritten an ihnen vorbei. »Von dem Felsen dort vorn kann ich mir einen besseren Überblick verschaffen«, rief er ihnen über die Schulter hinweg zu, offensichtlich froh darüber, für den Augenblick ihren lästigen Fragen entgehen zu können.

Carnac sah ihm mit einer unguten Mischung aus Wut und Erschöpfung hinterher. »Ich hoffe nur, er weiß, was er tut«, sagte sie leise.

»Das bezweifle ich. Dieses kleine Großmaul hat doch längst die Orientierung verloren …« Daart brach ab und beobachtete verblüfft, wie der Shimpta auf die Knie sank und nicht gerade elegant, aber doch wirkungsvoll auf allen vieren den schmalen, schneebedeckten Pfad nach oben robbte. »Bevor wir dem Knirps noch auf Händen und Füßen hinterherrutschen, sollten wir lieber umkehren. Wenn wir uns Pferde besorgen und ihnen die Sporen geben, kommen wir wahrscheinlich schneller nach Irapûano.«

»Glaube ich nicht. Schließlich müssten wir den ganzen Weg erst wieder zurücklaufen – und uns unterwegs womöglich noch mit unseren Verfolgern herumprügeln. Nein.« Carnac schüttelte entschieden den Kopf. »Wir sollten zusehen, dass wir so schnell wie möglich aus diesem dämlichen Unwetter herauskommen – und dann in Irapûano diesen Magier Cor Har'Kanarro aufstöbern. Allein das wird schon nicht einfach sein. Schließlich bietet er die *Essenz des Lebens* nicht auf dem Markt an.«

»Das wäre ja wohl auch noch schöner«, sagte Daart unwillig. »Schließlich ist es die geheimnisvollste Substanz, die ganz Enwor zu bieten hat. Und außerdem«, er beugte sich ein Stück näher zu Carnac, »ist der Kontakt zu Cor Har'Kanarro vor zwei

Jahren abgebrochen – und kein Satai hat ihn seither zu Gesicht bekommen. Wer sagt uns, dass uns gelingen wird, was andere nicht schafften?«

»Weil wir mehr wissen als sie.« In Carnacs Gesichtsausdruck mischte sich eine Spur von Unwillen. »Wenn Skarissa Rabork Recht hat, brauchen wir bloß die alte blinde Frau aufzutreiben, die zu Cor Har'Kanarro Kontakt hält ...«

Die alte blinde Frau. Ja ... Daart hörte nicht mehr, was Carnac sagte, auch wenn es noch so wichtig war. Er hatte eine andere alte blinde Frau vor Augen, Kulana, um deren blicklose, aber scheinbar von innen leuchtende Augen so viele Lachfältchen gewesen waren. Die mussten noch aus jener Zeit stammen, bevor Zar'Toran und die Guhulan ihre Schreckensherrschaft über sein Heimatdorf übernommen hatten. Auch Zar'Toran war ein Magier gewesen, aber einer der ganz üblen Sorte. Letztlich war es sein Pakt mit den Guhulan gewesen, der sämtlichen Dorfbewohnern das Leben zur Hölle gemacht hatte. Hätte sich Kulana nicht um ihn und Pe'te gekümmert, hätten sie wohl nicht mal ein Jahr überlebt. Doch der Preis war hoch gewesen: Angst und Sorge hatten immer tiefere Spuren in Kulanas Gesicht gegraben, und ihr Gang war zunehmend kraftloser geworden, so als könnte sie dem Einfluss Zar'Torans kaum noch standhalten. Schließlich war sie gestorben, weit vor seinem und vor Pe'tes siebten Geburtstag, und damit hatte niemand sie mehr schützen können vor dem, was Zar'Toran ihnen zugedacht hatte ...

»... und *falls* uns das alles gelingen sollte, müssen wir noch mit der Essenz im Gepäck durch halb Enwor zum Rat zurückhetzen, damit der Sterngeborene sie rechtzeitig bekommt«, beendete Carnac gerade ihren Satz.

»Ja. Sicher. Es wird nicht einfach werden.« Daart straffte sich, und ein Schauer weißer Flocken stob von ihm auf. »Abgesehen davon weiß ich gar nicht, ob ...« Er brach ab und biss sich auf die Unterlippe. Die Erinnerung an Kulana war eine Sache; sie gehörte zu dem, was er am liebsten für immer in Guan, seinem kleinen Heimatdorf am Rande der Sümpfe von Cosh, zurückgelassen hätte. Es blieb ihm im Grunde auch gar nichts anderes übrig. Nach Pe'tes Tod hatte er mit den Wölfen geheult – zumindest nach außen hin – und sich ganz in den Dienst der verhassten Guhulan gestellt. Er hatte ein hervorragender Kämpfer werden wollen, um Pe'tes Tod zu rächen, wenn die Zeit dazu gekommen wäre. Doch dann hatte ihm die Begegnung mit einem alten, von den Guhulan schwer verletzten Satai einen gründlichen Strich durch die Rechnung gemacht, und nun war er selbst dabei, ein Satai zu werden – und damit, so widersinnig das war, sein eigener Todfeind. Wenn auch nur eine Seite – ob Satai oder Guhulan – herausbekäme, dass er sich auf eine Art doppeltes Spiel eingelassen hatte, wäre er verloren.

»Was weißt du nicht?«, bohrte Carnac nach.

Daart versuchte, sich auf den Gedankengang zu konzentrieren, der ihm immer wieder entwischen wollte. Es waren jetzt zwei Dinge, um die es ging: Er musste diese Reise zu einem vernünftigen Abschluss bringen, um zum Satai zu werden. Und es ging um den Sterngeborenen, dessen Leben sie retten sollten. Die Legende, die sich um ihn rankte, war in ganz Enwor bekannt, und mittlerweile hatte Daart begriffen, dass die Satai selbst es waren, die sehr geschickt die Gerüchte über seine geheimnisvolle Art der Existenz fütterten; schließlich zogen sie Vorteile daraus, wenn einer der ihren als unsterblich galt und angeblich über wahrhaft magische Fähigkeiten verfügte.

»Was weißt du nicht?«, fragte Carnac noch einmal, und diesmal mit hörbarer Ungeduld in der Stimme.

Daart zuckte mit den Schultern. »Hast du den Sterngeborenen schon einmal zu Gesicht bekommen?«, fragte er leise.

»Als Satai-Sjen?« Carnac starrte ihn fassungslos an. »Du weißt doch ganz genau, dass nur der Hohe Rat …« Sie stockte, als sie begriff, was Daart andeuten wollte. »Du meinst doch nicht etwa …«

»Doch, genau das meine ich«, sagte Daart grimmig. »Skarissa Rabork und der gesamte Hohe Rat tun so, als hielten sie, wenn auch unter schwierigsten Bedingungen, den Kontakt mit ihm aufrecht. Aber was, wenn das gar nicht stimmt? Was, wenn sie nur eine Legende am Leben erhalten – mit diesem ganzen Skarissa-Firlefanz, der bereits zu Marnas Zeiten entartet ist?«

Carnac antwortete eine ganze Weile nicht, und als sie es tat, ging ihre Stimme fast im Heulen des Sturms unter. »Das glaubst du doch nicht im Ernst, oder?«

»Ich weiß es nicht«, bekannte Daart.

»Aber ich.« Carnac funkelte ihn wütend an. »Dein Zweifel kommt zur falschen Zeit, Daart. Wenn du schon nicht die ... *Ausstrahlung* des Sterngeborenen spürst, welche die ganze Korona ausfüllt, dann müsstest du doch wissen, dass man uns in derart unruhigen Zeiten gewiß nicht zum Vergnügen ins weit entfernte Irapûano schicken würde.«

»Aber es ist fraglich, ob sie die Essenz wirklich für den Zweck benötigen, den sie uns vormachen wollen«, wandte Daart ein.

Carnac gab einen abfälligen Laut von sich. »Das Unwetter hat deinen Geist verwirrt. Was willst du mit deinem Gerede erreichen? Dass wir uns unschuldig fühlen, wenn wir nicht rechtzeitig mit der *Essenz des Lebens* zurückkehren und der Sterngeborene nach all der Zeit endgültig stirbt?«

»Nein, natürlich nicht ...«, antwortete Daart lahm.

»Dann solltest du endlich zur Kenntnis nehmen, dass es im Augenblick ums nackte Überleben geht«, fuhr Carnac unbarmherzig fort. »Die Korona ist geschwächt und mit ihr der gesamte Einfluss der Satai. Und was den Sterngeborenen angeht ...«

»... den von uns Satai-Sjen noch keiner zu Gesicht bekommen hat«, beharrte Daart.

»Was den Sterngeborenen angeht«, wiederholte Carnac ärgerlich, »so hängt seine ganz besondere Form der Existenz nun einmal von der Essenz ab, die uns allein dieser Cor Har'Kanarro beschaffen kann. Und da er nun einmal vor zwei Jahren spurlos verschwand ...«

Daart schnaubte abfällig. »Das wurde uns eingetrichtert. Aber wer sagt uns, dass es auch stimmt?« Irgendetwas warnte ihn weiterzusprechen. Wenn er in all den endlosen Nächten, in denen er keine Ruhe gefunden hatte und ihm Carnacs Nähe – wie auch die der anderen Satai-Sjens – nur zu bewusst gewesen war, dann waren ihm tausend verrückte Gedanken durch den Kopf geschossen: Erinnerungsfetzen an seine Zeit als Adept im Feuer-Tempel der Guhulan, Bruchstücke seiner Ausbildung bei den Satai oder auch Phantasien über Carnac. Aber da war noch mehr gewesen, etwas zutiefst Beunruhigendes: nämlich das Gefühl, von den Satai auf eine geradezu hinterhältige und vollkommen undurchschaubare Weise betrogen zu werden, einem überaus feinen Lügengespinst ausgeliefert zu sein, das sie über all ihre Taten gebreitet hatten, um ihre Macht zu mehren. Es waren nur winzige Anzeichen gewesen, die sein Misstrauen genährt hatten, und obwohl er seine wirren Vermutungen meist längst wieder vergessen hatte, wenn ihn der Weckruf aus dem Horn des Aufsehers aus dem unruhigen Schlaf gerissen hatte, war doch jedes Mal ein klein wenig davon hängen geblieben.

Und so war es jetzt denn auch sein lange aufgestauter Argwohn, der ihn trotz aller Zweifel weitersprechen ließ. »Wir müssen das glauben, was uns der Hohe Rat als Wahrheit vorsetzt«, sprudelte es aus ihm hervor. »Aber vielleicht dienen die ganzen Regeln und umständlichen Erklärungen ja nur dem Zweck, uns gefügig zu machen. Vielleicht besteht Skarissa Rabork nur deshalb auf strengster Einhaltung der alten Traditionen, weil er und der Hohe Rat etwas zu verbergen haben. Während blutige Bürgerkriege, gewalttätige Aufstände und kriegerische Auseinandersetzungen das Land erschüttern, lässt er uns hier mitten im Schnee herumlaufen, weil es von höchster Wichtigkeit sei, dieses Zeug zu besorgen, das er großspurig *Essenz des Lebens* nennt. Doch für wen soll sie so wichtig sein? Etwa für Jacurt und die anderen, die in Ikne tagtäglich ihr Leben aufs Spiel setzen und denen wir ursprünglich auf Geheiß des Rates beistehen sollten, ohne vorher die Satai-Sjen-Reise zu vollziehen?«

Carnac starrte ihn mit einem nicht zu deutenden Gesichtsausdruck an. »Mach dich doch nicht verrückt«, sagte sie schließlich. »Solche Gedanken führen zu nichts.«

»Das sehe ich anders«, entgegnete Daart. Er spürte selbst, wie unangemessen laut er geworden war, und fuhr etwas leiser fort:

»Ich bin doch kein blinder Befehlsempfänger wie irgendein gewöhnlicher Soldat. Und ganz abgesehen davon haben wir unsere Ausbildung doch längst vollendet und sind mittlerweile genauso gut wie andere Satai!«

»Wenn nicht sogar besser.« Carnac schien noch etwas sagen zu wollen, biss sich dann aber auf die Lippe. Gleichzeitig nahmen ihre dunklen Augen einen Ausdruck an, wie Daart ihn noch nie bemerkt hatte. Es war ein merkwürdiges Funkeln darin, fast so wie damals bei ihrem ersten Probekampf mit den *Tschekals,* und doch anders; es wirkte nicht nur wild, sondern auf eigentümliche Weise sehnsüchtig, ja, fast entrückt.

»Ikne kann warten«, fuhr Carnac schließlich tonlos fort. »Erst einmal müssen wir das erfüllen, was Skarissa Rabork von uns erwartet.« Sie klopfte auf den Griff ihres Schwerts unter dem Ledermantel. »Streng genommen dürften wir nur aus Eisen gefertigte Waffen mit uns führen. Wenn der Hohe Rat Wind davon bekommt, dass uns Skarissa Rabork mit aus Sternenstahl geschmiedeten *Tschekals* ausgestattet hat statt mit gewöhnlichen Klingen ...«

»Der Hohe Rat«, unterbrach Daart sie ungehalten. »Du müsstest dich mal reden hören! Es ist noch nicht lange her, da hättest du dir den Mund über den Rat zerrissen und gespottet, seine Mitglieder wären ein Haufen verkalkter Greise, die mit Krückstöcken besser bedient wären statt mit den *Tschekals*, welche sie besser uns jungen Satai-Sjens überlassen sollten!«

Carnac lächelte flüchtig, was ihr halb erfrorenes Gesicht allerdings nicht humorvoll aussehen ließ, sondern eher wie die Spottmaske eines bösartigen Dämons. »Wer sagt dir denn, dass ich das heute anders sehe? Nein, im Ernst«, sie schüttelte den Kopf. »Skarissa Rabork hat völlig Recht. Die Ereignisse in Enwor überschlagen sich geradezu, und es steht weder gut um die Sache der Satai noch um die unserer Verbündeten. Wenn wir uns in einer solchen Lage nicht mehr auf uns selbst verlassen können, ist alles verloren.«

Daart nickte. »Stell dir mal vor: All das hab ich schon das eine oder andere Mal gehört.«

»Dann ist ja gut«, sagte Carnac ernst. Ihre Stimme war gegen den Wind kaum zu verstehen. »Denn dann weißt du ja auch, warum nur ausgebildete Satais Tschekals tragen dürfen – und wie hoch das Vertrauen zu bewerten ist, das Skarissa Rabork in uns setzt.«

»Nicht unbedingt.« Daart seufzte. »Der Hohe Rat wird zwar immer schrecklich nervös bei dem Gedanken, Unbefugte könnten mit den superscharfen Schnitzwerkzeugen herumspielen. Aber wir als Satai-Sjen sind doch wohl vertrauenswürdig genug, um die Sternenstahl-Waffen zu tragen, oder?«

Carnac brachte das Kunststück fertig, gleichzeitig zu nicken und den Kopf zu schütteln. »Du weißt so gut wie ich, dass beileibe nicht alle Satai-Sjen die Ausbildung durchhalten. Und wenn diese dann Tschekals in den Händen hielten …«

»Wäre die Versuchung groß, die Waffen mitgehen zu lassen, wenn sie in hohem Bogen rausfliegen, so wie Karteran letztes Jahr.« Daart winkte ab. »Geschenkt. Außerdem haben wir beide im Augenblick nicht die geringste Chance, den Vorteil unserer Tschekals auszuspielen. Oder sollen wir damit etwa versuchen, Eisplatten klein zu hacken …«

Ein Schrei, gefolgt von einem lauten Poltern und wilden Verwünschungen, unterbrach ihn. Daart und Carnac wirbelten herum, in die Richtung, in der Harkon zuvor verschwunden war.

2

»Ich fass es nicht«, kreischte Harkon mit sich überschlagender Stimme, während er den schmalen Fußweg herabrutschte, den er zuvor so mühsam hinaufgerobbt war. »Ich fass es einfach nicht!«

»Was fasst du nicht?«, konnte Daart gerade noch fragen, als Harkon in geradezu atemberaubendem Tempo auf ihn zuraste; er hatte wohl seinen eigenen Schwung unterschätzt, denn jetzt donnerte er wie ein lebendig gewordener Schlitten den eisbedeckten Pfad herunter.

»Harkon!«, brüllte Daart außer sich. Er hätte zur Seite springen können, doch dann wäre der Gnom auf dem hart gefrorenen Boden aufgeschlagen und womöglich weitergerutscht, auf den Abgrund zu, und mit ein wenig Pech gar über die Kante. Nicht, dass Daart den Shimpta besonders ins Herz geschlossen hätte, aber ein solch unrühmliches Ende wünschte er ihm dann doch nicht.

Also blieb ihm nichts anderes übrig, als die Hände auszustrecken und gleichzeitig in den *Karama* zu gehen, den festen Stand, den er jahrelang trainiert hatte. Da prallte der kleine Kerl auch schon auf ihn, und zwar weit heftiger, als er erwartetet hatte. Der Untergrund war so spiegelglatt, dass Daart der feste Stand überhaupt nichts nützte; mit Harkon auf den Armen schlitterte er rückwärts, genau in die Richtung, in welcher der Abgrund drohte. Es blieb ihm nicht mal die Zeit, Angst zu empfinden, und so kochte eine mordsmäßige Wut auf den Shimpta in ihm auf, der felsenfest behauptet hatte, in den Bergen erwarte sie heiteres, frühlingshaftes Wetter.

Es gab ein hässliches Geräusch, als Daart mit dem Rücken gegen ein Hindernis stieß und mitsamt dem Gnom herumgerissen wurde, nur um gegen eine Felswand zu prallen. Schnee und Eispartikel regneten auf sie herab und nahmen Daart einen Herzschlag lang die Sicht, aber immerhin war die Rutschpartie somit beendet, und er konnte Harkon endlich absetzen.

»Das gibt es doch gar nicht!«, schimpfte der Gnom, als er auf die Füße sprang und sich den Schnee aus Haaren und Kleidung schüttelte. »Da rast tatsächlich die Urmutter aller Schneestürme auf uns zu!«

»Du bist ein echter Witzbold, weißt du das?«, fuhr Carnac ihn an, während sie vom Rand des Abgrunds zurücktrat. »Das war knapp«, meinte sie, an Daart gewandt. »Ich dachte schon, du segelst mit Harkon über den Rand hinaus …«

»Danke«, sagte Daart knapp. »Wenn du nicht gewesen wärst …«

»Wovon sprecht ihr eigentlich?«, fragte Harkon mit der gleichen Mischung aus Neugierde und Misstrauen wie ein frecher kleiner Junge, der herausbekommen wollte, was Vater und Mutter über ihn redeten.

Daart lachte humorlos auf. »Davon, dass Carnac dir und mir soeben das Leben gerettet hat.«

Harkon legte den Kopf schief und kniff die Augen zusammen – nun eindeutig nicht mehr mit dem Ausdruck eines frechen Jungen, sondern dem eines ganz bösen, der überlegt, ob er seine Eltern lieber vergiften oder von der nächsten Klippe schupsen soll. »Ich verstehe nicht ganz«, sagte er schließlich grimmig.

»Musst du auch nicht«, sagte Carnac. »Es ist eine Satai-Angelegenheit.«

»Es ist eine Satai-*Technik*«, berichtigte sie Daart. Ohne auf Carnacs warnendes Kopfschütteln zu achten, fuhr er fort: »Als wir beide runtergeschlittert sind, ist Carnac hinter uns gesprungen, hat mich gepackt und gegen den Felsen geschleudert. Wenn sie es nicht getan hätte«, er machte eine wegwerfende Geste, »dann lägen wir jetzt irgendwo zerschmettert am Boden.«

»Ja, es ist gefährlich in den Bergen, das habe ich euch doch von Anfang an gesagt«, maulte Harkon. Als er nach kurzem Zögern weitersprach, hatte seine Stimme einen gehässigen Unterton. »Aber deswegen brauchst du mir keine Märchen zu erzählen. *Niemand* ist so schnell, um das zu tun, was du gerade behauptet hast.«

Daart nickte ernsthaft. »Stimmt. Niemand – außer einem Satai.«

Harkon hob die buschigen, eisverkrusteten Augenbrauen. Diesmal war er so klug – oder vielleicht auch nur so erschöpft –, auf jede weitere Bemerkung zu verzichten.

»Was ist nun?«, fragte Carnac barsch. »Was hast du dort oben auf deinem Aussichtspunkt so Wichtiges entdeckt, dass du in aller Eile zu uns runtergeschlittert bist, Shimpta?«

»Das habe ich doch schon gesagt«, sagte Harkon übellaunig. »Es ist ja nicht das erste Mal, dass ich in einen Schneesturm gerate – und das, was wir in den letzten beiden Tagen in dieser Hinsicht erlebt haben, war schließlich auch nicht ganz ohne. Aber was jetzt dort am Horizont auf uns zuhält ...«

»Ja?«

»Das ist so arg, dass wir es wohl kaum überleben werden, wenn es uns auf offenem Gelände erwischt.«

»Also ist es eine Rast, die du uns vorschlägst.« Carnacs Augen funkelten vor Wut. »Weißt du, welcher Eindruck sich mir langsam aufdrängt?«

»Nein«, sagte Harkon mürrisch. »Ich bin nicht dafür ausgebildet worden, die Gedanken eines Satai-Sjens zu lesen. Und schon gar nicht die eines *weiblichen* Satai-Sjens, wenn du mir diese Bemerkung gestattest.«

»Bedauerlich«, erwiderte Carnac. »Denn sonst wüsstest du, dass du dich auf ganz dünnem Eis bewegst. Und das in jeder Beziehung.«

Harkon stemmte die Hände in die Hüften und legte den Kopf in den Nacken, um Carnac direkt in die Augen blicken zu können. Daart seufzte innerlich: Die Strapazen der letzten Tage hatten ihnen viel abverlangt und ihre Nerven überstrapaziert; das mitunter aufbrausende Temperament Carnacs und der mürrische Charakter des Shimptas erwiesen sich unter diesen Bedingungen als hochexplosive Mischung. Ein Satai sollte eigentlich so klug sein, unnötige Streitereien zu vermeiden. Aber Carnac war eben noch kein richtiger Satai – und nebenbei bemerkt eine Frau ... Auch wenn Daart sich bemühte, diesen Umstand aus seinen Gedanken und vor allem aus seinen Gefühlen zu verbannen, so konnte er doch nicht umhin festzustellen, dass es mehr als einen kleinen Unterschied zwischen einem männlichen und einem weiblichen Satai-Sjen gab.

»Also, was ist nun, Satai-*Sjen?*«, zischte Harkon, und so, wie er das Wort betonte, klang es eher wie eine Beleidigung. »Vielleicht könntest du mir nun endlich sagen, was du mit deinen düsteren Andeutungen meinst.«

»Aber gern, *Shimpta*.« Carnac klang wieder vollkommen gelassen, aber Daart kannte sie gut genug, um zu wissen, dass es in ihr brodelte. »Ich habe langsam den Eindruck, dass du vergessen hast, wie eilig wir es haben. Führe uns endlich dorthin, wo wir hin müssen – und das ohne weitere Verzögerungen!«

Harkon nickte ungerührt. »Das tue ich ja. Aber ich lasse mir nicht die Schuld an den katastrophalen Witterungsbedingungen in die Schuhe schieben. Auch wenn du es immer wieder andeutest«, er zeigte gen Himmel, »so habe ich dort niemanden bestochen.«

Daart seufzte und wandte sich von den beiden Streithähnen ab, die offensichtlich nicht begriffen, in welch gefährlicher Lage sie sich befanden. Er stieß sich von dem Felsen ab und blickte in die Richtung, aus der der Sturm näher kam, und tatsächlich gewahrte er anstelle der eben noch tobenden Windhosen einen dunklen, fast tiefschwarzen Himmel, der vollkommen unnatürlich wirkte, beinahe so, als hätte eine unbekannte Gottheit schwarzes Metall in den Himmel gegossen. »Wenn ich mich auch mal einmischen darf …«, begann er und drehte sich wieder zu den anderen um.

»Gleich«, unterbrach ihn Carnac, »wenn ich mit Harkon fertig bin. Denn ich werde das Gefühl nicht los, dass er überhaupt keine Ahnung hat, wo wir eigentlich sind!«

»Natürlich weiß ich das«, keifte der Gnom. »Wir sind in den Sonora-Höhen. Selbst im tiefsten Winter schneit es hier so gut wie nie, und schon gar nicht auf dem Pass, über den ich seit nunmehr vielen Jahren Scharen von Satai-Sjens führe, damit sie ihren sonderbaren Sitten und Gebräuchen folgen können …«

»Ich habe keine Ahnung, von welchen Satai-Sjen-Scharen du sprichst«, sagte Carnac böse. »Es sind jedes Jahr nur ganz wenige, die auf diese Reise gehen dürfen – und von denen ist bei weitem nicht jeder wiedergekommen. Hattest du dabei etwa deine Hände im Spiel?«

Harkon schnaubte. »Unsinn.«

»Und ist es etwa auch Unsinn, dass wir in deinen angeblich schneefreien Bergen in ein winterliches Unwetter ungeahnten Ausmaßes geraten?« Carnac reckte sich, eine unbewusste Geste, die Daart schon oft an ihr bemerkt hatte und mit der sie wohl den vermeintlichen Mangel an Körpergröße ausgleichen wollte – obwohl sie den mit ihrem vorlauten Mundwerk schon mehr als wettmachte. Daart hatte in den letzten zwei Jahren genug

Gelegenheit gehabt, Carnacs kleinere und größere Macken bis in jede Einzelheit kennen zu lernen; zwei Jahre, in denen sie den harten Drill der Ausbildung hinter sich gebracht hatten und nicht herausgekommen waren aus der beklemmenden Enge der Bergfeste und dem stinkenden Loch, in dem sie mit ihren Leidensgenossen untergebracht waren – ohne Rücksicht darauf, dass eine junge Frau zusammen mit fünfzehn jungen Männern in einem Raum lebte und schlief.

»Das Wetter ist mitunter launischer als eine alte Frau mit Zahnschmerzen«, maulte Harkon. »Und für Launen lass ich mich nicht verantwortlich machen.«

»Das will ja auch keiner«, mischte sich Daart energisch ein, um dem sinnlosen Gespräch ein Ende zu setzen. »Und außerdem ist das jetzt vollkommen unwichtig. Da hinten ziehen nämlich ...«

»Wenn du das Wetter mit den Launen alter Frauen vergleichst«, fiel ihm Carnac ins Wort, »dann hättest du uns wenigstens sagen sollen, dass hier in den Bergen von Zahnschmerzen und Gicht gebeutelte alte Weibsbilder lauern, die voller Bosheit darauf warten, ihren Zorn auf harmlose Reisende zu entladen.«

Jetzt langte es Daart. Er packte Carnac bei der unverletzten Schulter und drehte sie in die Richtung, in der das dunkle Grau die Wolken zu verschlucken schien und unablässig und mit erschreckender Beharrlichkeit auf sie zukroch.

»Oha«, machte Carnac, als sie endlich begriff, dass jetzt wahrlich nicht der rechte Zeitpunkt für Wortgefechte war.

»Ja, oha«, sagte Daart. »Wir sollten hier verschwinden. Und zwar so schnell wie möglich.«

»Da gebe ich dir Recht«, pflichtete ihm Harkon erstaunlicherweise bei. »Aber wohin?«

Daart starrte den Gnom fassungslos an. »Ich denke, du führst hier schon seit Jahren Satai-Sjens entlang?«

»Also mach voran und führe uns zu einem Unterschlupf«, sprang ihm Carnac bei. »Eine Höhle«, fügte sie hinzu, »einen Felsvorsprung, unter dem wir Schutz finden. Oder von mir aus auch ein Mauseloch, Hauptsache, es ist groß genug, dass wir da rein passen.«

»Ich habe doch keine Ahnung, wo hier Mauselöcher sind«, entgegnete Harkon beleidigt. »Und ich kenne auch keine empfehlenswerten Höhlen. Es sei denn, ihr legt Wert darauf, euch mit ein paar wütenden Bären anzulegen ...«

Daart hörte kaum zu. In einer morbiden Mischung aus Faszination und Entsetzen starrte er auf die beständig näher rückende Schlechtwetterfront. Das Bild hatte sich abermals drastisch verändert. Die graue Wand waberte und wogte jetzt, als wäre plötzlich Bewegung in sie gekommen, und der Berggipfel ragte aus den Wolken wie der Rücken einer Flugechse im Steigflug, die sich mit einem der gewagten Flugmanöver, wie sie nur die gut ausgebildeten Daktylen der Errish beherrschen, vor dem Unwetter in Sicherheit zu bringen versuchte.

Carnac war über den Anblick offensichtlich gleichermaßen erschrocken wie er selbst. Sie packte Harkon am Kragen, riss ihn herum und versetzte ihm einen derben Stoß. »Los. Führ uns jetzt endlich hier fort!«

Zu Daarts Verblüffung nickte der Gnom nur kurz und stolperte dann den Pfad hinunter, der sich vor ihnen auftat. »Folgt mir, folgt mir!«, rief er ihnen über die Schulter hinweg zu. »Ich weiß den Weg!«

»Das sollte mich wundern«, knurrte Carnac, eilte dann aber dem Gnom hinterher.

Es dauerte nicht lange, bis sie an dem Shimpta vorbeigezogen war. Denn obwohl Harkon vor dem Aufbruch in die Berge noch mit seiner Ausdauer geprahlt hatte, waren seine Bewegungen doch so unsicher wie die einer von der Sonne geblendeten Flugechse. Daart konnte es ihm nicht einmal verübeln. Auch er spürte mittlerweile die Entbehrungen des harten Marsches durch die Schneewüste, und dabei war er in den letzten Jahren durch eine harte Hölle von Training gegangen, die ihn widerstandsfähiger als jeden Angehörigen einer herkömmlichen Kriegerkaste hatte machen sollen. Schließlich taumelte Harkon und musste sich an Daarts Ledermantel festhalten.

»Was ist?«, fragte der Satai-Sjen.

»Nichts, nichts«, murmelte Harkon gepresst. »Wir sind immer noch … auf dem richtigen Weg. Geht nur vor, ich komme schon nach.«

Daart versuchte, in dem hässlichen Gesicht des Shimptas zu lesen, aber das wollte ihm nicht recht gelingen. »Bist du sicher?«, fragte er stattdessen.

Harkon nickte müde. »Keine Sorge. Ich bleibe direkt hinter euch.« Er lachte heiser auf. »Jetzt ist es eben an mir, die Nachhut zu bilden.«

»Also gut«, sagte Daart zweifelnd und stapfte weiter, endlos, wie es ihm schien, und darauf angewiesen, dass Carnac auf dem in dem Schneetreiben kaum noch auszumachenden Pfad blieb, den ihnen Harkon gewiesen hatte. Irgendwann, als er jedes Zeitgefühl verloren hatte, blieb Carnac so plötzlich vor ihm stehen, dass er auf sie prallte.

»Was … ist?«, brachte Daart mühsam hervor.

Carnac drehte sich schwerfällig zu ihm um. Der Sturm fegte pulverigen Schnee in einer dünnen, fast schwerelos wirkenden Wolke heran und puderte sie so vollständig ein, dass von ihrem Gesicht kaum noch etwas zu erkennen war.

»Der Pfad wird immer schmaler«, brachte Carnac kaum verständlich hervor. »Ich weiß nicht, ob wir hier weiterkommen.«

Daart spähte an ihr vorbei und erkannte schließlich die Umrisse eines schmalen Pfads neben einer steil abfallenden Felswand. Einen Herzschlag lang wurde ihm fast schwarz vor Augen, als er sich vorbeugte, um dem Verlauf des Wegs besser folgen zu können.

»Hoppla!« Carnac packte ihn am Kragen und hielt ihn so mühelos fest, als hätte ihr der Gewaltmarsch bislang nichts anhaben können. »Du solltest besser nicht versuchen, dort runterzuspringen.«

»Das habe ich auch nicht vor.« Daart deutete nach unten auf den Weg, der kaum breiter als zwei nebeneinander gelegte Hände war und schon bei Windstille und gutem Wetter lebensgefährlich sein musste. »Wie kommen wir dort weiter?«

»Gar nicht«, sagte Harkon hinter ihm.

Daart drehte sich zu ihm um. »Was soll das heißen?«, fragte er scharf.

»Wenn ... wenn ...« Harkon wischte sich frisch herangewehten Schnee aus den Augen. »Wenn das Wetter nicht so verrückt spielte, wäre es ja keine Frage ... Dann könnten wir versuchen, dort runterzukommen. Aber ich glaube ... vielleicht ... Ich wollte sagen, vielleicht sind wir hier doch falsch.«

Daart meinte, nicht richtig gehört zu haben. »Wenn wir hier falsch sind«, bohrte er ungeduldig nach, »dann solltest du uns langsam verraten, wo wir lang müssen, Shimpta!«

Harkon sog geräuschvoll die Luft ein. Sein Atem bildete kleine Dampfwölkchen vor seinem Gesicht, aber er schwieg.

»Dir ist es nur zu gefährlich, dort hinabzusteigen, oder?«, fragte Daart ärgerlich.

»Das ist es nicht.« Harkon zuckte mit den Schultern. »Ich bin mir einfach nicht sicher. Wenn wir bis zu dem Plateau zurückgehen, laufen wir am Ende in unsere Verfolger hinein – und wer weiß, vielleicht haben sie ja mittlerweile Verstärkung durch ein paar Quorrl bekommen.«

»Darauf müssten wir es im Notfall ankommen lassen«, erwiderte Daart unbehaglich.

»Na ja.« Harkon sah betreten zu Boden. »Und wenn sich dann herausstellen sollte, dass wir zuvor doch auf dem richtigen Weg waren ...«

»Dann ist es so oder so dunkel, bevor wir wieder hier sind – und wir können den Abstieg vergessen«, beendete Carnac den Satz, während sie sich energisch an Daart vorbeidrängte, als wollte sie auf den Shimpta losgehen.

Harkon bemühte sich um ein Lächeln, aber sein halb erfrorenes Gesicht machte das bösartige Grinsen einer Schimäre daraus. »So ungefähr«, sagte er hastig, doch ohne vor Carnac zurückzuweichen. »Also entweder jetzt oder nie.«

»Worauf warten wir dann noch?« Daart drehte sich um und stapfte los. Viel zu eilig stürmte er auf die Wegbiegung zu, hinter der der schmale Abstieg begann, und so war es kein Wunder, dass seine Stiefel schon nach wenigen Schritten keinen Halt mehr fanden und er ins Rutschen geriet. Mit einem verzweifelten Aufschrei riss er die Arme nach oben und versuchte gleichzeitig sein Gewicht so weit zu verlagern, dass er gegen die Felswand schlitterte, statt direkt auf den Abgrund zuzusausen.

Erst in allerletzter Sekunde gelang ihm die Richtungsänderung. Er prallte hart auf dem Felsen auf, packte zu und bekam einen eisigen Vorsprung zu fassen. Wie er es in seiner Ausbildung gelernt hatte, tat er ganz instinktiv das Richtige und presste sich mit aller Gewalt gegen den Felsen, statt sich auf den trügerischen Halt eines vereisten Felsvorsprungs zu verlassen. Eine Windböe riss den wehenden Schleier aus Grau und flockig fallendem Weiß auseinander, als hätte er in diesem Augenblick ein Anrecht auf besondere Klarheit, und er konnte den gewundenen Abstieg vor sich erkennen, der sich irgendwo im Schneetreiben weit unter ihm verlor.

»Alles in Ordnung?«, fragte Carnac hinter ihm.

Daart nickte, während ihn sein Herz mit harten, hämmernden Schlägen daran erinnerte, wie erschöpft er bereits war. »Klar. Wie es aussieht, sind wir hier genau richtig. Wir kommen ein ganz schönes Stück runter.«

»Nur hoffentlich nicht zu schnell.«

Daart verzichtete auf eine Antwort und machte sich stattdessen vorsichtig an den Abstieg. Der schmale Pfad war spiegelglatt, und der Wind schien mit doppelter Wucht über ihn herzufallen, nachdem er die Wegbiegung hinter sich gelassen hatte. Seine Finger waren so steif vor Kälte, dass sie schmerzten, wenn er sich an dem vereisten Stein festzuhalten versuchte. Er war gewiss kein ungeübter Kletterer, und im letzten Winter hatte er genug Gelegenheit gehabt, seine Kletterkünste in der Nähe der Satai-Feste zu erproben – aber halb erfroren hier hinabzusteigen war weitaus gefährlicher als die anspruchsvollsten Bergtouren während seiner Ausbildung.

Unendlich behutsam machte er einen Schritt nach dem anderen. Gleichzeitig presste er sich mit dem Rücken so eng gegen die kalte Felswand, wie er konnte. Der Sturm heulte noch lauter und schien sich wie mit unsichtbaren Fingern in seine Kleider zu krallen, um ihn in die Tiefe zu schleudern, aber Daart biss die Zähne zusammen und schob sich Stück für Stück weiter. Es dauerte nicht lange, bis er vollkommen von einem geradezu gigantischen Schneetreiben eingehüllt war, das alles in den Schatten stellte, was sie seit dem überraschenden Wintereinbruch erlebt hatten. Er konnte kaum noch den Untergrund erkennen, auf dem er sich trotzig vorwärts schob, und die Felswand direkt vor seinem Gesicht war nicht mehr als ein verwaschener grauer Fleck.

Sie hatten sich den denkbar ungünstigsten Zeitpunkt zum Abstieg ausgesucht. Aber jetzt gab es kein Zurück mehr; inmitten des Unwetters auf dem eisglatten Pfad wieder nach oben zu klettern wäre ihnen wahrscheinlich auch nicht gelungen.

Schließlich wurde der Sturm so heftig, dass Daart Angst haben musste, geradewegs in die Tiefe gerissen zu werden. Es wäre verrückt, so zu enden. Er hatte damit gerechnet, mit Quorrl kämpfen zu müssen, mit Straßenräubern und Strauchdieben oder den Soldaten des sagenumwobenen Reiches der Aralu südlich von Enwor, und er wäre auch nicht verwundert gewesen, wenn sie Wüsten hätten durchwandern müssen oder auf Tod bringende Bestien gestoßen wären. Aber selbst in seinen kühnsten Träumen hätte er sich niemals vorgestellt, bei einer Reise in die wärmeren Gefilde Enwors ausgerechnet in einem *Schneesturm* zu verenden.

Er hatte den Gedanken kaum zu Ende gedacht, als er hinter sich eine Bewegung wahrzunehmen glaubte. Bevor er auch nur im Entferntesten ermessen konnte, was es war, glaubte er eine Berührung zu spüren, ganz leicht nur, aber dennoch mit der unsäglichen Intensität eines glühend heißen Feuerstoßes, der nur unvollständig von dem schwarzen Echsenleder abgefangen wurde.

Das Gefühl währte nicht lange, aber es lenkte ihn für einen kurzen, entscheidenden Augenblick ab. Sein linker Fuß rutschte auf dem spiegelglatt gefrorenen Felsen weg, und Daart machte alles noch schlimmer, als er sich mit einer erschrockenen Bewegung herumwarf, um irgendwo an der Wand Halt zu finden.

Er fand ihn nicht. Der Felsen, senkrecht und mit einer Eisschicht überkrustet, die so glatt war wie ein auf Hochglanz polierter Spiegel, schien ihn regelrecht von sich wegzustoßen. Daart kippte mit einem entsetzten Schrei und hilflos rudernden Armen nach vorn und auf den klaffenden Abgrund zu.

Er fiel. Über sich hörte er Carnac gellend aufschreien, und auch er selbst schrie und griff verzweifelt um sich. Hart prallte er mit der Hüfte auf das Eis, überschlug sich und stürzte ins Nichts hinab, schrammte über Fels und Eis – und dann schlug er auch schon so hart mit dem Hinterkopf irgendwo gegen, dass er das Bewusstsein verlor.

3

Als er wieder zu sich kam, war er im ersten Augenblick nur verwundert, dass er noch lebte. Er lag in verkrümmter Haltung auf dem Boden, und als er sich zu bewegen versuchte, durchzuckte ihn ein so scharfer Schmerz, dass er fürchtete, sich ernsthaft das Rückgrat verletzt zu haben. Mühsam öffnete er die Augen.

Wie durch einen Schleier nahm er seine Umgebung wahr. Es war erstaunlich hell; offensichtlich hatte das Schneetreiben aufgehört. Über sich sah er die ausladenden Zweige riesiger Bäume – und noch während er halb benommen nach oben starrte, begriff er, was hier nicht stimmte.

Die Zweige über ihm waren weder schneebedeckt noch vereist.

Er hustete qualvoll, und jetzt, beim zweiten Anlauf, gelang es ihm sogar, sich ein Stück weit aufzurichten. Auf den Ellbogen seines rechten Arms gestützt, sah er sich um.

Es war unglaublich. Dort, wo eine Schneelandschaft hätte sein sollen, erstreckte sich eine blühende Vegetation, üppig unter dem Blätterdach mächtiger Bäume wuchernd und erfüllt von einem geradezu ohrenbetäubenden Zirpen, Zwitschern,

Rascheln und Rauschen. Daart war von dem Anblick und der Geräuschkulisse so überrascht, dass er einen Herzschlag lang seinen angeschlagenen Zustand vergaß und sich ein Stück weiter aufrichtete, bis ein scharfer Schmerz durch seinen Rücken fuhr und er mit zusammengebissenen Zähnen verharren musste.

Eine Zeit lang sah er sich nur schweigend um. Die Umgebung mutete einfach phantastisch an, jedenfalls für jemanden, der eben noch durch eine Schneehölle gestolpert war. Die mächtigen Baumriesen, die seinem Sturz sicherlich die schlimmsten Folgen genommen hatten, waren mit den verschiedensten Flechten, Farnen, Orchideen und rankendem Gewächs behangen. Daart bemerkte bunt schillernde Schmetterlinge, zwitschernde Vögel, krabbelnde Käfer, unauffällig gemusterte Geckos und allerlei anderes Getier, das diesen Ort so selbstverständlich bevölkerte, als herrschte hier ewiger Sommer.

Die Wälder, die er kannte, waren völlig anders als dieser hier und im Grunde genommen nichts weiter als eine Ansammlung von Laub- und Nadelbäumen. Zwar wucherten auch dort verschiedenste Sträucher, Gräser und Farne, aber das Unterholz war sehr viel überschaubarer und weit weniger dicht als die flirrende Artenvielfalt hier, die eine in sich abgeschlossene Welt bildete. Er hatte gewusst, dass sie irgendwo im Süden auf solche Dschungelgebiete stoßen würden, doch er hatte sie viele Tagesreisen weit entfernt erwartet, und vor allem hatte er sie sich anhand der Schilderungen nicht so abgeschirmt und in sich selbst vergessen vorgestellt – und vor allem nicht so *lebendig*.

Vorsichtig richtete er sich weiter auf. Da hörte er ein Geräusch hinter sich, das ihn überrascht herumfahren ließ.

»Hast du dich … genug ausgeruht?«, krächzte jemand, und Daart musste ein paar Mal blinzeln, bis er Einzelheiten erkennen konnte.

Nur wenige Schritte von ihm entfernt lehnte Harkon an einem Baum. Der Gnom grinste schief – zumindest vermutete Daart, dass es sich um ein Grinsen handelte, denn von Harkons

Kopf baumelten abgerissene Farnstücke, die er sich gerade abfischte und die seine Gesichtszüge halb verbargen. Seine Bewegungen wirkten so umständlich, als wäre er volltrunken und hätte gar keine richtige Kontrolle über seinen Körper. Die derbe Kleidung aus gegerbtem Leder war an vielen Stellen eingerissen, ein Stiefel fehlte, und er war über und über mit Blütenstaub und Pflanzenresten besudelt; offensichtlich war er genau so wie Daart abgestürzt und durch das dichte Blätterdach gebrochen, ohne sich dabei ernsthaft verletzt zu haben.

»Ich habe gar nicht gemerkt, dass du auch auf diesem verdammten Pfad ausgerutscht bist«, sagte Daart überrascht.

»Aber ich.« Der Shimpta schüttelte sich. »Ich dachte schon, ich würde gleich dem großen Wagenlenker im Reich der Schatten gegenüberstehen.«

»Wagenlenker im Reich der Schatten?«, fragte Daart verständnislos und mit einem unerklärlichen Gefühl von Misstrauen dem kleinen Kerl gegenüber. »Wovon sprichst du?«

Harkon seufzte und fuhr fort, an den Farnblättern herumzuzerren, die sich in seinen Haaren verfilzt hatten. »Ich sehe schon, du hast keine Ahnung davon, was nach deinem Tod mit dir geschehen wird …«

»Was mich ehrlich gesagt auch wenig kümmert«, unterbrach ihn Daart ungehalten. »Ich will lieber wissen, was *vor* meinem Tod geschieht.«

»Dann meinst du also die Zeit, in der man den einen oder anderen Gedanken an den großen Wagenlenker verschwenden sollte«, stellte Harkon fest. »Denn wenn man erst ins Reich der Schatten eingekehrt ist, ist es zu spät …«

»Mag ja sein«, unterbrach ihn Daart. »Obwohl es auch Gegenbeispiele gibt. Denk nur an Skar, den mehrfach Wiedergeborenen …«

»Ja, ja«, unterbrach ihn Harkon, während er sich umsah; wahrscheinlich suchte er den fehlenden Stiefel. »Wenn ihr Satai euren Skar nicht hättet, was wäret ihr dann?«

Daart schüttelte ärgerlich den Kopf. »Das spielt jetzt keine Rolle. Hast du Carnac gesehen?«

»Ja, habe ich.« Harkon legte den Kopf in den Nacken und deutete nach oben. »Dort.«

»Wie: dort?«

»Na, dort oben, auf diesem eisglatten Pfad, auf dem ihr unbedingt herumklettern musstet.«

»Wir?«, fragte Daart. »Du hast uns doch dorthin geführt!«

»Aber auch nur, weil ihr darauf bestanden habt«, sagte Harkon verstimmt, stieß sich von dem Baum ab und ging ein paar Schritte weit, um sich dann zu bücken und ein paar Farne beiseite zu drücken.

»Na, hör mal!« Daart wurde langsam wütend. »Wir mussten doch sehen, dass wir vor dem Unwetter wegkommen.«

»So ein Quatsch.« Harkon hielt triumphierend seinen verloren gegangenen Stiefel hoch und deutete dann mit der Spitze voran abermals nach oben. »Wo siehst du denn da ein Unwetter?«

Daart folgte seinem Blick. Das Blätterdach mit den verwirrend vielen, ineinander verwobenen Gewächsen war so undurchdringlich, dass nicht einmal die Ahnung blieb, wie es darüber aussehen mochte. »Vor lauter Bäumen sehe ich überhaupt kein Wetter – und übrigens auch keine Carnac.« Er ließ den Blick schweifen, konnte aber nirgends eine Spur von ihr entdecken. »Wo ist sie?«

»Woher soll ich denn das wissen?«, fragte Harkon übellaunig.

Daart seufzte. »Eine andere Antwort hätte mich auch gewundert. Zieh endlich deinen verdammten Stiefel an. Wir müssen sie suchen.«

»Wir müssen *was?*«, fragte Harkon entsetzt.

Daart hatte sich bereits umgedreht und stapfte durch rankendes Gewächs auf eine Lücke zwischen den ausladenden Bäumen zu. »Du nimmst dir die andere Seite vor«, rief er über die Schulter zurück. »Wenn Carnac verletzt ist, braucht sie vielleicht dringend Hilfe.«

»So ein Quatsch«, protestierte Harkon. »Carnac kann auf sich allein aufpassen. Die braucht bestimmt kein Kindermädchen.«

Daart verzichtete auf eine Antwort. Er fand einen Wildpfad, der in Schlangenlinien durch das Gewirr an Pflanzen führte, und ging los. Bei jedem Schritt jagte ein scharfer Schmerz durch seinen Rücken und erinnerte ihn daran, dass er nur dank seiner festen Kleidung aus verstärktem Echsenleder und mit viel Glück einigermaßen glimpflich davongekommen war. Er hatte natürlich nicht die geringste Gewissheit, ob Carnac wie er selbst ausgerutscht und abgestürzt war. Doch das hinderte ihn nicht daran, sich wieder einmal Sorgen um sie zu machen.

Der Pfad wurde zunehmend schmaler, sodass Daart nichts anderes übrig blieb, als sein Tschekal zu ziehen und sich den Weg frei zu hacken. Irgendetwas zischte empört; Daart blieb stehen, sah einer sich davonschlängelnden Schlange misstrauisch hinterher und wischte sich den Schweiß von der Stirn. Die Vielfalt der Eindrücke machte ihm zunehmend zu schaffen. Vielleicht lag es ganz einfach daran, dass er noch nie in einem wirklichen und wahrhaftigen Dschungel gewesen war. Außerdem pochte ein harter, äußerst unangenehmer Schmerz in seinem Schädel, was es nicht eben leichter machte, das ganze Durcheinander hier einzuordnen. Der Reichtum an Farben und Arten, das Gewimmel und das Gezischel der ihm größtenteils unbekannten Kreaturen zerrten genauso an seinen strapazierten Nerven wie die vielfältigen Gerüche, die durch die schwüle Wärme einen fast einschmeichelnden, betäubend wirkenden Unterton bekamen, ohne dass er sie auseinander halten oder gar einordnen konnte.

»Carnac!«, rief er. »Carnac, bist du hier irgendwo?«

Die Geräuschkulisse des Dschungels schien auszusetzen, als wäre der laute Klang einer menschlichen Stimme für alle hier lebenden Wesen eine Zumutung; doch dann setzte das Gezirpe, Säuseln und Geschnatter nur umso heftiger wieder ein. Carnac antwortete nicht, aber das hatte Daart auch nicht erwartet. Schließlich wäre es mehr als ein Zufall gewesen, wenn er genau die richtige Richtung eingeschlagen hätte, in der seine Kampfgefährtin lag – wenn sie denn überhaupt abgestürzt war.

Er rief noch mehrfach nach ihr, ohne eine Antwort zu bekommen, und blieb schließlich stehen. Sein Orientierungssinn war ausgesprochen gut und in den letzten Jahren hart geschult worden, aber das half ihm jetzt kein bisschen. Hier gab es keine Sonne, die ihm die Richtung wies, keinen Windhauch, der sich eindeutig zuordnen ließ – und kaum Merkmale, die ein Wiederfinden erleichtern würden, wenn er zu Harkon zurückkehren wollte.

Schmerzlich wurde ihm klar, wie grotesk sich die Situation verändert hatte: Eben war er noch in einer eintönigen Schneelandschaft unterwegs gewesen, ausgekühlt und mit steif gefrorenen Gliedern, und nun war er kaum mehr in der Lage, die feuchtwarme Luft und die sinnverwirrende Artenvielfalt des Dschungels zu ertragen. Auf seiner Stirn und seinen Händen perlten dicke Schweißtropfen, und seine widerstandsfähige Kleidung erschien ihm jetzt als unangemessen dick und einengend. Zwar tat die Wärme seinem geprellten Rücken gut – aber darauf hätte er gern verzichtet, wenn er stattdessen frischere Luft hätte atmen können.

Als er sich suchend einmal um die eigene Achse drehte, stellte er fest, dass sich die Schneise, die er mit dem Tschekal geschlagen hatte, zügig wieder schloss, gerade so als wäre der Dschungel ein denkendes Wesen, das jede menschliche Existenz so schnell und gründlich wie möglich auszulöschen versuchte. Was das für Carnac bedeuten mochte, wenn sie hier schwer verletzt und bewegungsunfähig am Boden läge, wagte sich Daart gar nicht auszumalen.

Feuchtwarme, leicht angeraute Lianen streiften sein Gesicht, als er weiterging. Es war wie die Berührung von Fingern, die sein Gesicht abtasteten, um sich einen Moment später um seinen Hals zu legen und erbarmungslos zuzudrücken. Er unterdrückte den Reflex, sein Tschekal hochzureißen und die Lianen abzutrennen, und hackte sich stattdessen weiter den Weg frei. Da erstarrte er mitten in der Bewegung.

Direkt vor ihm endete der Dschungel oder, besser gesagt, er wurde durch einen gewaltigen Strom auf eine Breite von gut zwanzig Pferdelängen durchbrochen. An einigen Stellen flussabwärts schlug das Wasser gegen die wenigen Felsbrocken, und dort nahm er auch ein gelegentliches Flossenschlagen und das für Riesenreißer typische Prusten und Auftauchen der grün geschuppten Pranken wahr.

Plötzlich zischte etwas aus dem Wasser, gefolgt von hektischen, quirligen Bewegungen – zwei Kreaturen im Todeskampf oder das übliche Spiel von Fressen und Gefressenwerden. Daart meinte ein riesiges geschupptes Maul zu sehen, dessen Kiefer sich um eine robbenartige Kreatur schlossen; dann versanken Jäger und Opfer auch schon in den Fluten.

Das Ufer in unmittelbarer Nähe sah kaum Vertrauen erweckender aus. Es war ein wild wucherndes Gewimmel verschiedenster Gewächse, die stellenweise mehrere Schritte weit ins Wasser hineinwucherten, so als wollte der Dschungel die Schneise, die der Fluss in seinen Leib gefressen hatte, mit aller Gewalt zurückerobern.

Aber das war nicht alles. Nur ein kleines Stück flussabwärts, direkt am Ufer und halb von mannshohem Schilf verborgen, entdeckte Daarts schweifender Blick eine Gestalt, so klein, dass sie fast ein Shimpta hätte sein können, und dabei in ein dunkles Gewand gehüllt, das auf den ersten Blick wie der Umhang Harkons aussah. Daart blinzelte ein paar Mal, geblendet von dem diffusen Licht des Dschungels, das von der täuschend ruhigen Oberfläche des Flusses reflektiert wurde.

»Harkon?«, rief er. »Bist du das?«

Die Gestalt reagierte nicht auf seine Worte – streng genommen rührte sie sich überhaupt nicht –, und Daart beschlich ein ganz ungutes Gefühl. Irgendetwas tief in ihm schien ihm eine Warnung zuraunen zu wollen, so als begäbe er sich in größte Gefahr, wenn er sich um ein am Flussufer hockendes Phantom kümmerte, statt weiter nach Carnac zu suchen. Obwohl Daart wusste, wie wertvoll die fast unhörbaren Einflüsterungen seines Instinkts sein konnten, der oft Dinge bemerkte, die seiner bewussten Aufmerksamkeit entgingen, achtete er jetzt nicht weiter darauf. Dennoch war etwas an dieser Gestalt, das sich nicht in Worte fassen ließ, ihm aber ein eiskaltes Frösteln über den Rücken jagte – vielleicht eine Vorahnung, vielleicht aber auch das Wissen um eine Bedrohung, die hier irgendwo in der Uferböschung lauern mochte und die er nur am Rande wahrgenommen hatte.

Er schüttelte den beklemmenden Gedanken ab, atmete tief durch und ließ das Tschekal in die Scheide gleiten. Falls die Gestalt am Ufer tatsächlich nicht allein war, wollte er ihre Kumpane nicht mit der Nase darauf stoßen, dass er jederzeit mit einem Angriff rechnete. Mit betont bedächtigen Schritten folgte er dem flussabwärts führenden Wildpfad. Zu seiner Rechten, in der üppig wuchernden Vegetation, bemerkte er nichts weiter als ein leises Huschen und Sirren kleinerer Tiere und Insekten, und der Fluss zu seiner Linken gab sich so ruhig, als hausten dort nicht die geschuppten Riesenreißer, die ihre Opfer mit ein paar hastigen Happen verspeisten, wie er es kurz zuvor hatte beobachten können. Immerhin verirrten sich diese Bestien selten in Ufernähe – ganz im Gegensatz zu den Schlammkrauler-Schwärmen. Wie er sein Glück kannte, lauerten sie neben anderen abscheulichen Kreaturen im Ufermorast und warteten nur auf einen unvorsichtigen Schritt von ihm, um dann über ihn herzufallen, sich mit ihren nadelfeinen Zähnen in seinen Hals zu graben, ihn mit ihrem tückischen Gift zu betäuben und ihm anschließend in unglaublicher Geschwindigkeit bei lebendigem Leib das Fleisch von den Knochen zu nagen …

Als er bis auf Steinwurfweite an die immer noch regungslos dahockende Gestalt herangekommen war, verlangsamte er nochmals seine Schritte. Er glaubte jetzt ganz deutlich die Gefahr zu spüren, die von diesem Ort ausging. Er war wie geschaffen für eine Falle: Der Fluss bildete eine natürliche Barriere, die zu überwinden angesichts der in ihm hausenden Kreaturen fast unmöglich war, und der Bereich des Dschungels, der ihm damit noch zur Flucht offen gestanden wäre, beschränkte sich auf das in Wassernähe besonders üppig wuchernde Dickicht, in dem man sich seinen Weg zeitaufwändig freihacken musste, um überhaupt durchzukommen.

Zögernd ging er weiter. Der Boden unter seinen Füßen veränderte sich, wurde steiniger, als hätte der Fluss hier den Kies herausgewaschen, bevor er sich in sein jetziges Bett zurückgezogen hatte. Daart passte seine Bewegungen dem veränderten Untergrund an, während er seinen Blick scheinbar direkt auf die am Ufer hockende Gestalt gerichtet hielt, aus den Augenwinkeln heraus aber vor allem die Dschungelseite unter Beobachtung hielt.

Aber ihm fiel nichts Verdächtiges auf. Schließlich trennten ihn nur mehr wenige Schritte von der Stelle, an der die in ein tiefschwarzes, weites Gewand gehüllte Gestalt so ungerührt saß wie auf einer Sonnenterrasse eines Palastes in Ikne.

Daart hätte nicht zu sagen vermocht, was genau an der Gestalt ihn so sehr in Alarmbereitschaft versetzte. Vielleicht war es ganz einfach ihre Reglosigkeit, ein Verhalten, wie es während einer Meditation an einem ruhigen Ort angemessen sein mochte, aber wohl kaum mit einem vor Lebendigkeit brodelnden Dschungel im Rücken. Als er bis auf Armlänge herangekommen war – mit zum Zerreißen gespannten Nerven und jederzeit auf einen heimtückischen Angriff gefasst –, blieb er stehen, unschlüssig, was er als Nächstes tun sollte.

Schließlich räusperte er sich.

Die Gestalt reagierte nicht.

Langsam und vorsichtig streckte er die Hand aus. *Vorsicht*, flüsterte eine Stimme in ihm, so laut und deutlich, als stünde jemand direkt hinter ihm und raunte ihm die Worte ins Ohr, *sie haben deine Spur bereits aufgenommen.*

Daarts Hand blieb wie eingefroren in der Luft stehen, und so verharrte er zwei, drei hämmernde Herzschläge lang, wobei ihm durchaus bewusst war, wie lächerlich er sich benahm. Es gab keinen Grund, die Bewegung nicht zu Ende zu führen oder, was vielleicht das Vernünftigste gewesen wäre, die schmale Gestalt in der Kutte anzusprechen. Und doch scheute er vor beidem zurück. Er wartete fast darauf, dass sich die Stimme noch einmal melden würde, aber das geschah nicht.

Wie sollte es auch. Er war bei dem Sturz hart mit dem Kopf aufgeschlagen. Sein Schädel brummte immer noch, als hauste eine ganze Schar Hornissen darin – und dass er jetzt Stimmen hörte und Gestalten reglos am Ufer sitzen sah, war entweder eine grobe Verzerrung der Wirklichkeit oder eine Einbildung. Ganz davon abgesehen, dass er sich möglicherweise nicht mehr auf seine Sinne verlassen konnte, war es gewiss nicht das Klügste, jemandem auf die Schulter zu klopfen, der in der Wildnis hockte und nicht damit rechnen konnte, dass sich ein Satai vollkommen lautlos an ihn anschlich.

Dann aber ging eine sanfte, fast unmerkliche Bewegung durch die Gestalt, und sie wandte ganz langsam den Kopf zu ihm um. Daart hätte fast einen Schrei ausgestoßen – einerseits, weil das Gesicht auf geradezu erschreckende Weise fremdartig wirkte, und andererseits, weil er gar nicht mehr ernsthaft damit gerechnet hatte, es tatsächlich mit einem wirklichen Menschen zu tun zu bekommen. Auf den ersten Blick hätte er das Alter der Gestalt nicht schätzen können, da ihm ihr exotisches Gesicht fast zeitlos erschien, losgelöst von allem, was es üblicherweise möglich machte, das Alter eines Menschen zu schätzen. Doch das traf nur wirklich für den allerersten Moment zu, denn dann erkannte er, dass es ein ganz junges Gesicht war, das ihn offen und ohne Erschrecken musterte.

»Du kommst spät«, sagte die Gestalt mit leiser, beinahe sanfter und doch merkwürdig vibrierender Stimme.

»Ich komme *was?*« Daart verschluckte sich fast. »Wieso …«

»… ich hier auf dich warte?«

Daart zögerte, bevor er mit einem flüchtigen Kopfnicken und einem knappen »Ja« antwortete.

Das Gesicht der Gestalt verzog sich zu der Andeutung eines Lächelns, wirkte dabei aber so fremdartig, dass es kaum mehr etwas Menschliches hatte. »Das wirst du bald verstehen«, sagte sie freundlich.

Daart zögerte. Auch jetzt hatte er noch Schwierigkeiten zu entscheiden, ob er sich einem männlichen oder weiblichen Wesen gegenübersah. Die Gesichtszüge hätten wohl mädchenhaft weich gewirkt, wenn die Gestalt auf nicht ganz besondere Art deformiert, ja, regelrecht entstellt gewesen wäre. Sowohl mitten auf der Stirn als auch auf Wangenknochen prangten eigentümliche Erhöhungen, die sich nach oben stufenweise verjüngten und gleichzeitig fast geschnitzt wirkten, als hätte jemand mit viel Geschick Verzierungen in wild wuchernden Knochen geschnitten.

Das Gesicht der Gestalt lag im Halbdunkel, fast so, als saugte es das Licht aus der Umgebung auf; aber wahrscheinlich lag es nur an dem Schatten, den die Kapuze warf und der sich mit dem des großen Baumes vereinte, dass er die Gesichtszüge nicht richtig erkennen konnte.

»Warte«, sagte die Gestalt, als hätte sie seine Gedanken erraten, »du kannst mich ja gar nicht richtig sehen.«

Mit einer schnellen Bewegung ihrer feingliedrigen Hand schlug sie die Kapuze zurück, und Daart starrte zu seiner Verblüffung in die großen dunklen Augen eines noch recht jungen Mädchens mit vollen Lippen und schwarzen Haaren, das trotz der exotischen Wangen- und Stirn-Verzierungen – oder auch Entstellungen, je nachdem, wie man es betrachtete – auf seine ganz eigene Art erstaunlich anziehend wirkte; vielleicht lag dieser Eindruck aber auch allein an ihm, denn er fühlte sich angesprochen von diesem Gesicht, beinahe so, als wäre es ihm nicht vollkommen unbekannt, und vielleicht auch deswegen, weil das Mädchen bei allen Unterschieden eine Ähnlichkeit mit Carnac aufwies.

Es erwiderte seinen Blick ohne Scheu. »Hast du mich jetzt lang genug angestarrt?«, fragte es nach einer Weile.

»Wie?« Daart räusperte sich umständlich und senkte verlegen den Blick. »Ich wollte nicht …«

»Schon gut«, sagte das Mädchen mit leiser, aber fester Stimme. »Ich bin es gewohnt, angestarrt zu werden, wenn ich das Kloster verlasse.«

»Das Kloster?«, wiederholte Daart stirnrunzelnd, dem der Ausdruck *Kloster* nur vage bekannt vorkam, und zwar durch eine beiläufige Bemerkung Carnacs vor Antritt der Reise und im Zusammenhang mit alten, längst vergessenen Riten, die von einer geheimnisvollen Kaste meist junger Echsenanbeter ausgeführt wurden. »Gehörst du einem bestimmten Orden an?«, fragte er schließlich.

»Keinem Orden – jedenfalls nicht in dem Sinn, den du meinst, Satai-Sjen«, antwortete das Mädchen. »Es sei denn, du würdest auch euch Satai als Orden bezeichnen.«

Daarts Verblüffung über dieses ungewöhnliche Mädchen wuchs von Sekunde zu Sekunde. »Also gut, du hast an meiner Kleidung erkannt, dass ich ein Satai bin«, sagte er schließlich, obwohl er nicht sicher war, dass dies tatsächlich der Grund war, warum das Mädchen seine Zugehörigkeit zu der mächtigsten Kriegerkaste Enwors erkannt hatte. »Das ist erstaunlich genug, denn die meisten Menschen bekommen während ihres ganzen Lebens nicht einen einzigen Satai zu Gesicht. Aber wie kommst du darauf, mich einen Satai-*Sjen* zu nennen?«

»Wer sonst sollte einen schmucklosen Waffengurt zu einem schwarzen Satai-Echsenpanzer tragen?« Das Mädchen stützte sich mit der Hand im Gras ab, scheinbar vollkommen entspannt, aber Daart fragte sich, ob sie diese Geste nicht ganz bewusst machte, um ihn in Sicherheit zu wiegen. Die Situation gefiel ihm immer weniger, und er drehte den Kopf ein Stück weit nach rechts, um den Rand des Dschungels hinter sich besser im Auge behalten zu können, falls Kumpane des Mädchens dort lauerten und nur auf einen günstigen Zeitpunkt zum Zuschlagen warteten.

»Man könnte wirklich meinen, du hättest mich erwartet«, sagte Daart.

»Und wenn es so wäre?«, fragte das Mädchen.

Daart runzelte überrascht die Stirn. Ein ganz eigentümlicher Verdacht keimte in ihm auf. Vor vielen Jahrhunderten hatten die Errish großen Einfluss im Westen Enwors gehabt, vor allem in Elay, Anchor und den angrenzenden Gebieten, und es hieß, dass sie auch nach der großen Katastrophe, der die riesige Stadt Elay zum Opfer gefallen war, niemals ganz geschlagen worden seien, sondern im Untergrund weitergewirkt hätten – eine kleine, verschworene Kaste von Frauen, die auf gezähmten Flugsauriern ritten und über allerlei geheime Künste verfügten.

Sollte das Mädchen am Ende zu den Errish gehören? Früher, so erzählten zumindest die alten Geschichten, waren die Ehrwürdigen Frauen ein gleichermaßen gefürchtetes wie geachtetes Sinnbild für Gerechtigkeit und Ehre gewesen; ihre bloße Anwesenheit hatte jeden Gedanken an Verrat und Betrug von vornherein lächerlich erscheinen lassen; aber wer sagte ihm, dass dem noch so war?

»Du schweigst, und das ist gut so.« Das Mädchen nickte. »Ich heiße übrigens Irana.«

»Nun gut ... Irana.« Daart blinzelte gegen die Sonne an. »Dann sag mir doch zuerst einmal, wo wir hier überhaupt sind.«

»In einer gefährlichen Gegend, in der wir nicht mehr lange bleiben sollten«, sagte Irana. »Ich ...« Sie brach mitten im Satz ab, und ihr Gesicht nahm den Ausdruck gespannter Wachsamkeit an; gleichzeitig schweifte ihr Blick über den Rand des Dickichts in Daarts Rücken, so als erwartete sie jeden Augenblick, dort jemanden hervorbrechen zu sehen.

Daart spürte, wie ihm ein eiskalter Schauer über den Rücken rann, aber er bezwang den Reflex, sein Tschekal zu ziehen und herumzuwirbeln. »Wir setzen unser Gespräch zu einem anderen Zeitpunkt fort«, sagte er stattdessen rasch. »Kennst du hier einen sicheren Ort?«

Irana schüttelte den Kopf. »Hier sind wir nirgends in Sicherheit.« Ihr Körper spannte sich, jetzt nicht mehr wie ein Wild, das einen Gegner witterte, sondern wie eines, das im nächsten Moment fluchtartig davonsprengen würde. Und genau das hatte sie offensichtlich auch vor, denn bevor Daart reagieren konnte, zuckte sie plötzlich zusammen, drehte sich in die Richtung um, aus der Daart gekommen war, und setzte mit einem gewaltigen Satz an dem Satai-Sjen vorbei.

Hätte Daart nicht zwei Jahre intensiven Kampftrainings absolviert, so hätte er vielleicht mit einer sinnlosen Nachfrage wertvolle Zeit verschwendet, doch so sprang er einen Schritt vor – genau dorthin, wo gerade noch Irana gestanden hatte, und das keinen Augenblick zu früh, denn schon schlug die Falle zu. Der Krieger in ihm hatte längst begriffen, dass ein Überfall drohte, aber er hatte keine verräterischen Geräusche hinter sich gehört und sich deswegen wohl mehr Zeit gelassen, als er eigentlich hatte. Denn der Angriff erfolgte nicht vom Dschungel her, sondern vom Wasser, und das so kraftvoll und schnell, dass ihm nicht einmal die Zeit zum Erschrecken geblieben wäre, wenn er nicht schon einen Satz nach vorn gemacht hätte. Ein Stück unterhalb von Daart schoss ein riesiger, dunkler Schatten aus dem Wasser hervor, und Daart gewann den flüchtigen Eindruck von einem riesigen, schuppenbewehrten *Ding*, so gewaltig, dass sich zwei ausgewachsene Männer dahinter verstecken konnten. Seine Umrisse hätten die eines – wenn auch übergroßen – Quorrl sein können, eines Reptilienkriegers, der hier auf Beutefang war.

Daart blieb indes nicht einmal der Hauch eines Augenblicks, um weiter darüber nachzudenken. Der monströse Schuppenkrieger ließ den rechten Arm vorschnellen, und gleichzeitig jagte ein dreizackiger Wurfspeer genau in die Richtung, wo Daart eben noch gestanden hatte. Mit ungeheurer Wucht donnerte der Speer ins Erdreich und bohrte sich auf Armeslänge dort hinein.

Daart riss sein Tschekal hervor und sprang zur Seite, und so schnell ihm der Ausweichschritt auch gelang, wäre er doch fast zu spät gekommen. Zwei weitere grün geschuppte Reptilienkrieger brachen mit fast übernatürlicher Geschwindigkeit aus dem Wasser hervor und hielten direkt auf ihn zu; Tausende winziger Wassertropfen wirbelten um sie herum, gischteten und nebelten sie ein, sodass sie wie Geschöpfe aus Harkons Schattenreich wirkten. Daart blieb keine Zeit, sich darüber Gedanken zu machen; er handelte ohne nachzudenken und mit der Schnelligkeit und Präzision, die man von einem Satai erwarten konnte.

Als die erste der massigen Kreaturen mit dem Zackenschwert auf ihn eindrang, tauchte er im allerletzten Moment unter dem Angriff weg und sprang zur Seite, sodass er mit einem Fuß im Uferschlamm landete und eine schmutzig-schlammige Wasserfontäne hoch spritzte. Der Untergrund war noch glitschiger, als er vermutet hatte, und so schlitterte er ein ganzes Stück weit ins Wasser und damit von seinen Gegnern weg, bevor diese ihre Angriffsrichtung korrigieren konnten.

Als er mit dem Stiefel gegen etwas Hartes prallte, fand seine Rutschpartie ein vorzeitiges Ende; er tanzte regelrecht auf einem Bein und ruderte wild mit den Armen, um nicht kopfüber in das hüfthohe Wasser zu purzeln. Das war sein Glück, denn etwas Kugelrundes, Stachelbewehrtes zischte so dicht an ihm vorbei, dass er einen scharfen Luftzug neben seinem Kopf und zugleich einen beißenden Schmerz an der Wange spürte. Daart begriff, dass es kein Ausläufer eines Felsens gewesen war, gegen den er geprallt war, sondern ein Schlammkrauler, der sich in Ufernähe heimtückisch in den Morast gebohrt hatte, begierig darauf wartend, dass ein durstiges Tier oder ein unvorsichtiger Mensch in seine Nähe käme, um dann mit einem Satz hochzuspringen und sich mit seinen spitzen Zähnen in den Hals seines Opfers zu vergraben.

Wo sich ein Schlammkrauler vergraben hatte, lauerte zumeist ein ganzer Schwarm, und Daart hatte keineswegs vor herauszufinden, wie viele dieser heimtückischen Biester sich hier versteckt halten mochten. Mit einem Satz sprang er in die Richtung, in die Irana verschwunden war.

Das Ausweichmanöver erfolgte keine Sekunde zu früh. Schon spürte Daart in seinem Rücken eine zischende Bewegung, und dann prallte auch schon etwas gegen seine Schulter und versuchte sich darin einzugraben. Im allerletzten Augenblick beschrieb Daart mit dem Tschekal einen Bogen und ließ die Spitze der Klinge haarscharf an seinem Rücken vorbeijagen; das kleine Ungeheuer klatschte, säuberlich in zwei Hälften geteilt, zurück ins Wasser, bevor es sein Gift hatte absondern können.

Die Reptilienkrieger waren weniger glücklich dran, denn sie liefen geradezu in die Hauptangriffswelle des Schlammkrauler-Schwarms. Platschende Geräusche und dumpf grollende Laute kündeten davon, dass sie dem Angriff vorerst nichts entgegenzusetzen hatten.

4 Daart verschwendete keine Zeit damit, einen Blick über die Schulter zurückzuwerfen, sondern stürmte mit Riesensätzen weiter in die Richtung, aus der er gekommen war. Gleichzeitig schien hinter ihm die Hölle loszubrechen. Ein einziger Schlammkrauler konnte mühelos einen Menschen oder auch ein größeres Tier wie ein Pferd oder einen Berglöwen außer Gefecht setzen; möglicherweise waren die Reptilienkrieger widerstandsfähiger, aber Daart hatte noch nie davon gehört, dass es irgendeinem Lebewesen gelungen sei, dem Angriff eines ganzen Schlammkrauler-Schwarms zu entkommen, in dessen Zentrum er geraten war. Die tobenden, zischenden Geräusche hinter ihm kündeten davon, dass die monströsen Schuppenkrieger zumindest in schwere Bedrängnis geraten waren, und es schien mehr als fraglich, ob sie sich mit Hilfe ihrer gefährlichen Zackenschwerter rechtzeitig aus der Gefahrenzone würden retten können, bevor das Gift einzelner Schlammkrauler sie zu sehr schwächte, wenn nicht gar tötete.

Doch wo drei Reptilienkrieger waren, mochten noch mehr sein, und Daart hatte nicht vor, die Chance ungenutzt verstreichen zu lassen, die sich ihm jetzt zur Flucht bot. Ohne zurückzublicken, jagte er den Wildpfad entlang, stets darauf bedacht, weder dem Dickicht zu seiner Linken noch dem Flussufer zu seiner Rechten zu nahe zu kommen. Durch seinen Rücken fuhr ein scharfer Schmerz, der ihn daran erinnerte, nur mit viel Glück den Sturz aus schneebedeckten Höhen in diese unglaubliche Dschungelhölle überlebt zu haben. Er musste so schnell wie möglich zu Harkon zurück, um alles aus seinem dürren Körper zu schütteln, was er zu dieser Gegend hier wusste; dann brauchte er vor allem einen Plan, wie er Carnac finden und ihre gemeinsame Mission erfolgreich fortsetzen konnte.

Die Kampfgeräusche hinter ihm wurden heftiger, anstatt zu verstummen, und das war alles andere als ein gutes Zeichen: Entweder hatten die Reptilienkrieger Verstärkung bekommen, die sie herauszuhauen versuchte, oder sie waren widerstandsfähiger, als sich das Daart in seinen düstersten Träumen ausgemalt hätte.

Als er um die nächste Ecke bog, tat sich vor ihm ein riesiger, halb vermoderter Baumstumpf auf, der aussah, als läge er schon eine halbe Ewigkeit hier, was aber keinesfalls stimmen konnte, denn auf dem Hinweg hatte er ihn nicht bemerkt. Mit einem Satz sprang er auf den mächtigen Stamm und wollte darüber hinwegsetzen, als er dicht vor sich eine huschende Bewegung gewahrte, das fast unmerkliche Zurückschnellen von Geäst und Lianen, so als wollte sich jemand – oder etwas – seiner Aufmerksamkeit entziehen.

Es war kaum mehr als das Spiel des Windes im Ufergrün, das er aus den Augenwinkeln heraus wahrnahm, und er war sich nicht einmal ganz sicher, ob ihm seine überreizten Nerven nicht einfach einen Streich spielten, aber er spürte irgendwie, dass er nicht allein war. Jemand war da, ganz in seiner Nähe, und belauerte ihn – und das wohl kaum in guter Absicht.

Dann schoss plötzlich eine schmale Hand aus dem Grün hervor, die waffenlos und mit einem fein gewebten, dunklen Stoff bedeckt war.

»He, Daart!«, rief eine leise, wenn auch energisch klingende Stimme.

Sein Herz schlug hart und schnell. Das war genau die Art, in der Carnac auf sich aufmerksam gemacht hatte, als sie geübt hatten, einen Hinterhalt zu umgehen oder einem übermächtigen Feind zu entkommen, und im selben Augenblick, in dem Daart dieser Erinnerungsfetzen durchzuckte, machte seine Phantasie aus der Hand, die er gesehen hatte, die ganze Person: Er sah Carnac abgehetzt auf der Suche nach ihm durch das Dickicht laufen und unruhig nach den Spuren suchen, die sein Schwert geschlagen hatte und seine Stiefel in das wuchernde Grün getreten hatten. Es konnte gar nicht anders sein, als dass sie ebenfalls bis zum Fluss vorgedrungen war, gerade noch rechtzeitig, um ihm gegen die monströsen Schuppenkrieger beizustehen.

»Los jetzt«, zischte es vor ihm, leiser diesmal und ohne jegliche verräterische Bewegung. Daart begriff, dass er tatsächlich regungslos auf dem Pfad verharrt hatte – ein unwürdiges Verhalten für einen Satai, der doch darauf trainiert war, schnelle Entscheidungen zu treffen.

Ohne zu zögern setzte er sich in Bewegung, dorthin, wo Carnac einen Fluchtweg entdeckt zu haben schien. Er selbst hatte versucht, in den Dschungel zu entweichen und nicht ins Wasser, aber wenn er etwas gelernt hatte in den letzten Jahren, dann, seinem Satai-Sjen in Gefahrensituationen blindlings zu vertrauen.

Geknickte Schilfhalme und beiseite gedrückte Sumpfblüten wiesen ihm den Weg. Carnac hatte nicht den direkten Weg in Richtung Wasser gewählt, sondern war am Ufer entlanggerannt, auf dem schmalen Streifen üppig blühender Ufergewächse, der ihrem Fortkommen hier am wenigsten Widerstand entgegensetzte, und ohne den gefährlich verschlammten Bereichen zu nahe zu kommen, in dem außer Schlammkraulern noch ganz andere Gefahren lauern mochten. Er sah sie, nicht mehr als ein huschender Schatten, ein Stück vor ihm, wie sie um einen gefällten, halb im Wasser liegenden Urwaldriesen herumlief, und einmal mehr bewunderte er ihre katzenartige Geschmeidigkeit und die Umsicht, die sie auch in gefahrvollen Situationen niemals verlor.

Seine Bewunderung hielt aber nur so lange an, bis er die Ausläufer des umgestürzten Baumes erreicht hatte und freien Blick auf sie bekam. Sie trug ein schwarzes Gewand, und ihre langen schwarzen Haare flatterten im Wind.

Es war Irana.

Er fragte sich, wie sie es nur geschafft hatte, ihn so zu täuschen. Iranas Bewegungen wirkten jetzt ganz anders auf ihn als die Carnacs, vielleicht genauso schnell und geschmeidig – aber eben anders. Sie erinnerten Daart mehr an ein Reh und nicht an eine Raubkatze wie in Carnacs Fall.

Irana wurde langsamer, ging dann in die Hocke und winkte ihm zu. Eine Sekunde später rutschte sie nach unten weg und tauchte im wahrsten Sinne des Wortes in den Fluten unter.

Daart verstand nicht, was das sollte. Aber hinter ihm, auf dem Wildpfad, erschallte ein wüstes Getrampel, und für einen Herzschlag erschien vor seinem inneren Auge das Bild der gewaltigen Schuppenkrieger mit ihren stachelbewehrten Schultern und Schädeln, die mit dreizackigen Wurfspeeren und Zackenschwertern denkbar schwer bewaffnet waren und sich trotz ihrer gewaltigen Körpermasse erstaunlich flink bewegten. Das gab den Ausschlag. Er schnellte vor und hielt genau auf die Stelle zu, wo Irana verschwunden war.

Nach ein paar Schritten änderte sich der Untergrund unter seinen Füßen. Der Boden war hier härter, doch leicht abschüssig, sodass er aufpassen musste, nicht auszurutschen. Während er seine Geschwindigkeit geringfügig verringerte und damit der neuen Bodenbeschaffenheit anpasste, ahnte er, wohin Irana verschwunden war. Sein Verdacht wurde schon bald zur Gewissheit. Trotz der rasch näher kommenden Verfolgermeute, die mit ungestümer Gewalt und unangenehm laut den Pfad entlangtrampelte, bremste er ab und schob seine Stiefelspitze vorsichtig auf die bläuliche Verfärbung im Wasser zu, die in Form eines Kreises um einen dunklen Eingang lag.

Er glaubte seinen Augen nicht zu trauen: Darunter war offensichtlich ein Tunnel, ein Einstieg in die Unterwasserwelt, eine Höhle oder irgendetwas, das sich seiner Vorstellungskraft entzog. Wenn Irana nicht ein Fischwesen war, das seine Kiemen unter dem langen Haar verborgen hatte, dann musste dieser Tunnel irgendwo hinführen, wo man atmen konnte – hoffte Daart zumindest. Es blieb ihm sowieso kaum etwas anderes möglich, als es darauf ankommen zu lassen. Seine Verfolger waren mittlerweile erschreckend nahe herangekommen; schon platschten ihre Schritte im Wasser, und in nur wenigen Augenblicken würde er wahrscheinlich bewundern dürfen, mit welcher Eleganz und Schnelligkeit die Reptilienkrieger mit ihren Zackenschwertern hinter ihm auftauchten und auf ihn zustürmten.

Daart ging ohne zu zögern in die Hocke. Wenn Irana mit diesen Ungeheuern unter einer Decke steckte, wäre er sowieso verloren; es lohnte also nicht, auch nur einen weiteren Gedanken daran zu verschwenden. Vorsichtig schob er sich ein kleines

Stück vorwärts, und dann, urplötzlich und abrupter, als er erwartet hatte, endete der feste Boden unter seinen Füßen, und er stürzte ins Nichts. Automatisch riss er die Arme hoch und versuchte sich irgendwo festzuhalten, aber da war nichts, was ihm Halt gegeben hätte. Mit einem Aufschrei, der in ein entsetztes Gurgeln überging, als er mit dem Kopf unter Wasser tauchte, sackte er durch; er rutschte nicht einfach ganz gemächlich herab, er wurde regelrecht nach unten weggerissen, wie von einem gewaltigen Sog gepackt oder von den Tentakeln einer Riesenkrake. Aber es war nichts von alledem: Es waren menschliche Hände, die blitzschnell seine Beine umfasst hatten, und einen Augenblick später erkannte er Irana, die ihn zu sich riss, weil er sonst unweigerlich durchgesackt wäre in ein felsiges Labyrinth, aus dem er nicht so leicht den Rückweg gefunden hätte.

Daart unterstützte Iranas Bewegung, indem er nach hinten durchfederte, sich kräftig von einem Felsen abstieß und so in Richtung der schmalen, unter der Wasserlinie liegenden Röhre schoss, in der sich Irana verkantet hatte, um einen sicheren Stand für ihr gewagtes Manöver zu haben.

Trotzdem wäre es fast schief gegangen, denn Daart kam schneller heran, als sie erwartet hatte, und so musste sie loslassen und sich ihrerseits abstoßen, was ihr angesichts der glatten Tunnelwände weitaus schlechter gelang, als er vermutet hatte. Daarts schwere Stiefel schrammten so nah an ihrem Gesicht vorbei, dass sich die Spitze seines rechten Stiefels in ihrer Kapuze verfing. Irana kam erst wieder frei, als sie sich einmal um die eigene Achse drehte. Als sie die vom Wasser und ihrem voluminösen Gewand gebremste Bewegung vollendet hatte, war es auch Daart gelungen, halbwegs festen Stand in der Röhre zu gewinnen. Nicht, dass er das unbedingt als Vorteil empfunden hätte. Die fast ebenmäßigen Wände schienen von innen heraus zu leuchten und tauchten alles in ein gespenstisch wirkendes, schwach grünes Licht, was nicht unbedingt ein Vorteil war, denn es war eine von abgestorbenen Pflanzenresten und toten Insekten durchwobene trübe Brühe, in der sie schwammen und die sie schnell hinter sich lassen mussten, wollten sie hier nicht elendig ertrinken.

Irana deutete hektisch nach oben, stieß sich ab, um eine halbe Drehung zu vollziehen, und zog sich dann, so schnell sie konnte, an der Wand entlang. Ihr Gewand hatte sich mittlerweile aufgebläht und ließ Daart ihre Beine erkennen, die offensichtlich in einer dunklen Hose steckten. Das war ungewöhnlich – denn wer trug schon Gewand und Hose gleichzeitig, noch dazu, wenn er in einem Dschungel unterwegs war? –, aber der Situation auch angemessen. Es wäre Daart mehr als unangenehm gewesen, wenn Irana überhaupt nichts unter ihrem Gewand getragen und ihm damit einen offenherzigen Anblick gewährt hätte.

Die Wand war nun so glitschig, dass sie kaum Halt bot, und doch folgte Daart Iranas Beispiel und versuchte sich sowohl mit den Händen als auch mit den Füßen so gut wie möglich abzudrücken. Seine Kleidung hatte sich mittlerweile voll Wasser gesogen und zog ihn mit geradezu bleierner Schwere zurück, aber das beunruhigte ihn weniger als die Tatsache, dass er immer noch kein Ende des Tunnels erkennen konnte. Irana bewegte sich mit erstaunlicher Geschwindigkeit, sodass er fast Mühe hatte mitzuhalten, aber es dauerte nicht lange, bis ihre Bewegungen mühevoller wurden.

Sie war schon länger hier unten als er selbst, und auch Daart spürte das brennende Verlangen nach frischer Luft in sich und gleichzeitig ein schweres, fast erdrückendes Gefühl auf der Brust, das von Herzschlag zu Herzschlag an Intensität zunahm. Was, wenn sich Irana verschätzt hatte und sich der vermeintliche Fluchtweg als Sackgasse erwies? Kurz erwog Daart, umzukehren und wieder nach oben zu tauchen, und wenn ihn dort noch so viele stachelbewehrte Schuppenkrieger erwarten mochten. Im Kampf zu fallen war für ihn zwar nicht unbedingt eine solch beglückende Vorstellung wie für die Narren, die sich begeistert von Königen und Fürsten als Söldner anheuern ließen, aber es erschien ihm weitaus weniger erschreckend, als hier weiter zu tauchen, bis er den gierigen Wunsch nach Luft nicht mehr beherrschen konnte, ihm schwarz vor Augen wurde, er ohnmächtig wurde und Wasser in seine Lungen drang …

Irana hatte es weitaus schlimmer als ihn selbst erwischt, und tatsächlich sah er schon bald Luftblasen von ihrem Gesicht aufstiegen. Er konnte sich ihre Qual vorstellen, als sie mit zittrigen, kraftlosen Bewegungen gegen ihr Schicksal ankämpfte. Es gab kein Zurück mehr, das war Daart klar, aber er war noch lange nicht bereit aufzugeben. Alles in ihm schrie danach, die verbrauchte Luft in seinen Lungen auszustoßen, um Platz zu machen für neue, frische Luft, aber er kämpfte den Tod bringenden Impuls nieder und verdoppelte seine Anstrengungen. Es dauerte nicht mehr lange, dann hatte er Irana eingeholt, doch statt an ihr vorbeizudrängen und sie brutal zurückzustoßen quetschte er sich neben sie, packte sie unter den Schultern und schleifte sie mit sich.

Es war erschreckend, wie willenlos sie es mit sich geschehen ließ. Daart mobilisierte seine letzten Kraftreserven, während er sich mühsam und Stück für Stück mit Irana im Schlepptau vorwärts zog. Der Tunnel vor ihnen aber schien sich nicht im Geringsten zu verändern.

Schließlich flirrten bunte Punkte auf Daarts Netzhaut. Er ahnte, dass das der Anfang vom Ende war, doch merkwürdigerweise fühlte er nicht den leisesten Anflug von Panik in sich, sondern eine geradezu heitere Gelassenheit. Wenn er so sein frühzeitiges Ende finden sollte, dann war das gut so; niemand hatte ihm versprochen, zum Satai geweiht zu werden, bevor er starb.

Es waren fast alberne Gedanken, und ein Teil von ihm war sich sehr wohl bewusst, dass dies zu einem nicht geringen Teil an dem Sauerstoffmangel lag, dem er jetzt schon viel zu lange ausgesetzt war. Das Flirren verstärkte sich, und er glaubte eine lichte Gestalt auf sich zuschweben zu sehen, elegant und geschmeidig, und noch bevor er sie erkannte, glaubte er zu wissen, dass es Carnac war. Dann nahm das Flirren weiter zu, bekam eine ganz andere, seltsam leuchtende Intensität; und mit dem letzten Rest seines Verstandes begriff Daart, dass es tatsächlich Licht war, auf das er sich zuquälte.

Das Erste, was er bewusst wahrnahm, als er das Ende des Tunnels erreichte und das Hämmern seines eigenen Pulses in den Ohren und der Schmerz in den Lungen nachließ, war ein lautes Tosen wie das eines Wasserfalls – und gedämpftes, gebrochenes Licht, das von überall her zu kommen schien und ihn wie das warme Lachen einer Frau einhüllte. Und natürlich Luft, so viel Luft, wie er nur in sich einsaugen konnte. Irana, die er, ohne es zu merken, das letzte Stück getragen hatte, atmete gierig und mit harten Stößen. Mit ihr in den Armen gab Daart nach und ließ sich erst in die Hocke und dann ganz zu Boden sinken.

5

Er hätte später nicht mehr zu sagen vermocht, wie lange er so dagesessen hatte, immer noch Irana im Arm haltend und unfähig, seine Umgebung mehr als schemenhaft wahrzunehmen. Schließlich fuhr Irana mit einem fast erschreckten Keuchen hoch und rückte ein Stück von ihm weg.

»Wo sind wir ... hier?«, fragte Daart mühsam.

»Ich hoffe, vorerst in Sicherheit.« Irana hustete qualvoll, stand dann auf und glättete ihr Gewand, so weit das überhaupt möglich war. Unter ihr breitete sich eine Wasserlache aus, und ihre Haare hingen ihr wirr ins bleiche Gesicht; darüber hinaus schwankte sie so stark, als stünde sie auf einem Schiff bei hoher See. Daart begriff, dass es wirklich äußerst knapp gewesen war.

»Du weißt, wer die Angreifer waren?«

Irana schüttelte müde den Kopf. »Nein. Ich habe solche Geschöpfe noch nie zuvor gesehen. Sie erinnern mich allerdings an Quorrl.«

Daart nickte. »Mich auch. Aber nur entfernt. Diese ... Stacheln an Ellbogen und Armgelenken sahen fast aus, als wären sie kein Bestandteil einer Rüstung, sondern körperliche Auswüchse.«

Irana schauderte. »Sie werden doch nicht ...?«

»Was?«

Das Mädchen schüttelte den Kopf und deutete nach oben. »Wir sollten machen, dass wir wegkommen. Wir sind hier nicht sicher.«

Daart sah in die gleiche Richtung wie sie. Es war ein geradezu unglaublicher Anblick, der sich über ihnen auftat. Grün, blau und rot schimmerndes Gestein bildete eine Art natürliches Kuppeldach, allerdings so wild zerklüftet, dass es wie eine Miniaturberglandschaft aussah, nur eben nach unten hängend. An einigen Stellen tröpfelte und plätscherte es von der Decke, und vom Rand der Kuppel stürzte ein kleiner Wasserfall hinab. Das in verwirrend vielen Farben schillernde Licht, das durch das zerklüftete Kuppeldach drang, kündete davon, dass sie der Oberfläche nahe sein mussten, aber die Rinnsale und das wenig Vertrauen erweckende Plätschern und Tröpfeln verrieten auch, dass sie sich nach wie vor unter der Wasseroberfläche befanden. Die Frage war, wie sie hier wieder herauskamen – und vor allem, wo. Offensichtlich hatte sie sich ein ganz schönes Stück vom Ufer entfernt, und irgendwo mitten im Fluss aufzutauchen empfand Daart nicht gerade als beglückende Vorstellung. Abgesehen von den vielen gefährlichen Flussbewohnern, die das Schwimmen in diesen Gefilden zu einem unkalkulierbaren Risiko machten, wäre es purer Leichtsinn, nicht allzu weit entfernt von der Stelle, an der die Schuppenkrieger wahrscheinlich gerade fieberhaft nach ihnen suchten, aus dem Wasser hervorzubrechen.

»Wäre es nicht besser, wenn wir hier so lange warteten, bis diese Super-Quorrl wieder abgezogen sind?«, fragte er schließlich.

»Super-Quorrl?« Irana, die unruhig hin und her getigert war, blieb abrupt stehen und drehte sich zu Daart um. »Ja, dieser Ausdruck passt zu ihnen – irgendwie.«

Daart seufzte. »Vielleicht könntest du dir mal angewöhnen, meine Fragen zu beantworten.«

Irana grinste schief. »Ein bisschen schwierig in dieser Situation, findest du nicht? Schließlich fehlt uns die Zeit für ein Plauderstündchen.« Sie machte eine ungeduldige Handbewegung und deutete dann nach oben. »Da braut sich was zusammen.

Wir haben vielleicht etwas Zeit rausgeschlagen, aber ich fürchte, dass sie schon längst unsere Spur aufgenommen haben.«

Daart drehte sich unwillkürlich in die Richtung, aus der sie gekommen waren. Er fühlte sich alles andere als wohl bei dem Gedanken, dass ihnen auf diesem Weg ein oder sogar mehrere Schuppenkrieger folgen könnten. »Meinst du, sie haben beobachtet, wie ich reingesprungen bin?«, fragte er.

Irana zuckte mit den Schultern. »Ich weiß nicht. Jedenfalls habe ich ein ganz übles Gefühl. Es kann doch kein Zufall sein, dass sie direkt nach dir am Fluss aufgetaucht sind.«

Daart nickte langsam. Er konnte nicht behaupten, auch nur ansatzweise zu begreifen, was in den letzten Stunden geschehen war – und, wenn er ehrlich war, nicht nur in dieser verhältnismäßig kurzen Zeitspanne, sondern ab dem Moment, in dem Harkon zu ihnen gestoßen war und Carnac und ihn geradewegs in den Schneesturm geführt hatte. »Es wird Zeit für ein paar Erklärungen«, sagte er schließlich.

Irana presste die Lippen aufeinander, als wollte sie sie versiegeln, aber dann zuckte sie mit den Schultern und meinte: »Gut möglich. Aber wenn du meinst, dass ausgerechnet ich dir dabei helfen kann, dann täuschst du dich.«

»Weil du nicht *kannst* oder weil du nicht *willst?*«, fragte Daart ärgerlich.

Irana zuckte abermals mit den Schultern. »So einfach ist das nicht. Es gibt vielleicht Erklärungen, die ich dir geben könnte, aber ich bezweifle, dass du sie verstehen würdest …«

Daart kniff die Augen zusammen. »Hältst du mich etwa für dumm?«

»Nein, wirklich nicht.« Irana schüttelte sich wie ein nasser Hund, und eine ganze Wolke von Wassertropfen stob von ihr auf. »Es ist nur alles andere als … einfach.« Sie packte den unteren Teil des Gewandes und wrang ihn aus; die Pfütze, in der sie stand, wurde zunehmend größer. »Wir müssen uns mit Mächten einlassen, denen wir vielleicht nicht gewachsen sind.«

»Wenn du diese stacheligen Schuppenkrieger meinst«, sagte Daart verächtlich, »dann kann ich dich trösten. Wir Satai haben

Mittel und Wege, um auch mit solchen Kreaturen fertig zu werden.«

Irana musterte ihn gedankenverloren und nieste plötzlich heftig. »Ich weiß, dass ihr es im Kampf sogar mit gut ausgebildeten Quorrl aufnehmen könnt, und das, obwohl sie zigfach stärker sind als jeder Mensch und nicht gerade zu den langsamsten Geschöpfen Enwors zählen. Aber trotzdem«, sie wischte sich mit dem Ärmel ihres Gewands über die Nase, »diese *Super-Quorrl*, wie du sie nennst, sind etwas anderes.«

»Und warum, wenn ich fragen darf?«

»Nun ...« Irana schien nach einer passenden Erklärung zu suchen – oder möglicherweise auch nach einer Ausrede, mutmaßte Daart, mit der sie die Wahrheit vernebeln konnte. »Ihr Satai hattet Jahrtausende Zeit, euch auf den Kampfstil der Quorrl einzustellen«, fuhr sie schließlich fort. »Anfangs wart ihr ihnen hoffnungslos unterlegen. Aber durch das intensive Studium eurer Gegner und die Entwicklung entsprechender Gegenstrategien habt ihr gelernt, es mit ihnen aufzunehmen.«

»Kann ja alles sein«, sagte Daart ungeduldig. »Aber wenn, dann trifft das für die Zeit zu, als die Quorrl im Norden Enwors wie die Barbaren gehaust haben. Mittlerweile gibt es keine Stadt und kein Königreich mehr, in dem die Reptilienkrieger nicht eine wichtige Position einnehmen – und das nicht selten zum Nutzen aller.«

»Ja, man könnte fast meinen, jetzt, da die Quorrl als Rasse keine große Gefahr mehr darstellen, bedürfte es einer neuen Herausforderung für euch Satais.« Irana straffte sich. »Und falls ihr die Zeit hättet, würdet ihr euch vielleicht ebenfalls in einigen hundert Jahren auf die Schuppenkrieger einstellen, die dich und mich gerade fieberhaft suchen. Nur, fürchte ich, wird man euch nicht so viel Zeit lassen.«

»Hmm«, machte Daart. »Das klingt ziemlich ...«

»Ja?«

»Verworren«, fuhr Daart fort. »Abläufe von mehreren hundert oder tausend Jahren sind mir schlicht und einfach zu gewaltig, um daran auch nur einen einzigen Gedanken zu verschwenden.« Und damit, dachte er, war es an der Zeit herauszufinden, ob dieses geheimnisvolle Mädchen mehr von der dringenden Mission wusste, die ihn und Carnac entgegen jeder Vernunft durch das Schneechaos vorangetrieben hatte. »Da du dich ja bestens mit unseren Sitten auszukennen scheinst, weißt du wahrscheinlich, dass ich mit meinem Partner auf einer Satai-Sjen-Reise war, die der krönende Abschluss unserer Ausbildung hätte sein sollen ...«, begann er.

»Denk an euren großen Skar, nach dem sich eure Herren mit dem Titel Skarissa schmücken«, unterbrach ihn Irana, als hätte sie seine letzten Worte gar nicht gehört. »Für ihn sind Jahrhunderte zu Augenblicken geschrumpft.«

»Skar.« Daart tat so, als überraschte ihn die Erwähnung dieses Namens. »Skar, ja. Um ihn ranken sich wirklich hübsche Legenden.«

»Mehr nicht?«, fragte Irana spöttisch.

»Wohl kaum«, sagte Daart ausweichend, und in dem Bestreben, möglichst schnell das Thema zu wechseln, fügte er hinzu: »Auf welchem Weg kommen wir hier wieder raus?«

»Wieso?«

»Weil ich gern wissen möchte, ob es lohnt, das Wasser aus meinen Stiefeln zu kippen.« Er machte ein paar patschende Schritte auf Irana zu. »Die stehen nämlich bis zum Rand voll. Aber wenn wir gleich wieder ins Wasser müssen, lohnt es sich nicht, sie auszuziehen.«

»Trockenen Fußes kommen wir hier wohl kaum raus, wenn es das ist, was du wissen möchtest«, meinte Irana. »Wir sollten allerdings ...«

Sie brach mitten im Satz ab und legte den Kopf schief. »Verdammt«, rief sie. »Wie es aussieht, haben sie uns entdeckt.«

»Was?« Daart lauschte anstrengt, aber er hörte kein verräterisches Geräusch; nichts außer dem Tröpfeln, Gluckern und Prasseln, das in dieser merkwürdigen Höhle davon kündete, wie nah sie dem nassen Element waren.

Irana sah sich gehetzt um. »Wenn ich nur wüsste ...« Sie schien etwas entdeckt zu haben, denn statt ihren Satz zu beenden, fuhr sie plötzlich auf dem Absatz herum und eilte auf den hinteren Teil der Kuppel zu, genau auf die Stelle, an der der Miniaturwasserfall in mehreren Kaskaden hinabfiel. Daart wusste weder, was sie aufgeschreckt hatte, noch welchen Rettungsweg sie möglicherweise entdeckt hatte, aber das hinderte ihn nicht daran, ihr ohne weitere Fragen zu folgen. Es war ein ekelhaftes Gefühl, in den bis zum Überschwappen mit Wasser gefüllten Stiefeln zu laufen, und vor allem war es völlig unmöglich, das so lautlos zu tun, wie er es gewohnt war: Die Sohlen quietschten auf dem Boden, seine Füße rieben gegen das nasse Leder, und Wasser tropfte bei jedem Schritt auf den Boden – zumindest Letzteres immerhin ein Laut, der in dieser tropfnassen Höhle niemandem auffallen würde.

Dass es darauf überhaupt nicht ankam, begriff Daart schon einen Sekundenbruchteil später. Irgendwo über ihnen ertönte ein lautes Bersten und Donnern, und im gleichen Moment schrie Irana auf. Ihr Ruf war eine Mischung zwischen einem Entsetzensschrei und der Aufforderung an Daart, es ihr gleich zu tun – derer es gar nicht bedurft hätte, denn er hatte auch so begriffen, dass es jetzt um alles oder nichts ging. Dann hetzte sie in atemberaubendem Tempo los, ohne sich umzudrehen oder sich davon zu überzeugen, ob Daart ihr auch tatsächlich folgte.

Irgendwo hinter ihnen gab es einen ohrenbetäubenden Knall. Mitten im vollen Lauf drehte er den Kopf herum – und starrte auf eine unglaubliche Szene, die so bizarr war, dass er unwillkürlich seine Schritte verlangsamte.

Der schwere, eisenbeschlagene Kiel eines Langboots war in das Kuppeldach gestoßen – wie der Rammbock in das Tor einer belagerten Burg – und hatte ein Loch in das zerklüftete Dach geschlagen, sodass Daart einen Teil des Kiels in die Höhle hineinragen sah, während der Rumpf des Bootes allenfalls als schwarzer, drohender Umriss zu erkennen war. Gesteinsbrocken prasselten herab, beiseite gewischt nicht nur durch die Wucht des Aufpralls, sondern durch die hereinstürzenden Wassermassen, die mit ungehinderter Gewalt in die Höhle schossen und alles mit sich rissen, was sich in ihrem Weg befand.

Daart hatte keine Ahnung, wie lange es dauerte, bis die Höhle geflutet war. Irgendwo in seinem Hinterkopf flüsterte ihm eine bösartige Stimme zu, dass jederzeit das ganze Kuppeldach einstürzen könnte, nachdem es an einer Stelle seiner Spannkraft beraubt worden war und auf ihn und Irana krachen könnte. Kein Wunder, dass das Mädchen davonrannte, als wäre eine Daktyle im Tiefflug hinter ihr her, und obwohl er wusste, dass es jetzt um Sekunden ging, blieb er vollends stehen und drehte sich ganz in die Richtung der Katastrophe um; er musste unbedingt wissen, was hier geschah – und ob es nicht eine Möglichkeit gab, durch das gerade entstandene Loch zu entkommen, statt Irana zu folgen, die am Ende nur in panischem Entsetzen flüchtete, ohne einen wirklichen Ausweg aus der bedrohlichen Situation zu kennen.

Das Langboot trieb ein Stück zurück, ob durch ein freiwilliges Manöver oder durch den Rückstoß des Aufpralls, vermochte er nicht zu sagen, aber immer noch donnerten kleinere und größere Gesteinsbrocken herab, einige davon mit solcher Kraft, dass der Boden unter ihrem Aufschlag erzitterte. Es wurde Zeit, hier zu verschwinden, denn das Wasser, das zu ihnen hinabstürzte, würde rasch steigen und ihnen die Atemluft nehmen. Trotzdem – oder gerade deswegen – nahm in Daart ein verzweifelter Plan Gestalt an: Wenn das Kuppeldach nicht vollständig zusammenbrach und sie unter einem Trümmerhagel begrub, könnten sie sich von dem Wasser nach oben treiben lassen, bis sie die Öffnung über ihnen erreichten, um auf diesem Weg die Höhle zu verlassen.

Seine Hoffnung, das Boot werde abtreiben oder aber mit neuem Kurs Fahrt aufnehmen, zerschlug sich allerdings schon wenige Augenblicke später. Wer auch immer das Kommando dort oben hatte, verstand offensichtlich sein Handwerk. Ganz sanft driftete das Boot an die von ihm selbst geschaffene Öffnung des Kuppeldachs heran, und ohne auch nur einen Sekundenbruchteil zu vergeuden, wurden von der für Daart immer noch unsichtbaren Mannschaft Taue durch das Loch geworfen. Er ahnte, was geschehen würde, noch bevor der Gesteinsregen versiegte und sich wie zum krönenden Abschluss eine besonders massiv wirkende, fast ebenmäßige Steinplatte vom Rand der Öffnung löste, sich einmal um ihre Achse drehte – und ein einzelner Lichtstrahl sie wie zum Hohn anstrahlte und in einem farbenprächtigen Spektakel aufleuchten ließ. Mit einem gewaltigen Donnern schlug die Steinplatte auf dem Boden auf und explodierte in einem wahren Schauer unterschiedlich großer Gesteinsbrocken. Ein Splitter schoss an Daart vorbei, ritzte seine Wange und hinterließ eine blutige Schramme, aber er merkte es nicht einmal.

Die Mannschaft dort oben war entweder tollkühn, oder sie hatte ihr Manöver genau berechnet, denn schon schwangen sich Beine über den Abgrund, aus dem das Wasser nach wie vor mit unbändiger Wucht herabschoss, und an den Seilen glitten schwarz gekleidete Krieger herab, fünf, sechs, sieben, so viel, wie Seile ins Höhleninnere ragten; es waren schlanke Männer, deren Gesichter unter silbern glitzernden Masken verborgen waren und deren rasche und geschickte Bewegungen davon kündeten, dass ihre Ausbildung der eines Satais in kaum etwas nachstand. Wenn ihnen keine größere Gesteinslawine einen Strich durch die Rechnung machte, würden sie gleich unbeschadet den Boden erreicht haben, und auch wenn sich Daart nicht vor einem Kampf fürchtete, war ihm doch klar, dass er gegen diese Überzahl kaum eine Chance hätte – vorausgesetzt, sie verstanden mit ähnlichem Geschick zu kämpfen wie er selbst.

Wer, bei allen Göttern, war da nur hinter ihm her?

»Daart!«, schrie Irana verzweifelt, und endlich riss er sich los und sprintete davon. Er konnte Irana nirgends entdecken, aber dort, wohin sie gerannt war, bemerkte er jetzt mehrere tiefschwarze Öffnungen in der Höhlenwand; in einer von ihnen musste Irana verschwunden sein. Das Wasser stand ihm jetzt schon bis zu den Knien, und in den Öffnungen verschwand es zischend und gurgelnd, als würde es von dort anzogen. Es erschien ihm nicht gerade eine gute Idee, dort einzutauchen, wo das Wasser in wenigen Augenblick bereits endgültig alles überspült haben musste, aber andererseits waren seine Auswahlmöglichkeiten äußerst beschränkt.

»Daart!«, schrie Irana erneut, und diesmal konnte er die Richtung bestimmen, aus der sie ihn gerufen hatte. Es war eine höher gelegene Öffnung, hinter der sich wahrscheinlich ein Tunnel ähnlichen Ausmaßes verbarg wie der, durch den sie hierher gelangt waren. Daart war mit ein paar raschen Sätzen dort und zog sich hoch. Bevor er in den Tunnel glitt, warf er einen letzten Blick zurück.

Die schwarz gekleideten Krieger hatten mittlerweile den Boden erreicht und eilten auf ihn zu. Der vom Wasser überspülte Untergrund, auf dem sie liefen, war so uneben, dass einige von ihnen strauchelten, aber kaum langsamer wurden: Das waren Krieger, die für genau solche Missionen ausgebildet waren und die ihm nicht die geringste Chance lassen würden, sie im offenen Kampf mit ein paar simplen Satai-Techniken auszutricksen.

Daart zog sich in die Öffnung und robbte den Tunnel entlang. Irgendwo vor sich hörte er es rascheln; er vermutete, dass es Irana war, die bereits einigen Vorsprung vor ihm gewonnen haben musste. Er konnte nur hoffen, dass sie wusste, was sie tat. Es würde nicht mehr lange dauern, bis das Wasser so hoch gestiegen war, dass es auch hier hereinschwappte. Wenn weiter vorne nicht irgendwo ein Ausgang war, würde der Tunnel in wenigen Minuten ihr nasses Grab werden.

Daart hatte nicht vor, es darauf ankommen zu lassen. Er würde nachsehen, wohin der Tunnel führte, und wenn er dort keinen Ausgang fand und das Wasser einströmte, würde er umkehren und sich dem Kampf mit den Silbermasken stellen …

Er kroch weiter, so schnell er konnte, in dem sicheren Wissen, dass ihm nicht mehr viel Zeit blieb. Nur wenn Irana ihn hier herausführte, würde er entkommen – vorerst.

Er war erst wenige Schritte weit gerobbt, als sich etwas vor ihm veränderte; das Rascheln, das er Irana zugeordnet hatte, entfernte sich nicht etwa von ihm, es hielt auf ihn *zu*, und gleichzeitig glaubte er einen schwachen Lichtschein zu bemerken, ein hin und her flackerndes Licht, nicht unähnlich dem einer Fackel und doch ganz anders … und dann raste das Licht urplötzlich auf ihn zu, und es veränderte seine Intensität, wurde zu einer hell lodernden Feuerwalze, zu einem heranjagenden Hitzeschild, und er riss in einer verzweifelten Geste den Arm vor die Augen … Es gab einen lauten Knall, nicht unähnlich dem, mit dem die riesige Steinplatte auf dem Boden in der Halle hinter ihm aufgeprallt war, nur ungleich ohrenbetäubender; ein Explosionsknall, der die Tunnelwände zum Erzittern brachte. Daart hatte das Gefühl, ihm würde der Kopf von den Schultern gerissen.

Dann erwischte ihn eine gewaltige Druckwelle, und noch bevor er überhaupt begriff, was mit ihm geschah, wurde er zurückkatapultiert, prallte links und rechts gegen die Tunnelwände, hart und schmerzhaft, ein fast lebloses Bündel. Kaum noch bei Bewusstsein, wurde er weitergeschleudert, aus dem Tunneleinstieg hinaus und noch ein Stück weiter. Schließlich sackte er durch, machte eine unbeholfene Rolle in der Luft und schlug aufs Wasser auf, unfähig, seinen Körper auch nur im Geringsten zu kontrollieren. Während er in dem gluckernden Nass versank, drehte sich die ganze Welt um ihn, seine Ohren schmerzten wie verrückt, sein Schädel schien zu platzen, und seine Lungen waren so verkrampft, dass er nicht einmal hätte schreien können, wenn er es gewollt hätte … Und er sah ein silbernes Gesicht neben sich auftauchen, ein Schemen wie aus einem Albtraum, eine lebendig gewordene Gottheit, die ihn heimholte in ihr grausiges Reich …

TEIL 2

Andere beherrschen erfordert Kraft.
Sich selbst beherrschen erfordert Stärke.

Das zwölfte Buch

1 … und als er wieder zu sich kam, als sich der Nebel über seinen Empfindungen lichtete und er seine Umgebung endlich wieder bewusst, wenn auch anfangs nur sehr verschwommen wahrzunehmen vermochte, da gewahrte er immer noch das silberne Gesicht, das sich über ihn beugte. *Es war eine lange Reise*, wisperte eine Stimme, *eine lange und gefährliche Reise. Und damit hat es gerade erst begonnen.*

»Was?«, wollte er fragen, aber er brachte nur einen krächzenden Laut zustande, unverständlich sogar für ihn selbst.

Die Stimme antwortete ihm nicht. Aber er hätte sich auch gewundert, denn schließlich war sein Krächzen kaum als Frage zu verstehen gewesen.

Das silberne Gesicht, das ihm ganz nahe gewesen war, wich nun ein Stück zurück, beinahe so, als wollte es verhindern, dass er es zu genau betrachten konnte. Diese Vorsicht war vollkommen unbegründet, denn Daart war immer noch viel zu benommen, um seine Umgebung zu erkennen, doch was ihn weit mehr beunruhigte, war die Tatsache, dass er auch seinen eigenen Körper kaum wahrzunehmen vermochte – eigentlich gar nicht, sah man einmal davon ab, dass er einen fürchterlichen Brummschädel hatte wie nach einer versoffenen Nacht voller schlechtem Wein. Aber was war mit seinen Beinen, seinen Armen, seinem Oberkörper los? Er hätte nicht einmal sagen können, ob er lag, saß oder stand; es war eher so, als existierte sein Körper unterhalb des Halses überhaupt nicht mehr.

Noch war er nicht in der Lage, daraus irgendwelche Schlussfolgerungen zu ziehen oder sich ernsthaft Sorgen zu machen, aber dennoch – die Ungewissheit breitete sich wie ein schleichendes Gift in ihm aus, wie die leise Vorhut eines Unwetters, dessen erste Anzeichen ihn kribbelig und nervös werden ließen. Daart wusste nicht im Geringsten, was mit ihm los war, und noch dazu war er in der Gewalt dieser Silbermasken, die einen unglaublichen Aufwand betrieben hatten, um ihn gefangen zu nehmen. Er befürchtete, dass sie gezielt ausgeschickt worden waren, um zu verhindern, dass er und Carnac sich nach Irapûano zu dem geheimnisumwitterten Magier Cor Har'Kanarro durchschlugen. Aber wer überhaupt, außer den Satai selbst, wusste um den üblichen Ablauf einer Satai-Sjen-Reise, und wer mochte darüber hinaus im Besitz des überaus kostbaren Wissens sein, dass es hier um weit mehr ging?

Das Silbergesicht wandte sich von ihm ab und wurde zu einem kaum noch wahrnehmbaren Schemen außerhalb seines Gesichtskreises. »Er ist erwacht, Gebieterin«, sagte er so leise, dass Daart die Worte kaum verstand.

Daart hatte keine Ahnung, wer damit gemeint war, aber das war ihm im Augenblick auch ziemlich egal. Er erinnerte sich undeutlich daran, von einer gewaltigen Explosion aus einem Tunnel herauskatapultiert worden zu sein, bevor er ins Wasser eingetaucht war und sich diesem Silbergesicht gegenübergesehen hatte, das sich auch jetzt noch um ihn zu kümmern schien. Offensichtlich hatte man ihn noch rechtzeitig aus dem Wasser gefischt, bevor er ertrunken war, und wahrscheinlich befand er sich jetzt an Bord des Langboots, welches das Kuppeldach teilweise zum Einsturz gebracht hatte.

»Kannst du mich hören?«, fragte eine kühle, beherrscht klingende Frauenstimme, und dann tauchte ein Gesicht in sein Sichtfeld ein, das einfach atemberaubend war.

Zu behaupten, die Frau wäre hübsch, wäre eine maßlose Untertreibung gewesen. Ihr Gesicht war schmal, fein geschnitten und von einer kühlen, herben Schönheit, mit hohen Wangenknochen und schmalen, leicht schräg stehenden Augen, die ihn hochmütig, aber durchaus nicht feindselig musterten; und Daart kam es vor, als hätte er dieses Gesicht schon einmal gesehen und als müsste er sich unbedingt und sofort daran erinnern, wo das gewesen war.

»Was ist?«, herrschte ihn die unbekannte Schönheit an. Erst jetzt erkannte Daart, dass sie einen eng anliegenden, silbrig glänzenden Schutzpanzer trug, der aussah, als hätte ein unbekannter Schmied aus Sternenstahl eine vollkommen elastische, körperbetonte Rüstung geschmiedet. Über ihre Brüste schienen sich goldene, lichtdurchflutete Spinnenetze zu spannen, so fein war der Harnisch gearbeitet, den sie trug, und von ihrem Hals aus, den ein mit Edelsteinen besetztes Lederband umfasste, umspannte ein filigranes Trägersystem aus glatt poliertem schwarzem Leder, das gleichermaßen anschmiegsam wie widerstandsfähig wirkte, ihren ganzen Körper bis hinab zu den schenkelhohen Schaftstiefeln.

»Du bist wieder bei Bewusstsein, dass sehe ich doch!«, fuhr die Unbekannte ungeduldig fort. Als Daart keine Anstalten machte zu antworten, wandte sich die Frau dem Silbernen zu. »Er ist doch ansprechbar? Oder war die Dosis zu hoch?«

»Nein, nein, Gebieterin«, versicherte der Mann in demütigem Tonfall.

»Nun gut.« Das Gesicht wandte sich wieder Daart zu. Er hätte schreien können vor Pein, als sie so hochmütig auf ihn herabblickte – ohne zu wissen, warum. Der Tempel der Guhulan, die verspiegelten Räume, das Licht – das FEUER, das überall war, omnipräsent, das ihn umflutete und mit bösen Zungen nach ihm leckte, kaum dass er den Tempel betreten hatte, das ihn förmlich in die Opfer- und Reliquienräume gezogen hatte, um ihn am Heiligtum vorbeizuleiten, welches zu betreten ihm unter Todesstrafe verboten war … Das Heiligtum, verdammt, dieses Heiligtum, in das er doch einmal hineingelinst hatte: Da war etwas gewesen, was ihn jetzt an diese Frau erinnerte, die so überheblich auf ihn herabsah.

Er versuchte die ungestüme Wucht der Gefühle zu bändigen, die über ihn hereinbrachen, aber es gelang ihm nicht. Er musste sich daran erinnern, welche Art von Verknüpfung es zwischen dieser Frau und dem Guhulan-Tempel gegeben hatte. Hatte er sie dort gesehen? Oder jemanden, der ihr ähnlich war? Oder war da etwas in dem Heiligtum gewesen, das ihm damals nichts gesagt hatte, ihn aber jetzt auf etwas aufmerksam machte, was er keineswegs übersehen durfte?

Er kam nicht darauf. Nur ganz am Rande wurde er sich bewusst, dass die Frau, die der Silberne *Gebieterin* genannt hatte und die eine Aura von Macht verströmte, wie er es noch nie erlebt hatte, größer war als er selbst und damit größer als jede andere Frau, die er bislang kennen gelernt hatte. Aber das war nebensächlich. Viel entscheidender war die damit verbundene Erkenntnis, dass er offensichtlich nicht lag, wie er zuerst geglaubt hatte, sondern vielmehr in aufrechter Position fixiert war, vielleicht mit Ketten oder Lederriemen gebunden, vielleicht aber auch durch eine Droge seiner Körpergefühle beraubt. Aber warum, verdammt noch mal, spürte er nichts davon?! Hatte er sich bei dem Sturz so übel verletzt, dass er gelähmt war? Oder hing es mit dieser *Dosis* zusammen, von der die Herrscherin der Silbernen gesprochen hatte?

»Hör mir jetzt gut zu«, sagte die Frau in einem melodischen Singsang, in dem ein kaum merklicher Akzent mitschwang, so als wäre Tekanda nicht ihre Muttersprache, aber als wäre sie es durchaus gewöhnt, in dem in Enwor weit verbreiteten Handelsdialekt zu reden. »Ich bin Nubina. Und es ist mein Wort, das hier gilt. Ich entscheide über Leben und Tod, über Vergnügen oder Qual. Hast du das verstanden?«

»Was …« Daart musste sich ein paar Mal räuspern, bevor er weiter sprechen konnte. »Was soll das … alles?«

»Ich denke, dass weißt du ganz genau, Satai-Sjen«, sagte Nubina. Ein verächtliches Lächeln umspielte ihre Lippen. »Du und deinesgleichen seid doch immer so rührend besorgt um die alte Ordnung. Wenn es euch nicht gäbe, hätte Enwor schon längst wieder neu erblühen können.«

»Es hätte … *was?*« Die Ungeheuerlichkeit der Behauptung hätte Daart wahrscheinlich die Sprache verschlagen, wenn er in einer anderen, etwas besseren Verfassung gewesen wäre, doch so fuhr er fort: »Ich habe keine Ahnung, was du von den Satai weißt. Aber wir sind keine Unterdrücker, falls dir das entgangen sein sollte.«

Nubinas Augen verengten sich zu Schlitzen. Sie gab jemandem einen Wink, und sofort tauchte der Silberne in seinem Gesichtsfeld auf und schlug ihm ohne Vorwarnung ins Gesicht. Daarts Kopf wurde ein Stück nach hinten geschleudert, und sein Genick durchzuckte ein scharfer Schmerz – was er jedoch nicht mit Entsetzen, sondern fast mit einem Gefühl von Erleichterung registrierte. Immerhin bedeutete das, dass er unterhalb seines Halsansatzes noch zu Schmerzempfindungen fähig war, was vielleicht mehr war, als er erwarten durfte.

»Sprich mit der Göttin nie wieder so wie mit deinesgleichen«, zischte der Silberne.

»Gut. Wenn es … Euch wichtig ist«, antwortete Daart, allerdings an Nubina gewandt und nicht an den Silbernen.

Der Krieger holte erneut zum Schlag aus, doch Nubina hielt ihn mit einem leichten Kopfschütteln auf. »Mit Frechheiten wirst du dir keinen Gefallen tun«, sagte sie ruhig. »Wie ich schon sagte: Hier bestimme ich über Leben und Tod, über Vergnügen oder Qual.«

Daart war immer noch viel zu verblüfft, um so etwas wie Angst zu empfinden. Die Erinnerung an den Feuer-Tempel – und damit auch an das, was Nubina möglicherweise mit ihm zu tun haben mochte –, verblasste bereits wieder, und er war ebenso wenig in der Lage, sie willentlich festzuhalten oder wieder hervorzuholen wie sonst in den unzähligen Stunden, in denen er sich verzweifelt daran zu erinnern versucht hatte, was in all den Jahren zwischen Pe'tes Tod und seinem Eintreffen bei den Satai geschehen war. Bis auf wenige Eindrücke war diese Zeit ausgelöscht, und wenn dort etwas verborgen lag, was ihm in seiner jetzigen Lage weiterhelfen mochte, würde er wohl kaum darauf kommen. Es erschien ihm weit sinnvoller, sich auf die Frage zu konzentrieren, was es mit den monströsen Schuppenkriegern auf sich hatte, die ihn am Fluss überfallen hatten – oder mit dem Trupp schwarz gekleideter Krieger mit Silbermasken, die ihn und Irana auf wahrhaft beeindruckende Weise überrumpelt hatten.

»Denk über meine Worte nach, Satai-Sjen«, sagte Nubina. »Wenn wir uns das nächste Mal hier treffen, will ich klare Antworten von dir.«

Damit drehte sie sich auf dem Absatz um und verschwand in Begleitung des Silbernen aus Daarts Blickfeld. Es war mehr ein Reflex als eine bewusste Entscheidung, dass Daart sich auf die

Schritte der beiden konzentrierte. Dem verhallten Klang nach zu urteilen war der Raum, in dem man ihn gefangen hielt, erstaunlich groß und frei von Möbeln, Vorhängen oder trennenden Wänden, an denen sich der Schall brechen konnte. Als er die Augen schloss und dem nachlauschte, was als gebrochene Schwingungen an sein Ohr drang, überlief ihn ein kaltes Frösteln. Das klang so gar nicht nach dem beengten Bauch des Schiffes, dessen Kiel er zuvor nur als dunklen Schatten wahrgenommen hatte. Vielleicht befand er sich noch nicht einmal in einem Gebäude, sondern in einem Tal oder einer Schlucht, in die ihn Nubina nach seiner Gefangennahme hatte bringen lassen. Wenn das so war, bedeutete es wohl, dass er weitaus länger bewusstlos gewesen war, als er befürchtet hatte. Ob ihn Carnac – oder auch Harkon – unter diesen Umständen aufstöbern konnten, war mehr als ungewiss. Aber vielleicht war es Carnac wenigstens gelungen, auf anderem Wege als seinem dem Schneesturm zu entkommen und sich auf die Suche nach Cor Har'Kanarro zu machen. Verlassen konnte er sich darauf natürlich nicht im Geringsten, und wenn er ehrlich war, war es nichts weiter als eine äußerst vage und verzweifelte Hoffnung, dass Carnac sich allein nach Irapûano durchschlagen könnte, um dort den verschwundenen Magier aufzutreiben und anschließend mitsamt dem Elixier den Rückweg in die Korona zu schaffen – nein, das konnte er vergessen, wenn er ehrlich war. Ein Schweißtropfen rann über seine Wange, wurde vom Mundwinkel abgelenkt und blieb auf seiner Unterlippe hängen. Erst da wurde ihm bewusst, dass er den Kopf in den Nacken gelegt und die Augen geschlossen hatte, und er begriff, dass er ganz nahe daran war, sich in wirren Gedanken zu verlieren und erneut hinüberzugleiten in den dunklen Bruder des Schlafs, eine Ohnmacht, aus der es womöglich kein Erwachen mehr gab.

Dazu durfte er es nicht kommen lassen. Mühsam riss er die Augen auf und senkte den Kopf. Wieder fuhr ein scharfer Schmerz durch seinen Nacken, beinahe so, als hätte ihn der Silberne noch einmal geschlagen. Er musste herausbekommen, wo er war – und was mit Irana, diesem seltsamen Mädchen, das ihn am Fluss erwartet hatte geschehen war. Nubina hatte von einer *Dosis* gesprochen, was darauf hinwies, dass man ihm irgendeine Art Gift, oder vielleicht auch ein Halluzinogen, injiziert hatte. In der Korona hatte er eine ganz Menge über solche Stoffe gelernt und auch darüber, wie man sich – zumindest gegen einige von ihnen – zur Wehr setzen konnte, aber diese Techniken verlangten große Selbstbeherrschung und die Möglichkeit, auf seinen Körper bewusst Einfluss zu nehmen. Doch wie sollte er das, wenn er nicht einmal wusste, ob er sich vom Hals ab überhaupt noch bewegen konnte?

Prüfe dich selbst, flüsterte eine Stimme. *Finde einen Weg zu dir selbst.*

Wenn es ihm möglich gewesen wäre herumzufahren, hätte er sich umgesehen, um sich zu vergewissern, ob dort jemand war. Und doch wusste er, dass es völlig sinnlos gewesen wäre, denn die Stimme war nicht von außen, sie war von *innen* gekommen. Es war dieselbe Stimme, die er bei seinem Erwachen vernommen und von der er zuerst geglaubt hatte, sie gehöre dem Silbernen – aber das konnte nicht sein, denn dieser hatte in dem leisen, beherrschten Tonfall eines Kriegers gesprochen, der es gelernt hatte, zu gehorchen und seine Kräfte zu kontrollieren, um sie einer größeren Sache unterzuordnen. Die Stimme in seinem Innern klang körperlos, losgelöst von allem Stofflichen und dabei doch so gewaltig, das sie ihn ganz ausfüllte und benommen machte, so als verfügte er über gar keinen eigenen Willen mehr.

Das war gefährlich. Es konnte eine beabsichtigte Wirkung der Drogen sein, die man ihm verabreicht hatte, oder auch der Versuch seiner inneren Heilungskräfte, sich gegen sie zur Wehr zu setzen; vor allem aber zeigte es eines: Er verlor langsam die Kontrolle über sich selbst. Und zwar nicht nur über seinen Körper, sondern auch über seinen Geist, seinen in zwei Jahren härtester Ausbildung geformten Verstand. Wie um ihn zu verhöhnen, perlten jetzt Schweißtropfen über seine Wangen und Lippen, aber zumindest schwieg die Stimme.

Stück für Stück drehte er den Kopf. Irgendetwas setzte der Bewegung erbitterten Widerstand entgegen, vielleicht eine wamesische Klemmvorrichtung, wie sie Folterknechte in ganz Enwor zur Fixierung ihrer unglücklichen Opfer verwendeten, oder auch eine ganz ordinäre Schraubzwinge, die man für den gleichen Zweck missbrauchte. Erneut streifte ihn der Gedanke, dass es womöglich überhaupt kein äußeres Hindernis geben mochte, das ihn behinderte, sondern etwas mit den Wirbeln in seinem Genick nicht in Ordnung war, was auf grausame Weise erklären würde, warum er seinen Körper vom Hals abwärts nicht mehr spürte. Aber Daart schob diesen Gedanken schnell wieder beiseite, um sich nicht in eine Panik hineinzusteigern.

Als es in seinem Genick knirschte und krachte wie bei Ästen, die man mit brutaler Wucht vom Stamm abknickte, stieß er ein erschrockenes Keuchen aus. Er hätte jetzt warten können, bis Nubina wiederkäme, aber damit wäre überhaupt nichts gewonnen. Wenn ihm tatsächlich das Unglück widerfahren sein sollte, vom Hals abwärts gelähmt zu sein – eine Vorstellung, die für ihn weit fürchterlicher war, als im Kampf oder im schlimmsten Fall auch unter der Folter zu sterben –, dann täte er sich erst recht keinen Gefallen, indem er hier tatenlos ausharrte. Schlimmstenfalls würde er die Silbernen zu Gewaltausbrüchen reizen, die ihm einen schnelleren und weniger qualvollen Tod versprachen als ein unrühmliches Ende als vollständig gelähmter Krüppel.

Den Kopf Stück für Stück weiterzudrehen verlangte ihm beinahe mehr Kraft ab, als er im Augenblick aufbringen konnte. Gleichzeitig stieg etwas anderes in ihm hoch, eine Wut von so elementarer Kraft, wie er sie selten zuvor empfunden hatte. *Wer seine Wut geschickt zu nutzen versteht, der gewinnt*, meldete sich die Stimme ungerührt zu Wort. *Aber wer das nicht vermag, der wird verlieren – für immer und ewiglich.*

»Halt die Schnauze!«, schrie Daart.

Er war vollkommen außer sich. Die Ungewissheit über seinen Zustand, die grausame Frage, ob er nun gelähmt war oder nicht, der Überfall der Schuppenkrieger, Carnacs Verschwinden, Iranas Auftauchen, die Silberkrieger – all das purzelte in wahnsinniger Geschwindigkeit und falscher Reihenfolge in seinem Verstand durcheinander, und das Gefühl, vollkommen unbeweglich dastehen zu müssen, der Gefangene irgendeiner Verrückten zu sein, die hier entweder Krüppel ankettete oder aber ihre Gefangenen so fest zusammenband, dass sie glauben mussten, vollständig gelähmt zu sein, verdichtete sich in ihm zu einem solch ungeheuren Zorn, dass ihm alles egal war. Hätte er jetzt die Gelegenheit gehabt, seine Wut an den nächstbesten Gegenständen auszulassen, hätte er, ganz gegen seine sonstige Art, wohl irgendetwas getreten oder zusammengedroschen – als kleinen Auftakt für einen *wirklichen* Wutanfall. Doch so konzentrierte er sich auf das Einzige, auf das er sich konzentrieren konnte: auf das, was ihn hier festhielt, sei es nun seine eigene körperliche Unfähigkeit, eine wamesische Klemmvorrichtung oder irgendeine andere Schweinerei.

Er spannte die Muskeln an, zumindest befahl sein Kopf seinen Muskeln, sich anzuspannen, und auch wenn ihm die Rückmeldung in Form eines körperlichen Gefühls fehlte, knirschte und krachte es plötzlich um ihn herum. Dennoch war kein Funken Erleichterung in ihm, ganz im Gegenteil schien sich seine Wut nur noch zu vervielfachen. Aus seiner Kehle drang ein dumpfes Grollen, und auf seiner Stirn trat eine Ader hervor, die schmerzhaft pochte – was er verrückterweise überdeutlich spürte, während er noch immer von den Empfindungen seines übrigen Körpers abgeschnitten war.

Je stärker es unter ihm knackte, knirschte und krachte, umso mehr wuchs der Zorn in ihm. Ein Satai sollte eigentlich in der Lage sein, in kühler Überlegenheit und unter Abwägung aller Faktoren seine Kraftreserven zu mobilisieren, doch das, was er tat, war eigentlich das genaue Gegenteil, war das Ausleben eines Gewaltimpulses, der alles hinwegschwemmte, was ihn an bewusster Überlegung hätte eindämmen können. Aber es war ihm vollkommen egal, ganz im Gegenteil schrie alles in ihm danach, seinen Zorn in einer einzigen Gewaltwelle zur Explosion zu bringen …

Ihm wurde schwarz vor Augen, und sein Atem war jetzt nur noch ein hektisches Ein und Aus, aber nichts in ihm war bereit nachzugeben. Er wollte sich einfach aus dieser unwürdigen

Lage befreien … und dann splitterten plötzlich Holz-, Leder- und Kettenglieder weg, und im selben Moment schoss etwas nach oben, und Daart stieß einen Schrei aus, als er eine Hand vor seinem Gesicht auftauchen sah. Erst dann begriff er, dass es seine eigene Hand war, die freigekommen war, und dass seine Überraschung deswegen so groß war, weil er nicht das geringste Gefühl für sie hatte und sie ihm deshalb völlig fremd vorkam.

Er hatte keine Kontrolle über seine Hand, die nun wieder herunterfiel wie die eines Betrunkenen oder Toten, aber seine Muskeln schienen dennoch seinen Befehlen zu gehorchen, denn jetzt splitterte erneut etwas unter ihm, und nur einen Sekundenbruchteil später ging ein harter Ruck durch seinen Körper, und er rutschte ein Stück seitlich weg. Daart spürte ein unglaubliches Gefühl von Erleichterung. Er hatte nicht die geringste Ahnung, was ihm Nubina hatte einflößen lassen, aber es musste eine ähnlich lähmende Wirkung haben wie manche Schlangengifte, und er war sich jetzt sicher, dass nicht etwa sein Rückgrat gebrochen war, wie er schon zum zweiten Mal innerhalb kurzer Zeit hatte befürchten müssen, sondern dass er sein Körpergefühl einzig und allein durch eine unbekannte Substanz verloren hatte.

Das Gefühl der Erleichterung schlug in Beunruhigung um, als er weiter seitlich rutschte, erst ganz langsam wie ein Vogel im Sinkflug, und dann zunehmend schneller. Er hatte zwar gelernt, auch Stürze aus großer Höhe unbeschadet zu überstehen, aber nicht, ohne jegliches Körpergefühl zu fallen.

Je stärker er abrutschte, umso deutlicher sah er, wohin er fallen würde. Seine Beunruhigung verflüchtigte sich nicht etwa, jetzt schlug sie in Entsetzen um. Unter ihm war – nichts. Jedenfalls nichts Greifbares, keine feste Substanz und schon gar kein fester Boden. Er hatte geglaubt, durch das Hineinsteigern in einen Wutanfall und die Mobilisierung sämtlicher Kraftreserven Nubina ein Schnippchen schlagen zu können; er hatte geglaubt, die hochmütige Herrscherin der Silbernen damit treffen zu können, dass er das Unmögliche vollbrachte und entkam oder ihr doch zumindest zeigte, dass er sich nicht kampflos dem

Schicksal ergeben würde, das sie ihm zuerkannt hatte. Aber jetzt musste er einsehen, dass er vorschnell gehandelt hatte.

Seine Füße schienen noch irgendwo befestigt zu sein und sich nicht ohne weiteres aus ihrer Halterung zu lösen – wofür er im Augenblick aufrichtig dankbar war –, und er kam zitternd in Schräglage zum Stillstand und starrte nun ungläubig auf das, was unter ihm war.

Er hatte massiven Steinboden erwartet oder auch fest getrampelten Lehm oder Ähnliches, und es hätte ihn auch keineswegs überrascht, wenn er auf Schiffsplanken gestarrt hätte, die bewiesen, dass er doch noch auf dem Boot war, welches das natürliche Kuppendach gerammt hatte – aber hinabzublicken in einen sich ins Unendliche erstreckenden Schlund sprengte all seine Vorstellungen. Von dort, wo seine Füße befestigt waren (worin auch immer), knirschte es verdächtig, und sein Kopf wurde von kleinen, zitternden Bewegungen erschüttert, aber ansonsten hing er wie die Galionsfigur eines stolzen Schiffes über dem Abgrund, nur, dass nicht Wasser unter ihm war, sondern … etwas anderes.

Zuerst hatte er geglaubt, dort sei tatsächlich das Nichts, aber je länger er Gelegenheit hatte hinabzublicken, umso mehr spürte er, dass dort durchaus etwas war, etwas Gewaltiges, Zerstörerisches, das ihm voller Häme auflauerte. Seine Gedanken verwirrten sich zusehends, während er hinabblickte, und seine Augen machten schattenhafte Bewegungen aus, die vielleicht tatsächlich dort unten vorhanden waren, vielleicht aber auch nur von seiner überheizten Phantasie ersonnen wurden, die es einfach nicht ertrug, dem Nichts ausgeliefert zu sein, dem Anfang und dem Ende von allem, dem völlig unbegreiflichen Fehlen jeglicher Substanz.

Erneut knirschte es an seinen Füßen, und er sackte ein kleines Stück weiter durch. Flüchtig streifte ihn der Gedanke, dass dort, wo seine Füße befestigt waren, etwas anderes sein musste als das Nichts und dass dieses … *Loch* in der Wirklichkeit vorhin noch nicht da gewesen sein konnte, denn wie sonst hätten Nubina und der Silberne an ihn herantreten können? Aber diese Gedanken entglitten ihm, bevor er sie fassen konnte, und das Einzige, was er in sich spürte, war der wachsende Widerhall des Nichts in ihm selbst, so als flösse es über seine Sinne in ihn selbst ein, um ihn auszufüllen wie ein unbekanntes Gift …

Ein unbekanntes Gift?, fragte die Stimme in ihm. *Das ist doch eine Idee. Das Nichts ist ein Gift, gegen das es kein Entrinnen gibt.*

Das hatte ihm noch gefehlt. Es reichte wohl nicht, dass er mithilfe einer unbekannten Substanz betäubt worden war, die ihm vorgaukelte, vom Hals abwärts gelähmt zu sein, und es reichte auch nicht, dass ihn die Silbernen noch zusätzlich hier festgebunden, angekettet oder sonst unter Verschluss gebracht hatten; es war anscheinend auch nicht genug, dass er sich mit seinem verzweifelten Befreiungsversuch geradewegs selbst ins absolute Nichts zu kippen schien oder zumindest in einen Schlund, der so tief war, dass er einen Sturz unmöglich überleben konnte – nein, es musste auch noch eine Stimme in seinem Kopf herumspuken, die nichts Besseres zu tun hatte, als ihn zu verhöhnen.

»Ein Gift, also gut«, brachte er mühsam hervor; sein Mund war so trocken, dass die Zunge am Gaumen klebte, als wollte er verhindern, dass er überhaupt redete. »Und was soll mir das … sagen, großer Unbekannter?«

Wie zu erwarten gewesen war, verzichtete die Stimme auf eine Antwort. Dafür sackte er wieder ein Stück durch. Wenn das so weiterging, würde es nicht mehr lange dauern, bis seine Füße endgültig aus der Verankerung brachen, ganz genau so, wie er sich das noch kurz zuvor gewünscht hatte in der irrigen Annahme, dann höchstens ein wenig unsanft auf dem Boden aufzutreffen und sich schlimmstenfalls ein paar Zähne auszuschlagen.

Ein Gift, sagte die Stimme unvermittelt. *Ich an deiner Stelle zöge in Betracht, dass ein Gift die Sinne zu verwirren vermag.*

»Ja, genau so wie Stimmen aus dem Nichts!«, brüllte Daart voller Wut.

Vor seinen Augen veränderte sich plötzlich etwas. Es war so, als flössen dort unten, ganz, ganz weit von ihm entfernt, graue Nebel ineinander, und mit einemmal schälten sich Umrisse heraus, die zuerst noch so wenig fassbar waren wie der Morgentau auf einem Grashalm, dann aber zunehmend … stofflicher wurden. Das graue Wabern schien etwas zu verhüllen, eine riesige, grotesk verzerrte Gestalt, die Daart entfernt an eine gigantische Flugechse erinnerte und dann wieder an ein Heer schwarzer Schattenkrieger mit silbernen Gesichtern, die sich dort unten zur alles entscheidenden Schlacht versammelten.

Ein Gift vermag die Sinne zu verwirren, hatte die Stimme gesagt, und er wusste nur zu gut, dass sie Recht hatte. Es gab Tausende verschiedener Möglichkeiten, Sinnestäuschungen hervorzurufen, angefangen von halluzinogenen Beeren über die verschiedensten toxischen Pilze bis hin zu Substanzen, die man aus Meerestieren gewann und denen man nachsagte, ähnliche Wirkungen wie das Gift von Schlangen oder Skorpionen zu haben – absolut tödlich, wenn zu hoch dosiert, und den Sinn verwirrend bei geringerer Dosierung. Doch leider nutzte ihm dieses Wissen nichts. Denn das unter ihm, das war wirklich, das spürte er so deutlich, wie er noch nie zuvor etwas in seinem Leben gespürt hatte.

Ich wusste, dass du ein Narr bist, sagte die Stimme ungerührt. *Aber wenn du dich in dein Verderben stürzen willst, dann nur zu.*

Als hätte diese verfluchte Stimme das Kommando dazu gegeben, ging ein Zittern und Beben durch Daart, und die unbekannte Vorrichtung, die ihn an den Füßen festhielt, brach krachend weg; seine Beine sausten nach oben, sein Oberkörper nach unten, und so steif und unbeweglich, wie er war, stürzte er wie eine hölzerne Puppe kopfüber in den Schlund, der nur darauf gewartet zu haben schien, ihn zu verschlingen. Irgendetwas in Daart rechnete damit, dass er jetzt und sofort aufschlagen würde, auf einen Boden, den er zwar nicht gesehen hatte, der nichtsdestoweniger aber da war. Als das nicht geschah, zerbrach etwas in ihm, die letzte, fragile Grenze zwischen Wahn und Wirklichkeit, so als erwachte er nachts aus einem Albtraum in eine grotesk verzerrte Realität, die genau dem entsprach, was er zunächst nur für einen vollkommen überzogenen Traum gehalten hatte.

Er stürzte hinab in die unfassbare Tiefe, und der Schrei, den er ausstieß, verhallte in der Unendlichkeit des Schlunds. Immer schneller fiel er, trudelte, in sich selbst gefangen, unfähig, die Hände vorzustrecken oder seinen Flug sonst irgendwie auszubalancieren. Aber wozu auch: Wie tief dieser Schlund auch war, irgendwann würde er zu Ende sein, und dann würde er mit unglaublicher Geschwindigkeit auf dem Grund aufschlagen, und das wäre unwiderruflich das Ende. Mit weit aufgerissenen Augen stürzte er auf die tanzenden Schatten zu, jene angreifende Flugechse und kämpfenden Silberkrieger, für die er sie zumindest von oben gehalten hatte, die sich jetzt aber als weitaus bizarrer erwiesen, als er es sich hatte vorstellen können: ineinander fließende Wesen mit grotesken Köpfen, von mehreren Mäulern gespalten, aus denen lange, zügellos schnappende Zungen hervorschnellten, als wollten sie ihn wie ein Insekt im Flug fangen.

Daart sah diese Wesen vorbeihuschen, erst dunkle, graue, silberne Albtraumgestalten, dann, in Farbwirbel gehüllt und aus ihnen ausbrechend, rote, blaue, grüne und vor allem so hell leuchtende Gestalten, dass er geblendet die Augen schloss und sich ihr Abbild dennoch auf seiner Netzhaut mit einer Kraft einbrannte, wie sie die am Zenit stehende Sonne hatte. Er hätte geschrieen, wenn er noch die Kraft dazu besessen hätte, zumal diese Abbilder auf seiner Netzhaut noch viel erschreckender, noch viel grotesker und *unbegreiflicher* waren als die Gestalten, denen er zuvor begegnet war.

Dann waren auch sie vorbei, und als Daart erkannte, auf was er nun zustürzte und was wohl die letzte Station sein würde, bevor er endgültig aufprallte, da öffnete sich sein Mund dennoch zu einem letzten Schrei. Denn das, was er dort gewahrte, war so unvorstellbar und so voller Grausamkeit, etwas, das kein Mensch je sehen, kein Mensch je begreifen sollte und das alles auf den Kopf stellte, an was er und all die anderen Bewohner Enwors je geglaubt hatten, das jede Hoffnung in ihr Gegenteil verkehrte und jede Möglichkeit zur Gegenwehr absolut und endgültig im Keim erstickte …

2 Der Aufprall war fürchterlich. Daart knallte mit dem Rücken zuunterst auf, mit voller Wucht und so hart, dass er regelrecht zusammengestaucht wurde. Er glaubte seine Knochen bersten zu hören und zu spüren, wie seine Eingeweide zerrissen wurden und eine Blutfontäne seine Kehle hochschoss und aus seinem Mund sprudelte. Seine letzten Gedanken galten Carnac, die er mitten im Schneesturm verloren hatte und die vielleicht schon vor ihm gestorben war, und Harkon, der ihm von dem großen Wagenlenker berichtet hatte und dem Reich der Schatten, das vielleicht das Gleiche war, durch das er soeben gestürzt war, und daran, dass er nun erfahren würde, was nach seinem Tod mit ihm geschähe …

Er lag verkrümmt und zerschlagen in seinem eigenen Blut und wartete darauf, dass er, endlich, das Bewusstsein verlieren und hinübergleiten würde in das große Nichts – oder was auch immer ihn erwarten mochte –, aber nichts dergleichen geschah. Seinen Körper durchliefen heftige Schmerzwellen, und er war unfähig, auch nur die geringste Bewegung auszuführen, aber er blieb bei Bewusstsein. Langsam begriff er, dass hier etwas nicht stimmte.

Es erschreckte ihn. Mit seinem Tod hatte er sich längst abgefunden, aber dass er jetzt hier weiter so liegen sollte, noch viele Minuten, Stunden oder vielleicht sogar Tage – welch grauenhafte Vorstellung!

Das Reich der Schatten … Konnte es sein, dass er schon längst tot war, gestorben in der Höhle nach der Explosion, erschlagen von einem Felsbrocken oder einem der Silbernen, und dass seine Unfähigkeit, sich zu bewegen, und sein Sturz durch das Reich der Schatten nichts weiter waren als der Übergang ins Totenreich? Oder war es vielleicht sogar so, dass er niemals wirklich in dieser Höhle gewesen war, genauso wenig wie in dem Dschungel, sondern einfach nur im Schneesturm abgestürzt war und alle anderen Erlebnisse bereits zum Hinübergleiten in eine ganz andere, düstere Existenz gehörten?

In wessen Reich war er dann gelandet? Würde er tatsächlich bald dem großen Wagenlenker gegenüberstehen, wie ihm Harkon vorhergesagt hatte – ein Harkon, der womöglich sein ganz persönlicher Torhüter zur Unterwelt gewesen war und ihn deswegen bereits auf das Reich der Schatten vorbereitet hatte?

Diesen Gedanken zu folgen war Daart vollkommen unmöglich, während er selbst so ganz ausgefüllt von dem Schmerz war, der ihn immer noch in Wellen überflutete. Womöglich lag er inmitten einer Schneewehe, zerschmettert durch einen Sturz, und womöglich knieten gerade Carnac und Harkon neben seinem Leichnam, während seine Seele auf eine Weise Abschied vom Leben nahm, wie er es sich bis zu diesem Augenblick niemals hätte vorstellen können.

Die Frage war, was folgte. Ging er jetzt hinüber in das große Vergessen …

… *aus dem ich einst wieder aufgetaucht bin?*, fragte die Stimme spöttisch.

Wäre Daart dazu in der Lage gewesen, wäre er zusammengezuckt. Diese Stimme … Sie hatte etwas Vertrautes, so als hätte sie ihn schon länger begleitet, aber als wäre er erst jetzt in der Lage, sie tatsächlich zu vernehmen. Es passte durchaus, dass er bei seinem Übergang in die andere, endgültige Form der Realität von jemandem begleitet wurde, der so klang wie der vielleicht mächtigste Satai aller Zeiten …

Du verlierst dich in Nebensächlichkeiten, fuhr die Stimme fort. *Und wenn du nicht aufpasst, wirst du dich darin noch selbst verlieren.*

All seine Empfindungen waren purer Schmerz, und doch durchdrang die Stimme den Nebel seiner Agonie so mühelos, als begriffe etwas in ihm, dass er keines ihrer Worte verpassen durfte.

Kämpfe gegen das an, was man dir antun will, verlangte die Stimme.

»Antun will?«, hätte er beinahe geschrieen. Das war der blanke Hohn. Bestenfalls schwebte er noch irgendwo zwischen Leben und Tod, schlimmstenfalls war er bereits tot und auf dem Weg in die ewige Verdammnis. Was sollte man ihm dann noch antun wollen?

Reiß dich endlich zusammen, donnerte die Stimme. *Dein Selbstmitleid ist ja nicht zum Aushalten!*

Zusammenreißen? In seinem Zustand? Das war so lächerlich, dass Daart aufkeuchte, erneut Blut spuckte und sich gewunden hätte, hätte er dazu noch die Kraft gehabt.

Jetzt steh auf, befahl die Stimme.

»Arrgggh«, gurgelte Daart. Es war ein schrecklicher Laut, selbst in seinen eigenen Ohren. Wem auch immer die Stimme gehörte und warum auch immer sie ihn verhöhnte – er spürte die gleiche Art von Zorn in sich aufsteigen wie zuvor, als er an seinen unsichtbaren Fesseln gezerrt hatte; es war eine elementare Kraft, vergleichbar einer Flutwelle oder einem Orkan, die nicht danach fragte, wie lange sie noch wüten durfte, sondern alles vernichten wollte, was sich ihr in den Weg stellte. Ein fast unmerkliches Zittern und Beben ging durch seinen Körper, der doch eigentlich zu keiner anderen Regung mehr als zu Schmerz fähig sein sollte, so als bäumte sich etwas in ihm zum allerletzten Gefecht auf, zu einem Kampf, bei dem es nicht um Sieg oder Niederlage ging, sondern darum, alles zu vernichten, was sich ihm in den Weg stellte.

Es waren nicht die Gedanken und Empfindungen eines Satais, es waren die eines Barbaren, der nicht gelernt hatte, seine primitivsten Empfindungen zu kontrollieren, oder die einer wütenden Gottheit, die Tod und Verderben über all die zu bringen gedachte, die ihr zu nahe kamen. Daart merkte gar nicht, dass er dabei war, all das hinter sich zu lassen, was ihm einst wichtig gewesen war, und sich einer dunklen, schrecklichen Seite auszuliefern, deren Verlockung grenzenlose Macht war, mochte sie auch nur einen Augenblick währen, die in jedem Fall aber zeitlos war – und ohne jegliche Moral. Es war die Verlockung der dunkelsten Seite in ihm selbst, des Hasses gegen alle und jeden, vor allem aber gegen die, die ihn gedemütigt hatten und an denen zu rächen er jetzt durch das Schicksal aufgefordert war, um Vernichtung zu bringen und Tod, Tod, Tod …

Jetzt steh auf, donnerte die Stimme erneut. *Bring es hinter dich!*

Ja, die Stimme hatte Recht. Irgendetwas in ihm wusste sehr wohl, dass es verrückt war, sich auf etwas einzulassen, was ihm eine körperlose Stimme einzureden versuchte, aber er achtete nicht weiter darauf. Er konzentrierte sich einzig und allein darauf, die Augen aufzuschlagen. Er musste wissen, was um ihn herum war, um ein lohnenswertes Ziel auszumachen und dann den düsteren Impulsen in sich selbst zu folgen. Dabei spielte es keine Rolle, was er eben noch gedacht und angenommen hatte und dass ein nicht geringer Teil seiner selbst glaubte, bereits gestorben zu sein. Es gab Geschichten über Widergänger, die nach einem Körpertausch, nach einem Sai-Tausch, weitergelebt hatten, und es gab die Geschichte von Skar, der Jahrhunderte nach seinem Tod wieder auferstanden war, vernetzt mit einer unheimlichen Intelligenz, über die zu sprechen oder an die auch nur zu denken ein absolutes Tabu auf ganz Enwor war, selbst bei den Satai. Aber die Erinnerung an all das war nicht mehr als das letzte, vergebliche Aufbäumen seines Verstandes, der ihn davor bewahren wollte, endgültig die Kontrolle zu verlieren.

Es nutzte nichts. Er schlug die Augen auf. Blutig rot und verschwommen offenbarte sich seine Umgebung; alles schien hinter einem rötlichen Schleier zu liegen, der die Konturen der Dinge verwischte und den anderen Farben ihre Leuchtkraft raubte. Aber da waren Dinge und Gestalten, kaum zu erkennen und merkwürdig verzerrt, so als entzögen sie sich seinem Blick, um sich vor seiner Wut zu verbergen.

Auch das nutzte nichts. Er stützte sich auf die Hände – auf die mehrfach gebrochenen Finger, die ihm dennoch gehorchten –, und stemmte sich Stück für Stück hoch, die Schmerzwellen ignorierend, die durch seinen Körper jagten. Seine zerschmetterten Gliedmaßen schienen wie von selbst zusammenzurücken, so als gehorchten sie einem geheimen Zauber, und auch wenn seine Bewegungen langsam, viel zu langsam waren, und so unbeholfen und tapsig wie bei einem Bären, der von Pfeilen in die Brust getroffen vorwärts taumelte, so schienen die schattenhaften Schemen doch vor ihm zurückzuweichen. Fast war es ihm, als hätten die Umrisse einen sachten, blass silbernen Schimmer, doch der Gedanke entglitt ihm, bevor er ihn fassen konnte, und dann war nur noch der Wunsch in ihm, aufzuspringen, sein Schwert zu ziehen und über diese Gestalten herzufallen.

Doch er hatte sich noch nicht einmal halb aufgerichtet, als ihm schwarz vor Augen wurde und er spürte, wie die Lebenskraft zwischen seinen Fingern verrann. Es war nicht mehr als ein letztes Aufbäumen, was ihn hochgetrieben hatte, und jetzt holte ihn die erschreckende Realität wieder ein. Er war tödlich verletzt, und er würde sterben, binnen weniger Augenblicke, und es würde ihm nicht mehr gelingen, seine Rache zu vollenden.

Wenn du wirklich glaubst zu sterben, dann tu wenigstens noch das, was getan werden muss, raunte die Stimme. Auch sie schien jetzt an Kraft verloren zu haben. Es war hoffnungslos.

Nur, wenn du aufgibst, flüsterte die Stimme. *Wenn du nicht bereit bist, den letzten Schritt zu tun.*

Daart stand kurz davor, endgültig die Kontrolle über seinen Körper zu verlieren und in sich zusammensacken, aber irgendetwas in ihm weigerte sich mit sturer Beharrlichkeit, die Hoffnungslosigkeit seiner Lage anzuerkennen. Die Schemen um ihn herum kamen wieder näher, so als spürten sie, dass es mit ihm zu Ende ging, und als wären sie begierig darauf zuzusehen, wie er zusammenbrach, um sich nie wieder zu erheben. Als sie sich zu ihm hinabbeugten, sah er es tatsächlich silbern aufblitzen, dort, wo ihre Gesichter sein mussten, und ihn durchzuckte die Erinnerung an die glitzernden Masken der Silbernen, die ihn und Irana in der Höhle überfallen hatten.

Und plötzlich spürte er neue Lebenskraft durch seine Adern strömen. So als wäre mit dem Schleier der Erinnerung auch die innere Lähmung abgefallen, gelang es ihm plötzlich, den Zusammenbruch nicht nur aufzuhalten, sondern sogar in sein Gegenteil zu verkehren.

Mit einer Kraft, die er sich selbst gar nicht mehr zugetraut hatte, stemmte er sich hoch – und sprang dann auch schon ungestüm auf. Der Silberne, der ihm am nächsten war, konnte nicht mehr rechtzeitig zurückweichen. Daart rammte seinen Kopf gegen die Spitze des silbernen Kinns. Irgendetwas splitterte, der Kopf des Mannes ruckte zurück, und Daart setzte ihm nach.

Mit einemmal sah er sich jetzt mehreren schwarz gekleideten Kriegern gegenüber, deren Gesichter vollständig hinter glänzenden Masken verborgen waren. Der Mann, den er mit seinem Überraschungsangriff überrumpelt hatte, war seine einzige Chance. Er packte den Griff des Schwertes, das aus dem Gürtel des Silbernen ragte, und bevor dieser überhaupt begriff, wie ihm geschah, entriss Daart ihm die Waffe und schlitzte mit ihr den Bauch des Kriegers auf.

Der Silberne stieß einen schrecklichen Schrei aus und taumelte zurück, doch das bekam Daart nur noch aus den Augenwinkeln mit, denn er selbst war bereits herumgewirbelt und drang auf zwei, drei weitere Krieger ein. Die Männer hatten ebenfalls ihre Waffen gezogen, aber sie schienen es nicht auf einen Kampf anzulegen; statt im Wissen um ihre Überlegenheit auf ihn einzudringen, zogen sie sich zurück, nicht vor ihm fliehend, sondern in einem überlegen wirkenden und mit Sicherheit immer wieder erprobten Manöver.

»Hört auf!«, rief eine herrische, Daart seltsam bekannt vorkommende Stimme, und als er sich umdrehte, sah er sich einer hoch gewachsenen Frau gegenüber, die von zwei Silbernen eingerahmt wurde und die selbst einen mehr als eigentümlichen Kopfschutz trug: einen mehrfach durchbrochenen, fein ziselierten goldenen und mit funkelnden Edelsteinen besetzten Helm, der ihre Stirn und die Wangenknochen verbarg und über zart gegliederte, fast fragil wirkende Auswüchse verfügte, die ihren Mund einrahmten.

»Ich möchte nicht, dass er zu Schaden kommt«, fuhr die Frau fort. »Und du«, wandte sie sich an Daart, »du lass das Schwert sinken, bevor noch ein Unglück geschieht.«

Daart starrte verblüfft auf die Spitze seines Schwertes; sie sollte eigentlich rötlich glitzern vom Blut des Mannes, den er niedergestochen hatte, aber das war keinesfalls der Fall. Als er wieder hochblickte, gewahrte er, dass der Silberne, den er getroffen hatte, sich gerade wieder umständlich aufrappelte und in seine Richtung starrte. Daart glaubte, in seinen schwarzen, unter der Maske kaum sichtbaren Augen ein böses Funkeln zu erkennen.

Offensichtlich verbarg sich unter seiner schwarzen Kleidung ein dünner, kaum in der Bewegung einschränkender Panzer, der durchaus in der Lage zu sein schien, einem kräftig geführten Schwerthieb seine verheerende Wirkung zu nehmen, und vielleicht sogar noch widerstandsfähiger war als Daarts eigene Montur aus Echsenleder. Das war … erstaunlich. Und beunruhigend. Aber er würde es sich merken und beim nächsten Kampf mit den Silbernen vor allem auf Arme und Beine zielen.

Diese Auseinandersetzung schien jedenfalls ein frühzeitiges Ende zu finden. Der Getroffene streckte fordernd die Hand aus, als erwartete er allen Ernstes, dass Daart ihm sein Schwert zurückgab. Als der aber nicht reagierte, zuckte er mit den Achseln und verschränkte trotzig die Arme vor der Brust.

Bevor Daart auch nur ansatzweise dazu kam, die Situation zu erfassen und sich über seine nächsten Schritte klar zu werden, schrie jemand hinter ihm so fürchterlich schrill und peinerfüllt auf, dass er gar nicht anders konnte, als erneut herumzuwirbeln.

Das Bild hatte sich abermals verändert. Es waren keine Silbernen mehr hinter ihm, die kampfbereit abwarteten, ob er der Aufforderung ihrer Herrscherin folgte, sondern es war ein rötlich graues Wabern, das irgendwo von weit, weit entfernt herangekrochen kam und alles einhüllte und verschluckte, was ihm in den Weg kam.

»Nein!«, schrie eine verzweifelte Stimme. »Nicht das!«

Daart zuckte zusammen. Er zweifelte mittlerweile ernsthaft an der Zuverlässigkeit seiner Sinne, aber er wollte sich vierteilen lassen, wenn das nicht Carnac war! Ansatzlos sprang er vor und stürmte los, so schnell er konnte. Seine Füße gehorchten ihm zuverlässig, und seinen ganzen Körper füllte ein unglaublich befreiend wirkendes Gefühl von Lebendigkeit aus …

Das du dir wahrlich verdient hast, fuhr die Stimme dazwischen.

… als wollte es seiner Erinnerung Hohn sprechen, die immer noch im Schock darüber verharrte, sich selbst für zerschmettert, für tot oder sterbend gehalten zu haben.

Carnac! Wie, um alles in der Welt, konnte sie hergekommen sein? Er hatte nicht die geringste Ahnung, aber als sie den nächsten, diesmal unartikulierten Schrei ausstieß, steigerte sich seine Bereitschaft, dies für Carnacs Stimme zu halten, zur Gewissheit. Er tauchte in das rötliche Wabern ein, das erst sein Schwert und dann ihn einhüllte und ihn mit einer unerwarteten Feuchtigkeit durchdrang. In diesem Augenblick begriff er, dass das hier nichts weiter als die Fortsetzung seines Albtraums sein konnte, der ihm erst vorgegaukelt hatte, vollständig gelähmt ins endlose Nichts zu stürzen, dann einen Silbernen niederzustechen, ohne dass dieser die geringste Verletzung aufwies … und nun?

Wo verbarg sich diese verfluchte innere Stimme, die ihn die ganze Zeit über begleitet hatte? Sie hatte ihn von Anfang an mit ihren unverständlichen Äußerungen schier zum Wahnsinn getrieben – aber sie war ihm auch ein Halt gewesen. Und gerade jetzt, wo er sie brauchte, wo war sie da?

Ein erneuter Schrei gab ihm die Richtung an, in die er laufen musste. Er spurtete los, in das feuchte Wabern hinein. Carnac konnte nicht mehr weit sein … und dann, tatsächlich, schälte sich schon nach wenigen Schritten eine Gestalt aus der blutig feuchten Suppe heraus, grau, fast schwarz, und mit einer Kapuze, die ihr tief ins Gesicht fiel; sie stand einfach da, stock und steif, wie festgefroren, aber als er näher kam, ihr Gesicht sah …

Die Augen waren weit aufgerissen, und zuerst glaubte er, sie blicke direkt in seine Richtung, aber dann bemerkte er seinen Irrtum: Es war ein nach innen gerichteter Blick voll abgrundtiefer Panik, dass Daart in einer anderen Situation unwillkürlich ein kalter Schauer über den Rücken gelaufen wäre. Doch nach den Erfahrungen der letzten Stunden (Tage? Wochen?) spürte er nur tiefes Mitgefühl, umso mehr, als auch Iranas Gesicht zu etwas kaum Erkennbarem verzerrt war durch das Entsetzen, das sie empfand.

Er wusste sofort, was hier vor sich ging. Ihn selbst hatte man durch irgendwelches Teufelszeug in einen Zustand versetzt, in dem er fast verrückt vor Angst gewesen war und sich Dinge eingebildet hatte, die grausiger nicht hatten sein können. Es lag auf der Hand, dass man es mit Irana ganz genau so gemacht hatte.

Trotzdem, und gerade deswegen, ging er ganz langsam auf Irana zu. Was auch immer sie sah, das ihren verzweifelten, gehetzten Gesichtsausdruck verursachte: Er war sicher, dass sie ganz in sich selbst gefangen war, unfähig, auch nur im Geringsten zu begreifen, dass sie nichts weiter als einer Sinnestäuschung aufsaß, einer Illusion, die so vollkommen war, dass sie zu ihrer Vernichtung führen würde, wenn sie nicht, wie er selbst, einen Ausweg daraus fände.

Das Schwert entglitt seiner Hand und polterte zu Boden – eine Tat, die genauso wenig zu einem Satai passte wie der Verzicht darauf, seine Umgebung einer genaueren Prüfung zu unterziehen, bevor er sich dem Mädchen zuwandte. Jeder Gedanke an Vorsicht, jede Angst um sein eigenes Schicksal war wie weggeblasen. In Iranas schreckensweit aufgerissenen Augen glaubte er den Widerhall seiner eigenen Pein zu lesen. Er dachte nicht mehr an die Krieger, mit denen er sich gerade noch geschlagen hatte, und auch nicht an ihre seltsame Herrscherin. In ihm war nur mehr Besorgnis um das Mädchen, das offensichtlich das gleiche Schicksal erlitt wie er kurz zuvor.

»Irana«, murmelte er, während er seine Hand behutsam ausstreckte, um ihr Gesicht zu berühren und damit eine Reaktion hervorzurufen, die sie vielleicht aus ihrer inneren Gefangenschaft, aus ihrem ganz persönlichen Albtraum befreien könnte.

Die Reaktion kam, aber sie erfolgte für ihn vollkommen überraschend und war vor allem so heftig, dass er niemals damit gerechnet hätte. Ansatzlos schnellte Iranas Hand vor, packte sein Handgelenk und drehte es mit einer erstaunlich kraftvollen Bewegung um.

Daart machte automatisch die Drehung mit, ganz so, wie er es gelernt hatte, um die Energie eines Angreifers gegen diesen selbst zu richten, aber er verzichtete auf einen Gegenangriff, und das war sein Fehler. Irana sprang hoch, leichtfüßig wie eine Katze, und ihr rechter Fuß zuckte unter ihrem Gewand hervor, viel schneller, als er es je erwartet hätte, und vor allem weitaus präziser. Ihr Fußballen traf seine Schläfe, und er taumelte zurück. Bunte Sterne tanzten vor seinen Augen und machten es ihm unmöglich, seine Umgebung mehr als nur verschwommen wahrzunehmen. Irana drang ohne zu zögern weiter auf ihn ein und versuchte ihn an den Hals zu treten. Doch diesmal war er vorgewarnt und tauchte im letzten Moment unter ihrem Fuß weg. Seine Hände zuckten vor und schnappten sich ihren Fußknöchel, um ihn herumzudrehen, doch wider Erwarten ging das Manöver schief, denn gerade so, als hätte sie damit gerechnet, wehrte sie sich nicht gegen seinen Griff, sondern unterstützte ihn mit ihrem eigenen Schwung und hätte sich aus seinem Griff herausgewunden, wenn er nicht mit aller Kraft zugepackt hätte.

Doch genau das erwies sich als Fehler. Der Saum ihres Gewandes rutschte nach oben und gab den Blick auf ihre inzwischen nackten Beine frei, von denen er das rechte fest umklammert hielt. Plötzlich stützte sie sich mit beiden Händen auf dem Boden ab und trat rückwärts und nach oben zu – wiederum mit erstaunlicher Präzision und so schnell, dass auch dieser Gegenangriff für Daart völlig überraschend kam. Er ließ ihr Fußgelenk los und wich mit dem Kopf seitlich aus, und als hätte sie sein Ausweichmanöver vorausgeahnt, donnerte ihre Fußkante genau in diese Richtung und erwischte ihn diesmal tatsächlich am Hals.

Durch ihre ungünstige Position war der Tritt weniger kraftvoll, als sie vermutlich beabsichtigt hatte, aber er traf Daart so unglücklich, dass er ein ersticktes Röcheln ausstieß und zurücktaumelte; dunkle Schleier tanzten vor seinen Augen, und er hatte das Gefühl, keine Luft mehr zu bekommen.

Als er wieder klarer sehen konnte, bückte Irana sich gerade, um das Schwert aufzuheben.

Es sieht beinahe so aus, als bekämest du ein Problem, sagte die Stimme.

Das empfand er genauso. Irana hatte ihn vollkommen überrumpelt – wie hätte er auch damit rechnen können, dass sich dieses unscheinbare Mädchen mit dem merkwürdig entstellten Gesicht als bestens ausgebildete Kämpferin entpuppen würde? Aber nicht das war es, was ihn erschreckte; es war das panische Entsetzen, das sich auf ihrem Gesicht spiegelte, dieser gleichermaßen wilde wie verzweifelte Ausdruck, der ihn daran erinnerte, wie es ihm selbst eben noch gegangen war. Das – und die Tatsache, dass sie jetzt ein Schwert in der Hand hielt und ihn offensichtlich als ihren Gegner betrachtete.

»Nicht!«, schrie er, als Irana das Schwert hochriss und ohne das geringste Zögern auf ihn eindrang.

Es war eine verrückte Situation. Er kannte sie im Grunde genommen überhaupt nicht und hatte sie sogar verdächtigt, ihm am Fluss eine Falle gestellt zu haben. Und doch – es war etwas an Irana, das ein ganz vertrautes Gefühl in ihm auslöste, so als hätte er sie schon seit Ewigkeiten gekannt, und als wäre sie ihm längst ans Herz gewachsen. Er sah in ihr nicht so sehr die Kämpferin, die sie offensichtlich war – etwas, das sein Verstand zwar zu registrieren in der Lage war, das er aber gefühlsmäßig noch längst nicht akzeptiert hatte –, sondern eher seine einzige Vertraute in diesem Wahnsinn, in den er unversehens geraten war.

Sein Gefühl mochte ihn täuschen, sein Instinkt als Kämpfer jedoch nicht. Die Bewegungen, mit denen Irana auf ihn eindrang, zeugten davon, dass sie nicht nur im waffenlosen Kampf einen hervorragenden Meister gehabt haben musste; auch ihr Ausbilder im Schwertkampf schien über außergewöhnliche Fähigkeiten verfügt zu haben. Es waren schnelle, schattenhafte Bewegungen, mit denen sie die fremde Klinge schwang und denen Daart kaum zu folgen vermochte. So beschränkte er sich vorerst darauf, weiter in dem blutig grauen Wallen um sie herum zurückzuweichen, das nirgends einen Anfang und nirgends ein Ende zu haben schien, um Iranas Angriffstechnik bis in die kleinste Einzelheit auszuloten. Ihren elegant geführten Bewegungen war die ungeheure Erregung anzusehen, die sie in dem Glauben durchströmte, einem Todfeind gegenüberzustehen, aber ihre Augen waren eins mit ihrer Schwerthand und verrieten immer einen winzigen Augenblick vor ihren Hieben, wohin sie den nächsten Schlag zu führen gedachte; eine Schwäche, die es auszunutzen galt, falls sie sich nicht anders aufhalten ließ.

»Hör auf!«, brüllte Daart in der Hoffnung, sie damit aus ihrer Trance reißen zu können. »Ich bin nicht dein Feind!«

Es nutzte nichts. Und langsam wurde es gefährlich. Irana passte ihren Angriff seinen schnellen Ausweichbewegungen an, und sie kam näher; ihr Schwert und sein Körper vollführten einen bizarren Tanz. Er behielt ihre Augen im Blick, und wenn sie ihm nicht jedes Mal die Richtung verraten hätten, in die sie zu schlagen oder zu stoßen gedachte, wäre er verloren gewesen. Aber auch so wurde es zunehmend knapper. Mehrfach zischte die scharfe Klinge haarscharf an ihm vorbei, und er musste teilweise groteske Verrenkungen ausführen, um dem wütenden Wirbel ihrer Hiebe zu entgehen.

Wenn er nicht alles auf eine Karte setzte, wenn er nicht sein ganzes Können und sämtliche Tricks in die Waagschale warf, die er während seiner Ausbildung gelernt hatte, dann würde sie ihn früher oder später erwischen; und ob er nun Sympathie für sie empfand oder nicht, ob er ihre Verwirrung verstand oder nicht nachvollziehen konnte – all das spielte keine Rolle mehr, wenn er diesen Schwertangriff überleben wollte.

Als sie das nächste Mal nach seiner Schulter schlug und im selben Moment bereits in die Richtung blickte, in der er ihrer Annahme nach ausweichen musste, wich er nicht zurück, sondern ließ sich fallen, genau in ihre Bewegung hinein. Ganz knapp tauchte er unter der Klinge weg und trat gleichzeitig nach ihrem Standbein, während seine Hand in einem riskanten Manöver hochfuhr, fast die Klinge streifte, dann aber doch ihr Handgelenk erwischte und mit aller Kraft an sich heranzog.

Im letzten Moment versuchte sie das Schwert in seine Richtung herumzureißen, aber es lag in seiner Absicht und der Natur der Bewegung, dass ihr das nicht gelingen konnte. Da ihr Stand unsicher war und er kraftvoll an ihrem Handgelenk zerrte, verlor sie bald vollends den Halt. Der Drall, den er ihr versetzte, hätte sie hart neben ihm aufschlagen lassen müssen, doch abermals überraschte sie ihn, indem sie sich noch im Fallen auf die Seite warf, in der Andeutung einer halben Drehung und so weit ihr das mit dem festgehaltenen Handgelenk möglich war, und dann, bevor er noch darauf reagieren konnte, stürzte sie auf ihn, unterstützt durch seine ziehende Bewegung. Sie schlug so hart auf, dass ihm die Luft aus den Lungen gepresst wurde.

Nur am Rande registrierte er, dass das Schwert im hohen Bogen davonflog und klirrend und Funken sprühend auf dem Boden aufschlug. Er wollte zupacken, seine Arme um Irana schlingen, um die Tobende in festem Griff zu umklammern und so endlich diesen vollkommen sinnlosen Kampf zu unterbrechen; aber kaum hatte er ihr Handgelenk losgelassen, als sie ihm auch schon das Knie in den Unterleib rammte – wenigstens ein Stück zu hoch, um seine empfindlichste Stelle zu treffen – und sich halb robbend, halb springend von ihm zu befreien suchte.

Ein Stück Stoff kratzte über sein Gesicht, eine Hand presste sich unsanft auf seine Nase, und dann rammte ihm Irana zu allem Übel auch noch mit voller Wucht ihre Ferse unters Nasenbein. Wenn er nicht den Kopf halb zur Seite gedreht hätte, so hätte sie ihm wohl die Nase gebrochen.

»Verdammt!«, schrie er. »Jetzt reicht's aber.«

3 Bevor Irana vollends entkommen konnte, packte er ihren Fuß und riss ihn an sich heran. Jetzt war es an Irana, ein erschrockenes, schmerzhaftes Keuchen auszustoßen, als sie hart auf dem Boden aufschlug. Daart drehte sich blitzschnell um, zerrte mit aller Kraft an ihrem Bein und sprang gleichzeitig hoch und in ihre Richtung. Irana versuchte sich noch wegzudrehen, aber sie war zu langsam. Mit voller Wucht knallte er auf sie und nagelte sie damit geradezu auf dem Boden fest.

Sie sträubte sich wie eine Wildkatze, schlug, trat und kratzte um sich, als hinge ihr Leben davon ab, doch jetzt war Daart eindeutig im Vorteil, denn er war wesentlich schwerer als sie. Das bedeutete allerdings keinesfalls, dass sie aufzugeben bereit war, und als sie ungestüm in Daarts Daumen biss, holte er mit der linken Hand aus und schlug ihr die geballte Faust so kraftvoll unters Kinn, dass sie augenblicklich erschlaffte.

Daart blieb schwer keuchend auf ihr liegen, bei weitem noch nicht davon überzeugt, dass sie tatsächlich kampfunfähig war. Doch Irana machte tatsächlich keine Anstalten mehr, sich zu wehren – was natürlich auch ein Trick sein konnte, obwohl er sie in ihrem Zustand nicht für fähig hielt, sich so überlegt zu verhalten.

»Verdammt, verdammt, verdammt!«, stieß er schließlich ungehalten hervor. Er stand auf und klopfte sich den Dreck von den Kleidern, wobei er die immer noch wie tot daliegende Irana auch dann nicht aus den Augen ließ, als sein Blick dorthin schweifte, wo das Schwert auf dem Boden aufgeprallt war.

Er konnte es nirgends entdecken, das rötlich feuchte Wabern schien es regelrecht verschluckt zu haben. Das passte zu den ganzen Vorkommnissen hier. Er wusste weder, wo er war, noch, wie viel Zeit seit seinem Erwachen und dem Gespräch mit Nubina vergangen war; er hatte auch nicht die geringste Ahnung, wer dieses Mädchen war, mit dem er sich soeben einen ebenso sinnlosen wie erbitterten Kampf geliefert hatte – und eigentlich wusste er nicht einmal mehr, wer er selbst war.

Ein Stück von Irana entfernt hockte er sich auf den Boden. Hinter seinen Schläfen pochte ein scharfer Schmerz, doch abgesehen von seinem Daumen, den ihm diese Verrückte fast abgebissen hatte, und den Prellungen und Hautabschürfungen, die er sich bei den verschiedenen Stürzen eingehandelt hatte, hatte er erstaunlich wenig abbekommen. An so manchen Trainingstagen – vor allem in den letzten Monaten, als er mehrfach zusammen mit Carnac gegen ein anderes Satai-Sjen-Doppel angetreten war – hatte er durchaus mehr einstecken müssen.

Einerseits. Andererseits aber sprengte der ganze Wirbel von Ereignissen und Empfindungen seinen Horizont. Ihm fehlte jeglicher Bezugspunkt, um die jüngsten Geschehnisse einordnen zu können. Eigentlich hatte es für ihn keine Atempause mehr gegeben, seit Harkon sie in den Schneesturm geführt hatte, und es war nicht nur die rasche Aufeinanderfolge der Ereignisse, die ihn so aus dem Konzept gebracht hatten, es waren die verwirrenden Kleinigkeiten und natürlich diese fürchterliche Vision, vollständig gelähmt ins absolute Nichts zu stürzen.

Wenn ihm das tatsächlich jemand absichtlich angetan hatte – ob nun diese Nubina oder ein anderer –, dann war es an der Zeit, sich darüber Klarheit zu verschaffen und denjenigen zur Rechenschaft zu ziehen. Bloß wie?

Noch bevor er eine Entscheidung darüber treffen konnte, wie es weitergehen sollte, bewegte sich Irana wieder. Sie stöhnte leise auf, presste sich beide Hände gegen die Schläfen und wälzte sich unruhig hin und her. Daart beobachtete sie misstrauisch. Es war durchaus möglich, dass sie ihn immer noch für ihren Feind hielt und sich wieder wie eine Furie auf ihn stürzen würde, wenn er ihr die Gelegenheit dazu gäbe.

»Was … was ist?«, brachte Irana schließlich kaum verständlich hervor. Sie stützte sich vorsichtig mit einer Hand ab und drehte sich auf die Seite, und als wüsste sie, wo Daart war, schaute sie mit flackerndem Blick genau in seine Richtung. »Wo … Ich dachte …« Sie schluckte ein paar Mal. »Wie kommst du hierher?«, brachte sie schließlich mühsam hervor.

»Wahrscheinlich auf dem gleichen Weg wie du«, sagte Daart leise. Er war sich alles andere als sicher, dass von Irana nun keine Gefahr mehr ausging. Zwar wirkte sie so, als wäre sie aus einem tiefen, unruhigen Schlaf erwacht, wie eine Fieberkranke, die von schrecklichen Albträumen geplagt worden war und sich nur mühsam orientieren konnte, doch das mochte auch vorgetäuscht sein. Vielleicht wartete sie nur auf eine Gelegenheit für einen erneuten Angriff.

»Aber ich …« Irana blickte schaudernd unter sich, als erwartete sie dort etwas ganz anderes als festen Boden zu sehen, »ich war gefangen. Und dann … dann war da … nichts.«

Daart wartete darauf, dass sie fortfuhr, aber als sie schwieg und weiterhin verstört vor sich auf den Boden starrte, sagte er: »Und dann bist du gestürzt.«

Irana schüttelte in einer kaum wahrnehmbaren Geste den Kopf. »Nein. Ich hatte allerdings das Gefühl, jeden Moment dort ... hinabstürzen zu müssen. Fast so, als zöge mich die Tiefe an ...«

Daart nickte. »Ich weiß. Ich habe das Gleiche erlebt. Erst tauchte Nubina mit den Silbernen auf, und dann ... dann stand ich vollkommen unbeweglich da, versuchte mich zu befreien ... und dann war da das Nichts.«

»Ja.« Irana hob den Kopf und sah in seine Richtung, aber ihr Blick verlor sich irgendwo in dem blutig grauen Wallen ihrer Umgebung. »Nubin wollte irgendetwas von mir wissen. Keine Ahnung, was.«

»Bei mir war das auch so«, sagte Daart. »Aber sie heißt Nubina. Nicht Nubin.«

Irana blinzelte verblüfft, richtete sich endgültig auf und setzte sich dann, wobei sie die Beine übereinander kreuzte wie in einer Meditationshaltung. »Wer heißt Nubina?«

Daart runzelte die Stirn. »Na, diese Frau, die Herrscherin der Krieger mit den Silbermasken. Groß gewachsen, in einen prächtigen, glänzenden Anzug gekleidet, hochmütig und exotisch.«

Irana schüttelte den Kopf. »Nein, nein. Du verwechselt da etwas.« Sie hustete qualvoll. »Die Beschreibung stimmt zwar, aber es handelt sich nicht um eine Frau. Es ist ein Mann. Und er heißt Nubin.«

Daart lachte humorlos auf. »Ich werde doch wohl noch erkennen, ob ich einer Frau oder einem Mann gegenüberstehe!«

»Vielleicht«, sagte Irana geheimnisvoll, »vielleicht aber auch nicht.«

»Was soll denn das heißen?«

»Nun ...« Irana begann zu schaukeln; ganz sanft und selbstverloren wiegte sie ihren Oberkörper vor und zurück. »Du warst in einer Extremsituation«, fuhr sie nach einer Weile fort. »Unter dem Einfluss irgendeiner Substanz, die deine Sinne verwirrt hat – und das mit solcher Macht, dass du vollkommen den

Überblick verloren hast. Es ist also kein Wunder, wenn du ein paar Kleinigkeiten falsch eingeschätzt hast.«

»Na hör mal«, entgegnete Daart empört. »Der Unterschied zwischen Mann und Frau ist doch keine Kleinigkeit, über die ich so einfach hinwegsehe!«

»Tatsächlich nicht?«, gab Irana ruhig zurück.

Daart verzichtete auf eine Antwort, aber er musste an Carnac denken, den weiblichen Satai-Sjen, der eigentlich eine attraktive junge Frau war, sich aber so kriegerisch gab, mit dem gleich starken Willen durchzuhalten wie Daart und die anderen und einem genauso durchtrainierten Körper. Daart hatte sich immer bemüht, in ihr nichts weiter als einen Satai-Sjen zu sehen, seinen Partner, und hatte mit aller Kraft alles andere unterdrückt – die Gefühle und Träume, die ihn überkommen hatten, wenn er mit den anderen fünfzehn Satai-Sjen in dem engen Raum zusammen geschlafen hatte, nur eine Armlänge von Carnac entfernt …

Es war vielleicht nicht immer einfach, Mann und Frau zu unterscheiden. Carnac mochte in der Hitze eines Kampfes durchaus eine Zeit lang als Mann durchgehen, vor allen Dingen deshalb, weil sie sich so benahm wie ein Mann und in der schwarzen Ledermontur aus speziell gehärtetem Echsenleder auch so gekleidet war. Aber trotzdem. Er konnte nicht glauben, dass Nubina irgendetwas anderes als eine Frau war. Sie hatte so viel Weiblichkeit versprüht, dass es für ihn einfach undenkbar war, dass sie ein Mann sein könnte.

Und doch hatte Irana sie ganz offensichtlich für einen Mann gehalten.

»Und was jetzt?«, fragte er. »Wieso lässt man uns jetzt in Ruhe, nachdem man uns erst so durch die Mangel gedreht hat?«

Irana zuckte mit den Schultern. »Vielleicht ist das alles ja nur eine … Prüfung?«

»Eine Prüfung?« Daart schüttelte den Kopf. »Das glaubst du doch wohl selbst nicht. Niemand treibt so viel Aufwand für irgendeine Prüfung. Und wozu sollte sie überhaupt gut sein?«

»Das weiß ich nicht genau«, sagte Irana leise. »Aber ich habe eine ungefähre Ahnung.«

Daart starrte sie fassungslos an. »Du weißt, warum ich hier bin?«

»Nicht genau.«

»Aber doch genau genug, dass du mich an deinem Wissen teilhaben lassen kannst«, bohrte Daart nach.

Irana schüttelte den Kopf. »Ich bin mir nicht sicher. Es ist nämlich alles viel komplizierter, als du glaubst.«

Daart wusste selbst nicht, was er glaubte – oder glauben sollte. Das Einzige, was er sicher wusste, war, dass er von hier wegwollte, und zwar so schnell wie möglich, und dass er anschließend alles unternehmen würde, um doch noch diesen ominösen Magier Cor Har'Kanarro in Irapûano aufzutreiben – und darüber hinaus Carnac zu finden.

»Komm.« Er stand auf und bedeutete Irana mit einer Geste, seinem Beispiel zu folgen. »Wir gehen.«

Irana erhob sich zwar ebenfalls, aber sie sah nicht sehr glücklich dabei aus. »Weißt du denn, wie wir hier rauskommen?«

»Nein, keine Ahnung«, sagte Daart wahrheitsgemäß. »Ich weiß ja nicht einmal, wo wir überhaupt sind.« Er drehte sich einmal um die eigene Achse. »Das ist mir hier alles zu ... unwirklich. Irgendwo müssen doch Mauern sein und Gänge und Treppen ...«

»Und Kerker und Verliese und Folterinstrumente«, beendete Irana seinen Satz auf ihre eigene Weise.

»Möglicherweise auch das.« Daart ging los. Er hätte gern die Richtung eingeschlagen, in der er mit den Silbernen zusammengeprallt war – und mit Nubina, die Irana für einen Mann hielt –, aber dieses eintönige, blutrote neblige Wabern um sie herum machte jede Orientierung von vornherein unmöglich. Auf der anderen Seite erleichterte es ihm die Entscheidung. Er musste nur aufpassen, dass er möglichst eine Richtung beibehielt, dann würde er zwangsläufig irgendwann auf etwas Greifbareres stoßen als den Nebel.

»Warte!«, rief ihm Irana nach.

Er hörte ihre raschen Schritte hinter sich, aber er achtete nicht weiter darauf. Seit er den Entschluss getroffen hatte, so schnell wie möglich einen Ausweg aus diesem fürchterlichen Wabern zu suchen, merkte er, wie sehr ihm diese abstoßende, irgendwie kränkliche und auf schwer zu beschreibende Weise *falsch* wirkende Atmosphäre auf die Nerven ging. Obwohl er außer ihrem Atem und den leisen Schritten nicht das Geringste hörte, war er sich nur zu bewusst, dass hier womöglich Gefahren lauerten, die er sich nicht einmal vorzustellen vermochte. Im Grunde genommen war an diesem Ort überhaupt nichts sicher; weder das, was er sah, noch das, was er hörte, und schon gar nicht das, was um sie herum geschah, vielleicht getarnt durch etwas, das auf raffinierter Sinnestäuschung beruhte oder auf etwas, das sich wohl nur mit dem oft viel zu leichtfertig gebrauchten Ausdruck *Magie* umschreiben ließ.

Er versuchte den Gedanken zu verscheuchen und wieder Ordnung in das Durcheinander hinter seiner Stirn zu bringen. In die einander widersprechenden Empfindungen, welche die sich überstürzenden Ereignisse in ihm ausgelöst hatten, mischte sich allmählich ein wachsender Zorn auf sich selbst. Ihm war durchaus klar, dass er mittlerweile allen Grund hatte, vollständig verwirrt zu sein, aber dass er im Begriff war, seine eigentliche Mission aus den Augen zu verlieren, war unverzeihlich und zudem eine Reaktion, die eines Satais einfach unwürdig war. Schließlich hatte er gelernt, die Dinge so zu nehmen, wie sie waren, sie weder zu dramatisieren noch zu beschönigen, und kühl und möglichst emotionslos nach dem besten Weg zu suchen, wie er sein Ziel trotz aller widrigen Umstände erreichen konnte.

Wenn du glaubst, dass einen Satai Emotionslosigkeit auszeichnet, meldete sich ausgerechnet jetzt die Stimme wieder zu Wort, *dann bist du auf dem Holzweg.*

Er wartete auf eine weitere Erklärung, aber als die nicht kam, verbannte er alle zweifelnden Gedanken dorthin, wo sie hingehörten, nämlich in einen versteckten Winkel seines Bewusstseins. Stattdessen konzentrierte er sich lieber auf seine Umgebung und darauf, ob da nicht doch irgendeine Auffälligkeit oder Unregelmäßigkeit war, die ihm vielleicht bislang entgangen oder die neu hinzugekommen war.

Irana war jetzt unmittelbar hinter ihm, und sie bewegte sich so leichtfüßig, dass ihre Schritte lediglich ein leicht federndes Geräusch auf dem Boden verursachten, kaum lauter als der Flügelschlag eines Schmetterlings; selbst ihr Atem war so sanft und unhörbar wie der Hauch herabfallender Blätter. Das Mädchen wurde ihm immer rätselhafter. An den Anblick ihrer merkwürdig geformten Stirn- und Wangenknochen hatte er sich längst gewöhnt, aber das Bündel an außergewöhnlichen Fähigkeiten, über die sie verfügte, irritierte ihn doch sehr. Offensichtlich hatte sie eine harte und sehr gründliche Ausbildung genossen, die der seinen nicht im Geringsten nachstand.

Sie waren noch nicht weit gekommen, als eine kaum merkliche Veränderung einsetzte; es war so, als geriete das Wabern und Wogen um sie herum in Bewegung, als begänne der Nebel zu rotieren, an vielen Stellen gleichzeitig. Dazu blies es ihnen so warm und feucht entgegen, dass Daart schon nach wenigen Atemzügen das Gefühl hatte, nicht mehr richtig Luft zu bekommen.

Er blieb stehen und spürte eine Berührung im Rücken; seine rechte Hand zuckte dorthin, wo sonst das Tschekal steckte, und er wollte in derselben Bewegung herumfahren … aber dann wurde ihm klar, dass es Irana war, die ihre Hand auf seine Schulter gelegt hatte.

»Rücken an Rücken«, flüsterte sie. »Damit wir alle Richtungen abdecken.«

Sie brauchte Daart nicht zu erklären, was sie damit meinte, und er brauchte nicht zu nicken, um sein Einverständnis zu zeigen. Einen Augenblick später spürte er, wie sich Iranas Rücken an seinen schmiegte, kraftvoll und doch so leicht wie eine Feder, und er fühlte sich beinahe so, als durchliefe er zusammen mit Carnac eine besonders hinterhältige Prüfung, vor deren Beginn Skarissa Rabork bewusst ihre Sinne verwirrt hatte. Aber es war nicht Carnac in seinem Rücken, und mochte das Gefühl auch noch so ähnlich sein; Irana war weicher, nachgiebiger und elastischer, obwohl er wusste, dass sich dahinter eine erstaunliche Kraft und Wildheit verbargen.

Vor allem aber fehlte ihm sein Schwert. Sie waren beide waffenlos, und nach all den Überraschungen, die sie hatten durchstehen müssen, war nicht zu erwarten, dass sie einen weiteren Angriff mit bloßen Händen würden abwehren können.

Aber noch war es nicht so weit. Matschige Feuchtigkeit legte sich wie ein erstickendes Tuch über sie, und Daart spürte, wie sich auf seiner Stirn Schweißtropfen sammelten und langsam herabtropften, beinahe so, als wollten sie ihn verhöhnen. Die Luft war – noch – durchaus atembar, aber sie glitt wie flüssiges Gold seine Kehle hinunter. Er bewegte sich nach vorn, in die Richtung, in der sie aufgebrochen waren, und Irana machte die Bewegung so anschmiegsam mit, als erahnte sie jeden seiner Schritte im Voraus, obwohl er durchaus nicht in gerader Linie ging, sondern nach links und rechts tänzelte, um einem möglichen Angreifer kein einfaches Ziel zu bieten.

Es war lächerlich. Es gab keine Angreifer, zumindest keine sichtbaren, aber ihre Umgebung änderte sich so schnell, dass es einem Angriff gleichkam. Der warme Luftzug strich mit ungestümer Wucht über ihre Haut, änderte ständig die Richtung, nahm von Sekunde zu Sekunde an Heftigkeit zu, wirbelte ihre Haare durcheinander, ließ ihre Kleidung flattern.

»Jetzt weiß ich es!« Irana drehte sich weg und war im nächsten Augenblick an Daarts Seite.

Er wich automatisch einen Schritt zurück und starrte in ihr fassungsloses Gesicht. Sie sah erschreckend aus. Ihre Augen waren weit aufgerissen, aber ihre Pupillen waren verschwunden; er sah nur das Weiße, aber auch das veränderte sich und nahm einen rötlichen Schimmer an, als wollten die Äderchen platzen – und dann wurde es zunehmend dunkler, dunkler, dunkler, bis er in völlig schwarze, pupillenlose Augen starrte.

»Ich. Weiß. Es.« Die Stimme, mit der sie jetzt sprach, klang guttural. »Mann ist Frau. Frau ist Mann.«

Daart verstand überhaupt kein Wort. Und er verstand auch nicht ihre Verwandlung. Ging es etwa wieder los? Sah er erneut Dinge, die gar nicht vorhanden waren?

»Nur. Wenn. Du. Mann. Und. Frau. Gleichzeitig. Bekämpfst«, fuhr Irana fort (Irana? Oder das Ding, das sich ihrer bemächtigt hatte, oder das, was tatsächlich in ihr steckte, was sie wirklich war?).

Gleichzeitig begann es um sie herum zu säuseln, zu rauschen und zu zischen, aggressiv und irgendwie verärgert, und durch das schattenhafte Rot ging ein Zittern; und dann veränderte es sich abermals. Daarts Herz hämmerte, und in seinen Ohren dröhnte ein unangenehm helles, an- und abschwellendes Geräusch: der Pulsschlag des Waberns um sie herum, wirklich oder unwirklich, in jedem Fall aber greifbar nahe. Seine Gedanken überschlugen sich, zumal er das unheimliche Gefühl einer vagen Bewegung um sich herum hatte, so als strebte das Wabern einem gemeinsamen Mittelpunkt zu, der irgendwo weit hinter ihnen lag, vielleicht dort, wo er auf Irana gestoßen war …

Plötzlich wurde alles von einem dumpfen, vibrierenden Geräusch übertönt, das von überall und nirgends zu kommen schien und selbst den Boden unter ihren Füßen zum Erzittern brachte. Innerhalb weniger Augenblicke steigerte sich die Lautstärke so sehr, dass Daart die Handballen auf die Ohren presste. Aber es half nichts, das Dröhnen wurde lauter, hämmernder, fordernder, und es pflanzte sich in Daarts Kopf fort, als würde es ausschließlich über seine Schädelknochen übertragen, und riss seine Gedanken, Bedenken und seine Aufmerksamkeit mit sich fort. Er merkte nicht, dass er einen Schrei ausstieß, dass er Irana anstarrte, die mit verzerrtem Gesicht und riesigen, tiefschwarzen Augen wie eine strafende Gottheit auf ihn herabblickte. (*Herabblickte?* Sie war doch kleiner als er!)

Dann, von einem Moment auf den anderen, brach das laute Donnern in sich zusammen. Es verschwand nicht einfach, sondern vibrierte nach, und mit ihm das Wabern um sie herum. Nach und nach lösten sich die blutigroten Fetzen auf, wirbelten davon oder rissen ganz einfach zu unscheinbaren nebligen Streifen auseinander. Auch als das Getöse fast vollständig verklungen war, war es nicht Stille, die es ersetzte, sondern Tausende anderer Geräusche, manche nah und manche fern: das Plätschern von Wasser, das Schreien von Vögeln, das raschelnde

Zerren des Windes an Bäumen und Sträuchern und das Rauschen gewaltiger Schwingen.

Daart stand wie erstarrt da. Sein Unterkiefer sackte herunter, aber er merkte es nicht einmal.

Irana und er standen auf der Plattform eines gewaltigen Gebäudekomplexes; sie standen direkt am Abgrund, und kein Geländer und keine Brüstung hätten verhindert, dass sie hinabgestürzt wären in die unendliche Tiefe, die sich unter ihnen auftat. Eine einzige Drehung, ein halber Schritt, ein leichtsinniges Vorbeugen – und es wäre um sie beide geschehen.

Daart hätte sich vielleicht darum kümmern müssen, was mit Irana war, ob sie immer noch in ihrem erschreckenden Zustand verharrte und in Gefahr schwebte abzustürzen oder ob sie wieder zu dem geworden war, als was sie ihm vorher erschienen war – ein verunstaltetes, aber harmloses Mädchen? Eine Kriegerin mit schnellen Reflexen und einer erstaunlichen Körperbeherrschung? Aber all das streifte Daart nur als flüchtige Gedanken, und keinen davon konnte er festhalten oder weiterverfolgen.

Zu sehr war er fasziniert von dem, was sich ihm dort unten eröffnete.

Es war ein riesiges Tal, das im Hintergrund von einer gewaltigen Bergkette eingerahmt wurde. Aber es war ein Tal, wie er es noch nie gesehen hatte, getaucht in ein geradezu unwirklich schimmerndes Licht, eine rosa-rötlich-türkis-violette Farbpalette mit wenigen grünen Tupfern dort, wo verloren wirkende Bäume standen, und vereinzelt unterbrochen durch grau-schwarzes Gestein.

Es war eine Abendstimmung, wie man sie wahrscheinlich nur südlich von Enwor beobachten konnte, friedlich und bedrohlich zugleich und so ganz anders als alles, was Daart bislang kennen gelernt hatte. Die Mitte des Tals stand unter Wasser, eine große Seenplatte, von der Abendsonne in flirrendes Licht getaucht. Der überwältigendste Eindruck war der einer geradezu unfassbaren Tiefe, denn das Tal schien sich fast bis ins Unendliche zu erstrecken. Die ansonsten sehr hellen, an einigen Stellen goldenen schimmernden Wasserflächen spiegelten die am Uferrand wachsenden Bäume und Pflanzen wider, und auf den ersten Blick sah es so aus, als wucherten sie ein ganzes Stück weit ins Wasser hinein. Unruhiges Geflimmer am Ufer deutete darauf hin, dass es dort in Bewegung begriffenes Leben gab, und das Zirpen der Zikaden drang ganz leise und entfernt zu ihnen hinauf.

Daarts Blick wanderte zum Himmel. Direkt über ihnen waren tiefschwarze Wolken aufgezogen, bedrohlich wirkend und von einem bösen Unwetter kündend, das Daart hier oben, schutzlos am Rand einer Plattform, nicht erleben wollte. Ein Stück weiter war der Himmel aufgerissen, und wie das Auge eines gigantischen Zyklons tat sich dort ein heller, fast kreisrunder Bereich auf, aus dem die vielen verschiedenen Facetten des Lichts herabfielen und das Tal darunter in vielfältigem Glanz erstrahlen ließen. Irgendwo an der Grenze zwischen den bedrohlich tiefschwarzen Wolken und dem hellen, unbekümmert freundlich wirkenden Teil des Himmels glaubte Daart schattenhafte Bewegungen wahrzunehmen, riesigen Flugechsen gleich, aber graziler und zerbrechlicher und nicht so plump wie die Daktylen, die Staubdrachen, die die Errish so gekonnt als Fortbewegungsmittel und zur Abschreckung einzusetzen gewusst hatten.

Als er seinen Blick vom Himmel abwandte, wurde er sich jäh der Gefahr bewusst, in der er sich befand. Nach wie vor standen er und Irana direkt am Abgrund, doch wie unergründlich dieser war, wurde ihm erst klar, als er in die Tiefe hinabstarrte. Weit unter ihm waren Vorsprünge und plateauähnliche Auswüchse zu erkennen, ein Gewimmel von Erkern, Burgzinnen, Wehrgängen und Zwischendächern, ein wüstes Durcheinander verschiedener Baustile, manches so fremdartig wirkend, dass er sich auch dann nicht eines Schauderns hätte erwehren können, wenn er aus sicherer Position einen Blick auf diese Festung geworfen hätte. So aber sah er von schräg oben hinab auf den monströsen, grau-schwarzen Festungsbau, mit so weit nach vorn geneigtem Oberkörper, wie er es sich nur zutraute, um möglichst viele Einzelheiten ausmachen zu können. Ein leichtes

Schwindelgefühl erfasste ihn, aber nicht das war es, was ihm mit einem Mal bewusst machte, welch unnötigem Risiko er sich hier aussetzte: Es war das Gefühl, ein und dieselbe Situation zum zweiten Mal zu erleben, den Moment vor einem Sturz, den er nicht überleben konnte, und den geradezu verführerischen Sog einer unendlich anmutenden Tiefe.

Plötzlich spürte er ein wüstes Zerren und Reißen an seinem Oberkörper, und er begriff, dass er tatsächlich dabei war, den Halt zu verlieren und in die Lücke zwischen dem dunklen Festungsbau und der Wehrmauer zu stürzen – von hier oben aus gesehen nicht mehr als ein schmaler, schwarzer, mehrfach in sich geschachtelter Streifen mit Türmen und geradezu grotesk winzigen Wehrgängen.

Er fühlte Iranas Hände auf seinen Schultern, erst vom Leder abgleitend, dann aber fest zupackend, und fast hätte er ihre Absicht verkannt und sie in einer instinktiven Bewegung abgewehrt.

Dann fühlte er, wie schlanke Hände unter den Kragen seines Ledermantels und die Öffnung seines Gewandes glitten und sich in den Stoff krallten, und im nächsten Moment wurde er auch schon zurückgerissen und zur Seite geschleudert.

4

»Was ist eigentlich mit dir los?«, schrie ihn Irana an. »Willst du Selbstmord begehen oder was?«

Ich finde, diese Frage hat ihre Berechtigung, meldete sich die Stimme. *Und ich bin schon sehr gespannt auf deine Antwort.*

Daart verzichtete darauf, irgendetwas zu sagen. Er trat ein Stück weiter vom Rand zurück, drehte sich vollends um und blickte dorthin, wo sich der Himmel verdunkelt hatte. In den schmutzig grauen Wolken war überall Bewegung und Unruhe auszumachen. Sie schienen sich zusammenzuballen und durchzusacken, als wollten sie alles um sie herum einhüllen und mit ihrer Feuchtigkeit ersticken. Er hatte nun nicht länger den Eindruck, auf dem Dach einer riesigen Wehranlage zu stehen, sondern eher inmitten eines düsteren Wolkenpalasts.

»Irgendwie scheine ich Unwetter geradezu magisch anzuziehen«, murmelte er, während er beunruhigt in das alles verschlingende Grau um ihn herum starrte, das den Blick in beinahe jede Richtung – außer in die des Tales – versperrte.

Irana schüttelte den Kopf. »Nicht du bist es, der Unwetter magisch anzieht«, sagte sie erschöpft.

»Was soll das heißen?«, fragte Daart schroff.

Irana schlang die Arme um den Körper. Es war nach wie vor schwül-warm, aber der zunehmend auffrischende Wind hatte ihr die Kapuze vom Kopf gerissen, die Haare durcheinander gewirbelt und zerrte nun an ihrem Gewand, als wollte er es ihr vom Körper reißen.

»Setz dich«, sagte sie in fast befehlendem Ton. »Ich muss mit dir reden.«

Daart zuckte mit den Schultern und ließ sich in sicherer Entfernung zum Rand nieder. Dabei wählte er ganz bewusst eine Position, von der aus er sowohl das immer noch strahlend hell erleuchtete Tal wie auch die drohend herankrauchenden Wolken im Auge behalten konnte.

»Das, was uns vorhin eingehüllt hat«, sagte Daart nachdenklich. »Waren das vielleicht auch nur Wolken? Vom rötlichen Licht der Sonne erleuchtete Wolken, die uns wie ein blutigrotes Wabern vorkamen?«

Irana zuckte mit den Achseln, während sie sich direkt vor Daart mit übereinander geschlagenen Beinen auf dem Boden niederließ. Ihre Füße und Waden lugten unter dem Gewand hervor wie bei Carnac, wenn sie ihre Stiefel ausgezogen und ihre Füße vom gischtenden Wasser hatte umspielen lassen. »Was spielt das für eine Rolle?«

»Eine große, denke ich.« Daart warf einen unbehaglichen Blick in die Runde. »Um ehrlich zu sein: Ich wüsste es schon gern, wenn ich durch Wolken gegangen wäre, ohne es zu merken. In den Bergen kommt es ja ab und zu vor, dass man die Wolkengrenze erreicht. Aber auf dem Dach eines Gebäudes, und sei es noch so riesig, ist das doch Irrsinn.«

»Schon möglich.« Irana schloss kurz die Augen und atmete

tief durch. Als sie weitersprach, ging ihre Stimme im Heulen des Windes fast unter. »Vieles, vielleicht sogar alles, was wir hier erleben, ist Irrsinn. Zumindest in unseren Augen.«

»Ja«, antwortete Daart. »Wenn ich Gefangene hätte, dann würde ich sie nicht allein auf dem Dach meiner Festung herumspazieren lassen – zum Beispiel.«

»Weil du Angst hättest, sie könnten fliehen?«

»Aber ja«, meinte Daart. »Vor allem würde ich ungern die Kontrolle über sie verlieren.«

»Wer sagt dir denn, dass Nubin keine Kontrolle über uns hat?«

»Nubina«, erwiderte Daart, wobei er die letzte Silbe des Wortes betonte, »wollte irgendetwas von mir wissen. Aber warum lässt sie mich dann hier mit dir allein in dieser Unendlichkeit herumsitzen?«

»Vielleicht will Nubin dir genau das klar machen.« Als Daart verständnislos blinzelte, fuhr Irana fort: »Vielleicht will er dir zeigen, wie klein du und deine Satai seid, wie winzig eure Bergfestung ist und wie unbedeutend das, woran ihr glaubt und für das ihr zu sterben bereit seid angesichts seines unendlich erscheinenden Reiches, das sich vom Grund eines gewaltigen Tals bis in den Himmel erstreckt.«

Daart zuckte mit den Schultern. »Das könnte passen. Nubina machte auf mich von Anfang an einen größenwahnsinnigen Eindruck.«

»Nubin, nicht Nubina.«

»Von mir aus auch Nubin«, sagte Daart. »Da bin ich nicht kleinlich. Aber ich bin absolut sicher, dass *sie* eine Frau ist.«

»*Er* ist ein Er«, widersprach Irana ungehalten. »Und *er* ist ein Mann.«

»Nein. *Sie* ist eine Frau. Und wenn du es ganz genau wissen willst, heißt sie auch Nubina.«

»Nubin.« Irana schrie jetzt beinahe. »*Er* heißt Nubin.«

Eine Zeit lang funkelten sie sich wütend an, aber dann musste Daart plötzlich lachen. Mit Carnac hatte er ab und zu herumgealbert – auch wenn dergleichen von den Ausbildern misstrauisch beäugt wurde –, aber seitdem er die Bergfestung verlassen hatte, war ihm kein einziges Mal mehr zum Lachen zumute gewesen.

»Gut, lassen wir das für den Augenblick«, sagte er. »Jedenfalls meinst du wohl, dass es kein Zufall ist, dass man uns hier oben auf diesem … Wolkendach allein unserem Schicksal überlässt.«

»*Scheinbar* allein unserem Schicksal überlässt«, korrigierte Irana. »Aber du kannst sicher sein, dass sie damit einen Plan verfolgen.«

»Nun gut.« Der Wind riss Daart die Worte förmlich aus dem Mund, sodass er unwillkürlich lauter fortfuhr: »Du wolltest mir etwas erzählen.«

»Aber ja.« Irana beugte sich ein Stück vor, sodass sich ihre Gesichter fast berührten. »Dazu muss ich allerdings ein bisschen ausholen. Und ich weiß nicht, ob mir dazu genug Zeit bleibt.«

»Bevor was passiert?«

»Bist du blind?« Irana streckte ungeduldig die Rechte aus, in Richtung der dichten Wolkendecke, und machte eine Art Abwehrbewegung, bei der sie die Hand weit öffnete und wie gegen einen Widerstand langsam nach vorn drückte. Daart verzichtete auf eine Bemerkung, aber seine gelöste Stimmung war wieder wie weggeblasen.

»Die Wolken kommen unaufhaltsam näher, der Wind steigert sich, und bald wird aus dem Wind ein Sturm und aus dem Sturm ein Orkan werden«, sagte Irana ernst. »Dann wird es uns über den Rand dieses Wolkendachs blasen. Und was das bedeutet, kannst du dir vorstellen.«

Daart nickte. »Allerdings. Wir sollten schleunigst machen, dass wir von hier verschwinden. Irgendwo muss es doch einen Weg runter geben. Lass ihn uns suchen – und dann raus aus diesem Wahnsinn hier.«

»Ich glaube kaum, dass man uns auf diesem Weg weiter als ein paar Schritte kommen lassen wird«, wandte Irana ein.

»Da könntest du Recht haben«, sagte Daart, während er daran dachte, *wie* gewaltig diese Festung hier war und dass sie sich durch unzählige Stockwerke kämpfen mussten, falls sie wirklich durch das Gebäude fliehen wollten. »Und wenn wir nun irgendwo außen runterklettern?« Er streckte die Hand aus und deutete nach links, in Richtung Tal. »Da sieht es ziemlich menschenleer aus. Ich glaube kaum, dass wir dort auf größeren Widerstand stoßen.«

»Da bin ich mir gar nicht sicher«, wandte Irana ein. »Die Aralu habe ganz ausgeklügelte Methoden der Überwachung. Aber abgesehen davon: Wie willst du da runterkommen?«

»Das ist in der Tat … noch ein kleines Problem«, gab Daart zu. »Ich habe mir das vorhin schon angeguckt. Auf der ganzen Breite, die ich einsehen konnte, ist kein Vorsprung oder etwas Ähnliches in Reichweite. Aber«, er machte eine ungeduldige Handbewegung, »wir müssen den Dachrand auf der ganzen Breite absuchen. Irgendwo werden wir schon einen Abstieg finden.«

»Das können wir versuchen«, erwiderte Irana. »Doch ich fürchte, es gibt nur einen Weg hier heraus – und der führt über den Schlund, oder besser gesagt: über seinen tiefsten Punkt. Ich denke, du weißt, wovon ich spreche, oder?«

»Nicht unbedingt«, sagte Daart unbehaglich. »Du meinst doch nicht etwa … dieses *Etwas*, das wir beide hinabzustürzen geglaubt haben?«

»Doch, genau das meine ich«, antwortete Irana knapp.

»Und du bist davon überzeugt, dass es das wirklich gibt?«, fragte Daart ungläubig.

»Aber ja«, sagte Irana bestimmt. »Ich vermute allerdings, dass jeder es anders wahrnimmt.«

»Du sprichst in Rätseln«, stellte Daart fest.

»Das ist nicht meine Absicht.« Irana zögerte kurz, bevor sie weitersprach. »Ich will versuchen, es dir zu erklären. Auf dem Grund dieses … Schlunds, an der tiefsten Stelle in Nyingma, befindet sich das Heiligtum der Aralu. Es ist ein kranker Ort, ein Ort, an dem die Zeit durcheinanderwirbelt und es gewaltige Kräfte gibt, die uns alle verderben können. Ich vermute, es war dieser Ort, der uns … angezogen hat.«

»Uns angezogen hat? Was soll das heißen?«

Irana zuckte mit den Achseln. »Ich … ich bin davon überzeugt, dass es der Einfluss dieses Ortes ist, den sich die Aralu nutzbar zu machen versuchen. Und dass sie es irgendwie geschafft haben, uns mit seiner Hilfe so sehr zu verwirren, dass wir glauben mussten hinabzustürzen. Wer dem Trugbild des freien Falls verfällt, wer sich einbildet, ins Unendliche zu stürzen, sieht vermutlich das, wovor er am meisten Angst hat. Oder vielleicht auch nur das, was er erwartet.« Ihre Stimme wurde tonlos. »Jedenfalls begegnet er dort seinem ganz persönlichen Schrecken.«

Eine Zeit lang schwiegen sie beide unbehaglich. Daart spürte, dass an Iranas Worten etwas dran war – auch wenn er noch immer nicht die geringste Vorstellung von diesem Heiligtum hatte, mit dessen Hilfe Nubina seine Sinne verwirrt haben sollte.

»Aber das ist noch nicht alles«, fuhr Irana schließlich fort. »Denn gerade jetzt …«

»Ja?«

Irana befeuchtete ihre Lippen und blickte sich gehetzt um, so als fürchtete sie, irgendjemand könne sie belauschen. »Es geschehen ganz merkwürdige Dinge im feurigen Schoß der Erde, gerade jetzt, wo die Aralu ihre *Große Zeremonie* vorbereiten.«

»Zeremonien gibt es überall«, erwiderte Daart unbehaglich. Die Erinnerung an eine längst vergangene Zeit drohte in ihm aufzusteigen, an Feuer-Zeremonien, die sich seit seiner frühesten Jugend im wahrsten Sinn des Wortes in ihn eingebrannt hatten. »Sogar in den kleinsten Dörfern werden sie regelmäßig vollzogen.«

»Richtig«, sagte Irana schnell. »Aber nicht so wie hier. Die Aralu beschwören Dinge, die viel gewaltiger sind als alles, was du dir vorstellen kannst. Sie … nun, deshalb müssen wir … die Zeremonie aufhalten … sonst ist Enwor …« Der Wind wechselte pausenlos die Richtung, als wollte er Iranas Worte zerreißen.

»Ich verstehe kein Wort«, brüllte Daart gegen das Tosen an.

Irana nickte und rückte abermals näher, bis er sie wieder einigermaßen verstehen konnte. »Es ist von ungeheurer Wichtigkeit, dass du die Zusammenhänge begreifst. Bevor ich dir erkläre, was genau es mit der *Großen Zeremonie* auf sich hat.«

»Warum?«

»Weil … wenn wir getrennt werden, musst du allein vollbringen, was uns gemeinsam aufgetragen wurde.«

Daarts Gedanken schweiften von Iranas Worten zum Elixier des Lebens. Sein und Carnacs eigentlicher Auftrag, den zu erfüllen sie mit ihrem Satai-Sjen-Eid geschworen hatten, war es gewesen, dieses Elixier zu besorgen. Säße ihm jetzt Carnac statt Irana gegenüber, dann verstünde er ihr Drängen, doch so war es für ihn ohne Bedeutung. Sein Satai-Sjen-Eid war bindend und alles andere – auch das, was Irana so sehr am Herzen lag – unwichtig.

Irana schien auf eine bestimmte Reaktion von ihm zu warten, aber als diese nicht kam, fuhr sie fort: »Es ist kein Zufall, dass wir uns getroffen haben. Du weißt schon … dort unten am Fluss.«

Daart nickte. »Alles andere hätte mich auch gewundert.«

Irana lächelte flüchtig. »Ich habe dort auf dich gewartet.«

»Das hast du schon bei unserer ersten Begegnung angedeutet«, sagte Daart ungeduldig und mit einem besorgten Blick auf die Wolken, in die wilde Bewegung kam. Doch bis auf einige wenige Ausläufer schienen sie jetzt eher vor ihnen zurückzuweichen, als auf sie zuzukommen. »Aber warum?«

»Nun … nehmen wir einfach an, ich wurde mit einer besonderen Aufgabe losgeschickt. Ganz ähnlich wie du.«

Dieses Geständnis überraschte Daart jetzt doch. Spätestens seit er Irana im Kampf erlebt hatte, war ihm zwar klar, dass eine junge Frau mit solch hervorragender Ausbildung bestimmt nicht zufällig dort auftauchte, wo die gewohnte Welt in Brüche zu gehen schien. Aber woher wusste sie, dass ihn nicht nur der Wunsch vorantrieb, die Satai-Sjen-Reise erfolgreich abzuschließen, sondern dass er noch eine ganz andere Aufgabe zu erfüllen hatte? Und vor allem: Wie viel wusste sie von dem Lebenselixier und dem Sterngeborenen?

»Du bist eine Errish«, vermutete er. »Und wie immer erweisen sich die Errish als äußerst gut informiert.«

»Eine Errish?« Irana starrte ihn an, als hätte er den Verstand verloren. »In welcher Zeit lebst du, Satai-Sjen? Weißt du nicht, dass die Errish längst untergegangen sind?«

»Nein«, entgegnete Daart. »Du weißt so gut wie ich, dass es immer noch Errish gibt. Und dass sie wieder stärker werden.«

Irana winkte ungeduldig ab. »Lassen wir das für den Augenblick. Ich jedenfalls gehöre nicht zu den Errish. Sondern ... zu einer ganz anderen Gruppe.«

»Zu einem Orden«, erinnerte sich Daart an ihre knappe Bemerkung am Fluss.

»Ja, zu einem Orden«, sagte Irana fast trotzig. »Aber wir legen keinen Wert auf Berühmtheit wie ihr Satai. Gewöhnlich leben wir sehr abgeschieden ...«

»Wo?«, fragte Daart

»Das spielt überhaupt keine Rolle«, erwiderte Irana erregt. »Wir wollen nicht wahrgenommen werden, und wir halten uns so weit wie möglich aus allem raus.«

»Und jetzt ist das nicht mehr möglich?«, bohrte Daart nach.

Irana schwieg, und Daart wendete den Blick von Iranas ausdrucksstarken Augen ab. Auch während des Gesprächs hatte seine Wachsamkeit keinen Augenblick nachgelassen, doch jetzt nahmen seine Sinne voll konzentriert und ganz bewusst jede Kleinigkeit auf. Das Wirbeln und Stürmen hatte eine neue, beunruhigende Qualität angenommen und zwang ihn zu dem Eingeständnis, dass sie einem Orkan hier oben vollkommen hilflos ausgesetzt wären. Wenn das Unwetter mit voller Wucht über ihren Köpfen zu toben anfing, würde es schnell lebensbedrohlich für sie beide werden. Es gab nichts, wo sie sich anklammern konnten oder Schutz vor den elementaren Naturgewalten finden würden. Aber noch viel mehr verunsicherte ihn eine ganz andere Wahrnehmung. Irgendetwas stimmte mit den Wolken nicht. Sie verhielten sich beinahe ... intelligent. Wie Krieger, die ihre Gegner einzukesseln versuchten, um sie dann in einem geschlossenen Angriff niederzumachen, wenn ihnen jede Fluchtmöglichkeit genommen war – so zogen sie sich um sie herum zusammen. Aber das war noch nicht alles. Ihm schien es, als verdichteten sich die Wolken an einigen Stellen, als nähmen sie stellenweise eine festere Substanz an und als könnte er hier und da tatsächlich den Schatten eines Kriegers ausmachen, der bemüht war, sich möglichst unauffällig anzuschleichen. Doch immer, wenn er einen dieser Schatten mit seinen Blicken festzuhalten versuchte, verflüchtigte er sich, und seine einzelnen Bestandteile wirbelten davon, als wären sie niemals etwas anderes als flüchtige Wolkenfetzen gewesen.

Über Daarts Rücken lief ein eiskaltes Frösteln, und seine Hand verkrampfte sich um die leere Öffnung seiner Schwertscheide.

»Ich bin eine Prophetin«, sagte Irana schließlich.

»Was?« Daart musste sich dazu zwingen, ihr wieder seine Aufmerksamkeit zuzuwenden.

»Du hast noch nie von uns gehört, nehme ich an«, sagte Irana. »Denn selbst der Hohe Rat der Satai weiß nichts von unserer Existenz – oder leugnet sie doch zumindest.«

»Aha«, machte Daart. Bei einer anderen Gelegenheit hätte er wahrscheinlich höchst beunruhigt auf ihre Eröffnung reagiert, aber im Augenblick war er viel zu sehr damit beschäftigt, das verwirrende Huschen und Wirbeln um sie herum im Auge zu behalten. Wieder glaubte er schattenhafte Gestalten in dem Flirren zu entdecken – und einmal sogar das Aufblitzen eines hoch gerissenen Schwertes. Aber noch immer gelang es ihm nicht, etwas wirklich Fassbares mit seinen Blicken einzufangen.

»Wir Prophetinnen … sehen gewisse Dinge«, fuhr Irana fort. Ihr Gesicht war jetzt ganz nah an seinem, und obwohl sie brüllte, hatte er Mühe, ihre Worte in dem wütenden Grummeln des Sturms zu verstehen. »Manchmal wissen wir ganz genau, was passieren wird. Aber meist ist es … anders. Und vor allem jetzt, wo alles drunter und drüber geht.«

»Wo geht alles drunter und drüber?«, fragte Daart knapp.

»In fast allen Städten«, antwortete Irana. »In den Königreichen und den Schwert-Bünden. Ja, die Unruhe hat sogar auf die entlegensten Gebiete übergegriffen. Selbst eure geheime Bergfeste hat sie erfasst – oder ist dir das etwa entgangen?«

Daart kniff die Augen zusammen. Für einen Moment spürte er äußerstes Unbehagen darüber, dass Irana mit einer Selbstverständlichkeit von der Korona sprach, als gehörte ihre Kenntnis zum Allgemeinwissen und wäre nicht ganz im Gegenteil ein streng gehütetes Geheimnis. Aber dann entglitt ihm das Gefühl wieder. Falls sie die nächsten Stunden überleben sollten, konnte er sich darüber immer noch Gedanken machen.

Fast gewaltsam riss er sich von dem Toben um sie herum los und wandte sich ganz Irana zu. »Von welchen Unruhen sprichst du?«

»Auch durchaus von der Unruhe um uns herum – hier und jetzt«, sagte Irana. »Von dem, was du zu sehen glaubst in dieser schwarzen Wolkenfront.«

Daart verschlug es im wahrsten Sinn des Wortes die Sprache; er fühlte sich ertappt und auf absurde Weise geradezu gedemütigt. Als er auf ihre Bemerkung hin schwieg, nickte sie grimmig.

»Du hast es also auch bemerkt«, stellte sie fest.

»Was?«, fragte er bockig.

Irana winkte unwillig ab, und ihre Hand streifte dabei – beabsichtigt oder unbeabsichtigt – seine Schulter. »Das, was hier um uns ist. Die Ausstrahlung dieser … Veränderung.«

Daart dachte eine Weile über ihre Worte nach, wobei er es bewusst vermied, seine Umgebung erneut zu betrachten. Er war sich sicher, dass er sowie nichts anderes bemerken würde als zuvor. »Ja«, sagte er schließlich. »Ich glaube, ich weiß, was du meinst. Was ist es?«

Irana zuckte mit den Schultern. »Ich fürchte, ich kann es nicht in Worte fassen.«

»Versuche es«, forderte Daart sie auf.

»Ich weiß nicht …« Irana biss sich auf die Unterlippe. »Es sind Vibrationen. Erschütterungen der Wirklichkeit. Dinge, die geschehen und doch nicht geschehen. Und die sich ausbreiten, rasch und in alle Richtungen. Sie stehen in Zusammenhang mit der *Großen Zeremonie der Aralu.*«

»Du hast Recht«, sagte Daart enttäuscht. »Ich verstehe es wirklich nicht.«

»Diese Vibrationen … sie nehmen seit Jahren zu, vielleicht schon seit Jahrzehnten, wenn man den alten Aufzeichnungen Glauben schenken kann.« Irana sprach laut und kraftvoll und so, als spräche sie nur für sich selbst. Sie redete sich in eine Erregung hinein, die vielleicht die ganze Zeit über schon in ihr gewesen war, ohne die Möglichkeit, sich auszudrücken. »Die Vibrationen … sie sind ekelhaft. Sie sind verbunden mit einer Art … Vorahnung.«

»Ahnungen sind das Gegenteil von Wissen«, stellte Daart fest.

»Mag sein«, gab Irana zu, »und doch ist beides miteinander verknüpft wie die zwei Seiten einer Münze. Ich weiß wirklich nicht, wie ich dir das erklären soll …«

»Was denn nur?«, fragte Daart gereizt – teils, weil Irana sich so umständlich und geheimnisvoll gab, und teils, weil er spürte, wie ihnen die Zeit zerrann.

»Wir müssen in die Schatten eintreten, um das Licht daraus hervorzulocken«, sagte Irana rasch. »So kommt das Licht aus dem Dunkeln.« Sie lächelte gequält. »Tut mir Leid. Ich fürchte, ich spreche in Bildern, die du nicht verstehen kannst.«

»Nein. Ich meine ja.« Daart hätte die junge Prophetin am liebsten bei den Schultern gepackt und so lange geschüttelt, bis sie ihm endlich erklärte, was um sie herum geschah – und wie sie sich dagegen schützen konnten. Aber wahrscheinlich wusste sie das selbst nicht. »Kannst du mir nicht wenigstens erklären, was hier gerade passiert?«

Irana warf einen hastigen Blick zur Seite. »Ich will es versuchen. Aber es ist nicht einfach. Denn ich fürchte, wir erleben hier eine Art … Experiment.« Irana schauderte. »Es geht um Veränderung.«

»Um Veränderung?« Daart runzelte die Stirn. »Um welche Art von Veränderung?«

»Nun ja, gut.« Irana wischte sich ungeduldig eine Haarsträhne aus der Stirn. »Ich will versuchen, es dir zu erklären. Veränderung ist normal, alles verändert sich, alles ist im

Fluss ... und deswegen kann sich nie etwas wirklich wiederholen.«

»Das klingt für mich nicht unbedingt nach einer neuen Erkenntnis.«

»Nein, natürlich nicht. Ich glaube, ich muss ein bisschen ausholen – auch wenn uns die Zeit davonrennt.«

»Sollen wir nicht stattdessen lieber ...«

»Nein«, unterbrach ihn Irana schroff. »Es ist verdammt wichtig, dass du ein paar der Zusammenhänge begreifst. Oder möchtest du so etwas wie ... deinem Sturz ins Nichts noch einmal hilflos ausgeliefert sein?«

Daart dachte schaudernd daran zurück, wie er langsam vornüber gekippt und hinabgefallen war in das endlose Nichts, wie er an schattenhaften Wesen vorbeigestürzt und schließlich auf dem Boden aufgeschlagen war. Ob wirklich oder nicht – es war das Schrecklichste gewesen, was er je erlebt hatte. »Ich kann auf eine Wiederholung verzichten.«

»Also gut.« Irana benetzte ihre Lippen mit der Zungenspitze und sah sich gehetzt um. »Wer auch immer die Entwicklung anheizt, läuft Gefahr, dass das Ganze sehr schnell aus dem Ruder läuft. Es kann sich in die Richtung entwickeln, die er vorhersieht, oder auch in eine andere, beliebige. Und dann muss er wieder eingreifen – sehr schnell und gezielt – und läuft Gefahr, dass sich die Ereignisse überschlagen und sich alles anders entwickelt, als er eigentlich geplant hat. Also hetzt er wie wild dem Geschehen hinterher, um das Schicksal immer wieder in seinem Sinn zu beeinflussen, schneller und schneller – und wenn er nicht aufpasst, kann darüber die ganze Welt in Trümmer gehen.«

»Meinst du damit die Aralu?«, fragte Daart. »Wollen sie etwa die Welt in Trümmer legen?«

»Ich habe nicht behauptet, dass irgendjemand die Welt in Trümmer legen *will*«, antwortete Irana gereizt. »Es geht darum, dass die Aralu Enwor unter ihre Kontrolle bringen wollen – ganz Enwor, verstehst du? Dabei verfolgen sie einen uralten Plan, der sich jetzt verselbstständigt.«

»Ich fürchte, ich verstehe nicht«, sagte Daart steif. »So, wie du das sagst, klingt es beinahe, als wäre es dir egal, wenn die Aralu ganz Enwor den Krieg erklärten!«

»Nein, das ist mir nicht egal.« Irana machte eine ungeduldige Handbewegung. »Es ist mir nicht leicht gefallen zu begreifen, wie ihr Satai das seht. Ihr wollt das Gleichgewicht erhalten, nicht wahr? Ein Gleichgewicht, das eigentlich keines ist.«

»Ich weiß selbst, dass augenblicklich ganz Enwor im Chaos zu versinken droht«, sagte Daart. »Aber dieses ganze Gespräch führt doch zu nichts. Wir sitzen auf dem Dach einer unvorstellbar riesigen Festung – einer so riesigen Festung, dass ich niemals geglaubt hätte, dass es so etwas geben könnte, wenn ich nicht gerade hinabgeschaut hätte auf das Gewimmel von Türmen, Stockwerken und Wehranlagen unter uns – und wir werden wirklich und wahrhaftig von Gewitterwolken eingehüllt. Wir wissen weder, warum uns die Aralu hierher gebracht haben, noch, was sie mit uns vorhaben …«

»Falsch«, unterbrach ihn Irana. »Du weißt es nicht. Ich schon.«

»Dann lass mich endlich an deinem Wissen teilhaben, verdammt!«, brüllte Daart ungehalten.

»Das versuche ich ja schon die ganze Zeit!«, hielt Irana im gleichen Tonfall dagegen. »Aber du gibst dir nicht das geringste bisschen Mühe, mich zu verstehen.«

Daart schwieg dazu – was hätte er auch schon sagen sollen? Das Letzte, was er jetzt gebrauchen konnte, war ein Streit mit diesem seltsamen Mädchen.

»Die Dinge, die ich dir verrate, gehören zum geheimen Wissen der Prophetinnen«, sagte Irana so leise, dass Daart ihre Worte mehr erriet als wirklich verstand. »Wir müssen schwören, dass unsere Lippen versiegelt sind, wann immer wir auf Fremde stoßen.«

»Und warum willst du mir dann trotzdem all deine Geheimnisse verraten?«

»Weil Enwor die vielleicht größte Katastrophe in seiner Geschichte droht«, erklärte Irana ernsthaft. »Außerdem«, fügte sie mit einem leichten, kaum wahrnehmbaren Lächeln hinzu, »wer sagt dir, dass ich dir *all* meine Geheimnisse verrate?«

»Die größte Katastrophe in seiner Geschichte«, wiederholte Daart nachdenklich und ohne auf ihre letzte Bemerkung einzugehen. »Das klingt ein wenig übertrieben. Ganz Enwor wurde einst von einem Netzwesen unterwandert, und was dann geschah, brauche ich dir ja wohl nicht zu sagen.«

Irana nickte. »Die Prophetinnen haben die Katastrophe damals gut im Auge behalten – wie viele andere auch.. Aber nie gab es einen Grund für uns, darin mehr als einen Schritt der natürlichen Weiterentwicklung zu sehen. Schon manchmal stand Enwor am Rand des Abgrunds, das ist richtig ... aber noch nie war die Lage so hoffnungslos wie im Augenblick.«

»Dann sag mir doch endlich, warum sie so hoffnungslos ist«, verlangte Daart.

»Wenn das nur so einfach wäre!«, fauchte Irana ungehalten. »Es geht dir wohl nicht in den Schädel, dass Veränderungen ins Chaos münden können ...«

»Doch, das geht mir sehr gut in den Schädel«, sagte Daart ärgerlich.

»Na gut. Und dann stell dir vor: Alles fängt gleichzeitig an, sich zu verändern, schneller und schneller und in einem vollkommen widernatürlichen Rhythmus. So, als spielte jemand ein Musikstück, und plötzlich kämen aus allen Richtungen Trommler angelaufen, die vollkommen unpassende und rasend schnelle Rhythmen schlagen.«

»Das klingt dann wahrscheinlich wie eine gemischte Musikgruppe aus wutschnaubenden Quorrl und melancholischen Sumpfleuten.«

»Schlimmer, viel schlimmer. Vor allem, weil niemand nachgibt, sondern jeder Musiker für sich den Sinn seines Stückes verliert – und alle zusammen den Gesamtsinn.«

»Und was ist so schlimm daran?«, fragte Daart. »Irgendwann werden sie ja wohl wieder damit aufhören.«

»Eben nicht!«, schrie Irana. »Genau das ist es ja: Sie werden weiterspielen, bis sie völlig erschöpft sind, bis ihre Finger blutig sind und ihre Kehlen zu rau, um noch einen vernünftigen Ton hervorzubringen, aber sie werden deshalb trotzdem noch nicht aufhören, nein, sie werden immer weitermachen, bis sie schließlich zusammenbrechen und sterben – einer nach dem anderen.« Irana schwieg, und sie sah mit einem Mal sehr erschöpft aus, so als hätte sie sich etwas von der Seele geredet, was eigentlich besser unausgesprochen geblieben wäre.

Daart hatte die Erregung hinter ihren Worten gespürt, und das hatte ihn mehr berührt als ihr Vergleich. »Vielleicht«, sagte er vorsichtig, »aber auch nur vielleicht ... begreife ich langsam, was du meinst.«

»Das wäre ausgezeichnet.« Irana rutschte ein Stück näher an ihn heran und legte ihre rechte Hand auf seine Brust. Es war eine überraschende, gleichzeitig aber auch angenehme und irgendwie tröstliche Berührung. »Ich spüre deinen Herzschlag, Daart. Dein Herz schlägt kräftig und gleichmäßig. Aber was wäre, wenn es außer Takt geriete? Was würde passieren, wenn es immer schneller und schneller schlüge, unregelmäßig, mit gelegentlichen Aussetzern?«

»Dann würde ich wohl sterben – irgendwann, und wahrscheinlich in nicht allzu ferner Zukunft«, sagte Daart ruhig.

»Genau.« Irana zog ihre Hand zurück, vorsichtig und bedächtig, so als hätte sie sie lieber dort gelassen, wo sie gerade noch gewesen war. »Und genau das ist es, was mit Enwor geschieht.« Sie seufzte leicht, ein Laut, den Daart ihr im zunehmenden Wind eher von den Lippen ablas, als dass er ihn hören konnte. »Du wirst es selbst noch erleben«, fuhr sie fort, »vielleicht schon in den nächsten Tagen. Die Ereignisse werden mit einer Urgewalt über dich hinwegstürmen, dass du kaum Zeit zum Innehalten hast. Und am Ende musste du aufpassen, dass du von ihnen nicht mitgerissen wirst in einen Strudel des Untergangs und Verderbens.«

Sie schwiegen beide. In diesem Augenblick, vielleicht nur für ein paar Sekunden, war so etwas wie eine stillschweigende Übereinstimmung zwischen ihnen. Er hatte durchaus verstanden, was sie ihm hatte sagen wollen; das Bild mit dem Herzschlag war mehr als deutlich gewesen. Aber da war noch etwas anderes, das während ihrer Erklärung mitgeschwungen hatte und jetzt, wie der Nachhall eines lauten Schreis in einem ausgedehnten Höhlensystem, noch immer da war. Es war eine Art von Vertrauen und *Zuneigung* zwischen ihnen. Einer der ganz seltenen, überaus kostbaren, aber auch sehr zerbrechlichen Augenblicke zwischen Mann und Frau, unter welchen Bedingungen sie sich auch immer trafen.

Sein Blick schweifte zum Tal. Es sah still und friedlich dort unten aus, ohne jede Spur oder Bedrohung, und das Einzige, was sich verändert hatte, war eine Folge des mittlerweile auch über dem Tal auffrischenden Windes: ein leises Kräuseln auf der Wasseroberfläche der Seenplatte und das sanfte Wiegen der großen, ufernahen Bäume. Vögel schwärmten aus der Richtung der Berge heran, zeigten aber keine Hast und flogen in den prächtigen Sonnenuntergang hinein. Daart dachte an Mückenschwärme, die für gewöhnlich jeden heißen Tag begleiteten, an das Rauschen des Wasserfalls, das ihn eingelullt hatte, wenn er sich von seinen Pflichten in der Korona hatte freimachen können und zu seinem abgeschiedenen Lieblingsplatz gegangen war, und er spürte eine tiefe Sehnsucht nach Ruhe und Frieden in sich, die von dem Bild unter ihm noch verstärkt wurde.

Irana war seinem Blick gefolgt. »Ein friedlicher Anblick. Aber ich weiß nicht, wie lange es so etwas noch geben wird.«

Diesmal brauchte sie ihm nicht zu erklären, was sie damit meinte. Der Sturm zerrte jetzt mit unbändiger Kraft an ihnen, aber er steigerte sich nicht weiter – zumindest im Augenblick nicht, und doch konnte es nicht mehr lange gut gehen. Langsam, fast unmerklich veränderte sich das Licht im Tal unter ihnen; es waren die Ausläufer der Nacht, die nach ihm griffen und schon bald ihr dunkles Tuch über all das senken würden, worauf Daart und Irana jetzt ungehindert hinabblicken konnten. Aber nicht von dort drohte ihnen Gefahr. Es waren die wirbelnden, widernatürlichen Wolken, das unruhige Schwarzgrau, das Zusammenballen finsterer Mächte, das Huschen und Hasten, das sich nicht mit den Augen einfangen ließ, aber nichtsdestoweniger da war: All das umlauerte sie wie ein Rudel hungriger Wölfe, das nur darauf wartete, dass ihre Aufmerksamkeit nachließ.

Oder die Nacht sich endgültig über sie senkte.

»Fällt dir nichts auf?«, bohrte Irana nach. »Wir beide sind in den Süden aufgebrochen, um eine Mission zu erfüllen. Wir hätten dazu noch einer weiteren Wanderung bedurft. Wir hätten Dinge erkundet, Verbündete gesucht und die Ansprechpartner, die man uns genannt hat. Aber nichts davon ist zustande gekommen.«

»Natürlich nicht. Diese Ungeheuer, die uns am Wasser überfallen haben …«

»Diese Super-Quorrl, wie du sie genannt hast, ja. Und das Boot, das die Höhle gerammt hat. Es ging alles ziemlich schnell, oder?«

»Ja«, knurrte Daart. »Aber das haben Überfälle nun einmal an sich.«

Irana brachte das Kunststück fertig, gleichzeitig mit dem Kopf zu schütteln und zu nicken. »Sicherlich. Aber was, wenn nun das ganze Leben nur noch überfallartig verläuft? Und zwar nicht nur unser Leben, sondern das aller Menschen und Lebewesen auf Enwor.«

»Das kann ich mir nicht vorstellen«, sagte Daart.

»Genau«, rief Irana erregt. »Das kann sich niemand vorstellen. Weil es einfach grauenvoll wäre!« Ihr Gesicht zuckte auf Daart zu, geradeso, als wollte sie ihn küssen, aber es war wohl nur die Erregung, die sie bei ihren eigenen Worten ergriffen hatte und die sich auf diese Weise ausdrückte. »So, wie es uns ergeht, würde es auch jedem anderen an unserer Stelle ergehen«, fuhr sie fort, während sie sich wieder ein kleines Stück zurückzog. »Wir haben keine Gelegenheit, Dinge zu erkunden: Wir werden erkundet. Und gleichzeitig gehetzt. Alles das geschieht nicht mehr hintereinander, sodass man in der Lage wäre, Dinge einzuordnen und sich gegen sie zu wappnen, sondern gleichzeitig. Das bedeutet …«

»Ja?«, fragte Daart ungeduldig, als sie nicht weitersprach.

»Dass bereits alles vollkommen übersteigert ist«, sprudelte Irana hervor. »Nicht nur wir werden durch die Mangel gedreht. Die ganze Zeit steht Kopf. Und das kann sich gegen jeden und alle richten – auch gegen die, die diese Veränderungen in Gang gesetzt haben.«

Daart kniff die Augen zusammen. »Du meinst …?«

»Ich meine, dass es einen Grund gibt, warum wir Prophetinnen uns in diesem Fall nicht aus der Sache heraushalten können. Denn diesmal ist alles und jeder betroffen. Und wenn wir die größenwahnsinnigen Herrscher über diese Riesenfestung hier nicht aufhalten können …«

Sie ließ den Rest des Satzes unausgesprochen, aber Daart begriff auch so, was sie hatte sagen wollen. »Also glaubst du, wir beide müssten gegen die Herrscher dieser riesigen Festung, dieser von der Erde bis in den Himmel reichenden Befestigungsanlage, in den Krieg ziehen? Gegen Nubina, die über die schrecklichsten Reptilienkrieger gebietet, von denen ich je gehört habe, und darüber hinaus über ein Heer bestausgebildeter Aralu-Krieger?« Er lachte humorlos auf. »Wenn du all das wirklich glaubst, dann sage ich dir, wer größenwahnsinnig ist: nicht Nubina, die mir hier und jetzt über mehr Macht zu verfügen scheint als alle anderen Herrscher eines Königreichs oder Schwert-Bunds in Enwor. Du bist es, die größenwahnsinnig ist, wenn du glaubst, jemand aufhalten zu können, der über solch unglaubliche Machtfülle verfügt!«

Irana starrte ihn hasserfüllt an, aber Daart fuhr ihr ins Wort, bevor sie etwas erwidern konnte. »Abgesehen davon habe ich tatsächlich eine Mission zu erfüllen. Ihr Prophetinnen wisst eben nicht alles, und deshalb kannst du auch nicht im Geringsten erahnen, wie wichtig es ist, dass ich meine Aufgabe erfülle!«

»O nein, ich weiß wirklich kaum etwas über die Geheimnisse der Satai und über deine ach so wichtige Aufgabe«, höhnte Irana. »Ich weiß nicht, dass du mit deinem Satai-Sjen Carnac – ich will es mal so ausdrücken – *vordergründig* auf die Satai-Sjen-Reise gegangen bist, diesen Firlefanz, den ihr zum Abschluss eurer

Ausbildung veranstaltet. Ich weiß nicht, dass ihr Jacurt in Ikne beistehen sollt – übrigens gegen das Chaos, das Nubin dort auf seine ganz eigene Weise angerichtet hat und nicht irgendeine Nubina, von der du immer wieder faselst, weil du noch nicht einmal in der Lage bist, auf das richtige Geschlecht zu reagieren. Ich kenne auch nicht das Geheimnis *deines* Satai-Sjens – und schon gar nicht den Grund eurer Reise, die eng mit dem Schicksal eures Sterngeborenen verknüpft ist …«

Daart sprang mit einer so abrupten Bewegung auf, dass Irana unwillkürlich zusammenzuckte und den Oberkörper so weit wie möglich nach hinten bog. »Jetzt langt es, Prophetin! Du solltest nicht über Dinge reden, die dich nichts angehen – und schon gar nicht über den Sterngeborenen, dessen Schicksal allein Angelegenheit der Satai ist!«

Irana blinzelte verblüfft. »Dein Sterngeborener kann dir doch nicht wichtiger sein als das Schicksal ganz Enwors!«

»Das Schicksal ganz Enwors?«, schleuderte ihr Daart entgegen. »Wer sagt, dass es in Gefahr ist? Etwa du? Was bist du denn überhaupt? Eine Prophetin? Dass ich nicht lache. Ich habe noch nie von eurem komischen *Orden* gehört. Woher soll ich wissen, ob es ihn überhaupt gibt? Und dass überhaupt ein Wort von dem wahr ist, womit du mich zu verwirren suchst?«

Irana starrte ihn eine Weile sprachlos an, mit in den Nacken gelegtem Kopf, aber ohne Anstalten zu machen, sich zu erheben. Womit sie auch gut beraten war, wie Daart jetzt durchaus schmerzhaft erfahren musste. Denn der Sturm rüttelte so wild an ihm, dass er Gefahr lief, von einer Bö erfasst und über den Rand des Daches gestoßen zu werden.

»Das also ist … was du über mich denkst.«

Ein Windstoß riss ihren Satz auseinander, aber was sie nicht zu bemerken schien – und Daart nur aus den Augenwinkeln heraus wahrnahm –, war, dass gleichzeitig die Wolken um sie herum aufrissen, durcheinanderwirbelten, als wären sie von mehreren, gegeneinander kämpfenden Luftströmungen erfasst worden, und dass sich dort nun nicht mehr nur substanzlose Schatten befanden, sondern etwas ganz anderes …

Daart ruderte wild mit den Armen, um sein Gleichgewicht gegen die kraftvollen Windstöße zu behaupten, die ihn wie wütende Schwerthiebe an den Rand des Daches trieben und damit in den sicheren Tod.

Es war zu spät. Denn genau in dem Moment seiner größten Hilflosigkeit erfolgte der Angriff, den er die ganze Zeit über insgeheim befürchtet hatte. Aus den nass wirbelnden Wolkenfetzen brachen dunkle, bewaffnete Gestalten hervor, erst zwei, drei, dann rasch mehr und so unwirklich, als wären sie selbst nichts als luftige Wolkenkrieger, aus Luft und Sturm geboren und gefeit gegen die tobenden Elemente, die sich erst hier und jetzt zu etwas Menschenähnlichem verdichteten, das auf ihn eindringen konnte.

Im hellen Gegenlicht der über dem Tal untergehenden Sonne schimmerten ihre Waffen so gleißend, als wären sie durch Magie von innen erleuchtet, und ihre Silbermasken funkelten und glitzerten, dass Daart die Augen geblendet zu schmalen Schlitzen verengen musste, um ihre schattenhaften Bewegungen überhaupt noch ansatzweise verfolgen zu können.

5

Die Krieger verschwendeten keinen Augenblick. In einem erstaunlich präzisen Manöver stürmten sie auf die beiden zu, so als wollten sie sie einkreisen. Schon die ganze Zeit über mussten sie sich im Schutz der Wolken verborgen haben, bereit zum Zuschlagen, wann immer sie dafür den Befehl bekamen. Dennoch erkannte Daart in ihnen nicht die Silbernen wieder, mit denen er sich auf dem Boden des Schlunds herumgeschlagen hatte …

Weil es nicht diese Krieger gewesen waren, die du gesehen hast, Narr, meldete sich die Stimme in seinem Innern wieder zu Wort. *Sondern etwas anderes, viel Gefährlicheres.*

Es mussten Wolkengeborene sein, geschaffen auf widernatürliche Weise, und keine wirklichen Menschen, sondern etwas ganz anderes, Unvorstellbares.

Hätte er ein Schwert gehabt, hätte er sich auf sie stürzen können, und hätte er wenigstens die Kontrolle über seinen Körper besessen, dann hätte er sich ihnen zumindest entgegenstellen können, um Irana schützen – auch wenn das vielleicht nicht mehr als der Reflex eines Kriegers gewesen wäre, der bis zum letzten Atemzug das tat, was ihm sein Ehrenkodex und sein Instinkt vorschrieben.

Aber so war er immer noch ein Spielball des Sturmes, der seine ganze wütende Energie auf ihn zu konzentrieren schien, während er die Silbernen mehr oder weniger in Ruhe ließ. Ein besonders heftiger Windstoß drehte ihn einmal um die Achse, und er musste in die Knie gehen, um nicht über den brüstungsfreien Rand geweht zu werden.

Dann sah er sie. Wie Irana hatte glauben können, dass sie ein Mann sei, war ihm ein Rätsel. Statt in Silber war sie diesmal ganz in Schwarz gekleidet, so als wollte sie möglichst wenig inmitten ihrer Krieger auffallen. Dennoch bestand keine Gefahr, dass man sie übersah. Sie trug keine einfache Silbermaske, sondern eine auffällig und kunstvoll gearbeitete Halbmaske, die ihre Schönheit unterstrich, statt sie zu verbergen, und um ihre Schultern fiel ein schwarzer Umhang, der von Ornamenten aus magischen Zeichen durchzogen war. Eine schwache, aber äußerst unbehagliche Erinnerung streifte Daart; ähnliche Zeichen hatte er in seiner Kindheit im Feuer-Tempel der Guhulan gesehen.

Das Auffälligste aber war ihr hoher, schlanker Wuchs; und natürlich auch ihre Brüste, die sich überdeutlich unter ihrem dunklen Gewand abzeichneten. Sie war so eindeutig eine Frau, und zwar eine atemberaubend schöne Frau, dass Daart eine regelrechte Wut auf Irana bekam, die Nubina für einen Mann gehalten hatte.

Aber wo steckte die junge Prophetin?

Der Sturm hatte nachgelassen, sodass er einigermaßen sicher stehen konnte, doch als sich Daart jetzt nach Irana umsah, konnte er sie nirgends entdecken. Die unter ihren gleißenden Silbermasken gesichtslos und fast wie Götterboten wirkenden Krieger bildeten einen Halbkreis um ihn – mehr brauchten sie auch nicht, denn schließlich gähnte hinter ihm ein unfassbarer tiefer Abgrund –, aber sie zogen ihn nicht enger, so als wollten sie lediglich einen Fluchtversuch verhindern, ihn aber keineswegs angreifen.

Oder wollten sie ihn von Irana abschirmen? Sein Blick wanderte unruhig über den kleinen Bereich des Daches, den er einsehen konnte. Das junge wilde Mädchen, das behauptete, eine Prophetin zu sein, war nirgends zu sehen.

»Du wirkst unruhig, Satai-Sjen«, sagte Nubina in ihrem melodischen Singsang. »Vermisst du etwas?«

»Vermissen?« Daart begriff, dass er immer noch kniete. Er erhob sich mit einer provozierend langsamen Bewegung und wandte sich Nubina zu, die exakt in der Mitte des Halbkreises stand. Es wirkte fast eine Spur zu inszeniert, um noch wirklich beeindruckend zu sein. »Was sollte ich wohl vermissen? Meinen Satai-Sjen, der mich auf der Satai-Sjen-Reise begleitet hat, oder vielleicht meine Waffe oder meine Freiheit?«

»Freiheit?« Nubina runzelte die Stirn. »Was ist das? Glaubst du etwa wirklich, es sei Freiheit, sich auf Geheiß von ein paar alten Narren, die sich in der Verkennung der tatsächlichen Machtverhältnisse *Hoher Rat* nennen, auf eine vollkommen sinnlose und gefährliche Reise zu begeben?«

»Offensichtlich weiß hier jeder ganz genau über sämtliche Satai-Geheimnisse Bescheid«, stellte Daart bitter fest.

Nubina legte den Kopf in den Nacken und lachte schallend. Das Geräusch schien in die Wolken zu fahren, sie durcheinander zu wirbeln und zu kleinen Fetzen zu zerreißen. Zuerst hielt Daart das nur für Trugbild, doch dann beobachtete er mit ungläubigem Staunen, wie sich die Wolken vom Rand her tatsächlich immer mehr auflösten, lichter wurden und an einigen Stellen vollständig zerstoben. Gleichzeitig hörte das wirre Zerren des Sturms auf. Es blies immer noch ein recht kräftiger Wind, aber diesmal vom Tal her, und er brachte feucht-warme Luft mit.

Die Wolken verschwanden nicht vollständig, aber sie zogen sich ein Stück weit zurück, wie eine große, gewalttätige Bestie, die nichts weiter tat, als ihre Position zu verändern, dabei aber ihre Lauerstellung beibehielt.

»Wenn du in ein dunkles Verlies gesteckt worden wärst«, sagte Nubina, während immer noch ein leichtes Lächeln ihre Züge umspielte, »und wir hätten eine angebliche *Prophetin* zu dir gesperrt, die wirres Zeug von sich gegeben hätte: Wärst du dann so leichtfertig gewesen, ihr irgendwelche Geheimnisse anzuvertrauen?«

Daart spürte, wie ihn ein jähes Entsetzen durchzuckte. »Was ...?«, ächzte er, aber Nubina ließ ihn erst gar nicht zu Wort kommen.

»Hast du mich denn nicht erkannt?«, fragte sie, den Kopf schief gelegt. »Ist dir die Ähnlichkeit zwischen mir und dieser angeblichen *Prophetin* gar nicht aufgefallen?«

»Aber ... aber ... das kann doch nicht sein!« Daart schüttelte verwirrt den Kopf. »Du hättest dich verkleiden können und in eine andere Rolle schlüpfen: Aber Irana ist klein, und du bist groß!«

»Ich trete immer in der Größe auf, die mir angemessen erscheint«, sagte Nubina schroff. Jegliches Lächeln war aus ihrem Gesicht verschwunden, und sie starrte jetzt drohend und Achtung gebietend auf ihn herab – tatsächlich *herab*, wie Daart fassungslos feststellte. Sie war größer geworden und schien noch immer zu *wachsen*, bis sie ihre Krieger schließlich um zwei Köpfe überragte. »Und du tust besser daran, mich nicht mehr zu unterschätzen.«

»Und vor allem«, sagte einer der Krieger und ging drohend auf ihn zu, »rede die Göttin nie wieder wie deinesgleichen an!«

Daart drehte den Kopf und musterte den Mann abschätzend. Er versuchte, einen Blickkontakt herzustellen, aber das erwies sich als vollkommen unmöglich; die silberne Maske spiegelte nicht nur das helle Licht wider, das von der Talseite hereinfiel, sondern erstrahlte auch von innen heraus mit unbändiger Kraft, sodass Daart den Blick abwenden musste, um nicht geblendet zu werden.

für nicht mehr wichtig erachtest, unter anderen Umständen aber niemals preisgäbest.«

Daart starrte sie einen Herzschlag lang schweigend an. »Das ist doch alles verrückt!«, entfuhr es ihm schließlich.

»Ich weiß, wie sich das anhört«, sagte Irana. »Ich an deiner Stelle würde wahrscheinlich auch kein Wort davon glauben. Aber es ist so. Ich weiß nicht, wie ich es dir beweisen soll, ich kann dich nur bitten, mir zu glauben.«

»Und was, wenn du doch Nubina bist?«, fragte Daart. »Wenn das alles nur ein weiterer Trick ist, der mich einmal mehr verwirren soll?«

»Ich bin wirklich die, die du vor dir siehst«, beharrte Irana. »Und ich bin nicht dein Feind, Daart. Bitte glaub mir das ...« Ihre Stimme schwankte. Sie stockte, setzte dazu an, weiter zu sprechen, brach dann aber endgültig ab.

Irgendetwas an der Art, wie sie die Worte hervorbrachte oder sie abbrach, berührte Daart tief im Innern. Es war fast so, als erinnerte ihn Iranas Versuch einer Erklärung an etwas anderes, eine Situation, die schon lange zurücklag und in der er wie jetzt eine Entscheidung zu treffen gehabt hatte, bei der es letztlich um nichts anderes als um Vertrauen gegangen war. Und dann fiel ihm auch wieder das besagte Gespräch ein.

Als er zu den Satai gestoßen war, hatte er sich alles andere als wohl in ihrer streng geregelten Umgebung gefühlt, und wann immer es möglich gewesen war, hatte er sich von ihnen entfernt und einen einsam gelegenen Platz unterhalb eines Wasserfalls aufgesucht. Bei einer dieser Gelegenheiten war er auf Carnac gestoßen, das scheue, stolze Mädchen, das allen gegenüber die Starke spielte und sich durch ihre ungewöhnliche Kampftechnik den Respekt ihrer Mitschüler verdient hatte, aber ansonsten – so wie er – eher gemieden wurde. Sie waren beide Außenseiter gewesen, und sie waren es auch geblieben; aber möglicherweise lag es an der einsamen und unerwarteten Begegnung an dem abgelegenen Wasserfall, dass sie überhaupt die Ausbildung geschafft hatten. Denn irgendwie hatten sie damals zusammengefunden, sich zusammengeschlossen gegen die anderen und damit die Stärke gewonnen, die sie als Einzelne niemals hätten aufbringen können.

Daart erinnerte sich an die Begegnung, als wäre es gestern gewesen. Gleich im Anschluss an ein Kampftraining hatte er sich aus dem Staub gemacht, und so, wie er jetzt in Gedanken verloren war …

8

… war er auch damals in Gedanken verloren gewesen. Vollkommen allein mit seinen Erinnerungen an das Dorf, in dem er aufgewachsen war, an den gewaltsamen Tod Pe'tes, den er nicht hatte unterbinden können, und an Zar'Toran und die Guhulan schritt er den schmalen Wildpfad entlang, der nicht weit entfernt von der Korona in ein Gebiet führte, in das sich nur sehr selten Menschen verirrten. Er hatte lange gebraucht, um einen ruhigen Ort zu finden, an dem er für ein paar kostbare Augenblicke Ruhe vor seinen Mitschülern und Lehrern hatte. Das Training forderte ihn mehr als die anderen, denn ständig war ihm bewusst, dass er eigentlich gar nicht dazugehörte, dass er keinen Fehler machen durfte, der verraten könnte, wie nah er den Guhulan gestanden hatte – auch wenn es eine Nähe voller Hass und Rachegefühle gewesen war –, und dass er alles tun musste, um sich anzupassen. Es war schon schlimm genug, dass wohl niemandem entging, wie er in Extremsituationen in einen scheinbar eigenen, in Wirklichkeit aber von den Guhulan geprägten Kampfstil verfiel, während die anderen mehr oder weniger geschickt das kopierten, was man ihnen in der Korona beibrachte. Es war nicht nötig, seine Mitschüler auch noch darauf hinzuweisen, dass er sogar anders dachte als sie.

Er konnte sich nicht mehr daran erinnern, wann es ihm aufgefallen war, dass er anders war. Aber es war jedenfalls schon sehr lange her, und es war ihm mit Sicherheit schon bewusst gewesen, bevor Zar'Toran in ihrem Dorf aufgetaucht war und die Guhulan ihren Feuer-Tempel an einer abgelegenen Stelle am See errichtet hatten. Jetzt, als er ein paar Zweige beiseite schob und der kiesige Untergrund des Pfads unter seinen schweren Stiefeln knirschte, war wieder einer der Augenblicke gekommen, in denen er seinen Mitschülern und Lehrern einfach entfliehen musste, wollte er sich nicht verraten. Ganz davon abgesehen, dass er dringend eine Ruhepause brauchte, um Kraft zu schöpfen.

Vögel stoben auf, als er sich dem Wasserfall näherte, und schon aus der Ferne hörte er, wie das Wasser über mehrere Kaskaden in die Tiefe schoss, um sich in dem hufeisenförmigen See zu sammeln, der der Gemeinschaft der Satai als Trinkwasserreservoir diente. Es war ihm durchaus bewusst, dass er jederzeit die Ausbildung abbrechen konnte. Es wurde einem nicht gerade leicht gemacht, Satai-Sjen zu werden, und erst recht wurde es einem nicht leicht gemacht zu gehen. Aber es war möglich. Man brauchte sich nur etwas zuschulden kommen zu lassen, das so gravierend war, dass der Hohe Rat gar keine andere Möglichkeit hatte, als einen in hohem Bogen aus der Sjen-Gemeinschaft zu werfen.

Der Wald wurde schon nach wenigen Schritten so dicht, dass es aussah, als käme man hier nur mit Gewalt durch; stachelige Büsche, einem natürlichen Bollwerk gleich, quollen aus der feuchten Erde unter dichten Baumreihen hervor, und darüber war ein Gewirr von Ästen und Zweigen, das kaum weniger einladend wirkte. Doch Daart brauchte kein Schwert, um sich den Weg freizukämpfen, denn er kannte die Stelle, an der das stachlige Gesträuch eine Lücke aufwies. Diese war selbst auf den zweiten Blick kaum zu erkennen, da sie im Schatten eines großen Felsens lag und von dichtem Gezweig verdeckt wurde.

Daart ging zielsicher auf die Stelle zu, bückte sich und schob die ausladenden Zweige einer gewaltigen Tanne kurzerhand beiseite. Dahinter roch es muffig und feucht, aber zumindest hatten die Sträucher an dieser Stelle keine Dornen, sodass er sich hier auch ohne seine Montur aus gehärtetem Echsenleder vorbeidrücken konnte, ohne Gefahr zu laufen, sich blutige Striemen zu holen oder den dünnen Stoff seiner Alltagskleidung zu zerreißen. Schließlich war es wichtig, dass er keine neu-

gierigen Fragen provozierte, wenn er sich schon heimlich hier herumtrieb.

Unter den dicht stehenden Bäumen war es merklich kühler – und dunkler. Daart schenkte seiner Umgebung dennoch kaum Beachtung. Er war schon vier- oder fünfmal hier gewesen, und mittlerweile betrachtete er diesen Zugang – den er mithilfe von Hartnäckigkeit und Glück gefunden hatte – als seinen Privatbesitz. Dahinter verbarg sich sein Zufluchtsort, das einzige Refugium, in dem er wirklich für sich war, ohne irgendwelche dummen Bemerkungen befürchten zu müssen. Und er hatte nicht vor, sich das durch irgendjemanden nehmen zu lassen.

Rechts von ihm knackte es, ein Laut, der im Rauschen des nahen Wasserfalls fast unterging, und dann huschte etwas davon. Daart machte sich nicht einmal die Mühe, dorthin zu blicken. Er kannte die Geräusche, die die einzelnen Waldbewohner machten, die Nebelparder, Ratten, Raubmarder und was sich sonst noch alles hier herumtrieb, und solange es nur Fluchtgeräusche waren, die er hörte, kümmerte er sich nicht weiter darum.

Doch diesmal war es anders. Ruhiger. Bislang hatte er jedes Mal hektische Aktivität ausgelöst, wenn er hierher gekommen war, um wie ein Raubtier auf Beutesuche durch die dicht stehenden Baumreihen zu brechen. Daart hatte schon die Hälfte des Baumstreifens durchquert, als ihm die unnatürliche Stille auffiel.

Fast wäre er stehen geblieben. Es gab eine Reihe von Erklärungen für diese ungewöhnliche Stille, aber keine, die ihn wirklich beruhigte. Denn immerhin sprach einiges dafür, dass jemand kurz vor ihm dieses Gebiet durchstreift hatte, der von seinen Bewohnern als ebenso ernst zu nehmende Bedrohung gewertet wurde wie er selbst. Es konnte ein Raubtier gewesen sein, ein Berglöwe oder ein Wolf vielleicht, aber auch ein oder mehrere Menschen; möglicherweise Krieger, die gekommen waren, um die Korona auszuspähen oder gar zu überfallen – etwas, das noch vor kurzem undenkbar gewesen war, aber jetzt, da sich die Unruhen im Land von Tag zu Tag verschärften, zumindest möglich schien.

Daart wünschte sich, es wäre nicht so dunkel hier. Bislang war ihm die Düsternis unter den dichten Baumkronen immer wie ein treuer Verbündeter vorgekommen, doch jetzt hinderte sie ihn daran, die Spuren um ihn herum schnell und zuverlässig zu deuten. An einem Baum zu seiner Rechten bemerkte er ein paar abgeknickte Zweige, aber das allein besagte nichts; schließlich war er erst gestern hier gewesen. Entscheidender war da schon der Fußabdruck, den er nur zwei Schritte weiter entdeckte. Es war ein schmaler, nackter Fuß gewesen, der ihn hinterlassen hatte, und als er sich bückte und ihn aus zusammengekniffenen Augen betrachtete, stellte er fest, dass sich kaum Feuchtigkeit in ihm gesammelt hatte. Der Abdruck war also frisch – und es war niemand von den Mitschülern gewesen, denn sie alle trugen außerhalb der Korona festes Schuhwerk. Daart zögerte einen winzigen Augenblick. Er hätte zurückgehen und seine Beobachtung melden können. Aber obwohl er wusste, dass man genau das von ihm erwartete, entschied er sich dagegen. Erst wollte er sich davon überzeugen, mit wem er es hier zu tun hatte.

Vorsichtig und darum bemüht, kein Geräusch zu machen, ging er weiter. Er wusste nicht, was ihn erwartete; er selbst war bis auf sein Messer unbewaffnet, da es einem Satai-Sjen im ersten Ausbildungsjahr untersagt war, außerhalb der Korona Schwerter zu tragen. Aber er hatte sowieso nicht vor, es auf einen Kampf ankommen zu lassen. Er würde lediglich nachsehen, wer sich hier heimlich herumtrieb, und dann entscheiden, was zu tun war.

Schließlich hatte er den Rand der Bewachsung erreicht. Das Rauschen des Wasserfalls schwoll hier zu einem machtvollen Donnern an, in dem der fröhliche Singsang der Vögel fast unterging. Sein Blick schweifte über das abschüssige, von bemoosten Steinen und kleinen Blumeninseln unterbrochene Ufer, das kräftig von der Gischt eingedeckt wurde. Dieser Bereich war von nirgends einsehbar und deshalb ein hervorragendes Versteck – doch auch verdammt einsam. Falls ihm hier etwas zustieße, würde es wahrscheinlich eine halbe Ewigkeit dauern, bis man ihn fände.

Er trat ein paar Schritte vor, während sein Blick wachsam über den Uferbereich glitt. Es war keine Menschenseele zu sehen. Daart stieg auf die kleine Kuppe, die ihm einen freien Blick auf den Wasserfall gewährte, auf dieses beeindruckende Naturschauspiel, das ihn seit seinem ersten Besuch immer wieder in den Bann zog. Das Wasser stürzte von weit oben aus dem Berg herab, gischtend und vom hellen Sonnenlicht zu gleißendem Weißwasser verwandelt – ein funkelndes Schauspiel von Millionen Tropfen und Hunderten Sturzbächen, die vom Gestein abgelenkt und erneut zerrissen wurden, ohne sich dabei jedoch je ganz zu verlieren.

Und da sah er sie: eine schmale, in dunkles Leder gekleidete Gestalt, die auf einem Felsen ganz in der Nähe der herabstürzenden Wassermassen hockte. Daart blieb abrupt stehen, und sein Herz klopfte bis zum Hals. Er hatte alles Mögliche erwartet, aber nicht das. Obwohl die Gestalt mit dem Rücken zu ihm saß, die Stiefel dicht neben sich abgestellt, wusste er sofort, wer es war. Vielleicht war es mehr die Körperhaltung als der Körper an sich, die ihm verriet, um wen es sich handelte – und sicherlich waren es die langen schwarzen Haare, die ungewohnterweise frei flatterten und die er bislang immer nur streng zusammengebunden gesehen hatte, sodass sie auf den ersten Blick eher wie ein Kurzhaarschnitt wirkten.

Sie hatte ihn nicht bemerkt. Wie sollte sie auch. Ihre Haltung verriet, dass sie sich vollkommen in dem Schauspiel des Wasserfalls verloren hatte, und das Donnern direkt am Rand des herabstürzenden Wassers war so ohrenbetäubend, dass sie ihn sicherlich nicht hören konnte. Er hätte sich jetzt einfach umdrehen können, um auf demselben Weg wieder zu verschwinden, auf dem er gekommen war. Aber irgendetwas an dem Anblick, den das in sich selbst versunkene Mädchen bot, machte ihm das unmöglich. Es war beinahe so, als zöge es ihn magisch zu ihr.

Er blinzelte, als könnte er so das Gefühlsdurcheinander in den Griff kriegen, das ihn zu übermannen drohte. Persönliche Bindungen innerhalb der Satai-Sjen-Gemeinschaft wurden durchaus gefördert, sofern sie nicht ein gewisses Maß überschritten.

Und welches Maß das war, hatte ihnen Skarissa Rabork bereits in der ersten Woche mehr als deutlich gemacht. Wer immer den Drang verspürte, sich mit einem weiblichen Wesen einzulassen, konnte dem durchaus bei einem der seltenen Besuche der Dörfer in den Tälern nachkommen. Aber Carnac war für sie tabu, denn sie war ein Satai-Sjen und sollte als solcher behandelt werden. Diese Regel hatte nicht verhindern können, dass Daart sich vom ersten Tag an zu ihr hingezogen gefühlt hatte – aber er wäre niemals auf die Idee gekommen, die Grenzen zu überschreiten. Bis heute.

Zum ersten Mal fragte er sich, was Carnac eigentlich tat, wenn sie der Drang nach einem männlichen Wesen überkam (was eigentlich widersinnig war, wo sie doch mit fünfzehn jungen Männern in einem einzigen Raum schlief). Abstecher in die Täler durften sie nur zu zweit unternehmen, und es gab keine Mitschülerin, die sie hätte begleiten können. Mit einem ihrer männlichen Mitschüler hinabzusteigen war angesichts von Skarissa Raborks Warnung von vornherein ausgeschlossen.

Vielleicht kam sie stattdessen hierher. Ganz wie er selbst. Für ihn war das Wasser die Linderung für die Wunden, die Zar'Torans Feuerritual in frühester Jugend in seine Seele gerissen hatte – das reinigende, erfrischende Element, die Gegenkraft zu den Feuer-Dämonen, die die Guhulan angebetet und denen sie Pe'te in einem grausigen Ritual geopfert hatten. Vielleicht waren er und Carnac beide verlorene Seelen, ständig darauf aus, in der Gemeinschaft der Satai-Sjens zu bestehen und dabei ihre Identität zu wahren. Und vielleicht verband sie dabei noch etwas anderes: nämlich die Sehnsucht nach einem Menschen, der all das nachempfinden konnte und der einen Ausweg aus der grässlichen Einsamkeit versprach, die jeder empfand, der anders war – oder, wie Daart, ein düsteres Geheimnis mit sich herumschleppte.

Daart konnte einfach nicht anders, als auf sie zuzugehen. Irgendetwas in ihm flüsterte ihm zu, dass er sich gefälligst umdrehen und zurückgehen und am besten nie, nie wieder an diesen Ort zurückkehren solle. Es war nicht mehr sein Zufluchtsort, nicht, nachdem er sie hier gesehen hatte; es war jetzt Carnacs oder aber ihrer beider Refugium.

Kurz hinter ihr blieb er stehen. Ihr offenes Haar flatterte verheißungsvoll im Wind. Ihr Körper war wie ein Fragezeichen gekrümmt, ihre linke Hand auf den Boden aufgestützt, während ihre Rechte in ihrem Schoß lag. Sie wirkten vollkommen selbstvergessen. Daart hätte nur die Hand ausstrecken müssen, um sie zu berühren. Aber er tat es nicht. Es wäre verkehrt gewesen.

In diesem Augenblick drehte sie sich um. Es geschah nicht etwa schnell, wie bei jemandem, der sich erschrickt oder sich beobachtet fühlt und sich nun vergewissern will, ob das stimmt – sondern eher wie bei jemandem, der sehr genau weiß, dass er nicht mehr allein ist. Trotzdem fuhr sie leicht zusammen, als sie ihn erkannte.

»Du«, sagte sie verächtlich. »Ich hätte es mir denken können!«

»Ich …«, begann Daart unbeholfen.

»Jetzt sag nur nicht, dass du zufällig vorbeigekommen bist.« In Carnacs Augen blitzte der Zorn. »Du bist mir heimlich nachgeschlichen!« Sie schüttelte den Kopf, und ihre langen schwarzen Haare flogen hin und her. »Ich frage mich bloß, wie du das angestellt hast. Ich hätte nicht geglaubt, dass ich so nachlässig bin.«

»Du bist nicht nachlässig gewesen. Es ist nur so …« Daart suchte nach den richtigen Worten und rettete sich dann in ein missglücktes Lächeln …

… das der Auftakt zu einem Streit gewesen war, den sie erst Wochen später beigelegt hatten. Wenn überhaupt …

Jetzt aber erinnerte ihn die Szene an etwas, und er spürte, dass es ganz wichtig war, die Gedankenfetzen festzuhalten, die ihm wieder entwischen wollten. Der Wasserfall, der Fluss, diese ähnliche Art der Begegnung mit zwei unterschiedlichen Frauen – da gab es eine Verbindung. Das Wasser hatte ihn mit Carnac zusammengebracht, und manchmal, wenn sie nicht gerade gestritten hatten oder sich aus dem Weg gegangen waren, hatten sie sogar kostbare gemeinsame Stunden unterhalb der versteckt liegenden Grotte am Wasserfall verbracht, fast wie zwei Liebende. Und das Wasser hatte auch ihn und Irana zusammengebracht, wenn auch auf eine ganz andere Art, und wenn es sie auch wieder getrennt hatte, so gab es bei all dem doch eine Gemeinsamkeit …

Harkon zupfte ihn am Ärmel. »Ich höre Schritte«, zischte er.

»Ob man uns sucht?«, gab Daart ebenso leise zurück, während er aus zusammengekniffenen Augen in den Gang blickte, aus dem sie gerade gekommen waren.

Harkon zuckte nur mit den Achseln, aber Irana war schon losgegangen, ohne ein erklärendes Wort verlauten zu lassen. Offensichtlich vertraute sie dem Instinkt Harkons, und das war mehr als verständlich. Die Shimptas hatten ein weitaus besseres Gehör als alle anderen Bewohner Enwors, was wohl daran lag, dass die meisten Angehörigen dieses Volkes unterhalb der Erde lebten, überall da im Süden Enwors, wo es ausgedehnte Höhlensysteme gab. Das Leben in den dunklen Höhlen hatte sie nicht nur befähigt, sich bei völliger Dunkelheit hervorragend zu orientieren, sondern auch ihren Gehörsinn geschärft.

»Hier, nimm«, sagte Harkon und drückte ihm die Fackel in die Hand. Daart griff dankbar zu. Er und Irana waren viel mehr als der Shimpta auf das flackernde Licht der Fackel angewiesen, und genau das schien Harkon auch erkannt zu haben. Mit ein paar schnellen Schritten stürmte Daart vor, bis er Irana eingeholt hatte.

»Was nun?«, fragte er leise. »Wie sieht dein Plan aus?«

Irana kniff den Mund zu einem dünnen Strich zusammen und bückte sich, um nicht an der Decke anzustoßen, die hier noch niedriger war als zuvor; Daart beeilte sich, es ihr gleichzutun. »Wir haben eine Aufgabe zu erledigen«, wisperte sie.

»Welche Aufgabe?«, fragte Daart misstrauisch.

Irana blieb stehen, griff nach Daarts Hand, zuckte aber gleich wieder zurück, als sie das noch nicht vollständig getrocknete Blut unter seiner eisernen Fessel und auf seinem Handrücken bemerkte. »Das sieht ja übel aus«, sagte sie. »Wir müssen die Wunden unbedingt versorgen.«

»Später«, sagte Daart ungeduldig. »Erst einmal muss ich wissen, von welcher Aufgabe du sprichst.«

»Ich …« Irana warf einen gehetzten Blick nach hinten. »Ich kann dir jetzt nicht alles erklären.«

»Doch, das kannst du.« Jetzt war es Daart, der Iranas Handgelenk fest umklammerte. Er zog sie ein Stück näher an sich heran, und sie wehrte sich nicht. »Du und Harkon … Ihr habt mir eine Falle gestellt, nicht wahr? Ihr habt dafür gesorgt, dass ich hierher komme, und ihr habt gewusst, dass ich im Kerker landen würde …«

»Was nicht schwer zu erraten war, da früher oder später alle Fremden dort landen«, sagte Irana und versuchte sich aus seinem Griff zu winden. »Lass mich los. Du tust mir weh.«

Daart gab ihren Arm frei, starrte sie aber nach wie vor wütend an. »Warum?«, fragte er. »Sag mir einen einzigen Grund, warum ihr mir das angetan habt – und was euch das Recht gab, mich davon abzuhalten, meine Mission zu erfüllen!«

»Jetzt nicht.« Iranas Blick flackerte unruhig, als sie abermals zurückblickte. »Sie kommen näher. Wenn sie uns hier erwischen, sind wir verloren!«

»Eine Antwort«, verlangte Daart.

»Nein.« Iranas Atem ging schneller, und Daart konnte fühlen, wie erregt sie war. »Später. Dann werde ich dir alles erklären.« Mit den Worten lief sie wieder los, und Daart blieb nichts anderes übrig, als ihr zu folgen, wollte er sie nicht mit Gewalt festhalten. Angesichts des immer schmaler werdenden Gangs fiel es ihm zunehmend schwerer, an ihrer Seite zu bleiben.

»In welche Richtung führt uns dieser Gang?«, fragte er nach einer Weile. »An die Oberfläche? Vielleicht in das Tal, das wir vom Dach aus gesehen haben?«

»Nein«, gab Irana zurück. »Nur raus aus dem Kerker. Aber wir bleiben weiter … *unten*.«

Das letzte Wort hatte sie so seltsam ausgesprochen, dass Daart sich eines beklemmenden Gefühls nicht erwehren konnte. Die ungute Vorahnung verstärkte sich noch, als sich der Tunnel abermals veränderte. Erst machte er einen scharfen Knick, und dann führte er so steil in die Tiefe hinab, dass Daart aufpassen musste, nicht in das hinabzurutschen, was sich tief unter ihm eröffnete. Bis hierher waren sie durch einen ins Gestein getriebenen Gang gelangt, mit grob behauenen Wänden, denen man die Spuren zahlreicher Schläge mit schwerem Gerät ansah und der auf dem Boden Rillen aufwies, als wären vor langer Zeit mit Dreck und Geröll beladene Karren hier entlanggezogen worden. Doch jetzt war es eher eine in die Tiefe führende Röhre, die sich in unregelmäßigen Windungen hinabschlängelte, als hätte der Finger eines Riesen sie ins Gestein gebohrt. Was sich darüber hinaus unübersehbar geändert hatte, war die Beschaffenheit der Wände. Sie wirkten fleckig und porös, dabei aber wie abgeschliffen, und erinnerten Daart auf den zweiten Blick unangenehm an die Kanäle, die Würmer ins Erdreich bohrten. Nur, dass hier alles weitaus größer war – der Tunnel wies einen Durchmesser von mindestens zwei Mannlängen auf – und dass die Röhre irgendwo unter ihnen in der Unendlichkeit zu verschwinden schien.

»Also dann«, sagte Irana neben ihm. »Bringen wir es hinter uns.«

Bevor Daart etwas fragen konnte, lief sie weiter. Er folgte ihr mit einem unbehaglichen Gefühl in der Magengrube. Zu behaupten, dass er sich hier unwohl gefühlt hätte, wäre maßlos untertrieben gewesen. Er hätte nicht einmal genau sagen können, was es war, das ihn so nervös machte – bis sie in die Nähe eines Knicks kamen, vor dem Irana erst einmal zögernd stehen blieb, bevor sie einen Fuß hineinsetzte.

Daart bemerkte jetzt, dass sich die Struktur des Tunnels nochmals geändert hatte. Das, was sich vor ihnen auftat, war keine unebenmäßige, sondern eine vollkommen glatt polierte Röhre, die in recht steilem Winkel nach unten fiel. Von ihren Wänden ging ein kaum wahrnehmbares, leicht bläuliches Strahlen aus, das ständig in Bewegung war, als huschte, rotierte oder flösse dort etwas entlang. Doch immer, wenn Daart es mit den Augen einfangen wollte, entglitt ihm der Eindruck wieder, gerade so, als spürte es seine neugierigen Blicke und versuchte, ihnen zu entgehen. Aber das allein war es nicht, was Daart das Gefühl gab, der Knick markiere die Grenze zwischen zwei gänzlich unterschiedlichen Welten, und das vielleicht sogar im wortwörtlichen Sinne: Denn dahinter, in dieser stark abfallenden Röhre, sah Daart nicht nur flüchtige Dinge, die sich der genaueren Beobachtung entzogen, sondern er glaubte auch etwas zu spüren, was ihm einen kalten Schauer über die Haut jagte … etwas Fremdes und doch seltsam Vertrautes und vor allem etwas, das er nicht in Worte fassen konnte. Der Gedanke, dort hinabgehen zu müssen, erschreckte ihn, und es war ihm gar nicht wohl dabei, als das schlanke Mädchen in dem besudelten und zerrissenen Gewand vorsichtig einen Fuß vor den anderen setzte, als beträte sie eine Rutschbahn, um dann auf dem polierten, stark abfallenden Boden eher hinabzugleiten, als zu gehen.

»Nun mach schon«, zischte Harkon hinter ihm und kniff ihn in die Seite, als wäre er ein Pferd, dem man die Sporen geben müsste. »Unsere Verfolger holen auf.«

Daart hörte zwar immer noch kein verräterisches Geräusch hinter sich, aber es gab gewiss keinen Grund, an der Bemerkung des Shimptas zu zweifeln. Trotzdem zögerte er. Irgendetwas an dieser Röhre, die Irana gerade wenig elegant hinabschlitterte, war mehr als seltsam. Immer deutlicher glaubte er dort unten etwas zu spüren, das ihn gleichermaßen anzog wie abstieß, etwas Lockendes wie Abstoßendes, das er schon einmal gespürt hatte, vor vielen Jahren in der Nähe des Feuer-Tempels der Guhulan während einer Zeremonie … Schaudernd schob er die Erinnerung beiseite. Es war nicht gut, alte Geschichten aufzuwärmen, die er schon vor Ewigkeiten in die tiefsten Tiefen seines Gedächtnisses verbannt hatte.

Stattdessen versuchte er es mit einer ganz nüchternen Betrachtung und ignorierte bewusst das schwach bläuliche Leuchten, das diesem Tunnel eine fast unwirkliche Aura verlieh. Der Schacht war kreisrund und hatte einen Durchmesser von vielleicht zwölf Fuß, aber trotzdem kam er Daart beinahe … zu *eng* vor. Und obwohl er sich bemühte, alles zurückzudrängen, was nicht fassbar war, bereitete es ihm ein körperliches Unbehagen, den ersten Schritt zu tun und ihm einen zweiten folgen zu lassen. Es fiel ihm unsäglich schwer, sich gegen die Vorstellung zu wehren, dass das, was ihn dort unten erwartete, tausendmal schlimmer sein würde als alles, was ihm beim Sturz in den Schlund erwartet hatte – und danach, als er auf dem Boden aufgeschlagen war …

»Los jetzt!« Harkon versetzte ihm einen kleinen Schubs. In seiner Stimme klang ein Anflug von Panik mit, als er fortfuhr: »Sie sind bald hier! Bei allen Göttern, Satai-Sjen …«

Daart wusste, dass der Shimpta Recht hatte. Es gab für ihn keinen Weg mehr zurück. Was auch immer Irana und Harkon vorhatten, die Röhre bot ihm die einzige Möglichkeit, hier auf schnellstem Weg raus- und damit nach Irapûano zu kommen, um endlich diesem geheimnisvollen Cor Har'Kanarro die *Essenz des Lebens* aus den Händen reißen. Mit Mühe drängte er sein Unbehagen zurück, aber das beunruhigende Gefühl, geradewegs in seinen Untergang zu laufen, blieb irgendwo tief in ihm verborgen, im verschwiegensten Winkel seiner Gedanken, als lauerte dort eine Spinne geduldig in ihrem Netz und wartete auf die Gelegenheit, sich auf die ahnungslose Beute zu stürzen.

Langsam und bedächtig setzte er einen Fuß nach dem anderem. Obwohl man ihm neben seiner übrigen Kleidung auch die soliden Stiefel aus Echsenleder gelassen hatte, war er kaum in der Lage, Irana zügig zu folgen. Die Wände der Röhre waren zu weit entfernt, um sich an ihnen festhalten zu können, und so blieb ihm nichts anderes übrig, als stolpernd und schlitternd dem Mädchen zu folgen, das längst einen ordentlichen Vorsprung herausgeholt hatte.

Harkon stellte sich noch weniger geschickt an. Kaum war er an Daarts Seite, keuchte er auch schon erschrocken auf, und einen Moment später packte er die Kette, die von Daarts rechtem Handgelenk herabbaumelte, und hielt sich daran fest. Ein scharfer Schmerz durchzuckte die frische Wunde an Daarts Handgelenk, und er riss unwillkürlich an der Kette und zog Harkon damit an sich vorbei. Der Shimpta stieß einen erschrockenen Laut aus, stolperte und wäre sicherlich gestürzt, wenn ihn Daart nicht am Kragen gepackt hätte.

»Du müsstest es ja eigentlich gewöhnt sein, durch Stollen und unterirdische Gänge zu kriechen, ohne irgendwelche Leute anzurempeln«, fuhr er den Gnom mühsam beherrscht an. »Und nun lass endlich los!«

»Was?« Harkon versuchte den Kopf zu verdrehen, um Daart in die Augen zu blicken. »Du bist es doch, der mich festhält wie ein plumper Bär einen gefangenen Schwertfisch.«

Daart machte eine schnelle Handbewegung, und die Kette, die Harkon immer noch festhielt, wickelte sich um die Finger des Shimptas und quetschte sie schmerzhaft.

»Autsch!«, jammerte Harkon. »Wirst du wohl aufhören!«

»Ja, autsch«, gab Daart zurück. »Du bist es doch, der die Kette festhält, oder?«

»Ah, ja … richtig.« Harkon ließ hastig los, und dann strampelte er mit beiden Beinen wie ein kleines Kind, das dem Zugriff seines Vaters zu entkommen versucht. »Und nun lass mich endlich los!«

»Ganz wie du willst«, sagte Daart, senkte den Arm und ließ gleichzeitig los; und Harkon schoss davon, wild mit den Armen rudernd und in einem Zickzackkurs, als wollte er so bremsen. Aber genau das gelang ihm nicht rechtzeitig. Irana versuchte zwar mit einem verzweifelten Manöver auszuweichen, aber Harkon hatte sie offensichtlich zum Prellbock auserkoren wie zuvor Daart. Seine Arme schnellten vor, während sein Hinterteil seinen Körper überholen wollte und er dadurch eine Drehung machte, während er hastig den Rest des zerfetzten Gewands der jungen Prophetin packte und sich daran festzuhalten versuchte. Irana geriet aus dem Takt, doch statt hilflos hinter dem Gnom herzustolpern, tat sie etwas ganz Ähnliches wie Daart: Sie packte Harkons Arm und zog ihn zu sich heran.

Es sah aus wie ein bizarrer Tanz: Harkon, der Gnom, in dessen Gesicht immer noch Fetzen der lächerlichen Maskerade hingen wie die Auswüchse eines an der Faulseuche Erkrankten im Endstadium, und Irana mit ihrem leichenblassen Gesicht, dem besudelten, eingerissenen Gewand und den verklebten Haaren, und das alles in einer abschüssigen Röhre, die nur von einer unruhig flackernden Fackel beleuchtet wurde.

Iranas Griff war stark und fest, aber Harkon zappelte einmal mehr so wild, dass sie ihn kaum zu halten vermochte, und vor allem war sie nicht in der Lage, den Griff seiner verkrampften Hand zu lockern, mit der er an ihrem Gewand zerrte. Bevor Daart heran kam, gab es ein hässliches Geräusch, und der Stofffetzen, an dem sich Harkon festhielt, riss ganz ab. Gleichzeitig stieß Irana den Gnom von sich. Harkon drehte sich einmal um die eigene Achse und schlug hart auf dem Boden auf. Er gab einen gurgelnden Laut von sich und rutschte dann weiter die Röhre hinab. Auf dem Rücken liegend, holperte er wie ein kaputter Schlitten über den tückisch glatten Boden.

»Dieser Schwachkopf«, zischte Irana mit Funken sprühenden Augen. »Er bringt uns noch alle in Gefahr!«

Daart stand nur einen Schritt von ihr entfernt, aber er bemühte sich krampfhaft, in eine andere Richtung zu blicken. Denn Harkon hatte ganze Arbeit geleistet: Iranas Gewand klaffte jetzt nicht nur einen Spalt auf, sondern war so zerfetzt, dass es den Blick auf ihre Brüste bis zum Schritt freigab. Daart war nicht besonders erpicht darauf, die junge Prophetin mehr ent- als verhüllt zu sehen, zumindest nicht in dieser Lage und schon gar nicht, bevor er endgültig überzeugt war, dass sie tatsächlich die war, für die sie sich ausgab. Denn er hatte keineswegs vergessen, dass Nubina behauptet hatte, ihn in Iranas Gestalt genarrt zu haben.

Im Augenblick hatte er jedoch andere Probleme. Denn jetzt hörte auch Daart die Geräusche ihrer Verfolger, das Trampeln von Füßen und die Befehle, mit denen sie angespornt wurden. Er hatte keine Ahnung, woher die Männer wussten, in welche Richtung sie geflohen waren, denn schließlich wimmelte es in dem unterirdischen Verlies nur so von Gängen und Abzweigungen, und außerdem wunderte es ihn, wie schnell sie ihren Ausbruch bemerkt hatten; aber darauf kam es jetzt nicht an. Entscheidend war nur, dass sie nicht unnötig Zeit verplemperten.

»Los jetzt«, zischte er Irana zu. »Sie sind uns auf den Fersen.«

Irana nickte hastig (was Daart nur aus den Augenwinkeln sah, denn er vermied es nach wie vor krampfhaft, in ihre Richtung zu blicken), bückte sich dann und griff nach dem Stofffetzen, den Harkon abgerissen hatte. Mit fliegenden Fingern zog sie den Rest des Gewandes, das um ihren Oberkörper herumflatterte, zusammen und band dann den Stofffetzen als Gürtel darum. Noch immer schimmerte nackte Haut unter dem zerschlissenen Stoff hervor, aber zumindest war sie jetzt wieder halbwegs bekleidet.

Harkon war es in der Zwischenzeit gelungen, seine Schlitterfahrt abzubremsen. Schon rappelte er sich wieder auf, und auch Irana und Daart verloren jetzt keine Zeit mehr. So gut es der abschüssige Untergrund zuließ, stürmten sie voran. Die heftig rußende Fackel zog ein prasselndes Funkenmeer hinter sich her, und Daart befürchtete, dass es nicht mehr lange dauerte, bis sie endgültig erlosch. Er hatte keine Ahnung, wie es dann weitergehen sollte.

Bald hatten sie Harkon eingeholt. Der Shimpta versuchte seine Schritte zu beschleunigen, und für einen Augenblick sah es so aus, als wollte er vor ihnen davonlaufen – aber das lag wohl nur daran, dass er nicht bremsen konnte.

»Die Fackel, hier«, rief Daart und warf Irana auch schon die Fackel zu. Irana fischte sie mit einer geschickten Bewegung aus der Luft, und Daart schnappte sich den Shimpta, riss ihn hoch und klemmte ihn sich unter den Arm wie ein Kleinkind, nur ungleich gröber. Durch die plötzliche Gewichtsverlagerung geriet er in eine Schieflage, die ihn fast aus dem Gleichgewicht gebracht hätte, aber dann fasste er wieder Fuß und stürmte Irana hinterher, die nun die Führung übernommen hatte.

»Da sind sie!«, schrie jemand hinter ihnen. Das Geräusch schwerer Stiefel donnerte die Röhre hinab, und dann gab es ein plumpsendes Geräusch, dem ein unterdrückter Fluch folgte, aber Daart widerstand der Versuchung zurückzublicken. Mit dem Shimpta unter dem Arm wurde jede Gewichtsverlagerung zum Abenteuer, und ganz davon abgesehen, strampelte der kleine Kerl immer noch so wild hin und her, dass er damit ihre gemeinsame Flucht gefährdete.

9 Der stetig abwärts führende Tunnel lief in einer gewaltigen Höhle aus, die von einem schwachen bläulichen Licht erleuchtet wurde, das von überall her zu kommen schien und ungleich stärker als in der Röhre war, durch die sie hierher gelangt waren. Es erstrahlte von der Decke und den merkwürdigen Höckern, die mehr oder weniger regelmäßig aus dem Boden wuchsen, und selbst die Luft schien von ihm erfüllt zu sein. Daart verlangsamte unwillkürlich seine Schritte und wäre wohl stehen geblieben, wenn nicht hinter ihnen bereits das Getrampel ihrer Verfolger zu hören gewesen wäre.

»Loslassen, habe ich gesagt!«, heulte der Shimpta auf.

Diesmal folgte Daart der Aufforderung, und der kleine Kerl plumpste herunter wie ein Stein. Er gab einen erstickten Laut von sich, aber Daart achtete nicht auf ihn. Ihn nahm der unglaubliche Anblick ganz gefangen. In den unterirdischen Dom mündeten eine Vielzahl ähnlicher Gänge wie der, durch den sie gerade gekommen waren, und in zumindest einem von ihnen – weit entfernt, aber doch deutlich erkennbar – wand und schlängelte sich etwas, das Daart so ungeheuerlich vorkam, dass er es einfach nicht glauben konnte.

»Ist das … ist das …«, begann er, während er mit dem Finger in die Richtung zeigte, in der er die geheimnisvolle Bewegung wahrgenommen hatte.

»Ja, das ist er«, knurrte der Shimpta. Er rappelte sich mühsam auf und zog einmal kurz, aber schmerzhaft an der Kette, die in der Eisenfessel um Daarts Handgelenk endete. »Das ist der Gezeitenwurm. Und nun weiter. Oder willst du, nur mit deinen Ketten bewaffnet, Nubinas gut ausgerüsteten Kriegern gegenübertreten?«

Irana hatte mittlerweile die Fackel gesenkt und sich einmal um die eigene Achse gedreht, als suchte sie etwas. »Dorthin.«

Die Fackel beschrieb einen Funken sprühenden Kreis, der in der Richtung endete, wo die nächsten Höcker aus dem Boden wuchsen.

Ohne zu zögern setzte sich Daart in Bewegung und folgte Irana und Harkon, die jetzt erstaunlich leichtfüßig nebeneinander herliefen. Es war fast widerlich warm hier unten und die Luft so stickig, dass er schon nach wenigen schnellen Schritten das Gefühl hatte, keine Luft mehr zu bekommen. Er hatte immer noch nicht richtig begriffen, wo sie eigentlich waren – zumal ihm der Ausdruck *Gezeitenwurm* überhaupt nichts sagte –, aber immerhin schienen Harkon und Irana sich hier genau auszukennen. Die Frage war nur, ob es ihnen etwas nutzen würde.

Die ersten ihrer Verfolger waren mittlerweile aus dem Tunnel gebrochen. Als Daart nun doch den Kopf wandte, um einen Eindruck von ihnen zu gewinnen, erkannte er nicht nur die hier unten bläulich funkelnden Silbermasken der schwarz gekleideten Krieger, sondern auch etliche andere *Kreaturen*. Bei ihrem Anblick begriff Daart, warum sich Harkon mit seiner Maske so übel verunstaltet hatte: Es lag ganz einfach daran, dass er sich angepasst hatte an die anderen Missgestalten, die in dieser Kerkeranlage offensichtlich den Silbernen zur Hand gingen. Es waren riesige Kerle darunter, so groß und massig wie Quorrl und mit allerlei Auswüchsen auf den Gesichtern, und es waren kräftige Gestalten dabei, die nicht größer als Irana waren, aber dreimal so breit. Der flüchtige Eindruck, den Daart bei seinem Blick zurück gewann, genügte, um ihn erneut schneller laufen zu lassen. Er hatte wahrlich keine Lust, sich mit diesem verrückten Haufen einen Kampf zu liefern.

Leider schienen Harkon und Irana das ganz anders zu sehen. Kurz vor ihm bogen sie hinter einem erstaunlich großen Höcker ab, der hier aus dem Boden spross. Daart folgte ihnen, so schnell er konnte, und wäre fast in die beiden hineingelaufen, die wie auf ein geheimes Kommando hin stehen geblieben waren.

»Wir müssen sie zurückwerfen!«, schrie ihm Harkon entgegen.

Daart bremste scharf ab, hätte den Gnom aber dennoch fast über den Haufen gerannt. »Wir müssen … was?«, keuchte er fassungslos.

»Sie dürfen hier nicht sein!« Harkon war vollkommen außer sich. »Wie können sie es nur wagen, uns hierhin zu folgen? Das kann nicht sein. DAS DARF NICHT SEIN!«

Die letzten Worte hatte er so laut gedonnert, dass Daart unwillkürlich zusammenzuckte. So hatte er den Shimpta noch nie erlebt. Von einem Augenblick auf den anderen strahlte er eine Autorität aus, die geradezu erschreckend wirkte. Rasch drehte sich Daart um und blickte, halb im Schutz des Höckers verborgen, zu seinen Verfolgern.

Es mussten mindestens zwanzig Mann sein, und ob ihnen nicht noch weitere folgten, war zumindest ungewiss. Mit so vielen wollte es Harkon aufnehmen? War er größenwahnsinnig geworden?

»Wir haben keine andere Wahl«, raunte ihm Irana ins Ohr. Er hatte gar nicht gemerkt, dass sie nah an ihn herangetreten war, um ebenfalls einen besorgten Blick auf die Verfolgermeute zu werfen. »Wenn sie sich in der Feuerhöhle festsetzen, ist alles verloren.«

Daart hatte nicht die geringste Ahnung, wovon sie sprach. Er drehte sich um, um ihr genau das zu sagen – und erstarrte mitten in der Bewegung.

Da, wo eben noch Harkon allein gestanden hatte, tummelte sich nun ein ganzer Haufen Gnome. Es waren allesamt Shimpta, ganz unzweifelhaft, aber sie waren auf so eigentümliche Weise ausgerüstet, dass er bei jeder anderen Gelegenheit Schwierigkeiten gehabt hätte, die Herkunft dieses bunt zusammengewürfelten Haufens zu bestimmen. Einige von ihnen hielten Schwerter in den Händen, die kaum größer waren als der Dolch, der sonst in Daarts Gürtel steckte; andere fuchtelten mit Speeren, Hellebarden und Säbeln herum, die immerhin kaum kleiner als sein Tschekal waren, aber wesentlich schmaler, und ein paar von ihnen trugen zwischen sich ein Wurfnetz, wie man es vielleicht gebrauchen konnte, um jemanden zu fangen, der kleiner oder zumindest kaum größer war als man selbst. Sie alle waren gekleidet, als hätten sie kurz zuvor ein über Jahrzehnte hinweg vergessenes Lagerhaus mit Stoffresten geplündert und im Vollrausch daraus ihre Umhänge, Beinkleider und Westen geschneidert.

Harkon warf sich stolz in die Brust. »Das ist meine Truppe.«

»Deine Truppe?«, fragte Daart fassungslos. »Du meinst doch nicht etwa … dass du so eine Art General bist?«

»Viel besser«, prahlte Harkon. »Ich bin derjenige, den der große Wagenlenker zum Führer über alle Shimptas bestimmt hat. Wenn du es so willst, bin ich eine Art … hm, König.«

»Die Götter stehen mir bei«, sagte Daart erschüttert.

»Was Harkon damit meint«, stellte Irana richtig, während sie beunruhigt auf einen Punkt *hinter* den Shimptas starrte, »ist, dass er der Führer einer kleinen religiösen Splittergruppe ist, der einzigen übrigens, die den Aralu immer noch erbitterten Widerstand leistet …«

»Der Führer der einzig wahren, einzig rechtmäßigen Vertreter unseres Volkes«, widersprach Harkon empört. »Schließlich sind wir es, die dafür sorgen werden, dass der ungeheuerliche Plan der Aralu nicht aufgehen kann – ganz so, wie es uns in den alten Schriften überliefert wurde.«

»Ich fürchte, wir werden deinem großen Wagenlenker gleich gegenüberstehen«, sagte Daart, »wenn wir uns nicht schleunigst überlegen, wie wir den Silbermasken und ihren Helfershelfern Einhalt gebieten wollen.«

»Genau«, meinte Irana. »Also, sag schon, Harkon: Wo sind die anderen?«

10

»Die *anderen*?«, krächzte Daart. Er hatte das Gefühl, einen besonders abartigen Albtraum zu erleben. »Welche Hilfstruppe habt ihr beiden denn noch an Land gezogen …?«

Die Worte erstarben ihm im Mund, als sein Blick auf die Gestalten fiel, die aus den Schatten der felsartigen Höcker hervortraten. Seine Hand glitt wie von selbst zu seiner leeren Schwertscheide – warum hatte ihm Skarissa Rabork eigentlich, und dazu noch verbotenerweise, ein Tschekal mitgegeben, wenn er jetzt nichts weiter als die an seine Hände gefesselten Ketten zum Kampf zur Verfügung hatte?

Es war eine grün geschuppte Gestalt, die auf ihn zuhielt, wahrscheinlich mehr als doppelt so schwer wie Daart und mit Schultern, die so breit wirkten, dass er und Irana sich bequem dahinter hätten verstecken können; unzweifelhaft handelte es sich um einen Quorrl. Das bläuliche Licht, das in der Höhle vorherrschte, zauberte einen wie eine Patina wirkenden Lichtschimmer auf die Schuppen des Reptilienkriegers und tauchte das Zackenschwert in seiner Hand in einen geradezu übernatürlichen Glanz. Das Gesicht des Kriegers war nicht zu erkennen, aber Daart hätte auch kaum in ihm lesen können wie in dem eines gewöhnlichen Angreifers. Für Menschen würden die kaum wahrnehmbaren Regungen der Schuppenkrieger wohl für immer ein Rätsel bleiben; allein dem legendären Skar wurde nachgesagt, dass er in dem Gesicht eines Quorrls habe lesen können wie in dem eines Menschen. Aber Daart hielt das – wie vieles, was sich um Skar rankte – für reine Legende.

Im Augenblick half es ihm sowieso nicht weiter. Wenn der Quorrl ihm nicht wohl gesonnen war, hatte er ein Problem – zumal er nicht allein war. Daarts Blick fiel auf die beiden anderen Gestalten, die sich im Schatten gehalten hatten, jetzt aber an ihm vorbeiziehen wollten.

Sein Atem stockte. Der Mann zur Rechten des Quorrls war vielleicht noch ein Stück größer als er selbst, aber auch schmaler, und er hatte etwas an sich, das Daart an eine ganz andere Zeit erinnerte, als er als gerade einmal Elfjähriger weitab vom Dorf einen Sterbenden gefunden hatte. Er hatte damals geglaubt, die Blutspur eines verwundeten Wilds zu verfolgen, und entsprechend aufgeregt war er gewesen. Die einzige Waffe, welche die Guhulan ihm an diesem Tag außerhalb ihrer Tempelanlagen zu tragen gestattet hatten, war ein angekokelter Ast gewesen. Doch als er sich vornübergebeugt und in die Felsspalte gestarrt hatte – den behelfsmäßigen Knüppel schlagbereit erhoben –, hatte er dort wider Erwarten kein verwundetes Tier entdeckt, sondern einen Fremden in schwarzer, blutbesudelter Lederkleidung, der vor den Guhulan Schutz gesucht hatte.

Nur mit Mühe schüttelte Daart die Erinnerung an den schwer verletzten Satai ab, den er mehrere Wochen lang heimlich und unter Einsatz seines Lebens versorgt hatte, bevor es endgültig mit ihm zu Ende gegangen war. Wäre dieser Mann nicht gewesen, so wäre er niemals auf die Idee gekommen, sich eines Tages auf den Weg ins Tormon-Gebirge zu den Satai zu machen.

Aber das war kein Grund, sich jetzt, in ihrer angespannten Lage, von einer alten Erinnerung beeinflussen zu lassen – auch wenn sich der sterbende Satai und der Mann, den er hier vor sich sah, auf schwer beschreibbare Art ähnelten. Ein Auge des Mannes war unter einer Augenklappe verborgen, und sein Gesicht war zerfurcht, was sowohl von einem bewegten Leben kündete als auch davon, dass er mindestens doppelt so alt wie Daart war. Wie seinerzeit der schwer verletzte Satai war auch er in dunkles Leder gekleidet, aber es war nicht so tiefschwarz wie das von Daarts Montur und anders verarbeitet. Der auffälligste Unterschied war der dunkle Umhang, den der Mann trug, und es schien Daart beinahe so, als hätte er ihn extra weit nach vorn gezogen, um etwas zu verbergen, vielleicht eine körperliche Missbildung, wahrscheinlicher aber eine Waffe, die er vor allzu neugierigen Blicken verbergen wollte, bis der Zeitpunkt gekommen war, sie einzusetzen.

Auch das *Wesen* zur Linken des Quorrls war nicht mehr jung. Ob Mann oder Frau, war für Daart auf Anhieb nicht erkennbar. Es war ein sehr merkwürdiges Gesicht, auf das er starrte, mit Knochenwucherungen oder künstlich angebrachten Verzierungen, die Stirn, Wangen und Kinnpartie bedeckten, ähnlich wie bei Irana und doch ganz anders, vollständiger, weitaus entstellender und dabei doch geradezu *vollkommen* wirkend. Das Gewand dieser schmalen, von einer kraftvollen Aura umgebenen Gestalt war schwarz – und doch wieder nicht. Tausende feiner Silber- und Goldfäden waren in den Stoff eingearbeitet und funkelten in dem bläulichen Licht der Höhle wie ein Gewirr winziger Schlangen, die zu einem bizarren Eigenleben erwacht waren.

Harkon stöhnte auf, als er den Quorrl und seine beiden Begleiter gewahrte. »Ich hatte doch gesagt, dass wir es auch allein mit unseren Verfolgern aufnehmen können …«

Irana schnitt ihm mit einer raschen Handbewegung das Wort ab. »Das können wir nicht.« Sie warf einen Blick auf die näher rückenden Krieger. Daart verzichtete darauf, es ihr gleichzutun; er wusste auch so, dass die Silbernen sie bald erreicht haben würden.

»Ich bin Rarr«, knarrte der Quorrl, als er noch zwei Schritte von Daart entfernt war.

»Und die beiden anderen sind Url, der Satai«, flüsterte Irana Daart so leise zu, als dürfte das niemand anderes außer ihm selbst hören, »und Sena, die Prophetin. Aber bedenke …«

»Ein Satai und eine Prophetin?« Daarts Blick wanderte verwirrt zwischen dem Mann mit der Augenklappe und der Prophetin hin und her. »Aber wie …«

Url, der angebliche Satai, griff blitzschnell unter seinen Umhang und riss ein Schwert hervor. Daart glaubte schon, er habe es auf den Quorrl abgesehen, doch er hatte sich getäuscht. Url warf die Waffe auf so ungewöhnliche Art in die Luft, dass sie mit der Spitze voran auf ihn zusauste, und während Daart noch an dem Verstand des Mannes zweifelte, fing dieser die Klinge kurz oberhalb des Griffs – und damit immer noch an der Schneide! – wieder auf und schleuderte sie dann in Iranas Richtung.

Irana fischte das Schwert aus der Luft. »Es geht los«, zischte sie und wirbelte auch schon herum.

Daart kam nicht mehr dazu zu überlegen, ob es klug war, einem Quorrl den Rücken zuzuwenden, denn es blieb ihm gar nichts anderes übrig. Er fuhr herum und stellte sich den Feinden, die mit geballter Macht auf sie eindrangen. Die Silbernen und ihre Verbündeten griffen so ungestüm an, als wollten sie sie gleich bei der ersten Begegnung niedermachen. Harkon und seine Gnomen-Truppe dagegen wichen zurück, als hätten sie es sich in letzter Sekunde anders überlegt, und wären der Quorrl und seine beiden Begleiter nicht gleichzeitig vorgesprungen und damit an Daarts und Iranas Seite geeilt, wäre der Kampf wohl schon in diesem Augenblick entschieden gewesen.

Die Silbernen glitten mit schattenhaften, kaum wahrnehmbaren Bewegungen heran, und Schwert krachte auf Schwert. Nur Daart blieb – vorerst – nichts anderes übrig, als sich unter den schnellen Schlägen eines Angreifers wegzuducken, der offensichtlich glaubte, kurzen Prozess mit ihm machen zu können. Die Augen des Mannes waren unter der Silbermaske kaum zu erkennen, was Daart verunsicherte; aber immerhin war er selbst nicht waffenlos. Mit einem gellenden Kampfschrei setzte Daart alle Energie auf einen Schlag frei und ließ die Kette an seiner Linken vorschnellen, mit dem üblen, aus dem Boden gerissenen Ende voran, das so scharfkantig und voller Spitzen war wie eine eisenbesetzte Keule. Mit einem hässlich zischenden Geräusch jagte sie auf den Kopf seines Gegners zu. Daart war sich vollkommen sicher, den Mann damit auszuschalten, um sich im nächsten Moment dessen Schwert zu greifen und Irana und den anderen beistehen zu können.

Es kam anders. Der Silberne tauchte unter der heranrasenden Kette weg, fiel geradezu in sich zusammen, aber nur, um seinerseits plötzlich und vollkommen unerwartet neben Daart aufzutauchen und mit seinem Schwert nach ihm zu hacken. Daart spürte, wie die Spitze der Klinge in das Fleisch seines Oberarms schnitt, nicht tief, aber gefährlich genug, um ihn einen winzigen Augenblick abzulenken, in dem der Silberne ein zweites Mal zuschlug. Daart sammelte alle Kräfte für einen Rückwärtssprung, und die Klinge zischte harmlos eine halbe Armlänge an ihm vorbei; und dennoch war es knapp gewesen, und das wussten sie beide, er und sein Gegner.

Der Silberne ließ ihm keine Zeit, sich auf seinen Kampfstil einzustellen. Er deckte ihn mit einem wahren Hagel von Schwerthieben ein, denen Daart kaum auszuweichen vermochte, obwohl er geradezu akrobatische Verrenkungen ausführte und seinen Oberkörper vor und zurück bog, wann immer die fauchende Klinge es notwendig machte.

Du sollst angreifen, nicht fliehen, schimpfte die Stimme. *Wirst du dich endlich einmal wie ein Satai verhalten?*

Zwischenrufe während eines Kampfes waren das Schlimmste, was er sich vorstellen konnte, vor allem, wenn es sich um eine innere Stimme handelte ... und das Gemeine daran war, dass sie vollkommen Recht hatte. Daart wusste es, und er erkannte von einem Augenblick zum anderen, dass er im Begriff war zu verlieren, nur weil er so überheblich gewesen war zu glauben, er könne einen einzelnen Gegner mit einem gezielten Hieb mit der Kette ausschalten.

Wenn der Silberne ihn vor sich hertreiben wollte, dann konnte er das haben. Aber es würde Daart sein, der die Richtung vorgab, und er würde sich nicht mit dem Rücken voran zum Kernpunkt der Auseinandersetzung und damit in seine Gegner drängen lassen, sondern ganz im Gegenteil den Silbernen von den anderen weglocken. Mit ein paar raschen Sprüngen löste er sich von dem Angreifer, durchbrach damit den Angriffsrhythmus und tat so, als versuchte er alles in seiner Kraft Stehende, um vor ihm zu fliehen.

Der Silberne setzte ihm nach, jetzt genauso leichtsinnig geworden wie Daart zu Beginn des Kampfes. Daart hatte bislang nur die linke Kette eingesetzt, aber jetzt ließ er auch die rechte vorschnellen und sie im Zusammenspiel mit der anderen Kette auf den Silbernen zusausen. Der Mann riss gleichzeitig seine Waffe herum und wich ein Stück zurück, wohl in der irrigen Annahme, dass Daart nochmals versuchen würde, ihm mit der Kette den Schädel einzuschlagen. Aber Daart hatte es – noch nicht – auf den Mann abgesehen. Er wollte seine Waffe. So ließ er die an seinen Handgelenken befestigten Ketten kreisen und schnelle Muster in die Luft schlagen. Mit einem bösartigen Zischen sausten die beiden Ketten auf den Silbernen zu und um ihn herum, als wären es gleich mehrere wütend angreifende Schlangen, die ihn zurücktreiben wollten. Tatsächlich blieb dem Mann nichts anderes übrig, als Schritt für Schritt zurückzuweichen, wenn auch darauf bedacht, eine Lücke in Daarts Angriffsmuster zu entdecken, die er ausnutzen konnte, um dem Kampf mit einem schnellen Schwerthieb ein Ende zu setzen.

Daart aber trieb ihn immer weiter weg von den anderen, die sich in einen wütenden Kampf verbissen, doch ihm blieb nicht mehr viel Zeit. Die hässlichen Kreaturen, die die Silbernen begleiteten, griffen jetzt in den Kampf ein, und obwohl er aus den Augenwinkeln sah, wie der Quorrl unter ihnen wütete, und obwohl auch Irana, der einäugige Url und die Prophetin Sena noch aufrecht standen, konnte es nicht mehr lange dauern, bis sie der Übermacht weichen mussten – oder unter den verbissenen Attacken der Angreifer fielen.

Wahrscheinlich sah das sein Gegner ebenso, und das war wahrscheinlich auch der einzige Grund, warum er sich auf dieses Katz-und-Maus-Spiel einließ. Dabei musste er selbstverständlich annehmen, dass er die Katze und Daart die Maus war und dass er nur abwarten musste, bis Daarts Kräfte erlahmten. Die huschenden Bewegungen der Ketten brachten ihn nicht einmal ernsthaft in Bedrängnis – was erstaunlich war, denn Daart war sich sicher, dass so mancher Satai-Sjen seine liebe Not mit ihnen gehabt hätte –, aber sie rissen die Wunde an Daarts Handgelenk auf. Blut floss bei jedem Angriff und machte ihm klar, dass er diesem Spiel bald ein Ende setzen musste.

So sprang er ab, schlug einen Salto über seinen verblüfften Gegner, kam dicht hinter ihm auf und ließ die beiden gefährlichen Kettenenden zusammenknallen. Die scharfkantigen Ecken der Kette rissen im Gesicht des Mannes Wunden wie die Krallen einer Raubkatze. Der Mann stieß einen erstickten Schrei aus, torkelte blutüberströmt vorwärts und ging dann in die Knie. Daart war mit einem Satz bei ihm, entwand ihm mühelos das Schwert und versetzte ihm noch einen Tritt, der ihn zur Seite kippen ließ.

Keinen Augenblick zu früh, denn jetzt stürmten drei Männer auf einmal auf ihn zu. Daart hatte den flüchtigen Eindruck von entstellten Gesichtern und schwärenden Eiterbeulen, doch die Angreifer ließen ihm keine Zeit, sie genauer zu betrachten.

Einer von ihnen war mit einer Waffe ausgerüstet, die eine Mischung zwischen einer Hellebarde und einem mit Widerhaken übersäten Speer darstellte. Das Geschick, mit dem er sie einzusetzen verstand, überraschte Daart so sehr, dass er ein paar Widerhaken über seinen Arm schrappen fühlte, bevor er sein Schwert schwingen und die Klinge in den Waffenarm seines Angreifers stoßen konnte. Der Mann torkelte zurück, aber er ließ die Waffe nicht fallen, sondern schnappte sie sich mit der anderen Hand, um erneut anzugreifen.

Seine beiden Kumpane beschäftigen Daart in der Zwischenzeit mit einer erstaunlich präzisen Attacke, sodass er dem Speerträger nicht nachsetzen konnte, um ihn endgültig auszuschalten. Einer von ihnen trug die gleiche Art von Schwert wie er selbst, und er bewegte sich zu Daarts Leidwesen viel schneller und präziser, als sein verkommenes Äußeres vermuten ließ. Der andere war weit weniger flink, aber dafür ein wahrer Hüne, ein stinkendes, von Pusteln und aufgebrochenen Beulen übersätes Monstrum, mit Geschwüren, die über den ganzen Körper verteilt waren und von denen Daart lieber nicht wusste, woher sie rührten. Er schwang eine gewaltige stachelbesetzte Keule, und während Daart mit seinem ebenfalls entstellten Begleiter die Klingen kreuzte, brachte er sich mehrmals hintereinander in eine günstige Position, um die Keule mit voller Wucht dort niedersausen zu lassen, wo Daart gestanden hätte, hätte er nicht im letzten Moment seine Absicht erraten und blitzschnell die Position gewechselt.

Dann war auch schon wieder der Dritte im Bunde heran. Trotz seiner Verletzung und des nicht unerheblichen Blutverlusts griff er mit voller Konzentration an – und ohne seine beiden Kumpane damit aus dem Takt zu bringen oder sie gar zu behindern, wie das oft geschah, wenn mehrere Angreifer auf einen einzelnen Gegner eindrangen.

Der Kampf entwickelte sich zu einem wahren Albtraum. Daart musste höllisch aufpassen, nicht unter die eisenbesetzte Keule des Hünen zu geraten, der es darauf anlegte, ihn mit einem einzigen wuchtigen Schlag zu zerschmettern, und gleichzeitig das Kunststück fertig bringen, den Speerattacken auszuweichen und den Schwertkämpfer auf Abstand zu halten; aber er wäre damit fertig geworden, wenn nicht plötzlich in seinem Rücken auch noch ein paar Silberne aufgetaucht wären. Daart sprang hoch, zur Seite, tauchte unter Hieben und Keulenschlägen weg, konnte ab und zu einen leichten Treffer anbringen, wurde aber im Ausgleich dafür auch ein paar Mal erwischt; zwar nicht schwer, aber er bekam einfach nicht genug Luft, um die Umklammerung zu sprengen. Die Kette um sein rechtes Handgelenk behinderte ihn darüber hinaus aufs Unangenehmste; sie schnappte jedes Mal vor, wenn er das Schwert hoch oder zur Seite riss, und er musste ihren Schwung mit einrechnen, damit sie seine Bewegung nicht behinderte – oder gar ihn selbst traf.

Doch die Kette um sein linkes Handgelenk erwies sich als wahrer Segen. Als der Keulenschwinger erneut auf ihn eindrang, musste er zur Seite tänzeln. Gleichzeitig trat er einem Silbernen, der das Schwert zum tödlichen Streich hochgerissen hatte, so kraftvoll in den Magen, dass dieser zurückprallte und noch zwei andere der schwarz gekleideten Krieger Nubinas mitriss. Dann wirbelte er zu dem Speerträger herum, der mit Riesengebrüll auf ihn losstürmte. Daart vollzog mit seinem Schwert eine schwer zu durchschauende Bewegung, die die Kette um sein rechtes Handgelenk in eine Achterschwingung versetzte, welche mit einem Schwert kaum zu durchzudringen war. Dann prellte er mit seiner Klinge die Waffe eines Angreifers, der in die bis dahin noch offene Flanke hatte vorstoßen wollen. Die linke Kette aber, die er wieder eingerollt hatte, ließ er jetzt vorschnappen; wie ein eigenständiges Wesen wickelte sie sich um den Speer des Angreifenden und zerrte ihn aus dessen Hand. Daarts Schwert aber fuhr jetzt in einer schnellen Bewegung zurück und dann so heftig in den Hals des Mannes, dass sein Kopf halb abgetrennt wurde. Der Speerträger taumelte noch zwei Schritte weiter und brach dann zusammen.

Wäre die Zahl der Angreifer gleich geblieben, hätte Daart dies zumindest als Zwischensieg für sich verbuchen können. Die Stelle des Gefallenen aber nahm ein anderer, von eitrigem Ausschlag entstellter Kämpfer ein, der mit einer riesigen Axt und einem Kurzschwert bewaffnet war. Hinter ihm drängten weitere Gestalten nach, mit glitzernden Waffen in den Händen und so entschlossenen Bewegungen, die deutlich machten, dass sie nicht eher Ruhe geben würden, bis er tot am Boden läge. Daart hatte keine Zeit, sich darüber Gedanken zu machen. Er musste den Kopf einziehen, um nicht von seiner eigenen Kette getroffen zu werden, die jetzt, wie zu eigenständigem Leben erwacht, eher in seine Richtung zuckte statt in die seiner zahlreichen Gegner. In Wirklichkeit aber lag es an seiner nachlassenden Konzentration, dass er das tückische Wechselspiel der beiden Ketten nicht mehr beherrschte.

Langsam wurde es eng. Der Keulenschwinger drang wie ein wütendes Tier auf ihn ein, und die anderen unterstützten seine Angriffe mit ihren eigenen Attacken, sodass die Lage für Daart immer aussichtsloser wurde. Ein einziger Schlag der fürchterlichen Keule würde ihn auf die Größe Harkons zusammenstampfen, und schon wenn sie ihn nur streifte, würde er wahrscheinlich niedergeworfen werden – und damit lange genug schutzlos sein, dass ihn die anderen am Boden festnageln konnten. Daart versuchte verzweifelt, nach den Beinen des Kolosses zu hacken, aber sowohl die Kette um sein rechtes Handgelenk als auch die entschlossenen Paraden seiner Gegner hinderten ihn daran.

Wie lange willst du eigentlich noch ihr Spiel spielen?, meldete sich die Stimme zu Wort. *Löse dich endlich aus der Umklammerung, verdammt!*

Natürlich hatte die Stimme Recht, wieder einmal; aber Daart hatte nicht die geringste Ahnung, wie er ihrem Rat nachkommen sollte. Die Stachelkeule donnerte direkt neben ihm auf den Boden, und ob sie den felsigen Untergrund wirklich zum Beben brachte oder es an Daarts zunehmender Schwäche lag, dass er das wahrzunehmen glaubte, war im Grunde ohne Bedeutung. Er war am Ende.

Dräng sie zu den anderen!, donnerte die Stimme, und zum ersten Mal, seit sie sich zu Wort gemeldet hatte, glaubte Daart einen angespannten Unterton in ihr zu hören. *Sofort!*

Er reagierte ganz automatisch. Er war viel zu sehr Satai-Sjen, um sich vollständig im Kampfrausch zu verlieren. Seine Sinne registrierten sehr genau, was außer den ständigen Angriffsfinten um ihn herum los war; der Hauptkampf tobte ein ganzes Stück weiter rechts von ihm, und er hatte in den letzten Minuten an Heftigkeit eher zu- als abgenommen. Es wurde tatsächlich Zeit, dass er sich aus seiner Umklammerung befreite.

Er sprang nach rechts. Beide Ketten entfalteten jetzt einen tödlichen Tanz, genau koordiniert und nur deshalb so präzise, weil er vollkommen konzentriert war und den Dingen zugleich ihren freien Lauf ließ. Der Hüne brüllte auf, und er hörte ihn hinter sich herstapfen, und er *hörte*, wie er ausholte: Inmitten all des ohrenbetäubenden Getümmels hörte er, wie die Keule erneut hochsauste, und er wusste genau, wo sie niedergehen würde …

Der Silberne, der ihm entgegentrat, hatte das Pech, nicht mit Daarts Wahrnehmung zu rechnen. Daart wich dem Schwertstoß, mit dem er ihn empfing, aus, ohne einen Kettenschlag zu opfern; erst als der Mann fast auf seiner Höhe war – und für Daart die Zeit langsamer zu laufen schien als vorher, so, als bewegte er sich auf einer vollkommen anderen Zeitebene als seine Gegner –, ließ er beide Ketten vorschnellen. Eine wickelte sich um das Schwert des Mannes und riss es weg, die andere aber legte sich um seinen Hals und zog ihn wie von einer geheimnisvollen Kraft bewegt nach vorn …

Daart hörte das Geräusch, mit dem der Hüne die Keule zum alles vernichtenden Schlag niedersausen ließ …

Die eisenbewehrte Keule donnerte hinab, aber nicht auf Daart, sondern auf den Silbernen, der, von der Kette gezogen, genau zum falschen Zeitpunkt am falschen Ort war. Fast hätte es Daart bei diesem riskanten Manöver selbst erwischt, denn als das Monstrum von Keule auf seinen Gegner hinabdonnerte, bekam er die Kette nicht rechzeitig frei. Der Hüne versuchte noch, den Schlag in seine Richtung zu lenken, doch dazu hatte er zu viel Kraft in den Hieb gelegt, und so donnerte die Keule auf das bedauernswerte Opfer hinab und damit gleichzeitig auf die Kette, die an Daarts Handgelenk befestigt war. Daart wurde nach vorn gerissen, in den Schlag hinein. Er ließ sein Schwert fallen und riss an der Kette, aber vergebens; sein Aufschrei mischte sich mit dem fürchterlichen Gebrüll des Hünen und dem Todesschrei des Silbernen zu einem infernalischen Lärm.

Daart spürte, wie etwas an seiner Wange entlangschrammte, und dann gab es einen fürchterlichen Ruck in seinem Handgelenk und er wurde geradezu nach unten gerissen, halb unter den Silbernen – oder das, was von diesem übrig war. Überall waren Blut, zerschmetterte Extremitäten, Knochensplitter und etwas anderes, von dem Daart gar nicht so genau wissen wollte, was es war. Er zog und zerrte wie verrückt an der Kette, denn schon holte der Hüne zu einem neuen, vernichtenden Schlag aus, und diesmal würde es Daart sein, der die verheerende Wucht der Keule zu spüren bekäme.

Und so soll es enden? Sei kein Narr. Denk daran, dass du ein Satai-Sjen bist. Erinnere dich!

Daart hätte später nicht zu sagen vermocht, ob es tatsächlich die Stimme gewesen war, die ihm das eingab; es war nicht mehr als ein blitzartiges Aufflackern, eine Erinnerung an all das, was ihm Skarissa Rabork und die anderen beigebracht hatten ... Er spannte seine Muskeln ... die Keule sauste herab ... Er bekam ein Bein frei ... aber noch hielt die Kette, die um den Hals des Toten geschlungen war ... Doch dann bäumte sich der ganze Leichnam auf, oder vielmehr das, was von ihm übrig geblieben war; er schien dem Hünen geradezu entgegenzuspringen, und der linke, noch halbwegs intakte Arm fuhr hoch, als wollte er den erneuten Keulenschlag abwehren. Irgendetwas Ekelhaftes ergoss sich über Daart, aber zumindest kam er jetzt frei und hoch, und er und der Tote, den der Hüne an seiner Statt zerschmettert hatte, sprangen in einem grotesken Totentanz zurück.

Im letzten Augenblick korrigierte der Hüne den Angriffsschwung, indem er sich stärker nach vorn beugte. Die Eisenstacheln schrammten diesmal noch näher an Daart vorbei und rissen seine Hand auf, aber das nahm er kaum wahr, denn erneut wurde er nach vorn gerissen, als die Keule die Kette regelrecht in den Boden rammte. Eisen schlug auf Eisen, und etwas Metallisches zerfetzte. Im selben Moment kam Daart frei und torkelte mit wild rudernden Armen zurück. Und damit in seinen Tod – zumindest wenn es nach der Vorstellung des Kriegers ging, der plötzlich hinter ihm aufgetaucht war und vorausahnend mit dem Schwert nach ihm stieß. Daart riss den Kopf herum und versuchte verzweifelt, in die entgegengesetzte Richtung zu gelangen, aber obwohl ihm die Bewegung vom Ansatz her gelang, war sie doch viel zu langsam, um ihn vor der tödlichen Waffe in Sicherheit zu bringen. Das Schwert zuckte wie eine angriffslustige Schlange auf ihn zu und hinter ihm her, als er nach rechts abzutauchen versuchte. Schon glaubte Daart zu spüren, wie die Klinge in seinen Körper eindrang … Doch dann fuhr ein dunkler Schatten dazwischen, und Daart bekam den flüchtigen Eindruck von einer zerrissen wirkenden Gestalt in einem wehenden Umgang. Kurz darauf prallten zwei Schwerter mit solcher Wucht aufeinander, dass dem Silbernen die Waffe aus der Hand geschlagen wurde, und einen Sekundenbruchteil später bohrte sich das Schwert der dunklen Gestalt auch schon in die Brust seines Opfers.

Daart machte eine Rolle nach vorn und riss in der Bewegung ein Schwert an sich – gerade noch rechtzeitig, um den Angriff von zwei Silbernen abzuwehren, die mit mühelos wirkender Eleganz auf ihn eindrangen. Aus den Augenwinkeln heraus bekam er mit, wie die schattenhafte Gestalt ihrerseits in einen heftigen Kampf verstrickt wurde. Der einzige Krieger, der auf ihrer Seite kämpfte und einen schwarzen Umhang trug, war der Satai mit den langen Haaren und dem seltsam zeitlos wirkenden Gesicht, der seine Gegner nun mit blitzschnellen, wuchtigen Schlägen vor sich hertrieb.

Die Kette um Daarts rechtes Handgelenk bestand nur noch aus wenigen Gliedern, und damit fand er in wenigen Augenblicken zu seinem gewohnten Kampfstil zurück. Das bekamen auch seine Gegner zu spüren. Obwohl das Schwert in seiner Hand kein aus Sternenstahl geschmiedetes Tschekal war, war es doch eine hervorragende Waffe, die ihm im wahrsten Sinne des Wortes das Gefühl gab, entfesselt zu kämpfen. Gemeinsam mit dem schwarzen Schemenkrieger schlug er sich zu dem Höcker durch, an dem Irana und die anderen verbissen gegen die Übermacht der Angreifer kämpften.

11

Wenige Minuten später war der erbitterte Kampf vorbei. Daart hatte das fremde Schwert fast mit Gewalt in die Scheide rammen müssen, die für das Tschekal vorgesehen war, denn es war ein wenig breiter und unförmiger als seine eigene Waffe. Trotzdem tat es gut, wieder das Gewicht einer Waffe am Gürtel zu spüren.

Doch ansonsten fühlte er sich alles andere als wohl. Irana schien es nicht viel besser zu gehen. Sie stand ein Stück abseits, mit der Prophetin in ein Gespräch vertieft; die verwirrenden Muster auf ihrer Stirn und ihren Wangenknochen glänzten schweißnass, und ihre Haltung verriet, dass sie vollkommen ausgepumpt war. Doch zumindest hatte sie außer einem frischen Schnitt an der rechten Schläfe keine sichtbare Verletzung davongetragen. Auch der Quorrl wirkte bis auf ein paar harmlose Kratzer unverletzt, aber fünf von Harkons Shimptas lagen tot oder schwer verletzt am Boden. Daart hatte gar nicht mitbekommen, dass sie in den Kampf eingegriffen hatten; es war ihm vollkommen unverständlich, wie ein paar Knirpse von der Größe Harkons glauben konnten, sich ernsthaft mit den Silbernen oder ihren missgestalteten Begleitern anlegen zu können – aber offensichtlich hatten sie es getan. Und das nicht folgenlos. Die Anzahl der getöteten Feinde war weitaus größer als ihre eigenen Verluste, und auch wenn Daart nicht ernsthaft glaubte, dass Harkons *Kämpfer* einen einzigen Gegner niedergestreckt hatten, so hatten sie doch gewiss für genug Verwirrung gesorgt, um ihm und den anderen den dringend benötigten Handlungsspielraum zu geben.

Daarts Blick wanderte zu Url. Der Satai war ihm unheimlich – gelinde gesagt. Auch jetzt, wo er schwer atmend an dem Höcker lehnte und den Fuß auf das abgebrochene Heft eines Schwerts stützte, wirkte er auf eine kaum beschreibbare Art kraftvoll und stark. Auf seinem zerfurchten Gesicht spiegelte sich nicht nur eine Gelassenheit, die für ihre nach wie vor verzweifelte Situation erstaunlich war, sondern … *Reife*. Daart hätte nicht gewusst, wie er es anders hätte ausdrücken sollen. Der Mann wirkte alterslos. Dabei war sein Kampfstil mit nichts vergleichbar, was er bislang kennen gelernt hatte, es sei denn …

Skarissa Rabork hatte ihnen einmal eine alte Technik mit dem malerischen Namen *Fluch der Schatten* demonstriert, und bei dem Probekampf, den er damals gegen eine Hand voll Satai-Sjens ausgeführt hatte, war auch er zu einem verschwommenen Schemen geworden, ganz so wie Url. Aber ein Satai namens Url, der eine außergewöhnliche Kampftechnik zu etwas Furchteinflößendem vervollkommnet hatte, das weit über das hinausging, was bei der Satai-Ausbildung gelehrt wurde? Daart hätte gewiss von ihm gehört. Doch nicht nur der Name Url war ihm vollkommen unbekannt, es passte auch keine der vielen Geschichten über machtvolle Satai auf ihn. Die Frage war, ob er wirklich ein Satai war. Oder jemand – oder *etwas* – ganz anderes.

Url sah auf und musterte ihn mit seinem ausdruckslosen Auge. »Du kämpfst gut, Satai-Sjen«, sagte er so leise, dass ihn keiner der anderen verstand, »aber vielleicht ein bisschen ungestüm. So, als wolltest du all deine Lebensenergie in einer einzigen Schlacht verschwenden.«

»Ich …« Daart brach ab und biss sich auf die Lippe. Es gab nichts, was er Url hätte entgegnen können. Nicht unter diesen Bedingungen, nicht in einer derart unwirklichen Situation, in der er nicht wusste, was Wirklichkeit und was Illusion war.

Url blickte in die Richtung, in der die Silbernen mitsamt ihren entstellten Begleitern verschwunden waren. »Das war knapp. Und ich fürchte, dass wir nicht viel gewonnen haben. Sie werden Verstärkung holen.«

Daart, der gerade in die Hocke gegangen war, um mit einem Messer schwarze Stoffstreifen aus dem Gewand eines toten Silbernen zu schneiden, sah zu ihm auf. »Worum kämpfen wir eigentlich?«, fragte er so belanglos wie möglich.

Url lächelte, wobei sich allerdings nur der Mundwinkel auf der Seite seines gesunden Auges nach oben bewegte, während der andere wie festgefroren wirkte. »Ich denke, das weißt du genau, Satai-Sjen.«

Daart versuchte dem Blick seines Auges standzuhalten, was ihm allerdings nicht ganz gelingen wollte.

»Wir sind nicht hierher gekommen, um ein paar Aralu den Schädel einzuschlagen«, knurrte Rarr, der Daarts Frage offensichtlich gehört hatte. Der Quorrl stand ein Stück entfernt und direkt neben Harkon, was einfach grotesk aussah: Harkon wirkte neben dem gewaltigen Reptilienkrieger wie ein dürres Kind neben einem ausgewachsenen Mann.

»Was uns nicht davon abgehalten hat, es zu tun«, sagte Harkon. Der Gnom grinste flüchtig und humorlos. »Aber es war sinnlos, wenn wir uns nicht beeilen.«

Rarr nickte grimmig. »Und wenn wir uns noch einmal überraschen lassen. Ich werde mir deshalb die Gegend etwas genauer ansehen.« Er gab Harkon einen Klaps auf die Schulter, der den Shimpta ein paar Schritte vorwärts taumeln und in die Knie gehen ließ, drehte sich dann um und stampfte auf seinen gewaltigen Säulenbeinen davon.

Daart hatte mittlerweile angefangen, seine aufgerissenen Handgelenke mit den schwarzen Stofffetzen zu verbinden, die er zuvor aus dem Kleidungsstück des Toten herausgeschnitten hatte. Die Verletzung auf der rechten Seite war alles andere als harmlos. Dünne Blutfäden liefen seine Finger herab, und es war nur eine Frage der Zeit, bis ihn der Blutverlust ernsthaft schwächen würde, wenn er ihn nicht bald zum Stillstand brachte. »Du meinst, dass sie uns in einer zweiten Angriffswelle niedermachen werden«, sagte er, ohne aufzusehen.

»Das nicht unbedingt«, sagte Harkon. »In der Feuerhöhle sind wir ziemlich sicher.«

Daart blickte jetzt doch auf. »Und warum?«

»Weil sich die Aralu hüten werden, den Entstehungsprozess ernsthaft zu gefährden.« Harkon winkte ab, bevor Daart eine weitere Frage stellen konnte. »Ich würde dir ja gern alles erklären, Satai-Sjen«, fuhr er in einem Tonfall fort, der genau das Gegenteil ausdrückte. »Aber glaube mir: Wenn wir jetzt nicht schleunigst von hier verschwinden, war alles umsonst!«

»Da hast du allerdings Recht, Shimpta.« Die Prophetin kam mit langsamen, gleitenden Bewegungen näher; es sah beinahe so aus, als schwebte sie über den Boden und als erwachte ihr mit glitzernden Fäden durchwirktes Gewand nun zu einer ganz eigenen, unbegreiflichen Form von Leben. »Den Entstehungsprozess zu begleiten war einst eure Aufgabe. Doch diese habt ihr sträflich vernachlässigt.«

»Wir haben sie vernachlässigt?« Harkons Augen verdunkelten sich vor Zorn. »Bei allem Respekt, Prophetin, aber es waren doch wohl nicht wir, die irgendetwas vernachlässigt haben. Es ist viele Jahrhunderte her, dass ...«

Die Prophetin schnitt ihm mit einer ärgerlichen Handbewegung das Wort ab. »Es ist nicht der rechte Zeitpunkt für ein vollkommen sinnloses Wortgeplänkel. Die Prozession ist längst zum Feuer-Tempel unterwegs. Wir müssen der *Großen Zeremonie* ein Ende bereiten, noch bevor sie richtig begonnen hat. Zwar wird es den Aralu nicht gelingen, dauerhaft Macht über Enwor und die ganze bekannte Welt zu erlangen, wie sie glauben – aber sie vermögen unser aller Leben ins Chaos zu stürzen. Und niemand wird dies dann noch aufhalten können, nicht einmal die Aralu selbst.«

Daart starrte die Prophetin verwirrt an, und dann suchte sein Blick den Iranas einzufangen, die zwei Schritte hinter der Prophetin stehen geblieben war. Irana aber biss sich nervös auf die Unterlippe, und so unruhig, wie sie wirkte, vermutete Daart, dass ihre kurze Unterredung mit der Prophetin alles andere als angenehm gewesen war. Leider half ihm das überhaupt nicht weiter.

»Wenn mir vielleicht mal jemand erklären würde, um was es überhaupt geht ...«, begann er.

»Wie ich schon erwähnte«, sagte die Prophetin mit einem milden Tadel in der Stimme, »ist jetzt nicht der rechte Zeitpunkt für Erklärungen. Wir müssen uns beeilen, um die Aralu vor einer großen Dummheit zu bewahren. Einer Dummheit, unter der ganz Enwor leiden wird, wenn wir sie gewähren lassen.«

Durch Iranas Körper lief ein sanftes Beben, so als fröstelte sie plötzlich. Ihre rechte Hand, die immer noch den Griff des Schwertes umklammert hielt, das ihr Url zugeworfen hatte, zuckte hoch und mit ihr die Schwertspitze. »Wir sollten die Waffen tauschen«, sagte sie zu Daart. »Denn wenn ich es richtig sehe, ist das hier dein Tschekal!«

Daart folgte ihrer Aufforderung – überrascht und vollkommen verwirrt, auf diesem Weg sein Schwert wiederzubekommen. Aber wie war das Tschekal in Urls Hände gelangt, und warum hatte er es Irana zugeworfen? Bevor er auch nur eine dieser Fragen klären konnte, drehte sich auch schon Harkon um, gab seinen gnomenhaften Kriegern den knappen Befehl, ihm zu folgen, und steuerte den nächstgelegenen Tunnel an. Die anderen folgten ihm wortlos, und Daart hatte alle Mühe, zu ihnen aufzuschließen.

»Du wirst später verstehen, worum es geht«, sagte Url leise, als ihn Daart eingeholt hatte. »Aber es ist möglich, dass du mitunter glauben wirst, vollkommen die Orientierung zu verlieren.«

Daart warf dem alten Satai einen schrägen Blick zu. »Ihr meint, ich könnte mich hier verirren?«

»Vielleicht. Aber eher im übertragenen Sinn.« Url schüttelte entschieden den Kopf. »Ich kann dir deine Frage nicht wirklich beantworten. Selbst die alten Herrscher dieser Welt, die mächtig genug waren, zu den Sternen zu fliegen, haben das Rätsel nicht vollständig lösen können, das hier verborgen ist. Und du tust gut daran, es gar nicht erst zu versuchen, wenn du nicht den Verstand verlieren willst.«

»Was haben die alten Herrscher mit den Aralu zu tun?«

»Nun …« Das Wort hallte übertrieben lange von den Wänden der Höhle wider, beinahe so, als wäre sie ein gigantisches Lebewesen, das den nachdenklichen Laut eigenständig in die Länge zog. »Diese ganze Anlage, wie du sie nennst, hat viel mit den Alten zu tun – wie mit denen, die von den Sternen kamen.«

»Und was bedeutet das für uns?« Daart sah aus den Augenwinkeln heraus eine Bewegung und drehte den Kopf. Es waren nicht die Silbernen und ihre Verbündeten, sondern etwas vollkommen anderes, das sich aus einem weit entfernten Tunnel herausbewegte … nein, eher schlängelte. Und es sah so unglaublich aus, dass Daart unwillkürlich verharrte und sich dem Tunnel zuwandte, in dem es zitterte und bebte, als würde er sogleich in sich zusammenbrechen.

Mit fassungslosem Staunen starrte er auf die Kreatur, die zügig aus dem Tunnel kroch und dabei eine erstaunliche Menge an zermahlenem Gestein und Geröll vor sich herschob. Es war ein gigantischer, wurmähnlicher Körper inmitten einer dichten, schwarzgrauen Staubwolke, zuckend und von einer unruhigen Bewegung erfüllt, der schillerte und glitzerte, sodass es fast unmöglich war, ihn vollständig mit Blicken einzufangen. Das Erstaunlichste aber war das fieberhaft hin und her pendelnde Kopfende, das den Eindruck erweckte, als befände sich dort kein eigentlicher Kopf, sondern etwas ganz anderes. Die wimmelnde Bewegung erinnerte an dicht aneinander gequetschte Maden, die verzweifelt einen Ausweg aus einer unbequemen Lage suchten. Es dauerte eine Weile, bis Daart inmitten dieses Gewimmels die Vielzahl messerähnlicher, sich in ständiger Bewegung befindlicher Zähne und Hauer erkannte, mittels derer sich der riesige Wurm durch hartes Gestein fraß.

Der widerliche Leib der Kreatur drängte weiter aus dem Tunnel, und Daart begriff nun, dass alle Gänge – auch der, durch den sie in diese Höhle gelangt waren – von dem unfassbaren Ungetüm ins Gestein gefressen worden waren.

»Komm weiter.« Irana war ebenfalls stehen geblieben, sah aber nicht in die Richtung des sich weiter aus dem Gestein schälenden Wurms, sondern blickte Daart besorgt an. »Sieh nicht in seine Richtung, sonst verwirrt er deine Sinne.«

»Aber was …« Daart schluckte trocken. »Was bei allen Göttern ist das?«

»Der Gezeitenwurm«, sagte Irana erstaunlich sanft. »Und es ist besser, ihm aus dem Weg zu geben – glaub mir das.«

Daart nickte. *Das* glaubte er ihr unbesehen. Was dem Maul dieser Kreatur zu nahe kam, wurde wahrscheinlich ebenso mühelos wie Gestein zermahlen, und es war kaum vorstellbar, dass einen etwas anderes als Flucht davor bewahren konnte – nicht einmal ein aus Sternenstahl geschmiedetes Tschekal.

»Los jetzt!« Harkon war am Rand des Tunnels stehen geblieben, in dem der Quorrl als Vorhut bereits verschwunden war und den Url, die Prophetin und die anderen Shimptas gerade betraten. Er winkte ungeduldig. »Zieht nicht die Aufmerksamkeit des Gezeitenwurms auf euch. Und beeilt euch!«

Irana griff nach Daarts Arm, eine Berührung, die mehr als unangenehm war, denn sie erwischte ausgerechnet das schmerzende Handgelenk, aber Daart zuckte nicht einmal zusammen. *Zieht nicht die Aufmerksamkeit auf euch*, hatte sie Harkon gewarnt, aber so wie es aussah, kam seine Warnung zu spät. Daart hätte nicht einmal zu sagen vermocht, woran es lag, aber er spürte ganz deutlich, dass die Kreatur, die sich mittlerweile fast vollständig aus dem Tunnel geschoben hatte, sich jetzt ihnen zuwandte. Der monströse Kopf drehte sich leicht, nicht einmal unbedingt in ihre Richtung, sondern in die, in der die Silbernen zuvor geflohen waren. Die mahlenden Zähne kamen dabei nicht einen Moment zur Ruhe, obwohl es hier doch nichts gab, was sie hätten zerkleinern können. Daart suchte nach den Augen der Kreatur, und fast erwartete er, sie mit einem tückischen Blick auf sich gerichtet zu sehen, aber da war nichts – zumindest keine Augen, wie andere Lebewesen sie besaßen. Trotzdem fühlte er sich auf unangenehmste Weise beobachtet. Es war fast so, als streifte ihn ein kühler Hauch, als durchdränge ihn etwas, als versuchte etwas – der Gezeitenwurm? –, sein Innerstes zu ergründen.

Irana riss nochmals an seinem Handgelenk, gröber diesmal, und der scharfe Schmerz brachte ihn zur Besinnung. »Was …?«, fragte er mühsam.

»Wir müssen weg.« Ihre Stimme zitterte leicht, und es war ein panischer Unterton darin, den sich Daart nicht erklären konnte. »Er hat dich schon erfasst.«

Daart streifte widerwillig ihre Hand ab. Er hatte keine Ahnung, was sie meinte. Der Wurm war weit entfernt, viel zu weit, um ihm gefährlich werden zu können. Aber da war dieses Gefühl, dass etwas über seinen Körper tastete, seine Gedanken und Gefühle erkundete, keineswegs bedrohlich, sondern ganz im Gegenteil fast vertraut wirkend. Etwas nahm Kontakt mit ihm auf, schmeichelte sich ein wie eine Geliebte, die eine Ewigkeit auf ihn hatte warten müssen und nun ganz von ihm Besitz ergreifen wollte.

Du solltest auf die Prophetin hören, meldete sich ausgerechnet jetzt die Stimme zu Wort. *Lass dich nicht vom Gezeitenwurm einfangen.*

Daarts Gedanken waren mittlerweile so träge, dass er kaum den Sinn der Worte verstand. Aber ihre Bedeutung war ihm sowieso gleichgültig, denn ein tiefer Frieden wurde ihm angeboten, eine vollständige, wohlige Entspannung, der er sich nicht zu entziehen vermochte, das Versprechen, alle Hetze und alle Sorgen hinter sich zu lassen, ein freundliches, warmes Raunen, das ihn umhüllte und einspann, das großzügige Angebot, ihm alles abzunehmen, was ihn je belastet hatte …

Ein Frieden, über den du alles andere vergisst? Die Stimme war diesmal kaum mehr als ein Flüstern, und dennoch waren Stärke und Kraft in ihr, und ein winziger Bruchteil davon sickerte in Daarts Empfindungen ein und löste einen ersten, sachten Zweifel an den Versprechungen des Gezeitenwurms aus. *Du bist ein Satai-Sjen. Du hast eine Aufgabe zu erfüllen. Wehre dich!*

Daart war es gewohnt, sich zu wehren, seit frühester Kindheit; er war nicht auf der Sonnenseite des Lebens groß geworden, sondern auf einer der dunkelsten, düstersten Schattenseiten, die diese Welt zu bieten hatte, und wenn er sich nicht gewehrt hätte, hätte er nicht einmal die ersten Jahre überlebt, geschweige denn die furchtbare Zeitspanne, die zwischen dem Verlassen seines Geburtsorts und der Aufnahme bei den Satai gelegen hatte. Auch als Satai-Sjen hatte er gelernt, sich zu wehren, und er hatte erfahren, wie man trotz Entbehrungen, Folterungen und Verletzungen durchhalten konnte, ohne ein selbst gestecktes Ziel aus den Augen zu verlieren.

Und dennoch hatte er Mühe, der Aufforderung, sich zu wehren, Folge zu leisten und gegen das anzugehen, was nach ihm griff; zu verlockend war das Raunen und Säuseln des Gezeitenwurms.

»Bei allen Göttern, JETZT KOMM!« Irana war vollkommen außer sich und zerrte an ihm, ohne irgendetwas zu erreichen; Daart verkrampfte sich zusehends und fühlte sich hart wie Gestein und auch genauso unbeweglich. Und als wäre er tatsächlich zu Stein geworden, gelang es Irana nicht, ihn auch nur ein winziges Stück vom Fleck zu bewegen. »Wehr dich, wenn du Carnac irgendwann wiedersehen willst!«

Der Name *Carnac* berührte etwas in Daart (*Warum Carnac? Woher weiß Irana von Carnac?*), und so schwach, wie diese Berührung auch sein mochte, war sie doch stärker als Iranas Gezerre an seinem Arm. Vor allem aber stellte sie ein – wenn auch nur schwaches – Gegengewicht zu den Verlockungen des Gezeitenwurms dar. Unendlich mühsam drehte Daart den Kopf, ein winziges Stück nur, bis er Irana im Profil sehen konnte. Ein Teil von ihm registrierte, dass ihr Gesicht vor Sorge und Anspannung verzerrt war, und als bekäme dadurch der Bann des Gezeitenwurms zumindest Risse, gab sein Körper ein kleines bisschen nach. Die Verkrampfung, die ihn bislang vollkommen blockiert hatte, lockerte sich, und er stolperte einen Schritt auf Irana zu.

»Waaas …?« Seine Zunge war so schwer, dass sie wie Blei in seinem Mund lag und er nicht mehr als diesen unartikulierten Laut hervorbrachte.

Irana brachte ihr Gesicht ganz nah an seines. »Hör mir jetzt ganz genau zu«, flüsterte sie hastig. »Der Gezeitenwurm hat bereits die Witterung des Kampfes aufgenommen. Er saugt ein, was von ihm übrig ist, und wenn er damit fertig ist, wird er sich dir vollständig zuwenden. Und dann bist du verloren!«

Der Teil von Daart, der sich von Kindesbeinen gegen alles gewehrt hatte, was man ihm hatte antun wollen, der körperliche Züchtigungen und Angriffe auf sein Leben als nichts anderes als

Herausforderungen begriffen hatte, dieser Teil verstand sehr wohl, was ihm Irana da zuraunte. Er hatte zuvor noch nie von dem Gezeitenwurm gehört, und er war auch gar nicht in der Lage zu erfassen, was es mit ihm auf sich hatte. Doch schlagartig wurde ihm jetzt klar, welcher Art die Bedrohung durch den Wurm war und welcher Bann ihn gefangen hielt – und dass er ihn unter allen Umständen brechen musste.

Der Gezeitenwurm schlängelte und wand sich auf die Stelle zu, an der Daart mit dem Hünen gekämpft hatte – »*Er hat bereits die Witterung des Kampfes aufgenommen. Er saugt ein, was von ihm übrig ist ...*« –, und obwohl sich die Staubwolke um seinen Körper nun legte, war er noch immer nicht wirklich mit dem Auge zu erfassen. Über ihn fegten farbige Farbwirbel, die seinen Körper aufzubrechen und auf unbegreifliche Art substanzlos zu machen schienen. Und da war etwas ... *Gewaltiges*, das Daart vielleicht erst jetzt wahrnehmen konnte, nachdem der Wurm nach ihm gegriffen hatte, ohne ihn vollständig unter Kontrolle zu bekommen. Es war, als erschütterte das unglaubliche Wesen durch sein Auftauchen Zeit und Raum selbst, als bewegte es sich gar nicht vollständig im Hier und Jetzt, sondern durch andere Räume und Höhlen; und Daart erhielt einen flüchtigen Einblick in vielfältige *Wirklichkeiten*, so als flössen die Eindrücke verschiedenster Epochen in und um den Wurm, als gäbe es einen beständigen Austausch zwischen all diesen Welten, die nun zu einem einzigen Durcheinander verschmolzen. Daart nahm schemenhaft dunkle Tunnel wahr, durch die der Wurm kroch und in deren Gestein er biss; er bemerkte golden und silbern glitzernde Säulen und farbenprächtige Wände, er sah makellose Gänge aus kaltem Stahl, die schnurgerade durch den Berg schnitten und in denen sich außer dem Wurm noch etwas ganz anderes, Unvorstellbares bewegte; er gewahrte dunklen schweren Schlamm, durch den sich ein kleinerer Wurm als dieser viel mühsamer quälte als die größeren Würmer anderer Zeiten, und er blickte ins Nichts, in dem sich ein blasser Schemen wand, kaum noch wahrnehmbar und zunehmend verblassend. Und all das sah er nicht hintereinander, sondern gleichzeitig, und es war auf der einen Seite so glasklar, dass er manche Einzelheiten erschreckend genau in sich aufnehmen konnte, und auf der anderen Seite so verschwommen, dass ihm ganz schwindlig wurde bei dem Versuch, so etwas wie Ordnung und Sinn in diesem Chaos zu erblicken.

Und plötzlich begriff er, in welcher Gefahr er sich befand. Der Gezeitenwurm war nichts, was menschlicher Verstand zu erfassen vermochte. Er hatte schon immer existiert, und er würde immer existieren, vom Anfang der Zeit bis zum Ende der Zeit. Es war vollkommen aussichtslos, sich gegen eine solche Kreatur auflehnen zu wollen. Man konnte nur unter ihr wegtauchen, sich unscheinbar machen und sich seiner eigenen Bedeutungslosigkeit bewusst werden; und während diese tiefe Empfindung von Daart Besitz ergriff, löste sich der Bann des Gezeitenwurms und fiel von ihm ab. Daart stolperte einen Schritt weiter, doch damit war es noch lange nicht vorbei. Er war zwar im Begriff, der Umklammerung zu entgleiten, aber andererseits verstrickte er sich dabei noch tiefer in sie, und das begriff er spätestens in dem Moment, in dem sich der Wurm aufrichtete, was er nur aus den Augenwinkeln bemerkte, ohne sich dem damit verbundenen Sog entziehen zu können. Ein fast schmerzhaftes Ziehen ging durch seinen Körper, und es war, als zerrte eine unbekannte Kraft an ihm, als wühlte sie in seinem Innersten und holte dort Dinge hervor, von denen er nicht einmal gewusst hatte, dass sie existierten. All seine beiseite geschobenen Ängste, gescheiterten Hoffnungen und unterdrückten Wünsche stiegen mit ungeheurer Macht in ihm auf. Er stieß einen spitzen Schrei aus, als ihn die Fülle der Bilder überschwemmte, jedes von ungeheurer Eindringlichkeit, jedes einst für ihn so wichtig, dass er es tief in sich vergraben hatte, und jedes mit dem Gefühl des Versagens verbunden, weil so viele Hoffnungen zerstoben waren …

Daart schwankte, und hätte Irana ihn nicht festgehalten, so wäre er wohl der Länge nach hingeschlagen. Ein Sturm von Bildern und Gefühlen raste über ihn hinweg, und er hatte den flüchtigen Eindruck, dass sich der Gezeitenwurm aufblähte, dass die wirbelnden Strukturen auf seiner Oberfläche für einen Moment zum Stillstand kamen. Nun sah er dort etwas, inmitten des Wurms, Menschen, die wegrannten, und einen Feuersturm, der über sie hinwegfegte – und dann löste sich alles schlagartig auf und explodierte in den Farbwirbeln, die den Gezeitenwurm umgaben (oder aus denen das unglaubliche Geschöpf *bestand?*).

Daart hatte das Gefühl, als würde ihm alle Luft auf einen Schlag aus dem Körper getrieben. Er sackte in sich zusammen, und diesmal war es nicht nur Irana, die ihn daran hinderte, benommen zu Boden zu stürzen. Ein starker Arm legte sich um seine Brust und richtete ihn auf, während Irana ihn gleichzeitig nach vorn zog, zerrte, nein, förmlich mit sich riss.

»Los jetzt«, zischte eine Stimme an seinem Ohr. »Lauf. Oder es ist alles verloren.«

Daarts Beine wollten nachgeben – *Ach, tatsächlich? Jetzt, wo du die Gelegenheit hast, dem Wurm für eine kurze Zeitspanne zu entkommen?* –, aber er kämpfte im gleichen Maß dagegen an, wie Irana ihrerseits ihre Schritte beschleunigte. Sein Herz hämmerte lauter und härter als jemals zuvor, und seine gequälten Lungen sogen gierig die stickige Luft ein, die die Höhle erfüllte. Doch immerhin bewegten sich seine Beine jetzt wie von selbst, und er fiel in einen unsicheren Laufschritt. Der Tunnel, vor dem immer noch Harkon stand und ihnen ungeduldig zuwinkte, verschwamm vor seinen Augen.

12

Fröstelnd und in gekrümmter Haltung lehnte Daart an der Tunnelwand. Er war nicht nur vollkommen erschöpft, sondern fühlte sich leer, irgendwie ausgesaugt und fast *schmutzig*, als wäre er von irgendetwas Widerlichem besudelt worden. »Was … verdammt noch mal … war das?«, keuchte er.

Url, der ihn zusammen mit Irana aus der Höhle gerettet hatte, bevor der Gezeitenwurm erneut auf ihn hatte zugreifen können, kniff die Lippen zusammen. »Nichts«, sagte er schließlich. »Oder vielleicht auch alles.«

»Jedenfalls nichts, was der menschliche Geist begreifen könnte, ohne daran zu zerbrechen«, ergänzte die Prophetin. »Und selbst wenn es anders wäre: Uns fehlt nach wie vor die Zeit für Erklärungen.«

Daarts rechte Hand zuckte vor und verkrampfte sich um Iranas Handgelenk. »Erklär du es mir. Was war das? War das auch nur … ein Trugbild?«

Irana wich seinem Blick aus. »Kein Trugbild«, sagte sie leise. »Der Gezeitenwurm ist … etwas ganz anderes. Er verbindet die Zeit …«

»Zeit, die wir nicht mehr haben«, schnitt ihr die Prophetin das Wort ab. »Und jetzt weiter.«

Daart nickte langsam. Er hatte keine Ahnung mehr, warum sie so unter Zeitdruck standen, aber eigentlich wollte er es auch gar nicht wissen. Er war so durcheinander wie noch nie zuvor in seinem Leben. Der Kontakt mit dem Wurm konnte nur sehr kurz gewesen sein, aber er hatte ihn vollständig erschüttert. Der Zustand, in dem er sich befand, ließ sich mit »Schock« nur unzutreffend beschreiben, obwohl er ihm doch am nächsten kam. Der Wurm hatte den Eindruck vertieft, den der Schlund ihm bei seinem Sturz als Erstes gewährt hatte; und vielleicht stand ja beides in ursächlichem Zusammenhang: das Nichts, verkörpert durch den Schlund, und die Ahnung der Unendlichkeit, die ihm der Gezeitenwurm vermittelt hatte. Aber wenn, dann war es etwas, das über seinen Horizont ging, und im Augenblick war er sowieso kaum in der Lage, einen klaren Gedanken zu fassen.

»Du wirst die Zusammenhänge begreifen«, sagte Url, als hätte er seine Gedanken erraten. »Aber erst später.«

So, wie er es aussprach, klang es nach *sehr viel* später. Aber immerhin machte es Daart Hoffnung, nicht vollends den Halt zu verlieren und sich in einem Chaos aus verrückten Fragen zu verstricken.

Url straffte seinen Umhang und nickte der Prophetin zu. »Ich hätte nie gedacht …«

»… dass wir einmal Seite an Seite kämpfen werden?«, beendete die Prophetin seinen Satz.

Jetzt war es Harkon, der ungeduldig wurde. »Wir müssen los«, drängte er. »Die *Große Zeremonie* hat sicher schon begonnen.«

An Daart glitt das Gespräch vorbei wie eine Unterhaltung am Nachbartisch in einer Kneipe. Er wusste, dass er sich zusammenreißen musste (konnte es wirklich sein, dass der Wurm zugleich durch verschiedene Zeiten gekrochen war? War es tatsächlich so, dass in seiner unmittelbaren Umgebung alle Zeitalter *gleichzeitig* durcheinander wirbelten? Konnte es sein, dass er Daart einen Einblick in die Unendlichkeit gewährt hatte – oder zumindest in etwas, das dem sehr nahe kam?). Daart wollte diese Fragen nicht denken, doch sie drängten sich ihm ohne sein eigenes Zutun auf. Er wollte, er musste sie wegschieben, denn er spürte, dass er an ihnen zu zerbrechen drohte. Mühsam stieß er sich von der Wand ab und folgte den anderen. Nur am Rande gewahrte er, dass Irana nicht von seiner Seite wich und ihm hin und wieder einen besorgten Blick zuwarf. Auch von seiner Umgebung nahm er anfangs kaum etwas wahr. Sie hatten inzwischen den Tunnel verlassen, den der Wurm durch das Gestein und die Zeit gebohrt hatte, und waren in einen aus Steinquadern erbauten Gang abgebogen. Im Licht der Fackeln, welche die Shimptas trugen, schien der Boden unter ihnen zu zucken wie ein lebendiges Wesen, und es dauerte eine Weile, bis Daart begriff, dass der Steinboden unter ihnen tatsächlich in ständiger Bewegung war. Es waren zahlreiche winzige Erschütterungen, die ihn durchliefen, und Daart kam es so vor, als gingen sie auf dem Körper einer gigantischen Schlange – oder eines Wurms. Bei diesem Gedanken verspürte Daart einen Anflug von Panik. Zumindest im Augenblick gab es nichts, was er dem Gezeitenwurm nicht zugetraut hätte.

Nur mit Mühe schob er die Vorstellung beiseite, direkt auf dem Wurm zu laufen, der unter ihnen den nächsten Tunnel ins Gestein fraß. Stattdessen musterte er seine Umgebung aufmerksamer. Zuerst waren es noch unbehauene Wände, an denen sie vorbeikamen. Dann tauchten die ersten einfachen Verzierungen auf: in den Stein getriebene Darstellungen ritueller Szenen, kriegerische Auseinandersetzungen und Kämpfe gegen wilde

Ungeheuer. Sie zeigten Menschen in den unterschiedlichsten Posen, bei der Verrichtung von Handlungen, deren Sinn Daart nicht zu erraten vermochte, in Kämpfe untereinander oder gegen eine Vielzahl echter oder auch phantastischer Tiere und Ungeheuer verstrickt. Ihnen gemeinsam war die Darstellung menschenähnlicher Wesen mit viel zu großen Köpfen und riesigen Augen auf schmalen Körpern.

Als sie weiterkamen, wurde der Gang ein Stück breiter, und das Gestein wies einen rötlichen Grundton auf. Jetzt zierten aufwändige Malereien die Wände, die ähnliche Szenen wie zuvor zeigten. Nur die Menschen hatten sich verändert. Auf einigen Gemälden waren immer noch die schmalen Männer und Frauen mit den viel zu großen Köpfen zu sehen, aber auf anderen waren es ganz eindeutig missgestaltete Wesen, deren Gesichter zum Teil fürchterlich entstellt waren. Bei manchen waren auch die Körper missgebildet, und Daart glaubte sogar Gestalten mit mehreren Auswüchsen am Rumpf zu entdecken, die etwas eindeutig Insektenhaftes an sich gehabt hätten, wenn sie nicht auf zwei Beinen gestanden hätten. Die Malereien wurden immer wieder von fremdartigen Schriftzügen unterbrochen, die in einer Daart vollkommen unbekannten Sprache verfasst waren.

»Vorsichtig jetzt«, zischte die Prophetin nach einer Weile. »Wir sind gleich da.«

Der Gang erweiterte sich zunehmend, und auch die Malereien an den Wänden veränderten sich. Daart kam jedoch nicht dazu, sie genauer zu betrachten. Seine Begleiter waren plötzlich von einer geradezu greifbaren Unruhe erfüllt, und es lag eine Spannung in der Luft, die sicherlich nicht nur damit zu tun hatte, dass das Zittern und Beben unter ihren Füßen immer mehr zunahm. Ihre Schritte – die stampfenden des Quorrls, die huschenden der Shimptas und die geschmeidigen von ihm, Irana, Url und der Prophetin – hallten erstaunlich hell und laut von den Wänden des Ganges wider und vermischten sich mit dem merkwürdigen Raunen und Summen, diesem fernen, schwebenden Geräusch, das von überall her zu kommen schien, vom Boden, der Decke und den Wänden. Die Hand voll Shimptas, die Fackeln trugen, hatten sich bisher gleichmäßig unter ihnen verteilt, wohl, um den Gang gut auszuleuchten. Doch jetzt fielen sie allesamt zurück, und einer nach dem anderem löschte seine Fackel. Daart begriff sehr bald, warum, denn von vorn drang ein bläulich roter Schimmer zu ihnen, zuerst kaum wahrnehmbar, doch schon nach wenigen Schritten so deutlich, dass sie sich mühelos in seinem Licht orientieren konnten.

Und das war nicht die einzige Beleuchtung. An den Wänden befanden sich halbrunde Ausbuchtungen, durch die zusätzlich Licht hereinfiel. Gleichzeitig strömte feuchte, warme Luft herein, und auch von vorn schlug ihnen jetzt ein stärker werdender Luftzug entgegen. Harkon und Irana, aber auch Url und die Prophetin wirkten so angespannt und wachsam, als erwarteten sie, in eine Abteilung Silberner hineinzulaufen. Ihre Stimmung übertrug sich auf Daart; er spürte die Gefahr, die vor ihnen lag, und er ahnte, dass sie sich jetzt kurz vor ihrem Ziel befanden. Vielleicht lag dieses ja nicht in den Tiefen des Labyrinths, sondern irgendwo außerhalb, was den warmen Luftzug erklären würde, der ihnen entgegenschlug; vielleicht war es aber auch ein gewaltiges Feuer, dass die Aralu irgendwo vor ihnen entzündet hatten.

Irana, die neben Daart hergegangen war, rückte noch ein Stück näher. »Satai-Sjen«, sagte sie so leise, dass er ihre Worte kaum verstand. »Lass uns die Vorhut übernehmen.« Sie deutete nach vorn und wartete, bis Daart an dem Quorrl vorbeigezogen war; Url, die Prophetin und Harkons Truppe waren indessen ein Stück zurückgefallen.

»Es gibt da etwas, was du wissen musst«, fuhr Irana fort, als sie sicher sein konnte, dass sie keiner der anderen mehr hören konnte.

Daart zuckte wortlos mit den Schultern. Er hatte das Gefühl, dass es eine ganze Menge gab, was er hätte wissen müssen. Aber dies erschien ihm nicht der rechte Zeitpunkt für Erklärungen. Wer auch immer ihnen all das hier eingebrockt hatte – ob Harkon, Url, der Quorrl, die Prophetin oder sie alle zusammen –, er oder sie hatten eine Menge Aufwand getrieben, um die *Große Zeremonie* der Aralu zu stören. Daart konnte sich nicht vorstellen, dass ein Überfall ohne Blutvergießen möglich wäre. Und ob er es nun wollte oder nicht, und ob er den Grund wusste oder ihn nicht einmal erahnte: Spätestens seit Nubin ihn in das stinkende Verlies hatte werfen lassen und Harkon ihn daraus befreit hatte, gehörte er mit zu diesem Haufen Verlorener und war Bestandteil ihres Plans.

»Wir … wir sind nicht zufällig hier«, fuhr Irana fort.

Daart nickte. »Das ist mir klar.« Er warf Irana einen kurzen Seitenblick zu. Es war erschreckend, wie erschöpft sie aussah. Unter ihren Augen lagen tiefe, dunkle Ringe, und ihre Gesichtsfarbe war so fahl wie die einer Toten. »Aber ich habe zufällig selbst eine überaus wichtige Mission zu erfüllen«, fuhr er ungeduldig fort. »Ich kann und will mich nicht in fremde Auseinandersetzungen hineinziehen lassen.«

»Aber das ist es doch gar nicht«, widersprach Irana.

»Was?«, fragte Daart mürrisch und darum bemüht, Iranas erbarmungswürdigen Zustand möglichst auszublenden. Es fehlte noch, dass er sich durch Mitleid oder falsche Rücksichtnahme unter Druck setzen ließ.

»Eine fremde Auseinandersetzung.« Irana fuhr sich mit der Zunge nervös über die Lippen. »Es hat sehr viel mit dir zu tun. Mit den Satai. Mit ganz Enwor. Wenn wir die Aralu nicht aufhalten, werden sie das Land ins Chaos stoßen.«

»Die Sache mit den Veränderungen?«

»Ja«, antwortete Irana ernsthaft. »Die Sache mit den Veränderungen.«

Daart schloss die Augen und atmete tief aus, während er blind vier, fünf Schritte weiterging auf diesem sich unruhig bewegenden Boden, der ihn nach wie vor an den zuckenden und wirbelnden Rücken des Gezeitenwurms erinnerte, an den Fluss der Zeit, an die vielen widersprüchlichen Eindrücke aus Dutzenden oder Hunderten von Epochen, die jetzt vor seinen geschlossenen Lidern tanzten. »Nubina hat behauptet, sie sei mir in deiner Gestalt erschienen«, sagte er schließlich und öffnete die Augen, ohne dadurch den Eindruck der verwirrend vielen Bilder vollständig löschen zu können.

»Du sagst es«, entgegnete Irana heftig. »Sie hat es behauptet! Aber es ist nicht wahr. Nubina hat nicht die Macht, in meiner Gestalt zu erscheinen. Sie vermag lediglich Kräfte heraufzubeschwören, die sie jedoch nicht beherrscht und niemals beherrschen wird. Wenn wir ihr keinen Einhalt gebieten, ist der Tag nicht mehr fern, an dem sich das, was sie nicht bändigen kann, verselbstständigen und nicht nur ihr selbst gefährlich werden wird ...«

»Sondern uns allen.« Daart starrte aus zusammengekniffenen Augen in die Richtung, in die sie gingen. Das in vielfältigen Farbtönen schimmernde Licht hatte mittlerweile an Kraft zugenommen, aber es reichte noch nicht aus, um jede Einzelheit um sie herum vollständig zu beleuchten. Dennoch hatte er den Eindruck, dass sich etwas vor ihnen flüchtig bewegte, etwas, das nichts mit dem Nachhall der Bilderflut zu tun hatte, mit der ihn der Gezeitenwurm fast um den Verstand gebracht hatte. Aber wenn da tatsächlich etwas war, so konnte er es nicht bestimmen. Vielleicht war es ja der Widerhall einer jener Kräfte, mit denen Nubina spielte, eine der vielen optischen Täuschungen, die wie Risse durch die Wirklichkeit liefen und mit denen sie ihn und die anderen davon ablenken wollte, dass sie sie längst entdeckt hatte und ihre Krieger gerade an einer geeigneten Stelle zu einem Angriff zusammenzog. Vielleicht war es aber auch nicht mehr als ein zufälliges Lichtspiel, eine Spiegelung des diffusen Lichts in staubiger Luft.

»Wenn das alles stimmt, was du behauptest«, fuhr er fort, angestrengt darum bemüht, sich seine Verunsicherung nicht anmerken zu lassen, »warum sollte Nubina mir dann weismachen wollen, dass sie mir in deiner Gestalt erschienen sei?«

Irana schnaubte verächtlich. »Weil sie eine falsche Schlange ist. Es ist eine ganz spezielle Art der Magie, mit deren Hilfe sie über ihre Untertanen herrscht und ganz Enwor in ihren Bann ziehen will. Es sind Intrigen, Lügen und heimtückische Täuschungen, auf denen sie ihre Macht aufgebaut hat ...«

»Und Nubin?«, unterbrach sie Daart.

»Nubin, Nubina?« Irana zuckte mit den Achseln, eine Bewegung, die Daart nur aus den Augenwinkeln heraus wahrnahm, denn sein Blick war weiter wachsam auf das Lichtspiel vor ihnen gerichtet, in dem sich ständige kleine, kaum wahrnehmbare Bewegungen abzeichneten. Zudem verdichtete sich nun das anfangs nur vage, aber äußerst unangenehme Gefühl, dass er beobachtet wurde, dass jede seiner Regungen von heimlichen Blicken wahrgenommen wurde, und vielleicht hing ja beides zusammen, vielleicht war ja da wirklich vor ihm jemand im Gang, der ihn nicht aus den Augen ließ, ohne dass er ihn selbst sehen konnte.

»Mittlerweile glaube ich nicht mehr, dass Nubin und Nubina tatsächlich zwei verschiedene Personen sind«, fuhr Irana fort. »Es scheint sich dabei eher um die Inkarnation eines einzigen Herrschers über Nyingma zu handeln, ob männlich oder weiblich. Dazu passt, dass ich zuvor nichts von einem Herrscherpaar gehört habe, sondern nur von einem geheimnisvollen Herrscher, den zu Gesicht zu bekommen für Fremdlinge den sicheren Tod bedeutet.«

»Du meinst ...« Daart blinzelte, versuchte einen huschenden Schemen mit den Augen einzufangen, glaubte bereits eine schwarze Gestalt zu erkennen und ein metallisches Aufblitzen – doch dann fiel das Bild in sich zusammen, als wäre es nie da gewesen. »Du meinst, es gibt Nubina gar nicht?«, fragte er mühsam beherrscht. »Nur Nubin?«

Irana zuckte mit den Achseln. »Eher umgedreht«, sagte sie leise. »Oder ist es nicht das, was du tief in dir spürst?«

»Spüren?«, fragte Daart verwirrt. »Was hat das mit meinen Gefühlen zu tun?«

»Eine ganze Menge«, sagte Irana. »Ist es nicht so, dass unser ganzes Leben von unseren Gefühlen bestimmt wird?«

Daart hätte nicht einmal dann antworten können, wenn er es gewollt hätte. Er war verwirrt wie nie zuvor in seinem Leben, und gleichzeitig begriff er, dass Irana Recht hatte. Er spürte geradezu, dass es eine ganz besondere Art der Beziehung zwischen ihm und Nubina gab.

»Es ist wichtig, dass du dir deiner Gefühle klar wirst«, sagte Irana. »Das ist die Botschaft, die ich dir im Auftrag der Prophetin zu vermitteln habe.«

»Aber warum?«, fragte Daart.

»Weil viel davon abhängt«, sagte Irana. »Für dich, für mich – aber auch für uns alle. Vielleicht für das Schicksal unserer gemeinsamen Welt.«

Das Schicksal unserer gemeinsamen Welt … Daart schauderte. Aus dem Munde jedes anderen hätten diese Worte lächerlich geklungen. Doch so, wie Irana sie aussprach, ließen sie ihn frösteln.

»Du musst jedenfalls davon ausgehen«, fuhr Irana fort, »dass allein Nubina wirklich ist und nicht Nubin. Zumindest für dich.«

»Zumindest für mich?« Jetzt lachte Daart doch auf; es war ein harter, rauer Laut, der unangenehm von den Wänden widerhallte. »Was soll denn das nun wieder heißen?«

»Wenn ich es selbst doch nur genau wüsste.« Irana rang mit den Händen. »Aber im Grunde ist es ja auch egal. Geh einfach davon aus, dass Nubina die Herrscherin der Aralu ist, ja? Das wird das Beste für uns alle sein.«

»Solch einen Unsinn habe ich noch nie gehört.«

Wieder hatte Daart das Gefühl, vor sich einen huschenden Schemen zu bemerken, der kurz *aufflackerte*, um im nächsten Moment wieder zu verschwinden, und er begriff, dass er das Gespräch mit Irana beenden musste, so wichtig es ihm auch war. Irgendwo vor ihnen verbarg sich eine greifbare Gefahr, vielleicht ebenfalls mit etwas behaftet, das Irana *Magie* nennen würde, aber weitaus realer als das, was ihm Irana gerade hatte weismachen wollen – und vor allem tödlich, wenn aus dem Schemen ein Krieger werden sollte, der mit gezogenem Schwert auf sie zuraste.

»Nubina ist gefährlich«, fuhr Irana fort, »und vollkommen skrupellos, wenn sie ihre Ziele durchsetzen will.«

»Das hat sie wohl mit vielen Herrschern gemein.«

»Ja und nein«, erwiderte Irana unruhig, während ihr Blick unstet über die Wände des Gangs wanderte. Auch sie schien zu spüren, dass hier etwas nicht stimmte. »Wenn ich meine, dass sie skrupellos ist, meine ich das anders, als du es vielleicht verstanden hast. Sie macht nicht mal Halt davor, sich mit Kräften einzulassen, die besser ruhen sollten.«

»Ich verstehe kein Wort«, sagte Daart gepresst. Seine Augen tasteten die Umgebung ab. Er fühlte sich alles andere als wohl in diesem von einem unnatürlichen Licht beschienenen Gang, dessen Boden zitterte, als bereitete sich unter ihnen ein gewaltiges Ungeheuer auf seinen Ausbruch vor, und in dem huschende Bewegungen ein Gefühl ständiger Beunruhigung in ihm wachriefen. »Irgendetwas geht hier vor«, murmelte er. Er hatte nicht beabsichtigt, Irana auf seine Beobachtungen aufmerksam zu machen, aber jetzt, als er es ausgesprochen hatte, fühlte er sich auf eigentümliche Weise erleichtert.

»Ja«, sagte Irana hastig. »Ich spüre es auch. Es ist kein guter Ort. Es wird Zeit, dass wir diesen Gang verlassen.«

»Dieses Zucken und Beben des Bodens …«

»Dieses *was*?«, fragte Irana überrascht.

»Dieses Kribbeln unter den Fußsohlen …«

»Aber … da ist nichts.« Irana schüttelte schnell den Kopf, als Daart etwas einwenden wollte. »Keine Sorge, Satai-Sjen. Das sind die Nachwirkungen des Kontakts mit dem Gezeitenwurm. Wundere dich nicht, wenn du Dinge siehst … die da zu sein scheinen und es doch nicht sind.«

»Wie beruhigend. Willst du mir etwa klar machen, dass ich anfange, verrückt zu werden?«

»Nein, natürlich nicht«, versicherte ihm Irana eine Spur zu hastig, wie Daart fand. »Es ist sowieso schon schwer genug, im Reich der Aralu Wahrheit von Illusion zu unterscheiden. Aber wer mit dem Gezeitenwurm in Berührung kam, dessen Wahrnehmungen verändern sich. Er sieht Dinge, die da sind oder auch nicht – weil sie vielleicht einmal da waren oder irgendwann einmal da sein werden.«

»Und wie soll ich wissen, ob das wahr ist, was ich vor mir sehe, was ich auf meiner Haut fühle, was ich rieche und schmecke?«, fragte Daart beunruhigt.

»Es sind vor allem die Augen, die der Gezeitenwurm verwirrt«, sagte Irana. »Und es bedarf vielleicht einiger Übung, um zu erkennen, was hier und jetzt geschieht ... oder irgendwann anders. Aber es ist möglich. Das beweisen die Seher, die es zur Meisterschaft entwickelt haben, im Verlauf der Zeit wie in einem Buch zu blättern.«

»Du willst doch damit wohl nicht sagen, dass die Seher allesamt mit dem Gezeitenwurm in Berührung gekommen sind?«

Irana zuckte mit den Schultern. »Ich will gar nichts sagen. Außer, dass es wohl Menschen gibt, denen es ähnlich ergeht wie dir – wobei man die, die ihre Gabe in den Griff bekommen, Seher nennt ...«

»Und die anderen Verrückte, das habe ich schon verstanden«, sagte Daart bitter. »Aber ›Gabe‹ ...?«

»Es gibt nun einmal Menschen, die über eine besondere Gabe verfügen«, erklärte Irana, »die Dinge sehen, die anderen verborgen bleiben. Die Stimmen hören, die andere nicht wahrnehmen können.«

»Stimmen?«, krächzte Daart. »Sagtest du tatsächlich *Stimmen?*«

»Aber ja«, sagte Irana betont unschuldig, wie Daart fand. »Wieso fragst du?«

Daart starrte wütend in das Licht vor ihnen und fragte sich, ob Irana etwa von der inneren Stimme wusste, die ihn ab und zu heimsuchte, seit er in diesen Wahnsinn geraten war. Aber im Grunde machte das keinen Unterschied mehr. Die Wirklichkeit entglitt ihm spätestens seit dem Moment, als er in den Bergen auf Schnee und Eis ausgerutscht war, um sich kurz darauf in einem Dschungel wieder zu finden. Irgendjemand spielte mit ihm wie eine Katze mit einer Maus – nur mit dem Unterschied, dass die Maus die Katze wenigstens *sah*, während Daart noch nicht einmal ahnte, wer ihm so übel mitspielte.

»Lassen wir das Ganze«, sagte er. »Bringen wir das zu Ende, was ihr vorhabt – aber dann lasst mich meiner Wege gehen.«

»Dagegen ist nichts einzuwenden«, behauptete Irana. »Aber vorher muss ich dich noch auf etwas ... hinweisen.«

Daart seufzte. »Ich hoffe nur, dass es etwas Handfesteres ist als das, was du mir bislang vorgesetzt hast.«

»Nun, das vielleicht nicht gerade.« Irana warf einen besorgt wirkenden Blick über die Schulter hinweg zu ihren Begleitern, die ein gutes Stück zurückgefallen waren, nun aber wieder aufholten. »Es geht um Url und die Prophetin.«

»Ja?«, fragte Daart unaufmerksam.

»Sie sind nicht das, was sie zu sein scheinen.«

»Ach nein?« Daart warf Irana einen flüchtigen Seitenblick zu. Sie schien sich vor Erschöpfung kaum noch auf den Beinen halten zu können, aber dieser Gedanke berührte ihn kaum. Es war einfach zu viel, was er verarbeiten musste – und er hatte keine Ahnung, wohin ihn seine Gedanken und Gefühle führen würden, wenn es ihm tatsächlich gelingen sollte, die nächsten Tage zu überleben. »Was sind sie denn dann?«, fragte er schließlich.

»Das …«, Irana warf einen unruhigen Blick zurück, »lässt sich nicht so einfach erklären.«

»Natürlich nicht«, erwiderte Daart bitter. »Offensichtlich lässt sich hier nichts richtig erklären.«

Irana lächelte traurig. »Das liegt in der Natur des Kampfes, in den du hineingeraten bist. Und zu dieser Art Kampf gehört auch, dass du nicht damit rechnen solltest, dass sie uns noch lange zur Seite stehen.«

Daart blieb so abrupt stehen, dass der Vorderste der Shimptas, der sie soeben eingeholt hatte, mit einem hastigen Satz beiseite springen musste, um nicht in ihn hineinzulaufen. »Es reicht mir langsam mit dieser Aneinanderreihung schwachsinniger Andeutungen. Entweder du sagst mir jetzt, was du damit meinst, oder ich gehe meine eigenen Wege!« Erst jetzt wurde er sich bewusst, dass er fast geschrieen hatte, aber da war es schon zu spät. Aus den Augenwinkeln heraus nahm er wahr, dass Url und die Prophetin stehen blieben. Der Quorrl aber, der nach wie vor die Spitze übernommen hatte, wirbelte mit dem Zackenschwert in der Hand herum und jagte so schnell auf Daart zu, dass dieser befürchten musste, von ihm geradewegs über den Haufen gerannt zu werden.

»Was brüllst du hier wie ein angestochener Ochse herum?«, zischte Rarr. »Willst du uns alle in Gefahr bringen?«

Daart versuchte, dem wütend funkelnden Blick des Quorrls standzuhalten, aber es gelang ihm nicht. Das lag nicht an der gewaltigen Körpermasse des Schuppenkriegers und auch nicht an seinem drohend erhobenen Schwert, sondern ganz einfach daran, dass Rarr Recht hatte. Dass Daart nicht wusste, warum sie hier entlangschlichen und er sich kein Bild machen konnte von dem, was die anderen als *Zeremonie* beschrieben, gab ihm nicht das Recht, sie in Gefahr zu bringen.

»Ich möchte einfach wissen, was mich erwartet«, sagte er so ruhig wie möglich.

Der Quorrl funkelte wütend auf ihn herab, doch dann ließ er das Zackenschwert sinken. »Das ist dein gutes Recht, Mensch. Und ich will es dir so klar wie möglich erklären.« Er zögerte einen Herzschlag lang, bevor er weitersprach. »Wir beide, deine Begleiterin und Harkon, werden der Zeremonie ein Ende bereiten.«

»Und?«

»Nichts *und*«, knurrte der Quorrl. »Alles Weitere wird sich dann schon weisen. Das heißt«, er zögerte einen winzigen Augenblick, »wenn wir den Kampf überleben. Und das schaffen, was man von uns erwartet.«

»Aber euer Kampf ist nicht mein Kampf«, begehrte Daart auf.

»Und ob er das ist«, entgegnete der Quorrl. »Es ist viel mehr dein Kampf, als du jetzt vielleicht ahnst.« Mit diesen Worten drehte er sich um und stapfte davon, als wäre das alles, was es zu bereden gab. Und im Grunde genommen war es das auch. Daart starrte dem Quorrl fast dankbar hinterher, bevor er sich selbst wieder in Bewegung setzte. Rarr hatte ihm nicht mehr verraten als die anderen, aber er hatte dabei in einer Sprache gesprochen, die Daart verstand.

In der Sprache der Krieger.

13 Die wachsende Nervosität der anderen übertrug sich in zunehmendem Maß auch auf Daart. Mit gezogenen Schwertern schlichen sie schweigend den sich ständig verändernden Gang entlang. Das Raunen und Säuseln war nicht lauter geworden, aber es war etwas dazugekommen: ein an- und abschwellender Singsang und ein dumpfes Trommeln, das durch die Gänge hallte, als käme es von überall und nirgends. Bislang waren sie noch keiner Menschenseele begegnet, aber Irana hatte Daart zugeraunt, dass es hier unten jede Menge Wachen gebe und dass Harkon extra einen Weg erkundet habe, der ihnen einigermaßen Sicherheit vor vorzeitiger Entdeckung bot. Der Gang, durch den sie jetzt liefen, war so schmal und eng, dass sie nur hintereinander gehen konnten und Rarr mehrmals an der Decke anstieß, obwohl er den Kopf eingezogen hatte. Es herrschte eine erstickende Schwüle hier drinnen, die ihnen das Atmen erschwerte und Schweißtropfen auf die Stirn trieb.

Das änderte sich erst, als sie erneut an eine Abzweigung kamen. Nacheinander spuckte sie der Gang in eine Halle aus, die uralt und verwahrlost wirkte, nichtsdestotrotz aber in ihrer Größe beeindruckend war. Zahlreiche, einst reich bemalte Säulen unterbrachen den Raum, und auch an den Wänden schimmerten noch hier und da Reste farbiger Malereien. Einige der Säulen waren umgekippt und zerborsten, manche wirkten wie angefressen, und die unteren Teile der Wände waren uneben und voller Risse und Sprünge, sodass sie kaum noch als einst aufwändig von Menschenhand verziertes Werk zu erkennen waren. Es mussten etliche Katastrophen über die Höhle hereingebrochen sein, und wahrscheinlich war sie irgendwann aufgegeben worden.

»So, da sind wir«, sagte Harkon. Er war ein Stück weit vom Eingang auf die Trümmer einer geborstenen Säule geklettert, stützte sich auf den Griff seines lächerlich kleinen Schwerts und blickte ihnen entgegen wie ein Kriegsherr, der die Reste seines versprengten Haufens zur entscheidenden Schlacht um sich sammelt. »Hier habe ich den *Jadarmus* versteckt, ganz wie es mir aufgetragen wurde.« Er nickte Daart und Irana zu. »Und von hier ist es nicht mehr weit bis zum Nubinas Feuer-Tempel. Wenn wir ...«

»Wo ist der Schild?«, unterbrach ihn der Quorrl ungeduldig.

Harkon blinzelte verständnislos. »Den Jadarmus als Schild zu bezeichnen empfinde ich – gelinde gesagt – als unpassend. Vielleicht ...«

»Wo ist der Schild?«, knurrte der Quorrl, leiser diesmal, aber mit einem so drohenden Unterton, dass Harkon zusammenzuckte.

»Dort«, er deutete in die Mitte der Halle, dorthin, wo das Chaos am größten war, »inmitten der geborstenen Säulen. Aber du musst aufpassen ...«

»Das werde ich.« Der Quorrl nickte grimmig und stampfte los, ohne sich weiter um den Shimpta zu kümmern.

»Nun ja«, fuhr Harkon in kläglichem Tonfall fort, während er sich bemühte, nicht allzu offensichtlich hinter dem Quorrl hinterher zu schauen, »ihr wisst ja, was zu tun ist. Wenn der Drache kommt ...«

»Drache?«, unterbrach ihn Daart. »Wovon sprichst du, kleiner Mann?«

Harkon blinzelte. »Na, von dem ... Drachen eben. Von dem dir Irana erzählt hat ...« Als er Daarts verständnislose Miene sah, schüttelte er den Kopf. »Das hat sie wohl nicht, oder?« Er seufzte. »Nun gut. Vielleicht steht unsere Mission nicht unter dem allergünstigsten Stern. Aber bislang haben wir uns ganz gut geschlagen, finde ich. Und das werden wir auch jetzt tun, wenn es darum geht, den Drachen mit dem ...«, er deutete mit seinem winzigen Zeigefinger auf den Quorrl, der mit einer schweren Last auf dem Rücken zu ihnen wankte, »dem Jadarmus ...« Harkon betonte das Wort so eigentümlich, als handelte es sich dabei um einen ganz besonderen Schatz, verlor darüber aber den Faden und brach ab. Sein Blick schweifte in weite Ferne, dann nickte er, als hätte er einen geheimen Befehl bekommen. »Wir werden uns mit dem Jadarmus zum Feuer-Tempel schleichen und darauf warten, dass der Drache hinabstößt«, fuhr er schließlich seltsam verträumt fort. »Das Ganze wird natürlich nur notwendig, wenn es Nubina gelingt, diesen … Drachen anzulocken. Aber daran habe ich eigentlich nicht den geringsten Zweifel. Und dann …«

»Welche Art Drache soll das denn sein?«, fragte Daart. »Etwa ein Frarr oder ein Tyrr – oder ein Staubdrachen der Errish?«

»Keiner von all denen. Sein ursprünglicher Name ist so heilig, dass die Priesterschaft, die sich seines Schutzes verschrieben hatte, ihn nie öffentlich nannte, und irgendwann haben die Dummköpfe ihn ganz vergessen. Die Aralu nennen ihn nur den Feuerdrachen – und das ist richtig wie auch falsch. Denn auf der einen Seite ist er genau das und auf der anderen etwas ganz anderes …« Er brach ab.

Daart drehte sich um, in die Richtung, in die Harkon blickte. Aber da war nichts, jedenfalls nichts Auffälligeres als jahrhundertealter Schutt und mehrere umgestürzte Säulen. Es dauerte einen Moment, bis Daart begriff, was nicht stimmte.

Eben hatten dort noch Url und die Prophetin gestanden. Jetzt waren sie weg.

»Wo ist Url, der Satai, geblieben? Und die Prophetin?«

»Url? Die Prophetin?« Harkon blinzelte und senkte dann betreten den Kopf, als wäre ihm dieses Thema unangenehm. »Ich fürchte, wir müssen mit dir vorlieb nehmen, wenn wir einen Satai brauchen«, murmelte er. »Und mit Irana, wenn es um eine Prophetin geht.«

»Was soll der Blödsinn?«, fragte Daart barsch. »Wo sind die beiden?«

»Die beiden … nun ja.« Harkons rechtes Augenlid zuckte nervös. »Es ist doch so, dass sich hier Illusion und Wirklichkeit kaum noch unterscheiden lassen«, sagte er rasch. »Ich meine: Wer weiß schon, was der eine oder andere sieht?«

Das war mehr oder weniger das Gleiche, was ihm Irana auf dem Dach der Festung gesagt hatte. Wie hatte sie sich noch einmal ausgedrückt? Hier sieht man vermutlich das, wovor man am meisten Angst hat. Oder vielleicht auch nur das, was man erwartet …

Trotzdem konnte Daart nicht einfach hinnehmen, dass zwei seiner Begleiter plötzlich spurlos verschwunden waren und Harkon sich wand, nur um keine vernünftige Auskunft geben zu müssen. »Ich habe die beiden aber gesehen«, beharrte er.

»Das will ich dir doch auch gar nicht nehmen. Aber es könnte doch sein …«, Harkon räusperte sich, »dass das nicht für uns alle zutrifft. Und deswegen sollten wir jetzt lieber überlegen, wie wir weiter vorgehen.«

»Das können wir gern machen«, sagte Daart ungeduldig. »Aber nicht bevor du mir sagst, wo Url und diese Prophetin stecken!«

»Das würde ich ja gern, wenn ich es könnte«, jammerte Harkon. »Aber woher soll ich es wissen?«

»Wenn du mir nicht gleich sagst, wo die beiden abgeblieben sind, zieh ich dir die Nase länger als dein lächerliches Schwert«, drohte Daart.

»Sie sind halt nicht mehr … da. Und damit sollten wir es besser belassen.«

»Ich denke gar nicht daran«, erwiderte Daart ungeduldig. Er wandte sich an Rarr, der gerade vorsichtig den riesigen, silberig glänzenden Schild zu Boden gleiten ließ. »Wo sind deine beiden Begleiter?«

»Meine Begleiter?« Der Quorrl starrte Daart mit unbewegter Miene an. »Von wem sprichst du?«

»Natürlich von dem Satai und der Prophetin, mit denen du zu uns gestoßen bist.«

Der Quorrl schüttelte den wuchtigen Schädel. »Ich habe keine Ahnung, was du meinst, Mensch. Ich bin allein zu euch gekommen, um euch gegen Nubinas Krieger beizustehen.«

14

Als sie den schmalen Gang entlangschritten, den ihnen Harkon gewiesen hatte, steigerte sich der von monotonem Trommeln begleitete Singsang, der in der Halle kaum zu hören gewesen war, zu einem beunruhigend gewalttätig klingenden, unter die Haut gehenden Mischmasch verschiedenster Töne, Rufe und Schreie.

Daart spürte das vertraute Kribbeln im Bauch, das ankündigte, dass irgendetwas nicht stimmte und er für alles gewappnet sein musste. Das Kribbeln war heute besonders stark. Aber das war ja auch kein Wunder. Der Quorrl, der in gebückter Haltung vor ihnen durch den Gang kroch, trug noch immer den schweren Schild auf dem Rücken. Daart brauchte nicht lange Rätsel zu raten, um zu begreifen, dass dieser Schild, den Harkon *Jadarmus* genannt hatte, aus Sternenstahl gefertigt war. Die Frage war, woher er stammte; Sternenstahl war äußerst rar und ließ sich nicht auf herkömmliche Weise schmieden. Aber im Grunde genommen war dies nur eine weitere von verwirrend vielen Fragen, auf die er wohl kaum eine Antwort bekommen würde – wie auch auf die, warum der Quorrl behauptete, allein zu ihnen gestoßen zu sein.

Es dauerte nicht lange, bis der Gang noch schmaler wurde. Rarr gab sich alle Mühe, sich noch kleiner zu machen, doch schließlich schrammte das Schild an beiden Seiten der Wand entlang, und bevor der Quorrl seinen Schwung abbremsen konnte, gab es ein hässlich ratschendes Geräusch. Funken stoben auf, wo sich der Sternenstahl in die Wand bohrte, und der Quorrl keuchte auf, als er sich vergebens bemühte, den Schild wieder freizubekommen.

»Ich fasse es nicht«, tobte Harkon. »Weißt du eigentlich, wie schwer es war, den Jadarmus zu beschaffen, Quorrl? Und jetzt rammst du ihn in die Wand und ruinierst alles!«

»Achte auf deine Wortwahl«, brummte der Quorrl ärgerlich. Er wollte sich umdrehen, prallte aber heftig links und rechts gegen die Wand. Kleinere Bestandteile lösten sich aus der obersten, bröckligen Schicht der Verkleidung und polterten zu Boden, dann stieg ein staubiger Schleier auf.

»Aufgepasst«, knurrte der Quorrl und versetzte dem Schild einen kräftigen Hieb, der ihn auf Daart zutrieb. Mit einer schnellen Bewegung packte dieser den Schild und zerrte an ihm, um dem Quorrl keine Gelegenheit zu einem zweiten

Schlag zu geben. Möglicherweise hätte er sonst den Jadarmus in eine gefährliche Wurfscheibe verwandelt, die ihm den Kopf abgerissen hätte.

»Schnell, schnell«, trieb Harkon ihn an. »Wir haben schon viel zu viel Zeit verloren!«

Da hatte Daart den schweren Schild auch schon freibekommen und setzte ihn etwas unsanfter als geplant auf dem Boden ab. Sofort waren ein paar Shimptas heran, und ehe Daart begriff, was sie vorhatten, packten eine Vielzahl kleiner Hände den Jadarmus und richteten ihn schwankend und unter einem wahren Geschnatter teilweise widersprüchlicher Bemerkungen auf.

»Und ab geht's!«, befahl Harkon.

Mit erstaunlichem Geschick trieben die Shimptas den Schild wie ein riesiges Rad voran. Der Quorrl, der ihnen jetzt im Weg stand, trat hastig zurück, und die Shimptas steuerten den Jadarmus haarscharf an ihm vorbei, wobei einige der kleinen Kerle den Schuppenkrieger recht unsanft anrempelten. Es war eine wahre Höllenfahrt, auf die sie den Schild schickten, denn der Gang war leicht abschüssig und der Jadarmus so gut ausbalanciert, dass er zunehmend schneller hinabrollte.

»Vorsicht!«, rief Harkon. »Da vorn ist ein Ausgang! Und wenn er dort rausdonnert«, Harkons kleine Hand umklammerte schmerzhaft Daarts Handgelenk, »rollt er mitten in die Zeremonie. Dann ist alles aus!«

Daart schüttelte den Shimpta ab und stürmte los. Er hatte auch ohne weitere Erklärung begriffen, was Harkon von ihm wollte. Aber das hieß nicht, dass es ihm auch gelingen würde, den Schild noch rechzeitig zum Stillstand zu bringen – bevor er an einer vollkommen verblüfften Nubina vorbeidonnerte und vielleicht noch einige in Trance versunkene Priester mitriss.

»Ihr müsst ihm einen Schubs geben«, rief Daart den Shimptas nach, »damit er gegen die Wand prallt.«

Die fünf oder sechs Shimptas, die auf gleicher Höhe mit dem Schild waren, versuchten seinen Rat zu befolgen; nur prasselten ihre Schläge von beiden Seiten auf den Jadarmus, sodass der Schild zwar torkelte wie der letzte Gast einer Taverne auf dem

Nachhauseweg, aber keine Anstalten machte umzukippen. Daart beschleunigte seine Schritte abermals und spurtete mit Irana an seiner Seite den zunehmend schmaler werdenden Gang hinab. Harkon fiel ein ganzes Stück weit zurück, während sich der Quorrl in dem engen Tunnel bestenfalls vorsichtig nach vorn schieben konnte.

»Haltet ihn auf, verdammt noch mal!«, schrie ihnen Harkon hinterher.

Es gab Grund genug dafür, dass er so entsetzt klang: Nicht weit entfernt erweiterte sich der Gang plötzlich, und Daart glaubte an seinem Ende eine Öffnung zu erkennen. Er holte das Letzte aus sich heraus; Irana blieb weiterhin an seiner Seite und fegte an den Shimptas vorbei, die die Hetzjagd bereits verloren hatten. Nur noch zwei der Gnome liefen neben dem Schild her, aber für sie gab es keine Möglichkeit, das Unglück aufzuhalten.

Der Gang erreichte seine Talsohle und stieg danach leicht an, und wahrscheinlich war es das, was es Daart und Irana überhaupt ermöglichte, näher an den Schild heranzukommen.

Der Ausschnitt der Wirklichkeit, der sich Daart eröffnete, schenkte ihm plötzlich einen Einblick in eine weit entfernte, vollkommen fremdartige Welt. Irgendwo in der Mitte einer riesigen, wie ein Krater geformten Höhle loderte ein großes Feuer empor, und er glaubte dort halbnackte Gestalten tanzen zu sehen. In der Nähe stand ein Tempel, dessen Mauern das Licht aus tausend Feuern zurückwarfen. Das Gewimmel von Formen, Farben und Bewegungen machte es fast unmöglich, Einzelheiten zu erkennen – und natürlich war da noch das kurze Stück des vor ihm liegenden Ganges, das ihm den freien Blick auf jene Szenerie verwehrte, auf die der silbrige Schild nun zuschoss.

Er und Irana hatten offensichtlich beide dieselbe Idee, denn sie sprangen gleichzeitig ab, sodass ihre Köpfe mit fürchterlicher Wucht aneinander knallten, doch immerhin erreichten sie den rollenden Schild und brachten ihn endgültig aus dem Gleichgewicht. Mit einem letzten Aufbäumen schrammte er mit einer Seite über die Wand. Ein wahrer Funkenregen schoss hervor, während er an der Wand herabrutschte und nur wenige Schritte vom Ausgang entfernt liegen blieb. Daart drückte Irana nach unten auf den Boden, während er sich mit seitlich gelegtem Kopf so fest wie möglich an den Schild presste, um nicht von der Höhle aus entdeckt zu werden.

»Was?«, flüsterte Irana gerade noch laut genug, dass er es inmitten des Lärmens verstand.

Daart legte den Zeigefinger auf die Lippen und schüttelte den Kopf. »Die Zeremonie«, hauchte er. Er brachte seinen Mund näher an Iranas Ohr. »Es sieht so aus, als hätte die *Große Zeremonie* bereits begonnen.«

Irana antwortete etwas, das Daart nicht verstand. »Lass uns ein Stück zurückkriechen, um die anderen zu warnen«, sagte er deshalb rasch.

Irana nickte hastig, und sie schoben sich zurück, weit genug, um sich gefahrlos aufrichten zu können und Harkon und seinen Shimptas mit Zeichen zu verstehen zu geben, dass sie jetzt vorsichtig sein sollten. Wahrscheinlich war dies höchst überflüssig, denn die Shimptas hatten sich um Harkon gesammelt und kamen zügig, aber ohne Hast auf sie zu, mit ernsten Gesichtern und gezogenen Schwertern, so als erwarteten sie jeden Moment einen Angriff. Ein ganzes Stück weiter hinter ihnen quälte sich der Quorrl voran, und Daart glaubte an seinen eckigen, aber energisch wirkenden Bewegungen zu erkennen, dass er vor Wut fast überkochte.

Daart erging es ganz ähnlich. Ihm reichte es, was er in den letzten Tagen erlebt hatte, und die ganzen Andeutungen, mit denen ihn Irana überschüttet hatte, und nicht zuletzt das ganze Gerede von magischen Ritualen und dem Wurm, der auf unbegreifliche Weise die Grenzen der Zeit sprengte – all das war ein höchst unverdauliches Gemenge, mit dem er nichts mehr zu tun haben wollte.

Du vergisst, dass du darüber hinaus auch noch Stimmen hörst, meldete sich die Stimme zu Wort.

»Ja, und die Stimme«, murmelte Daart. »Als ob alles andere noch nicht reichte.«

»Was ist?«, fragte Irana irritiert.

»Nichts«, sagte Daart. »Rein gar nichts. Nur, dass ich dich geköpft zu meinen Füßen liegen sah, dass ich beinahe von einem Wurm in eine andere Zeit entführt wurde, dass mich im Kampf ein Satai gerettet hat, den Rarr nicht einmal bemerkt hat, obwohl er mehrfach direkt neben ihm stand – weiter nichts, als dass ich mittlerweile überhaupt nicht mehr weiß, was wirklich ist und was nicht.«

Und dass ich nicht die geringste Lust habe, dort hinabzusteigen, wo das große Feuer lodert und halbnackte Gestalten herumtanzen, fuhr er in Gedanken fort.

Er wünschte, Carnac wäre jetzt an seiner Seite. Es war irgendwie falsch, dass er hier mit Irana unterwegs war; er sollte eigentlich mit Carnac auf der Suche nach der *Essenz des Lebens* sein, denn genau das und nichts anderes war es, was er zu erledigen hatte. Alles, was mit Irana, dem Quorrl und Harkons grotesker Widerstandstruppe zu tun hatte, war nichts weiter als ein Stolperstein auf dem Weg zu seinem Ziel, und je eher er es schaffte, sich von diesen Verrückten zu trennen, die ihn mitreißen wollten in einen Strudel voller Gewalt und Wahnsinn, umso besser …

»He, Satai-Sjen.« Es dauerte eine Weile, bis Daart begriff, dass Irana ihn an den Schultern gepackt hatte und recht unsanft schüttelte. »Was ist los mit dir?«

»Mit *mir?*« Daart lachte humorlos auf. »Mit mir ist alles in Ordnung. Aber ihr müsst wahnsinnig sein, wenn ihr glaubt, diese Zeremonie dort unten sprengen zu können.«

»Das lass nur unsere Sorge sein«, entgegnete Irana kühl. »Wir haben einen hervorragenden Plan. Und wenn wir uns genau an ihn halten, kann eigentlich nichts schief gehen.«

»Hattet ihr etwa auch geplant, dass euch die Silbernen aufspüren und fast zusammendreschen? Oder dass dieser hässliche Wurm auftaucht und mir beinahe den Verstand raubt? Oder dass der Quorrl den Schild in die Wand rammt? Nein«, Daart schüttelte entschieden den Kopf, »all das ist kein Plan. Das ist Improvisation auf niedrigster Ebene.«

»Manchmal muss man halt improvisieren.« Irana deutete auf das Ende des Ganges, an dem Harkon mitsamt seiner Truppe auf dem Bauch lag, um die Zeremonie unter ihnen auszuspähen, ohne selbst entdeckt zu werden. »Wie jetzt gerade. Harkon hat versucht, im Vorfeld einen Weg zu finden, wie wir an das Heilige Feuer kommen, ohne vorzeitig bemerkt zu werden. Aber das ist ihm nicht gelungen, denn dazu hätte er sämtliche Gänge hier absuchen müssen und wäre Gefahr gelaufen, irgendwann von einer Patrouille aufgegriffen zu werden. Also müssen wir jetzt auf eine andere Taktik setzen.«

»Ich weiß nicht, warum du mir das erzählst«, sagte Daart. »Es zeigt doch nur einmal mehr, dass ihr euch vollkommen leichtfertig in dieses Abenteuer gestürzt habt.«

»Wieso leichtfertig?«, fragte Irana. »Wir haben doch dich dabei. Du wirst die Aralu ablenken, während wir den Schild in die richtige Position bringen.«

15

Daarts Versuch, sich auf dem einen oder anderen Weg vor der Aufgabe zu drücken, die man ihm zugedacht hatte, scheiterte bereits im Ansatz. »Ich weiß, dass du nicht gut auf mich zu sprechen bist«, sagte Irana. »Und dass du glaubst, nur unnötig Zeit zu verlieren, wenn du uns unterstützt – Zeit, die du dringend für die Erledigung deiner Mission benötigst …«

»Allerdings«, sagte Daart missmutig. »Ich bin ja nicht mal gefragt worden, ob ich an eurem Feldzug gegen die Aralu teilnehmen will.«

»Das stimmt«, sagte Irana ernsthaft. »Und dennoch: Es ist auch dein Feldzug. Und bevor du bei dem Versuch, die Aralu abzulenken, dein Leben aufs Spiel setzt, solltest du deshalb noch eines wissen.« Sie brachte ihr Gesicht ganz nah an Daarts, so als wollte sie auf alle Fälle verhindern, dass jemand anderes ihre nächsten Worte mitbekam. »Skarissa Rabork hat zugestimmt, dass du uns unterstützt!«

»Skarissa Rabork hat *was?*« Daart schüttelte den Kopf. »Das kann nicht sein. Du willst mich nur verwirren. Kein Skarissa würde so etwas tun – und schon gar nicht würde er versäumen, den Satai-Sjen davon zu unterrichten, dass er mit einer Prophetin zusammenarbeiten soll.«

Irana zögerte kurz, bevor sie weitersprach. »Und wenn der Hohe Rat nun ausdrücklich dagegen wäre, dass ein Satai – ob nun Schüler oder nicht – uns Prophetinnen unterstützt?«

»Warum sollte er ...« Daart starrte Irana an, doch dann lenkte ihn eine Bewegung am Ende des Ganges ab. Einer der Shimptas packte Harkons Beine, während dieser sich ein Stück über den Rand hinausschob und den Oberkörper nach unten beugte – wahrscheinlich, um hinabzuspähen. Daart fragte sich, warum Harkon ein solches Wagnis einging. Wenn jemand zufällig in seine Richtung blickte, würde er ihn entdecken.

»Und wenn nun auch der Rat der Prophetinnen dagegen wäre, in die Geschehnisse hier einzugreifen?«, fuhr Irana fort. »Wenn es nur eine heimliche Verabredung zwischen einem mächtigen Satai auf der einen Seite und einer weisen Prophetin auf der anderen Seite gäbe? Eine Verabredung, die in aller Heimlichkeit getroffen wurde, um keinen frühzeitigen Widerstand zu provozieren – und damit alle Chancen für eine erfolgreiche Mission zunichte zu machen?«

»Eine Verschwörung.« Daart nickte nachdenklich. Wenn er es recht bedachte, konnte das sogar zutreffen. Skarissa Rabork hatte sich weit mehr um die Belange der Satai-Sjens gekümmert, als es eigentlich seine Aufgabe gewesen wäre – was Daart auf den Umstand geschoben hatte, dass nur noch eine kleine Zahl hochrangiger Satai in der Korona verblieben war, während die anderen alle Hände voll zu tun hatten, den Einfluss der Satai in diesen chaotischen Zeiten zu wahren und die schlimmsten Auswüchse zu verhindern, die das labile Gleichgewicht in Enwor zum Kippen bringen konnten.

»Wenn das so ist, spielt Skarissa Rabork ein gefährliches Spiel.«

»Es ist so, verlass dich darauf«, sagte Irana hastig und mit einem nervösen Seitenblick auf den Quorrl, der sich missmutig auf den Boden gehockt hatte und sein Zackenschwert so fest umklammert hielt, als stünde ein Angriff unmittelbar bevor. »Wie sonst würde ich überhaupt Skarissa Raborks Namen kennen?«

»Nun, für eine *Prophetin* dürfte das ja wohl das kleinste Problem sein.« Daart winkte ab, als Irana etwas erwidern wollte. »Lassen wir das. Sag mir lieber, welche Rolle Carnac in euren Überlegungen spielt.«

Er wartete mit Spannung auf Iranas Antwort, begierig darauf, irgendetwas von Carnac zu erfahren – und sei es nur, dass sie noch am Leben war. Doch Irana ließ sich Zeit.

»Nun«, begann sie umständlich. Daart konnte nicht verhindern, dass sein Herz schneller schlug. Es war durchaus möglich, dass Irana sich nur zu sagen scheute, dass Carnac im Schneesturm umgekommen war oder immer noch vermisst wurde. »Carnac hat wie du eine ganz spezielle Aufgabe bei dieser Mission zu erfüllen«, erklärte sie.

»Ja, und?«, bohrte Daart nach, als Irana nicht weitersprach. »Ist sie vielleicht allein nach Irapûano unterwegs, soll sie ohne mich unseren Auftrag erledigen?«

»Auch eine Prophetin weiß nicht alles«, sagte Irana ausweichend. In diesem Moment zogen die beiden Gnome Harkon zurück auf den Boden des Ganges. Er sprang sogleich in die Höhe, drehte sich zu ihnen um und lief ihnen aufgeregt entgegen. »Es ist mir geglückt, das Seil anzubringen«, sagte er. »Wir können uns an den Abstieg machen …«

»Während uns hundert Augenpaare beobachten?«, fragte Daart ungläubig. »Was soll das denn für ein Schwachsinn sein?«

»Wieso?« Harkons Blick irrte unruhig zwischen Daart und Irana hin und her. »Hast du ihm etwa noch nicht gesagt …«

»Was soll sie mir gesagt haben?«, unterbrach ihn Daart. Ein ganz fürchterlicher Verdacht zeichnete sich in ihm ab.

»Wir … wir brauchen …« Harkon schluckte trocken, sein Blick flackerte. »Es gab da doch so eine Übung …«

»Verdammt!« Daart hätte nicht übel Lust gehabt, den Gnom erneut am Kragen zu packen. Stattdessen wandte er sich an Irana. »Was hättest du mir sagen sollen?«

»Nun«, Irana tauschte einen verzweifelt wirkenden Blick mit Harkon, »willst du es ihm nicht lieber erzählen?«

Der Shimpta schüttelte den Kopf. »Kommt mir nicht in den Sinn. Macht das untereinander aus.«

»Nun gut.« Irana wandte ihre Aufmerksamkeit wieder Daart zu. »Du erinnerst dich sicher, dass Skarissa Rabork zwei Wochen vor eurer Abreise eine neue Übung mit euch begann.«

»Eine neue Übung?« Daart schüttelte den Kopf. »Nein. Wir haben intensiv Schwertkampf und Bogenschießen geübt ...«

»Dann will ich dir auf die Sprünge helfen«, mischte sich Harkon nun ein. »Ist Bogenschießen eine klassische Satai-Disziplin?«

»Nun, nicht unbedingt«, antwortete Daart. »Aber es gehört mit zur Ausbildung ...« Er brach ab und warf einen Seitenblick auf Irana. »Also das ist es. Ich soll mit einem Bogen schießen!«

»Ja«, sagte Harkon an ihrer Statt. »Und zwar genau so, wie Skarissa Rabork es euch ganz zum Schluss beigebracht hat.« Bevor Daart eine entsprechende Frage stellen konnte, griff er in sein Gewand und holte einen silbrig glänzenden, metallischen Behälter hervor. »Es geht nicht darum, einen herkömmlichen Pfeil zu verschießen. Sondern diesen Gegenstand. Eine Bombe.«

Daart starrte ihn entgeistert an. »Eine *Bombe?* Was soll das denn sein?«

»Es gibt mehrere Arten von Bomben«, erklärte Harkon geduldig. »Diese hier hat eine ganz besondere Wirkung. Aber das wirst du schon noch merken.«

»Ich will es jetzt wissen«, beharrte Daart.

Harkon seufzte. »Die meisten Bomben explodieren ganz einfach und zerstören damit mehr oder weniger ihre nächste Umgebung. Ich habe aber von einer Bombe gehört, die noch von den Sterngeborenen stammen soll, und als diese gezündet wurde, gab es eine Explosion, die gewaltiger als der Ausbruch eines Vulkans war. Noch tagelang soll Asche vom Himmel geregnet sein, und die Sonne war wochenlang hinter dichten Schwaden verborgen ...«

Daart winkte ab. »Ich kenne dieses Ammenmärchen und auch die Geschichten, die man sich über die Zerstörung von Elay erzählt. Vielleicht gab es einst tatsächlich solch mächtige Waffen. Aber die Magie, die nötig war, um sie zu bändigen, ist mit den Sterngeborenen untergegangen …«

»So versuchen uns zumindest diejenigen einzureden, die es besser wissen müssten«, sagte Harkon ärgerlich. »Aber lassen wir das …«

»Wenn du es schon lassen willst«, unterbrach ihn Daart, »dann erkläre mir wenigstens, wie es kommt, dass du unsere Trainingsmethoden so genau kennst.« Daart deutete auf den silbernen Gegenstand in Harkons Hand, der erstaunlicherweise fast genauso aussah wie die Behälter, die er und Carnac unter Skarissa Raborks Anleitung zu verschießen gelernt hatten – was anfangs gar nicht und zum Schluss auch nur leidlich geklappt hatte. »Gibt es bei uns einen Spion, der dir verraten hat, was wir trainierten? Hast du nach seinen Angaben diese … *Bombe* gebaut?«

Harkon schüttelte den Kopf. »Wir haben weder Spione noch Späher. Es war Skarissa Rabork selbst, der uns vor einem halben Jahr diese Information sandte. Zu der Zeit, als er dich und Carnac für die geheime Mission auswählte …«

»Mit der er den Hohen Rat der Satai hintergeht?« Daart schüttelte den Kopf. »Das ist ja eine nette kleine Verschwörung. Noch dazu scheint alle Welt davon zu wissen – nur der Hohe Rat und ich nicht. Das darf doch alles nicht wahr sein!«

»Ich verstehe deine Aufregung, Satai-Sjen«, sagte Irana erstaunlich sanft. »Du glaubst, der Skarissa habe den Hohen Rat verraten, in dessen Auftrag du und Carnac nach Irapûano reisen solltet. Aber das Gegenteil ist der Fall. Denn dort unten«, sie deutete zum Ende des Ganges, dorthin, wo Harkon eben noch kopfüber gehangen hatte, »dort ist viel mehr von dieser kostbaren Essenz, als du mit dir tragen könntest! Wenn du tust, was wir dir sagen, wirst du nicht nur dabei helfen, die Aralu aufzuhalten und Enwor davor zu bewahren, endgültig in einem Strudel von Gewalt und Zerstörung zu versinken, sondern du wirst auch den Auftrag erfüllen können, den der Hohe Rat dir gab!«

Daart starrte Irana eine Zeit lang schweigend an. Er wusste nicht, was er glauben sollte. Es klang verlockend, was sie gesagt hatte – Skarissa Rabork wäre dann zwar noch immer ein Verräter, aber einer, dem man zumindest gute Absichten unterstellen musste und der am Ende vielleicht das Richtige tat, während der Hohe Rat mit seinen traditionsbewussten Entscheidungen wohl nicht in der Lage war, angemessen auf die katastrophale Lage in Enwor zu reagieren. Aber andererseits: Wurde er nicht die ganze Zeit über getäuscht, war er nicht schon längst gefangen in einem Gespinst von Lügen und Intrigen, die nichts anderes zum Ziel hatten, als ihn endgültig zu verwirren und in eine Richtung zu lenken, die sich am Ende als die falsche herausstellen würde?

»Wie soll die Essenz des Lebens denn ausgerechnet hierhin gekommen sein?«, fragte er.

»Ahnst du es wirklich nicht?«, fragte Irana.

»Ahnen?« Daart lachte heiser auf. »Ich weiß nicht, ob mir Ahnungen jetzt noch weiterhelfen können.«

»Die *Essenz des Lebens*«, sagte Irana leise, »das ist der Stoff, der auch den Herrschern der Aralu seit vielen Generationen Stärke verleiht. Aber Nubina versucht durch ihn nicht nur ihre Macht zu mehren – sondern auch Unsterblichkeit zu erlangen!«

Daart schloss die Augen. Er hatte geglaubt, seinem Leben Struktur geben zu können, indem er einen Strich unter seine Herkunft zog und verschwieg, dass er aus einer abgelegenen, von den Guhulan beherrschten Sumpflandschaft stammte, einem winzigen Dorf, das fast niemandem auf Enwor bekannt war bis auf wenigen Eingeweihten ... Er hatte geglaubt, all das hinter sich lassen zu können, was mit Magie zu tun hatte, mit der Beschwörung alter Götter, mit der Durchführung verpönter Riten, und hatte sich ganz und gar auf die Seite dessen gestellt, was die Welt seiner Meinung nach zusammenhielt: auf die pure Macht rationaler Erkenntnis.

Und das alles nur, um letztendlich wiederum tief in das eintauchen zu müssen, vor dem er zu fliehen gehofft hatte?

»Du musst nur dort hinabsteigen«, sagte Irana, »und sie dir holen.«

Daart öffnete die Augen, aber es half nichts. Seine Umgebung – Irana und Harkon, die auf ihn einredeten, der Quorrl, der vielleicht zwanzig Schritte entfernt auf dem Gangboden saß und so tat, als ginge ihn das Gespräch nichts an, und Harkons Krieger, die in angespannter Erwartung verharrten –, all das wirkte kein bisschen wirklicher als die flüchtige Erinnerung an das aufwändige Feuerritual seiner Kindheit, das Zar'Toran durchgeführt hatte, an den Feuer-Tempel mit seinen verwirrend vielen Ecken, in denen es rötlich gelb flackerte und flammte, an den beschwörenden Singsang, der damals wie heute jede Zeremonie einzuläuten pflegte …

Es war wie ein Albtraum, so als hätte jene dunkle Macht, die ihn schon einmal fast ganz an sich gerissen hatte, ihre schwarzen Fühler erneut nach ihm ausgestreckt und als hätte sie diesmal in ihrer Gier dafür gesorgt, dass alles noch viel, viel schlimmer wurde als damals.

Lass dich nicht zerbrechen, sagte die Stimme. *Nimm einfach hin, was auf dich zukommt – was auch immer es sein wird.*

Daart achtete nicht auf die Stimme. Stattdessen guckte er auf den silbernen Zylinder, den ihm Harkon noch immer unter die Nase hielt. »Es ist nicht einfach«, sagte der Gnom. »Aber Skarissa Rabork hat mir versichert, dass du es schaffen könntest.«

»Was?«, fragte Daart müde.

»Du musst ein Stück weiter, zu einem anderen vergessenen Tunnel«, sagte Harkon. »Es führt ein schmaler Pfad dorthin, und ich habe gerade ein Seil hier unten angebracht, mit dessen Hilfe du dorthin gelangen kannst.«

»Um was zu tun?«

»Um hinab zu dem anderen Gang zu klettern und diese Bombe ins Feuer zu schießen.«

»Wenn dir das gelingt, wird es eine riesige Explosion geben«, fuhr Irana fort.

Daart blinzelte. »Und der Schild?«

»Wenn nur immer alles so einfach wäre!« Harkon stieß einen Seufzer aus. »Nun, die Bombe dient dem Zweck, von mir und den anderen abzulenken. Wir schlüpfen indessen durch eine Art … Abkürzung in der Zeit, die nur wir benutzen können, unbemerkt zum Feuer-Tempel.«

Daart runzelte die Stirn. »Welche Abkürzung?«

»Das ist jetzt nicht wichtig«, beschied Irana. »Viel wichtiger ist, dass Nubina dich im Gegensatz zu uns bemerken wird. Und sie wird nicht gerade erfreut darüber sein, dass jemand Explosivladungen in ihr heiliges Feuer schießt. Du musst also damit rechnen, dass man Jagd auf dich machen wird.«

»Deswegen musst du ja auch von einem anderen Tunnel aus schießen«, sagte Harkon so rasch, dass Daart keine Möglichkeit blieb, auf Iranas wenig erfreuliche Ankündigung zu antworten. »Ich gebe dir genug Pfeile mit, damit du dich deiner Haut erwehren kannst, wenn dich die Aralu entdecken.«

»Und während ich mich zur Schießscheibe mache, klettert ihr mit dem Schild hinab und schleicht unbemerkt zum Feuer?«, fragte Daart. »Das ist doch lächerlich. Ein einziger Mann wie ich kann die Aralu niemals so lange ablenken.«

»Och«, machte Harkon und grinste schief. »Das würde ich nicht unbedingt sagen. Denn die Bombe wird eine größere Wirkung erzielen, als du dir jetzt träumen lässt!«

16

Es war keine einfache Route, die ihm Harkon gewiesen hatte, und Daart brauchte seine ganze Konzentration, um immer wieder einen Halt zu finden, von wo aus er sich weiterhangeln konnte. Bei der letzten Kletterpartie war er abgestürzt, aber da waren auch Schnee und Eis im Spiel gewesen; hier dagegen war das poröse Gestein so unangenehm warm, dass es eine Qual war hineinzugreifen. Daart schob sich weiter vor, auf die Stelle zu, die ihm Harkon gewiesen hatte und die nur ganz undeutlich als dunkles Loch zu erkennen war. Er hatte bereits mehr als die Hälfte der Strecke hinter sich gebracht, als er endlich einen Spalt in dem schwarzen Fels erreichte, der breit genug war, damit er sich umdrehen konnte.

Der Anblick übertraf bei weitem seine Erwartungen. Den Ausstieg aus dem Tunnel hatte er rückwärts kriechend bewältigen müssen, und der flüchtige Eindruck, den er gewonnen hatte, als er gemeinsam mit Irana auf dem Silberschild gefährlich nah an das Ende des Ganges herangeschlittert war, hatte offensichtlich getrogen. Wie das sein konnte, wusste er nicht – aber eigentlich sollte ihn im Reich der Aralu überhaupt nichts mehr verwundern. Vision und Wirklichkeit glitten hier mit schöner Regelmäßigkeit nahtlos ineinander.

Jedenfalls erlebte er jetzt, als er zum ersten Mal einen freien Blick auf das riesige, bizarr geformte Loch im Boden hatte, eine böse Überraschung. Von den Tänzern, die er in der Ferne zu sehen geglaubt hatte, war keine Spur zu entdecken, und aus der Höhle war etwas ganz anderes geworden. Daart schien es, als hätte eine bösartige Gottheit einen überdimensionierten Daumen in den Boden gedrückt und wäre einmal rundum gefahren, um eine unglaublich abstoßende Einsenkung zu schaffen, in der nichts stimmte: nicht die Proportionen des Gesteins und erst recht nicht das, was ihn zuverlässig Entfernungen hätte abschätzen lassen können. Als er sich ein Stück vorbeugte, starrte er auf zersprungenen, abweisend wirkenden Untergrund, besudelt mit pockennarbigen Flecken und grauen warzigen Vorsprüngen, großen, schwärenden Wunden, Linien, die in seinen Augen schmerzten, und Gestalt gewordener Angst. Daart hätte es nicht mit Worten beschreiben können, doch während er auf den in vielen Jahrtausenden verheerten Boden starrte, glaubte er die abgrundtief böse Kraft zu spüren, die dafür sorgte, dass alles von einer gleißenden Unruhe, rötlich gelben Flammen und blitzenden Reflexen erfüllt war. Sie hatte ihren Ursprung in dem gewaltigen Feuer inmitten des gemarterten Gesteins, dort, wo sich widerwärtiges Leben in zerrissenem Licht krümmte.

Daart versuchte vergebens, die Form dieses ungeheuerlichen … *Dings* zu bestimmen oder zumindest seine Größe abzuschätzen, aber nicht einmal das gelang ihm, zu abscheulich und irgendwie *falsch* wirkte hier alles. Sein Blick glitt über einige wenige silbern glänzende Stellen und die wuselnden Bewegungen nahe dem Feuer, wo offensichtlich das Ritual eingeleitet wurde. Daart versuchte sich einzureden, dass der Feuer-Tempel und dieses ganze Loch nicht abgrundtief hässlich, sondern nur fremd, unsagbar fremd waren, dass sein Geist nicht anders als mit Abscheu und Furcht darauf reagieren konnte. Aber der Gedanke brachte ihm keine Erleichterung, ganz im Gegenteil, denn das, was hier zu seinen Füßen lag, war fast noch beängstigender als die Begegnung mit dem Gezeitenwurm.

Er war fast erleichtert, dass er sich wieder umdrehen musste, um weiterzuklettern. Irana hatte behauptet, er werde dort unten die *Essenz des Lebens* finden. Es schien ihm höchst widersprüchlich, ausgerechnet an diesem verdrehten Ort mit seiner abstoßenden Ausstrahlung etwas zu finden, das er mit einer ganz und gar reinen Kraft in Verbindung brachte. Aber andererseits – war es nicht oft so, dass das Gute direkt neben dem Bösen existierte, ja, dass beide Kräfte auf den ersten Blick häufig kaum zu unterscheiden waren?

Er hoffte, dass Irana Recht hatte, dass sie darauf verzichtet hatte, ihm eine billige Lüge aufzutischen in der Hoffnung, er werde sich für ihre und Harkons Ziele einspannen lassen. Denn wenn sie das getan hatte …

Über den Gedanken verlor er den Halt. Er war nur einen winzigen Augenblick abgelenkt gewesen, aber das reichte, um ihn ein Stück abrutschen zu lassen. Seine Hände glitten über das poröse Gestein, und seine Stiefel verfehlten den winzigen Vorsprung, den er sich ausgesucht hatte, um zu dem Tunnel zu gelangen, der nur noch ein paar Mannlängen weit entfernt war. Es war das Gefühl, als entglitte ihm die ganze Welt, und vielleicht hatte er ja schon längst jeglichen Halt verloren, das, was man den Boden unter den Füßen nannte – doch wenn er jetzt hinabstürzte, dann würde mit ihm die ganze Hoffnung der Satai zerschmettert werden. Skarissa Raborks verzweifelter Plan, die *Essenz des Lebens* rechtzeitig in die Korona zurückzubringen und gleichzeitig die Aralu aufzuhalten, wäre damit vertan.

Es war nur ein kurzes Aufblitzen von Gedanken, das mit einer eher unbewussten Wahrnehmung einherging. Beides zusammen ließ Daart nicht weiter verzweifelt nach Halt suchen und wertvolle Sekundenbruchteile verschwenden, sondern nach links *wegspringen*, in einen dunklen Bereich hinein, der sein Verderben sein mochte, nein, eigentlich sein *musste* … Es war ein fürchterlicher Zustand, doch diesmal fanden seine Hände Halt – einen trügerischen Halt, denn schon rutschte er wieder ab, verlor diesmal aber gänzlich die Kontrolle über seine Bewegungen, und dann fiel er kopfüber in etwas hinein, was vor einem Moment noch nicht da gewesen war, und schlug hart mit dem Kopf auf.

Er musste das Bewusstsein verloren haben, denn als er wieder zu sich kam, fand er sich auf dem Boden liegend wieder, den Bogen und den silbernen Zylinder mit der Bombe neben sich, die ihm offensichtlich bei dem Sturz von der Schulter gerutscht waren. Vorsichtig rappelte er sich auf.

Er befand sich erneut in einem Gang, aber es konnte nicht der sein, den ihm Harkon angewiesen hatte, denn dieser war bei seinem Sturz noch ein ganzes Stück entfernt gewesen. Und es war auch kein Gang, wie er ihn bislang hier – oder irgendwo anders – gesehen hatte. Er war rechteckig in den Berg geschnitten, vollkommen ebenmäßig geformt, verlief schnurgerade in die Tiefen des Berges hinein und glitzerte metallisch. Daart kannte die Gerüchte über gewaltige Anlagen, in denen es ganz ähnliche Gänge, Hallen und Räume geben sollte, alles so fremdartig und auf eine ganz besondere Art gewaltig, dass jeglicher Bezug zu seinem jetzigen Leben gefehlt hätte, hätte er nicht das aus Sternenstahl gefertigte Tschekal bei sich getragen. Und es sollte noch weitere Waffen und andere Utensilien geben, die auf eine alte, mächtige Kultur hinwiesen, die in grauer Vorzeit über Enwor geherrscht haben mochte.

Aber das war nicht das Einzige, was ihn erschütterte.

Nicht weit von ihm entfernt hockte eine Gestalt auf dem Boden, die Daart mehr als nur vage bekannt vorkam. Es war Url, der zeitlos wirkende Satai, von dem Irana gesagt hatte, er sei nicht das, was er zu sein scheine.

Url sah zu ihm auf und nickte knapp. »Es ist gut, dass du zu mir gefunden hast. Ich hatte eigentlich nicht mehr damit gerechnet.«

Daart schob den Bogen über die Schulter und steckte den silbernen Zylinder mit der Bombe in einen ledernen Behälter an seinem Gürtel. »Ich habe mich bemüht, so schnell wie möglich zu kommen«, sagte er. Er sah sich betont auffällig in dem Gang um. »Allerdings war nicht dies hier mein Ziel, sondern ein Tunnel ein Stück oberhalb.«

»Dein Ziel?« Url zog eine Augenbraue nach oben. »Oder das, was dir jemand anders vorgab?«

»Es war Harkon, der mich zu diesem Tunnel schickte.« Daart blieb unschlüssig stehen und warf dann einen letzten Blick hinaus. Von hier aus wirkte der Ausblick auf den Feuer-Tempel noch befremdlicher als von dem Felsspalt aus. Es war ein einziges Geflacker und Zucken rötlich gelber Flammen, die emporzüngelten, als wären sie auf der Suche nach ihm und könnten nicht verstehen, wo er geblieben war. Daart spürte die Wärme, die zu ihnen hereindrang wie der heiße Luftzug jenes magischen Feuers, das Zar'Toran für sein Feuerritual entzündet hatte und das Daart seit seiner frühesten Kindheit mehr fürchtete als den Tod.

»Vielleicht bist du in der Lage, mir zu erklären, was das hier alles soll«, sagte Daart und trat näher an Url heran. »Schließlich seid Ihr ein Satai wie ich.«

»Das stimmt«, sagte Url ruhig und bedeutete Daart mit einer Handbewegung, sich neben ihn zu setzen. »Ich bin ein Satai wie du. Es ist noch nicht lange her, dass der Hohe Rat diesen Unsinn mit den Satai-Sjens erfunden hat.« Er lachte leise auf. »Früher war es üblich, dass ein älterer Satai einen jüngeren unterrichtete und sie gemeinsam durch die Lande zogen. Zu jener Zeit, als der Hohe Rat als *Rat der Dreizehn* auf dem Berg der Götter residierte, wusste er noch, dass das Leben der beste Ausbilder ist. Doch heute hat er vollständig den Bezug zur Wirklichkeit verloren. Kein Wunder, dass seine Mitglieder jetzt hektisch versuchen, die Entwicklung zu korrigieren, die sie selbst mit verschuldet haben.«

»Mit Ausnahme von Skarissa Rabork«, mutmaßte Daart.

»*Skarissa.*« Url spuckte das Wort fast aus. »Wenn ich das schon höre! Diese vollkommen übertriebene Verherrlichung eines einzelnen Mannes! Es war diese verblendete, von Ehrgeiz zerfressene Marna, die als Erste so heißen wollte wie Skar und deshalb diesen blödsinnigen Titel Skar-Issa annahm. Ganz abgesehen davon, dass ›Issa‹ weiblich klingt und es reichlich lächerlich ist, dass sich mittlerweile die drei ranghöchsten männlichen Mitglieder des Hohen Rates mit einer weiblichen Endung des Namens Skar schmücken. Doch es ist einfach vermessen, sich nach jemandem zu benennen, den man aus tiefstem Herzen ablehnt, weil er ganz andere Ziele verfolgte als man selbst.«

Daart war über diesen Ausbruch – gelinde gesagt – überrascht, aber er ließ es sich nicht anmerken und gab sich stattdessen betont gleichmütig. »Ich verstehe nicht viel von diesen Dingen«, bekannte er. »Ich weiß nur, dass der Hohe Rat alles tut, um Skar und die Legende um ihn am Leben zu erhalten.«

»Am Leben erhalten?« Der Blick des einen, gesunden Auges bohrte sich geradezu in Daart. »Glaubst du wirklich, dass es Skar ist, den man als Wiedergekehrten in einem flüssigen Sarg irgendwo in den Tiefen eines Berges vergraben hat? Und glaubst du, dass der Hohe Rat diese Art Gefängnis gewählt hat, weil er Skar – oder wen auch immer er für ihn ausgibt – besonders schätzt?«

»Gefängnis?« Daart starrte fassungslos in das zerfurchte Gesicht des Satais. »Ich denke, es gibt keine andere Möglichkeit, ihn am Leben zu erhalten.«

»Doch, natürlich gibt es eine«, sagte Url bitter. »Und der Hohe Rat weiß das ganz genau. Der Schlüssel dazu ist das, was er die *Essenz des Lebens* nennt. Damit, mein Junge, ist nämlich eine Menge mehr möglich, als nur ein Schattendasein zu unterstützen, das den Ausdruck Leben längst nicht mehr verdient hat. Und deswegen ist es auch so wichtig, dass du dich vollständig auf die vor dir liegende Aufgabe besinnst.«

Daart starrte den zeitlos wirkenden Satai schweigend an. Tiefe Furchen hatten sich auf seinem hageren Gesicht eingegraben, und um seinen Mund lag ein bitterer Zug, der sich verstärkt hatte, als er vom Hohen Rat und Skar gesprochen hatte.

»Ich bin mir nicht ganz sicher, was Ihr von mir wollt«, sagte Daart.

»Ich will nichts weiter, als dich zu unterstützen.« Ein stickig warmer Luftzug strich durch den Gang und wirbelte einzelne Strähnen von Urls langen grauen Haaren durcheinander. Gleichzeitig schwollen der Singsang und das Trommeln zu einem ohrenbetäubenden Lärm an. Der Satai blickte an Daart vorbei auf den Ausgang und runzelte die Stirn. »Ich fürchte, uns läuft die Zeit davon. Deine Freunde warten darauf, dass du sie unterstützt. Und du musst dich entscheiden, wo du hingehörst.«

Daart wandte sich zum Ausgang um – und erschrak. Selbst von hier aus, wo er nur einen winzigen Ausschnitt der Höhle erkennen konnte, bemerkte er eine Veränderung, die nichts Gutes verhieß: Die Luft war erfüllt von einem warmen Funkenregen und schimmerte, als hätte sie selbst Feuer gefangen. Was immer hier vor sich ging, hatte eine unangenehme Ähnlichkeit mit der Feuer-Zeremonie, die Zar'Toran Jahr für Jahr in seinem Heimatdorf heraufbeschworen hatte.

»Es gäbe noch viel, was wir bereden müssten«, sagte Url in bedauerndem Tonfall, »doch ich fürchte, das müssen wir auf einen späteren Zeitpunkt verschieben. Jetzt ist es erst einmal wichtig, dass du dich vollständig auf deinen Schuss konzentrierst – ganz so, wie *Skarissa* Rabork dir das beigebracht hat.«

»Wollt Ihr nicht …?« Daart brach ab und sammelte sich erneut. »Ich überlasse gern Euch die Ehre, mit einem Schuss in das Feuer für die nötige Verwirrung zu sorgen.«

»Das ist mir bedauerlicherweise verwehrt.« Urls rechte Hand kam unter seinem Umhang hervor, und unter dem schwarzen Stoff kam nichts weiter als ein kurzer Stumpf zum Vorschein; der linke Arm fehlte.

»Der Tribut der Zeit«, sagte Url leise. »Beim Schwertkampf stört mich diese Behinderung nicht. Doch einen Pfeil abzuschießen ist mir nur noch mit sehr viel Aufwand möglich. Ich fürchte, mit meiner Treffsicherheit ist es nicht weit bestellt.«

»Ich wusste nicht …«

Daart versuchte, den schwarzen Schatten, der ihm im Kampf gegen die Silbernen beigestanden hatte, mit dem einäugigen und einarmigen Satai in Zusammenhang zu bringen, aber es wollte ihm nicht gelingen. Url hatte gekämpft, als hätte er zwei Schwerter gleichzeitig geführt, und seine Bewegungen waren unglaublich schnell, präzise und kaum mit dem Auge zu erfassen gewesen. Es war schier unglaublich, dass er das alles mit nur einem Arm bewerkstelligt haben sollte.

»Aber ich will dir in anderer Weise beistehen.« Url schlug den Umhang wieder zurück, und der Stumpf, der in einem dunklem Lederkorsett steckte, wurde in Daarts Vorstellung wieder zu einem gesunden Arm. »Ich werde dir genau sagen, wohin du schießen musst.«

»Das zumindest dürfte doch nicht schwer zu erkennen sein«, sagte Daart. »Ich muss einfach nur ins Feuer halten.«

»Ganz so einfach ist es leider nicht«, widersprach Url und erhob sich. »Es ist die Macht der Illusion, die Harkon – wieder einmal – unterschätzt hat.«

»Welche Illusion?«, fragte Daart, während er dem Satai zum Ende des Ganges folgte. »Das, was wir dort sehen?« Er deutete hinaus in das wahre Flammenmeer, zu dem die Luft geworden war, in die feurigen Funken und Spritzer, das rot glühende Fließen und das Gezüngel, das aus dem geschundenen Boden beinahe bis zu ihnen hinaufleckte.

Url nickte bedächtig. »Ein unglaublicher Anblick, nicht wahr?«

»Ja«, stieß Daart widerwillig hervor. Es war so unglaublich wie das, was er erlebt hatte, als ihn Zar'Toran gezwungen hatte, an der Feuer-Zeremonie teilzunehmen und er stundenlang in die wirbelnden Flammen gestarrt hatte, versunken in das, was ihn förmlich ins Feuer hatte ziehen wollen. Schließlich hatte er die Gestalten gesehen, die sich in der Feuersbrunst geformt hatten, rot glühende, Funken sprühende Wesen mit gierigen Blicken und hell lodernden Händen, die sich nach ihm ausstreckten, um ihn in flammendes Verderben zu reißen.

»Es ist allein dir vorbehalten, das zu sehen, was du gerade erblickst. Aber es gibt dort etwas anderes. Etwas *ganz* anderes.«

»Ich verstehe nicht«, sagte Daart schroff.

Url lächelte flüchtig. »Ich glaube, das tust du doch. Zumindest bis zu einem gewissen Grad.« Er beugte sich ein Stück vor. »Aus dem Gang heraus, in dem ihr zur Feuer-Zeremonie unterwegs wart, müsstest du eigentlich einen ganz anderen Anblick gewonnen haben.«

Es dauerte einen Moment, bis Daart die wahre Bedeutung von Urls Worten begriff. Dann nickte er widerstrebend. Ja, es war in der Tat ganz anders gewesen. Flüchtig hatte er halb nackte Tänzer gesehen – und einen sehr weit entfernten Tempel, der das flackernde Licht eines riesigen Feuers widergespiegelt hatte. »Und was hat das zu bedeuten?«

»Das ist nicht einfach zu erklären«, sagte Url ernst. »Aber ganz tief in dir dürftest du die Antwort kennen.«

»Der … Wurm?«, fragte Daart zögernd.

Url nickte. »Ja. Der Gezeitenwurm. Hier, im Zentrum seiner Macht, ist das Gefüge der Zeit löchrig wie Vulkangestein. Der Tempel, den du erblickt hast, ist dein eigentliches Ziel. Dass du ihn jetzt nicht sehen kannst, ist bedenklich. Es bedeutet …«

»Ja?«, fragte Daart rasch, als Url nicht weitersprach.

»Es bedeutet, dass eine andere Macht auf dich Zugriff zu nehmen versucht«, sagte Url leise. »Es ist nicht einfach, sich ihrem Sog zu widersetzen. Aber du kannst es schaffen, solange du nur an dir selbst nicht irre wirst.«

»Was?« Daart drehte sich erschrocken zu Url um. Er hatte gar nicht bemerkt, dass es nicht nur die Erinnerung an das war, was ihm vor vielen Jahren widerfahren war, sondern dass er hier und jetzt Gefahr lief, das Gleiche zu erleben wie als kleiner Junge – nur mit dem Unterschied, das ihn diesmal wohl kaum jemand im entscheidenden Moment vom Feuer wegziehen würde.

»Es ist ein Krater des Bösen, ein brodelnder Vulkan, den die Aralu leichtfertig für ihre Zwecke auszunutzen versuchen«, erklärte Url. »Sie glauben, seine Kraft zu beherrschen – aber in Wirklichkeit verhält es sich genau anders herum.«

»Ein Vulkan?« Daarts Blick wanderte nach oben, dorthin, wo die Flammen in ein Geflimmer übergingen, in dem nicht nur rötliche, schwarze oder gelbe Töne dominierten, sondern wo es auch türkis, violett und bläulich schimmerte. Er wusste mit einem Mal, woran ihn das erinnerte: an das Tal, auf das er vom Dach der riesigen Festung aus hinabgeblickt hatte, und an die fast unnatürlichen Farben, in die es die Abendsonne getaucht hatte.

»Ja, natürlich, ein Vulkan«, sagte Url ungeduldig. »Nur ein Vulkan kann genug Kräfte freisetzen, wie Nubina sie für ihre Zwecke braucht. Oder wo sonst, glaubst du, ist die Kraft der Erde so groß, dass sie Gestein zum Kochen bringt, und wo sonst sollte sie Wesen gebären können, deren feuriger Atem heiß genug ist, um sogar Sternenstahl schmelzen zu lassen?«

»Ja, natürlich.« Daart verstand gar nicht, wie er so blind hatte sein können. Die Wärme des Felsgesteins, die rot glühenden Ströme auf dem Boden und die pockenartigen Verletzungen des porösen Gesteins: Spuren des Magmas, das einst hier entlanggeflossen war und vielleicht auch noch floss; riesige Ströme geschmolzenen Gesteins, die hier überall ihre Spuren hinterlassen hatten und das vielleicht auch in naher Zukunft wieder taten. »Dann sind wir gar nicht unter der Erde?«, fragte er schließlich.

Urls Blick folgte dem seinen, und dann schüttelte er den Kopf. »Der Himmel ist von hier aus kaum zu sehen, aber er ist direkt über uns, verlass dich darauf. Es ist allerdings die Frage, wie lange der Krater in seiner jetzigen Form noch existieren wird. Denn wenn die Aralu nicht aufpassen, wird es nicht mehr lange dauern, bis sie den Vulkan erneut zum Ausbruch gebracht haben.«

Er schob den Umhang ein Stück zur Seite – aber nur so weit, dass sein Armstumpf nicht zu sehen war – und legte seine gesunde Hand auf Daarts Schulter. »In der Mitte des Vulkans, dort, wo die Verbindung zum rot glühenden Kern der Erde am nächsten ist, haben die Aralu ihr Heiligtum errichtet. Und genau dort wird die Entscheidung fallen. Alles hängt davon ab, dass du im richtigen Moment den Pfeil abschießt – und zwar genau dorthin, wo die Bombe ihre verheerende Wirkung entfalten kann.«

»Nun gut.« Daarts Blick wanderte in die Richtung, in der er den Feuer-Tempel vermutete, aber er sah nicht mehr als das unruhige, in feurigen Facetten tanzende Flammenmeer, in dem es vollkommen unmöglich war, Richtungen und Entfernungen abzuschätzen. »Aber ich weiß nicht, wie ich mein Ziel fixieren kann.«

»Genau deshalb bin ich ja da«, sagte Url beschwichtigend. »Ich werde dir dabei helfen.«

»Und wie?«

»Ich könnte dir zeigen, wie man in stockfinsterer Nacht oder mitten in einer Feuersbrunst ein Ziel treffsicher anvisieren kann«, antwortete Url. »Sogar wenn man blind ist, kann man sein Ziel noch treffen. Doch dazu musst du all das loslassen, was du bislang erlernt hast, und auf das vertrauen, was dir dein inneres Auge zeigt.«

»Und das könnte mir helfen?«, fragte Daart skeptisch, während er den Zylinder aus dem Lederbehälter an seinem Gürtel nahm und in der Hand wog. Er war tatsächlich leicht genug und so gut ausbalanciert, dass er über ein weite Strecke fliegen würde. Die Frage war nur: Wo würde er aufschlagen, wenn er ihn auf gut Glück in Richtung Feuer-Tempel schoss?

»Es würde dir mit Sicherheit helfen«, versprach ihm Url. »Denn nur, wenn du dich auf die Führung des *Inneren Auges* verlässt, wirst du in einem Chaos wie diesem hier deinen Pfeil sicher ins Ziel fliegen lassen können.« Er stockte, und als er weitersprach, senkte sich seine Stimme zu einem eindringlichen Flüstern. »Selbst wenn du in eine ganz andere Richtung schießen solltest als die, in der dein Ziel liegt, kannst du es nicht verfehlen.«

»Das heißt aber gewiss nicht, dass ich absichtlich in die falsche Richtung schießen soll?«, fragte Daart verblüfft.

»Natürlich nicht«, antwortete Url. »Du sollst dich nur auf dich selbst verlassen – und deinen Pfeil nicht vorzeitig verschwenden. Und …«

»Ja?«, hakte Daart nach, als Url schwieg.

»Und du musst darauf vertrauen, dass du wissen wirst, wann du den Pfeil von der Sehne schnellen lassen sollst«, beendete Url seinen Satz.

»Auch wenn ich mein Ziel gar nicht klar vor Augen habe?« Daart fühlte schon bei dem bloßen Gedanken daran Unbehagen in sich aufsteigen. »Das finde ich ziemlich gewagt.«

Url nickte. »Ja, es ist gewagt, sich ganz auf sich selbst zu verlassen. Aber nur auf diese Weise kannst du in dem Kampf bestehen, der vor dir liegt.« Er machte eine rasche Handbewegung. »Aber lassen wir das. Uns fehlt die Zeit, deine Ausbildung zu vervollständigen, und jetzt gibt es Wichtigeres zu tun.«

»Das sehe ich auch so.« Daart zog den Pfeil aus dem Köcher, den Harkon für ihn vorbereitet hatte. Dort, wo gewöhnlich die Spitze war, befand sich jetzt ein Gewinde, und auf dieses schraubte er den Zylinder. Mit seinen zwei kleinen Flügeln und der konisch geformten Spitze sah er recht Vertrauen erweckend aus, und doch hatte Daart mit einem Mal Zweifel, ob er in seinen Flugeigenschaften tatsächlich den Aufsätzen entsprach, mit denen Skarissa Rabork sie hatte trainieren lassen. Falls das nicht der Fall sein sollte, hatte er sowieso keine Chance. Schließlich hatte er nur einen einzigen Schuss.

Nun begriff er, auf welch wackligen Füßen der ganze Plan stand. Es erschien ihm geradezu unglaublich, dass sich Skarissa Rabork tatsächlich auf ein solch riskantes Unterfangen eingelassen haben sollte. War nicht er es gewesen, der sie während ihrer Ausbildung immer wieder vor leichtsinnigen Abenteuern gewarnt und ihnen klar zu machen versucht hatte, dass eine solide Vorbereitung die Basis jeden Erfolgs war?

»Was ist?«, fragte Url. »Traust du es dir nicht zu?«

»Doch, schon.« Daart zögerte kurz, bevor er weitersprach. »Aber ich frage mich, was das alles soll. Wenn Skarissa Rabork tatsächlich bereits vor einem halben Jahr diese Mission geplant hat – was zumindest Harkon behauptet –, dann hätte er mich doch gleich einweihen können. In diesem Fall wäre ich jetzt viel besser auf all das hier vorbereitet – und würde nicht von einer Überraschung in die nächste taumeln.«

»Du sprichst wie ein Dummkopf«, sagte Url gutmütig, »wie jemand, der zwar berechtigte Zweifel hat, sie aber nicht in voller Konsequenz bis zu Ende denkt.«

»Ich verstehe nicht«, erwiderte Daart steif. »Ganz abgesehen davon, dass ich mich frage, warum dich der Quorrl, mit dem du bei uns aufgetaucht bist, angeblich nicht sehen konnte.«

»Das ist eine Frage der Wahrnehmung«, antwortete Url. »Man sieht das, was man sehen will.«

»Blödsinn«, entgegnete Daart knapp. »Wenn ich einem Haufen feindlicher Krieger gegenüberstehe, dann ist das eben ein Haufen feindlicher Krieger – und das war's.«

»Vielleicht sind es wirklich feindliche Krieger, vielleicht aber auch Verbündete deines Kriegsherrn oder Händler, die sich für eine lange, gefährliche Reise bewaffnet haben.«

»Kann ja sein«, sagte Daart ungeduldig. »Aber was soll das alles überhaupt?«

Url fegte seine Worte mit einer beiläufigen Bewegung zur Seite. »Es soll gar nichts. Außer dir zeigen, dass es immer vom Betrachter abhängt, was er wahrnimmt. Und hier, bei den Aralu und unter dem Einfluss des Gezeitenwurms, können wir uns noch viel weniger auf unsere Sinne verlassen als sonst.«

So sehr sich Daart auch gegen diesen Gedanken sträubte, war er ihm doch nicht neu. Die Begegnung mit dem Gezeitenwurm hatte sein Gefühl für das, was man Wirklichkeit nannte, vollkommen auf den Kopf gestellt. Und darüber drohte er sich selbst zu verlieren. »Wenn wir uns schon nicht auf unsere Sinne verlassen können«, sagte er fast verzweifelt, »dann aber doch auf unseren Verstand – und unsere Erinnerungen!«

»Werden denn diese nicht durch unsere Sinne beeinflusst?«, entgegnete Url.

Daart schüttelte den Kopf. »Das bringt uns jetzt nicht weiter. Sag mir lieber, warum Skarissa Rabork mich nicht in seinen Plan eingeweiht hat.«

»Nun, der Grund dafür liegt eigentlich auf der Hand.« Urls rechter Mundwinkel verzog sich ein Stück weit nach oben, und obwohl es kein wirkliches Lächeln war, das er auf seine Züge zauberte, war es doch der weitaus freundlichste Gesichtsausdruck, den Daart bislang an ihm gesehen hatte. »Was hättest du wohl getan, wenn Rabork dich noch vor Wintereinbruch beiseite genommen hätte, um dir zu eröffnen, dass du gegen die offizielle Weisung des Hohen Rates in geheimer Mission in ein fremdes Reich eindringen sollst, um dort mit rebellischen Shimptas gegen die Herrscher zu kämpfen und mit einem Explosivpfeil auf einen möglicherweise noch aktiven Vulkan zu schießen, der dadurch zum Ausbruch kommen könnte?«

»Es hätte …«, begann Daart.

»… Rabork wohl eine Menge Überzeugungsarbeit gekostet, um zu verhindern, dass du gleich beim Hohen Rat Meldung von diesem ungeheuerlichen Plan machst«, beendete Url den Satz – allerdings etwas anders, als Daart es getan hätte. »Auf jeden Fall hätte es dich sehr verunsichert und in Zweifel gestürzt. Deine Ausbildung unter diesen Bedingungen so zu beenden, dass niemand Verdacht geschöpft hätte – keiner deiner Mitschüler, kein Satai und schon gar kein Mitglied des Hohen Rates –, wäre wohl kaum möglich gewesen. Es blieb also nur der Weg, deine Ausbildung in die richtigen Bahnen zu lenken und darauf zu vertrauen, dass du das Richtige tun würdest …«

Url brach ab, beugte sich ein Stück vor und spähte angestrengt in das Gewirbel vor ihnen. Daart wollte schon eine entsprechende Frage stellen, doch dann bemerkte er selbst die Veränderung, die vor ihnen stattfand. Es war so, als zöge sich dort etwas zusammen, als verdichtete sich etwas in dem flüchtigen Flammenmeer vor ihnen, eine bösartige Macht, deren Ausläufer bis zu ihnen reichten, nein, *wucherten* – wie die Triebe eines riesigen Gewächses oder vielleicht auch wie die Tentakel eines monströsen Lebewesens –, und gleichzeitig geschah etwas anderes, vielleicht noch Erschreckenderes: Das Getrommel und der Singsang, die sie die ganze Zeit über begleitet hatten, brachen von einem Moment zum anderen in sich zusammen, als wären diejenigen, die es verursacht hatten, plötzlich allesamt verschwunden.

Vorsicht, sie kommen, meldete sich die Stimme zu Wort, und da zog Url auch schon sein Tschekal aus der Scheide.

Eine fließende Bewegung brach aus den Schatten ihrer Umgebung, zerfaserte in tausend einzelne Teile und jagte auf sie zu, fast so, als saugte sie der Gang an. Vielleicht war es einfach ihre Anwesenheit, die diesen Gestalt gewordenen Schrecken auf sich zog, vielleicht geschah auch überall in diesem noch nicht vollständig erloschenen Vulkan das Gleiche – doch das spielte für Daart keine Rolle.

Daart zog sein Tschekal, ohne den Pfeil in seiner Linken zurück in den Köcher zu stecken, und baute sich neben Url in kampfbereiter Position auf. Die Konturen vor ihnen schienen ständig zu zerfließen, hierhin und dorthin zu wogen und wie Nebel zu wallen, sodass es Daart schwer fiel, einen festen Umriss auszumachen. Es war nicht mehr als eine huschende, kaum wahrnehmbare und doch erschreckend zielgerichtete Bewegung um sie herum, und gleichzeitig ein raunendes und dann zischendes Geräusch, so als erwachte etwas Großes, Mächtiges zum Leben.

Und plötzlich raste eine wahre Feuerwoge auf Daart zu. Erschrocken kniff er die Augen zusammen, aber auch das half nicht, um sich gegen das zu schützen, was dem Feuerball folgte. Es war eine wahre Lichtexplosion, gewaltiger und vor allem vollkommen *anders* als alles, was er bislang erlebt hatte. Ein grellroter Blitz züngelte auf ihn zu, dessen fein verästelte Struktur sich ihm sogar unter den geschlossenen Lidern förmlich aufbrannte. Er riss den Arm mit dem Pfeil vor seine Augen, aber die Bewegung kam zu spät, und er wurde von einer wahren Lichtorgie überflutet. Schon folgte ein gewaltiger Donnerschlag und gleich darauf eine so kräftige Druckwelle, dass er fast von den Füßen gerissen wurde.

Daarts Herz schlug laut und heftig, und eine ganze Zeit lang stand er wie erstarrt da, unfähig, den immer noch schützend vor seine Augen gelegten Arm herunterzunehmen. Es waren verdrehte, unaussprechliche Dinge, mit denen er immer wieder in seiner Kindheit konfrontiert worden war, ein Gemisch aus schwarzer Magie und plumper Gewalt, etwas, das auch nur *wahrzunehmen* er sich immer wieder gesträubt hatte. Doch jetzt half nichts mehr dagegen, jetzt spürte er die Gegenwart von etwas ungeheuer Mächtigem wie einst im Feuer-Tempel der Guhulan oder wenn Zar'Toran die Kräfte des Feuers auf dem Dorfplatz entfesselt hatte.

Als Daart endlich den Arm sinken ließ und vorsichtig die Augen öffnete, flimmerten auf seinen Netzhäuten zwei schmerzhafte grellrote Kreise, sodass er nicht erkennen konnte, was da vor ihm Gestalt annahm. Er spürte nur, dass irgendetwas vor ihm im Gang war, das nicht hierher gehörte – weder hierher noch überhaupt in diese Welt.

Und er wusste, dass *er* zurückgekehrt war. Nicht in das Dorf, in das ihn ein ungnädiges Schicksal verschlagen hatte, aber doch zu der namenlosen Kraft, die er seit Zar'Torans Auftauchen in Guan für die Ausgeburt von Feuerdämonen oder boshaften Göttern gehalten hatte.

Aus dem Gefühl wurde Gewissheit, als sich das Geflacker vor seinen Augen beruhigte und er eine kleine Gestalt gewahrte, die nur wenige Schritte vor ihm stand, schwankend und mit so unsicheren Bewegungen, als wäre sie ihrer Existenz noch nicht vollends bewusst und als könnte sie ihre Glieder nicht richtig kontrollieren. Zuerst erkannte er nicht mehr als einen dunklen, nach Feuer und Rauch riechenden Schemen, aber dann wurde ihm die Vertrautheit der Proportionen bewusst wie auch die Ungeheuerlichkeit, mit der dieser Körper deformiert worden war. Nur ganz am Rande drang in sein Bewusstsein, dass Url nicht mehr da war, dass er nun zum zweiten Mal vollkommen überraschend verschwunden war.

Daart wusste nicht, was er erwartet hatte: aber das sicherlich nicht.

»Giiib«, knarrte das Wesen kaum verständlich, und dann machte es einen taumelnden Schritt auf ihn zu.

17

Daart stieß ein ersticktes Röcheln aus. Sein Herz hämmerte mit einem Mal so laut und heftig, als hätte er gerade ein schweißtreibendes Kampftraining absolviert.

»Pe'te!«, keuchte er.

Dass dies der Junge war, mit dem er Seite an Seite in dem armseligen Dorf Guan aufgewachsen war, daran konnte nicht der geringste Zweifel bestehen. Aber sein Gesicht war vollständig verheert. Wo einst sanfte, fast mädchenhaft wirkende Züge gewesen waren und ihn ein freundlicher Blick aus blauen Augen gemustert hatte, wann immer sie beide dem Einfluss Zar'Torans hatten entkommen können, gähnte eine schrecklich entstellte, rotschwarz verbrannte Wüste, in der der Mund und die leeren Augenhöhlen tiefe, ausgebrannte Krater bildeten. Auf seinem Schädel standen nur noch wenige Reste angekokelter Haarbüschel, dafür umflatterten ihn losgerissene, schwelende Hautfetzen wie ein neuer, grässlicher Haarkranz. Als sich der Junge bewegte, kippte der nicht mehr richtig fest sitzende Schädel haltlos von einer Seite auf die andere.

Daart war sich nur zu bewusst, dass er das Opfer einer Halluzination war, die ihm seine Gegner geschickt hatten, um ihn von seiner Mission abzuhalten. Aber dieses Wissen half ihm nicht im Geringsten, im Gegenteil: Es machte ihm klar, dass er vollkommen wehrlos war, hilflos dem ausgeliefert, was auch immer man mit ihm vorhatte.

Pe'te war tot, gestorben weit vor der Zeit, in der er zum Mann gereift wäre, und damit auch weit vor der Zeit, in der er und Daart vielleicht ihrer eigenen Wege gegangen wären, ohne sich je wieder zu sehen. Sein grausamer, viel zu früher Tod hatte in Daart den Kinderglauben zerstört, dass sich letztlich alles zum Guten wenden würde, wenn man nur fest genug darauf beharrte.

Pe'te torkelte wie unter dem Einfluss des übel riechenden, halluzinogenen Pilzgebräus auf ihn zu, das Zar'Toran ihnen vor der Zeremonie zwangsweise eingetrichtert hatte, langsam, aber unaufhaltsam näher kommend. Daart wich im gleichen Maß vor ihm zurück; seine Finger hatten sich währenddessen so stark um den Griff seines Tschekals verkrampft, dass die Knöchel weiß hervortraten.

Doch gegen wen hätte er sein Schwert erheben sollen? Pe'te war ohne den geringsten Zweifel tot, gestorben vor vielen Jahren, geopfert bei einem Ritual zu Ehren eines bösartigen Feuerdämons, und alles, was von ihm übrig geblieben war, war ein Haufen verkohlter Knochen – und eine tiefe Wunde, die sein sinnloser Tod in Daarts Seele gerissen hatte.

Doch Pe'te, der trotz aller grausigen Veränderungen noch immer so schrecklich vertraut wirkte, kam unaufhaltsam näher, eine Spur glitschiger roter Fußabdrücke auf dem Boden hinterlassend. Daart wollte ihm ins Gesicht brüllen, dass er nicht an seine Existenz glaubte, dass niemand von den Toten zurückkommen konnte, um ihn zu quälen, aber er vermochte es nicht. Die Albtraumgestalt schleppte sich in einem torkelnden Zickzackkurs weiter auf ihn zu, und trotz der unbeholfenen Bewegungen in einem solch erstaunlichen Tempo, dass es Daart kaum gelang, rechtzeitig zurückzuweichen. Pe'te hob die Arme, wie um nach ihm zu greifen, und es hätte nur eines gezielten Schwerthiebs bedurft, um ihn zurückzuwerfen. Doch Daart war nicht dazu in der Lage. Er fühlte sich wie gelähmt, unfähig, etwas gegen den toten Jungen zu unternehmen, der einst sein bester Freund und engster Vertrauter gewesen war; und das, obwohl er wusste, dass diese Kreatur nicht Pe'te sein konnte, sondern etwas anderes, Grauenhaftes, von den Aralu geschickt, um ihn um den Verstand zu bringen – oder von den Feuerdämonen, so wie das einst Zar'Toran in seinem Größenwahn getan hatte, der geglaubt hatte, die schreckliche Kraft des Feuers bändigen zu können, bis er selbst zu ihrem Opfer geworden war.

Schließlich war Daart an dem Knick angekommen, den der Gang hier machte, und stieß mit seinem Rücken gegen die glatte Metallwand. Er hätte sich jetzt nur umzudrehen brauchen, um der Abzweigung zu folgen und vor dem grauenhaft verstümmelten Jungenkörper davonzulaufen, aber er konnte es nicht. Fassungslos sah er zu, wie der Junge die Hand ausstreckte. Der Daumen und der Ringfinger waren verkohlte Stümpfe, doch die drei anderen Finger bewegten sich, zu einer Klaue gekrümmt, unaufhaltsam auf den Pfeil in Daarts linker Hand zu.

»Giiib«, sagte die Gestalt mit einer Stimme, die kaum mehr etwas Menschliches an sich hatte, sondern eher wie das Knarren eines altes Baumes im Sturm klang. »Giiib den Pfffeil.«

Daarts Herz hämmerte immer noch, schien jetzt aber irgendwie aus dem Takt gekommen zu sein, und jeder zweite oder dritte Schlag wurde von einem dünnen, aber tief gehenden Stich begleitet. Er zitterte am ganzen Leib, und auf seiner Stirn stand trotz der Hitze kalter Schweiß. Alles drehte sich um ihn, und für die Dauer mehrerer schmerzhafter Herzschläge verschwamm die Umgebung vor seinen Augen.

Du bist keine sieben Jahre mehr, hämmerte die Stimme in seinem Kopf. *Es wird Zeit, dass du dich wehrst.*

Pe'tes grauenvoll verstümmelte Hand bewegte sich weiter auf ihn zu, aber es war nicht der Pfeil, den er zum Ziel hatte, sondern Daarts Handgelenk, das noch immer in der eisernen Fessel steckte und an dem die herausgerissene Kette baumelte. Einer der schwarzen Stummel glitt über das Metall der Handfessel, und dann schloss sich die ganze verstümmelte Hand um das Eisen.

Ein kribbelndes, warmes Gefühl durchlief Daarts Arm. Doch dabei blieb es nicht. Ganz schnell steigerte sich die Wärme zu einer fast unerträglichen Hitze und dann zu einem fiebrigen Glühen, das sich über seinen ganzen Körper ausbreitete.

»Lasss den Pfffeil lossss«, knurrte die Kreatur. »Dann spiiielen wir.«

Daart wollte schreien, aber seine Kehle war plötzlich wie zugeschnürt und sein Körper wie gelähmt. Etwas in ihm wusste, dass er verloren wäre, wenn er nicht augenblicklich etwas unternahm – aber war nicht er es gewesen, der Pe'tes Tod zu verantworten hatte, gab es da nicht eine alte Schuld, die er abtragen musste, hatte er nicht immer gewusst, dass Pe'te eines Tages kommen würde, um sich dafür zu rächen, dass er den Feuer-Dämonen zum Opfer gefallen war, während Daart hatte weiterleben dürfen?

Zar'Toran hat Pe'te auf dem Gewissen, donnerte die Stimme. *Ihr beide wart seine Opfer. Lass nicht zu, dass der alte Magier dich jetzt, nach all den Jahren, doch noch heimholt in sein feuriges Reich.*

Die Stimme mochte Recht haben, aber sie erreichte Daart kaum noch. Eine Lohe feuriger Wut schoss durch seinen Körper, und er spürte gleichzeitig Pe'tes Zorn und sein Unverständnis, dass sein allerbester Freund seinen Tod nicht hatte verhindern können, sondern ihn durch seine Feigheit sogar verschuldet hatte, wie auch sein eigenes Entsetzen, als er vor den verkohlten Überresten Pe'tes gestanden hatte.

Doch genug war genug. Daart warf sich verzweifelt zur Seite. Pe'tes Hand umklammerte das Eisen mit schier unglaublicher Kraft, und die Hitze, die er abstrahlte, war so gewaltig, dass sie Daart den Atem nahm und seine Lungen mit flüssigem Feuer füllte. Sein linker Arm schien ihm nicht mehr selbst zu gehören; eine feurige Lohe nach der anderen jagte durch ihn hindurch, aber zumindest das war etwas, mit dem er gelernt hatte umzugehen. Er spaltete den Schmerz aus seinem Bewusstsein ab, kein überfordertes Kind mehr wie zu dem Zeitpunkt, als Pe'te zum Opfer geworden war, sondern ein Krieger, der mit Extremsituationen umzugehen verstand, solange er noch bei Bewusstsein war und sich wehren konnte.

Als er das rechte Knie hochriss, gab es ein ekelhaftes, splitterndes Geräusch. Sein Tschekal fuhr in die Richtung des Angreifers, doch er konnte ihn jetzt nicht mehr sehen. Vor seinen Augen war nur mehr ein verwaschener Schemen inmitten wabernder Hitze, und dort, wo eben noch Pe'tes Gesicht gewesen war, glommen zwei dunkelrote Wirbel, die in wahnsinniger Geschwindigkeit in- und gegeneinander liefen. Im nächsten Moment wurde sein rechter Arm nach vorn gerissen, in die Feuersbrunst hinein, und sein Kopf drohte in die wabernde Glut einzutauchen.

Das wütende Brüllen der Flammen war so ohrenbetäubend, dass es jeden anderen Laut verschluckte, und doch glaubte er etwas knirschen zu hören, und er wusste, dass er verloren wäre, wenn er jetzt nichts unternähme. Es war kein bewusster Gedanke, sondern ein letztes Aufbäumen wie damals, als ihn Zar'Toran in das Feuerloch hatte hinabstoßen wollen wie kurz zuvor Pe'te. Jetzt wie damals rief er etwas in sich wach, von dem er gar nicht wusste, dass er darüber verfügte: die Fähigkeit, im Todeskampf zu einem huschenden Schemen zu werden, scheinbar seiner Umgebung zu entfliehen, so als gäbe es mehr als eine Zeitebene und als wäre es ihm möglich, in eine Gegenwart zu wechseln, neben der alles andere grotesk langsam ablief. Sein Gesicht kam dem glühenden Wirbeln ganz nahe, die Hitze versengte ihm die Augenbrauen, brannte seine Haare weg, biss in seine Kopfhaut, und einen Sekundenbruchteil später musste er endgültig eintauchen in das Flammenmeer. Das Ding, zu dem Pe'te geworden war, kreischte auf in der sicheren Erwartung, nun endlich, nach all den Jahren, des ihm versprochenen Opfers Herr zu werden und es mit seinem feurigen Atem zu verschlingen.

Doch dann übernahm etwas in Daart die Oberhand, das kühl und berechnend war. Er schien kurz vor den Feuerwirbeln zum Stillstand zu kommen, und die versengende Glut, die eben noch auf ihn zugezüngelt war, *kroch* nun eher auf sein Gesicht zu, ein übertrieben verlangsamter Funkenschauer, dem zwar nicht die Kraft genommen worden war, aber sein wichtigster Verbündeter: die Geschwindigkeit. Daart hatte eine winzige Atempause im Kampf gegen eine elementare Macht gewonnen, gegen die es eigentlich kein Entrinnen geben konnte. Er tauchte mit dem Kopf zur rechten Seite weg und damit halb in den Flammenwirbel hinein, und dann war er plötzlich an ihm vorbei. Der Gang war voller wabernder Hitze und Funken sprühender Glut. Doch die metallenen Wände reflektierten die Hitze nicht, sondern saugten sie geradezu in sich auf.

Daart wirbelte herum, riss sein Tschekal nach oben, um in wildem Aufbäumen auf die hell lodernde Kreatur einzuschlagen, die sich der Gestalt Pe'tes bemächtigt hatte. Doch inmitten der tosenden Flammenwirbel nahm er nun nichts Menschenähnliches mehr wahr, sondern etwas ganz anderes, Dämonisches, dessen Anblick einfach unerträglich war – *Gestalt gewor-*

dener Schrecken oder die wahre Essenz dessen, die sich des Trugbilds des Jungen bedient hatte; irgendetwas, das sein Verstand nicht fassen konnte und auch gar nicht wollte –, und sein Schwert fand kein Ziel, in das es hineinbeißen konnte. Stattdessen schoss ihm eine Hitzewelle entgegen, die ihn zurücktaumeln ließ. Feurige rote Kreise tanzten vor seinen Augen, und wenn noch Luft in seinen Lungen gewesen wäre, hätte er laut aufgeschrieen.

Es dauerte nicht länger als das Zucken eines Lidschlags, bis etwas aus dem feurigen Toben heraus auf ihn zugriff, und in dieser Zeit war er vollkommen hilflos. Das, was wieder zu Pe'te geworden war, was eine halbwegs menschliche, wenn auch fürchterlich entstellte Form angenommen hatte, wies kaum noch Ähnlichkeiten mit dem Jungen auf. Sein ganzer Kopf brannte, und aus seinen leeren Augenhöhlen brachen feurige Lohen hervor, doch die Hautlappen, die um seinen Schädel hingen, waren widersinnigerweise immer noch nicht vollständig verkohlt, sondern glühten in einem tiefen Rotschwarz, und die Hand, die ihn eben noch umklammert hatte, zog einen Feuerschweif hinter sich her, als sie sich in gierigem Griff auf ihn zubewegte.

Dann war Pe'tes Hand heran und mit ihr eine flirrende Hitzewelle, die in blinder Zerstörungswut auf ihn zuraste. Bunte Punkte tanzten vor Daarts Augen und wurden zu blutroten Kreisen, öliges Feuer fuhr seine Kehle hinab und explodierte in seinem Brustkorb. Jede Faser seines Körpers schrie nach Sauerstoff, und es konnte nur noch Augenblicke dauern, bis er das Bewusstsein verlor.

»Giiiib«, forderte die fürchterliche, unmenschlich klingende Stimme – und Daart war sich nicht einmal sicher, ob er sie tatsächlich über seine Ohren hörte oder auf ganz andere Weise *wahrnahm*.

Einer Sache aber war er sich völlig sicher: Die Kreatur wollte den Pfeil. Denn sie wollte verhindern, dass er seine Ladung mitten in den Vulkan schoss, in das Heiligtum der Feuerdämonen jagte; sie wollte verhindern, dass Harkons gewagter Plan aufging, dass Daart die *Essenz des Lebens* zu den Satai zurückbrachte und dass der Sterngeborene am Leben blieb …

NEIN!, schrie eine ganz andere Stimme in Daart, und sie setzte seine letzten Kraftreserven frei. Sein Schwert fuhr nach vorn, und obwohl er so gut wie nichts mehr sehen konnte, sauste es nicht in einer blinden Bewegung nieder, sondern zielgerichtet, direkt auf die Hand zu, die in sturer Beharrlichkeit auf den Pfeil zuhielt. Daart war sich sicher, die Hand mit einem einzigen Schlag abtrennen zu können, diesen fürchterlichen Fortsatz jener Kreatur, die gekommen war, um Zar'Torans Feuer-Ritual nach all den Jahren zu einem grausamen Ende zu führen.

Aber es kam anders. So schnell, dass Daart es nicht einmal ansatzweise mit den Augen verfolgen konnte, packte die verunstaltete Hand das Tschekal, als wäre es eine stumpfe Schlagwaffe und nicht die mit Abstand schärfste und gefährlichste Klinge ganz Enwors. Mit einem hässlichen Knirschen, das sogar das Tosen des Feuers übertönte, krallten sich die drei Finger und der verstümmelte Daumen und Ringfinger um das Schwert und zerrten daran.

Daart schrie auf. Es war nicht der Griff der verstümmelten Hand, der ihn so entsetzte, sondern der heiße Feuerstrom, der wie ein Stoß durch seinen Arm fuhr und darüber hinaus von seinem ganzen Körper Besitz ergreifen wollte.

Daart tat das, was ein Satai niemals und unter keinen Umständen freiwillig tat: Er ließ das Schwert los. Mit der scharfen Spitze voran sauste es auf Pe'te zu. Der Junge sprang zurück und knallte gegen die Wand. Irgendetwas zerbrach in Daart. Er hätte herumwirbeln können, um sein Heil in der Flucht zu suchen, er hätte das Tschekal endgültig den Gewalten des Feuers überlassen können in der sicheren Gewissheit, dass es niemals die Temperaturen erreichen konnte, um den Sternenstahl zum Schmelzen zu bringen – aber er tat genau das Gegenteil. Er setzte der brennenden Kreatur nach.

Der Pfeil in seiner Linken begann zu vibrieren, und irgendetwas zischte laut und bösartig. Hatte ihm Harkon nicht erklärt, dass die Bombe allein durch Hitze explodierte?

Pe'te wandte sich um und wankte um die Biegung des Ganges, eine feurige Spur auf dem Boden hinterlassend. Daart wollte ihm nachrennen, aber seine eigenen Schritte waren kaum weniger unbeholfen als die der Feuerkreatur. Jede einzelne Bewegung war reinste Qual, und sein Brustkorb explodierte fast vor Schmerz; es gab keine atembare Luft mehr hier unten, obwohl ihnen ein scharfer Wind aus den Tiefen des Ganges entgegenblies – doch wenn er Sauerstoff enthielt, dann wurde dieser aufgezehrt durch die von Pe'te ausgehende Feuersbrunst.

Trotz seiner Benommenheit war sich Daart vollkommen darüber im Klaren, dass das, was Harkon eine *Bombe* genannt hatte, jeden Moment in seiner Hand explodieren konnte. Das Zischen hatte sich nicht etwa gelegt, sondern steigerte sich und klang beunruhigender als das Gezischel Dutzender Schlangen, die über ein Opfer herfielen. Daart hatte keinerlei Ahnung von der Explosionskraft dieser Waffe, aber er wusste, dass er nicht unbeschadet davonkommen würde, wenn sie in der Enge des Gangs detonierte.

Auch Pe'te schien das zu wissen. Seine Schritte wurden schneller, und Daart begriff, dass er ihn nicht einholen konnte, nicht so ausgepumpt und am Rande seiner Kraft, nicht mit feurigen Kreisen vor den Augen und einem Gefühl in den Beinen, als hätte man ihm kochend heißes Blei hineingefüllt. Wahrscheinlich würde es auch gar keinen Unterschied machen. Wo auch immer die Bombe ihre fürchterliche Zerstörungskraft entfaltete: Nichts und niemand konnte ihm hier entkommen, und wenn Harkon nicht übertrieben hatte, reichte ihre Kraft aus, um eine Feuerwalze durch den Gang zu jagen und die metallenen Wände zum Schmelzen zu bringen.

Aber konnte das einer Kreatur zum Verhängnis werden, die selbst über die Kraft des Feuers gebot?

Daart blieb stehen. Es wäre sinnlos gewesen, Pe'te weiter zu verfolgen. Es konnte nur noch wenige Augenblicke dauern, bis die Bombe explodierte, und er hatte keine Chance, die Kreatur bis dahin einzuholen. Aber es gab etwas anderes, was er tun konnte, um sein Ziel zu erreichen.

Quälend langsam fuhr seine – mittlerweile leere – Schwerthand hoch und griff nach dem Bogen, der über seiner Schulter hing. Die Hitze im Gang war weiterhin so mörderisch, dass an Luftholen nicht zu denken war; es waren jetzt nicht nur rote Kreise, sondern auch schwarze Punkte, die vor Daarts Augen flackerten, und der Gang war längst aus seinem Sichtfeld verschwunden. Seine Beine waren kaum noch in der Lage, das Gewicht des Körpers zu tragen. Doch er achtete nicht darauf. Er sammelte sich, um auszuführen, was ihm Skarissa Rabork in langen Übungsstunden beigebracht hatte. Doch das allein reichte nicht.

Lerne, auf das zu vertrauen, was dir dein inneres Auge zeigt, hatte ihm Url geraten, und jetzt, da die Welt um ihn herum nur noch aus zuckendem Geflacker bestand, blieb ihm gar nichts anders übrig, als diesem Rat zu folgen. Unter Aufbietung seiner letzten Kräfte legte er den Pfeil ein und spannte den Bogen.

Du musst darauf vertrauen, dass du wissen wirst, wann du den Pfeil von der Sehne schnellen lassen sollst, lautete die zweite Botschaft, die ihm Url mit auf den Weg gegeben hatte.

Daart hatte sein Ziel so deutlich vor Augen, dass er es innerhalb weniger Sekundenbruchteile genau hätte anvisieren können. Doch er verzichtete darauf und verließ sich ganz auf das, was Url die Führung des *Inneren Auges* genannt hatte. Der Pfeil schnellte wie von selbst davon.

Daart sah mit erstaunlicher Klarheit die feurige Spur, die der Pfeil hinterließ, so als wäre er in eine brennbare Flüssigkeit getränkt gewesen.

Pe'te erstarrte, und Daart glaubte auf all die Entfernung hin so etwas wie Erschrecken in seinem Gesicht zu erkennen. Seine verkrüppelte Hand fuhr zurück, aber er war nicht schnell genug. Wie das Geschoss einer Steinschleuder oder der Bolzen einer Armbrust, so donnerte der Zylinder genau zwischen seine verstümmelten Finger. Sie schlossen sich in tödlichem Reflex um ihn, und dann riss Pe'te wie im letzten Triumph den Pfeil hoch, wohl um ihn wieder zurück zu Daart zu schleudern …

Doch dazu kam er nicht mehr. Der Zylinder blähte sich auf und drückte Pe'tes Finger so weit auseinander, dass er fast seinen Griff gesprengt hätte. Ein Spinnennetz aus gezackten, in greller

Weißglut flammenden Linien verlief von seiner Hand über die porösen Knochen, den Arm und das zerstörte Schultergelenk bis hinauf zu dem schräg hängenden Kopf. Doch noch immer blieb der Explosionsknall aus und mit ihm der Blitz und die Druckwelle, die Daart erwartet hatte. Fassungslos beobachtete er, wie das flammende Netz über den ganzen Körper raste, wie hier und da bläulich grüne Flammen hervorschlugen und von dem mittlerweile auf das Doppelte angewachsenen Zylinder wirre und in allen Farben funkelnde Lichtblitze hervorbrachen, wie Funken über die metallische Oberfläche jagten und zu Pe'tes Kopf hoch züngelten.

Der aus Feuer und Hass geborenen Kreatur hätte das, was einen gewöhnlichen Menschen von einer Sekunde auf die nächste in ein schreiendes und wimmerndes Bündel verwandelt hätte, nicht gefährlich werden dürfen. Aber das genaue Gegenteil war der Fall. Es waren keine rötliche Glut, kein prasselndes Feuer und kein hitziges, fauchendes Emporlodern, sondern seltsam *kalt* wirkende, bläulich-violette Energieblitze und ein grünlicher Funkenregen, die über den geschundenen Körper des Jungen hinwegrasten und ihn zum Taumeln brachten. Es wirkte beinahe so, als kämpften zwei Elemente gegeneinander: die heiße, explosive Kraft des Feuers auf der einen Seite und die kalte, gewaltige Energie, die aus dem Zylinder strömte. Der in Auflösung begriffene Körper Pe'tes zerfaserte nun vollends, so als bräche die Struktur, die ihn zusammenhielt, unter dem Ansturm der zuckenden Energieblitze in sich zusammen.

Dann kam das, was Daart erwartet hatte, aber auf eine ganz andere, unbegreifliche Art: die Explosion. Es war nicht der Zylinder, den es zerriss, sondern die Gestalt, die ihn immer noch fest umklammert hielt; irgendetwas wölbte und schob sich aus ihrem Inneren hervor, etwas Grässliches, dessen Anblick zu furchtbar war, um ihn länger als wenige Augenblicke zu ertragen. Daart hatte das Gefühl, in das Antlitz einer uralten, durch und durch bösen Macht zu starren, die schon zum Anbeginn der Zeit existiert hatte und womöglich immer noch existieren würde, wenn alles andere schon längst vergangen war. Es war nichts, was sich zerstören ließ, jedenfalls nicht auf eine Art, wie man etwas Lebendiges zerstörte; vielleicht, weil es eigentlich gar nicht lebendig, sondern einfach nur *da* war.

Allein das, was sowieso schon tot war – gestorben vor vielen Jahren und auferstanden als furchtbare Mahnung, sich niemals leichtsinnig mit der Kraft des Feuers zu verbinden –, bot sich ihm zur Vernichtung an: die Manifestation des Jungen, mit dem Daart viele schlimme Jahre durchlitten hatte, in der Hoffnung, eines fernen Tages dem Kreis der Guhulan und dem Einfluss Zar'Torans entfliehen zu können.

Daart fühlte ein eiskaltes Schaudern in sich, so als griffe die Energie des Zylinders nun auch nach ihm; aber vielleicht war es nur die Vorstufe zu seinem endgültigen Zusammenbruch in diesem Gang, in dem die ganze Luft, die ihm aus einer unbekannten Quelle entgegenströmte, gierig vom Feuer verschlungen wurde. Ein dunkler Schleier legte sich über seinen Geist; langsam und ohne es aufhalten zu können, sank er in die Knie, und selbst dann, am Boden, konnte er nicht verhindern, dass sein Körper wie eine Ähre im Wind schwankte.

Womöglich rettete ihm das sein Leben.

Pe'te hob mit einem Röcheln die freie Hand und versuchte, den an dem Pfeil hängenden Zylinder aus der anderen, offenbar vollständig verkrampften Hand zu lösen. Plötzlich stand Furcht in seinem Gesicht, die fast vergessen ließ, wie entstellt es war. Daart kniete ein ganzes Stück entfernt von ihm auf dem glühend heißen Boden; die Hitze kroch in seine Beine und würde über kurz oder lang seine Haut verbrennen und sein Blut zum Kochen bringen. Es war aus, so oder so. Bevor er den Gang verlassen konnte, würde er mit Sicherheit längst ersticken.

Aber das machte ihm keine Angst. Es war beinahe so, als wäre er wieder zurückgekehrt in das Dorf zwischen den Sümpfen von Cosh und dem Schattengebirge, das die Guhulan im Würgegriff umklammert hielten, und als endete nun alles dort, wo es begonnen hatte. Er starrte zu seinem Jugendfreund empor, der den Eindruck erweckte, als taumelte er gerade aus dem bizarren Feuer-Heiligtum, das Zar'Toran hier errichtet hatte, nur getrennt durch einen Lehmwall von den armseligen Häusern zwischen Sumpf und Wald …

Pe'te schrie. Es war ein so lang gezogener, schrecklicher Schrei, dass Daart, der sich in dem schmalen Graben hinter dem Lehmwall so fest wie nur möglich gegen den Boden gepresst hatte, aus seiner Deckung hochfuhr. Das hektische Getrommel der Guhulan wurde von einem schrecklichen Sirren, Fauchen und Zischen übertönt, das den Schrei zu begleiten schien. Aber Daart wusste es besser. Er hatte schon heute Morgen, als Zar'Toran nach ihnen geschickt hatte, geahnt, dass etwas Schreckliches geschehen würde.

Die Zeichen standen auf Vernichtung. Die Feuer-Götter forderten ein Menschenopfer. Und Zar'Toran und die Guhulan waren bereit, es ihnen darzubieten.

Der Schrei hielt an, wie auch die anderen widernatürlichen Geräusche. Das waren die Feuerdämonen, die dunklen Götter, die Zar'Toran glaubte anbeten zu können, um seine eigene Macht zu mehren, und die doch nur ihr eigenes, grausames Spiel mit den armseligen Feueranbetern trieben.

Pe'te und er wussten es. Schon sehr, sehr lange. Es war Kulana gewesen, die alte blinde Frau, die es ihnen in einer stillen Stunde verraten hatte. »Zar'Toran fordert Mächte heraus, denen er nicht gewachsen ist«, hatte sie ihnen heimlich zugeflüstert. »Es wird die Zeit kommen, in der er den Preis dafür zahlen muss. Doch ich fürchte, er wird zuvor viele von euch ins Verderben reißen.«

Sie hatte sich ein Stück vorgebeugt, zu den beiden kleinen Jungen, die sie damals gewesen waren, und ihnen zugeraunt: »Es wird der Tag kommen, an dem Zar'Toran auch vor Menschenopfern aus den eigenen Reihen nicht mehr zurückschrecken wird. Und ich spüre, dass er insgeheim schon ein Auge auf euch beide geworfen hat. Unschuldige siebenjährige Kinder zu opfern bringe den größten Gewinn, heißt es in der alten Schrift, der Zar'Toran und die Guhulan verfallen sind. Deshalb müsst ihr in diesem Lebensjahr besonders vorsichtig sein, wenn die rituellen Trommeln geschlagen werden.«

»Aber passt du denn dann nicht auf uns auf?«, hatte Pe'te leise und angstvoll gefragt.

Kulana hatte den Kopf geschüttelt. »Das müsst ihr dann schon selbst machen. Doch ich gebe euch den Rat: Lauft, so schnell ihr könnt, wenn nach eurem siebten Geburtstag die Trommeln geschlagen werden und die Erde nach Blut schreit.« Ein halbes Jahr später war sie gestorben.

Und jetzt rannte Pe'te auf sein Versteck zu. Er war nicht so schnell wie Daart gewesen, er hatte es nicht mehr geschafft, sich zu verstecken, bevor die Guhulan gekommen waren, zwei kräftige Männer ohne Namen, die in den Höhlen unterhalb des Feuer-Tempels hausten, in denen Zar'Toran ein und aus ging.

Pe'te hatte es nicht geschafft, während Daart davongelaufen war wie ein Feigling, und das, obwohl sie sich geschworen hatten zusammenzuhalten, was auch immer geschehen würde. Die Guhulan hatten Pe'te in das Heiligtum geschleppt, während Daart dem Rat einer alten blinden Frau gefolgt war, nicht ahnend, dass es ihn sein ganzes Leben lang verfolgen würde, wie er auf schändliche Weise seinen einzigen Freund verraten hatte.

Und jetzt schrie Pe'te wieder. Vergessen waren all die Jahre, in denen sie getrennt gewesen waren. Daart war wieder sieben Jahre alt. *Die Aufregung und die feurige Glut, die in der Luft lagen, nahmen ihm den Atem*, und als er Pe'te auf sich zustürmen sah, jetzt in diesem Gang, *auf den Lehmhügel zu und die Guhulan hinter sich*, als er begriff, dass er hier und jetzt den Tribut für seine Feigheit zahlen musste, da verwirrte sich sein Geist vollständig. Es war, als lebte er gleichzeitig in zwei vollkommen unterschiedlichen und doch in vielen Einzelheiten erschreckend ähnlichen Welten, oder als nähme ihn der Gezeitenwurm mit auf seine Reise durch die Epochen, bis sich die Grenze zwischen Vergangenheit und Gegenwart endgültig auflöste.

»Daaaaaart!«, schrie Pe'te auf.

Daart war jetzt aufgesprungen, aber immer noch im Schutz des Lehmwalls, den Zar'Toran hatte errichten lassen, um das Dorf vor der unbändigen Kraft des Feuers zu bewahren. Pe'te hatte das Unglaubliche geschafft: Er war mitten in der Opfer-Zeremonie seinen Häschern entkommen, aber seine Schreie, das schreckliche

Tapsen der kleinen Füße, das Zischen und Rauschen, das hinter ihm herjagte, zeigte …

… er würde es nicht schaffen. Unmöglich. Noch niemand war Zar'Toran entkommen. Es würde Daarts Tod sein, wenn er ihm entgegeneilte. Er durfte es gar nicht tun. Kulana hatte es ihm verboten. Er musste sich selbst retten.

Die Gedanken hämmerten in seinem Kopf, und eine feurige Furcht bemächtigte sich seiner Kinderseele, die Gewissheit, dass das, was ihn erwartete, tausendmal schlimmer sein würde als der Tod.

Aber Pe'te war sein Freund. Er musste zu ihm! Entweder würden sie gemeinsam zugrunde gehen oder gemeinsam sterben, einen langen, qualvollen Tod.

Daart stürmte vor.

Immer wieder stürmte er vor.

Immer wieder hatte er sich vorstürmen sehen.

Zu spät, viel zu spät. In all den unruhigen Nächten, in denen er sich hin und her gewälzt hatte, hatte er diese Szene vor sich gesehen. Wenn er nur gleich losgerannt wäre, ohne kostbare Augenblicke mit Zögern und Zaudern zu verschwenden …

Er sah sich auf Pe'te zulaufen, auf den aus zahllosen Wunden blutenden, von innen her schwelenden Pe'te, dessen Haare bereits versengt und dessen Gesicht und Hände voller Brandblasen waren, und zugleich sah er den Jungen vor sich in einem feurigen Gang stehen, dessen Metallwände sich über die Maßen aufgeheizt hatten, und beide Pe'tes verschmolzen zu einer Gestalt, zu einem einzigen Körper, der plötzlich von innen heraus erstrahlte …

… als ihn der feurige Speer traf, den ihm Zar'Toran nachgeschickt hatte. Pe'te wurde nach vorn geschleudert, taumelte weiter, als begriffe er noch gar nicht, dass er tödlich getroffen war …

Feurige Wogen schlugen aus seinem Brustkorb, orangerote Flammen, die bis zur Decke loderten, sich daran brachen und von ihr zurückgeworfen wurden und ihn von einem Moment auf den anderen in eine hell lodernde Fackel verwandelten.

Einen winzigen Moment schneller, und Daart hätte ihn in den Schutz des Lehmwalls ziehen können, bevor der Speer heran war. Doch so musste er mit ansehen, wie sein bester Freund auf ihn zutaumelte, mit weit aufgerissenen Augen, tödlich getroffen und doch noch nicht sterbend, denn Zar'Toran hatte ihm ein viel grausameres Schicksal zugedacht.

Daarts Augen weiteten sich.

Irgendetwas geschah mit Pe'tes Körper, etwas, das von den grellen Energielinien ausgelöst sein mochte, die aus dem Zylinder hervorgebrochen waren, aber jetzt nichts mehr damit zu tun hatte. Seine Hand hatte sich geöffnet und den Pfeil mit dem Zylinder fallen lassen; es waren nur noch wenige blassblaue Linien, die über seine blank polierte Oberfläche liefen, so als erlösche die Energie, die von ihm ausgegangen war.

Pe'tes Körper begann zu zerfallen. Daarts gemarterte Augen waren nicht in der Lage, alle Einzelheiten zu erfassen, und vielleicht wäre auch unter weitaus besseren Bedingungen nichts Genaues zu erkennen gewesen, weil es etwas völlig Fremdes war, das nicht hierher gehörte, nicht in eine Welt, in der Menschen lebten, und nicht in diesen metallenen Gang im Herzen eines fast vollständig erloschenen, aber immer noch schwelenden Vulkans, in dem geheimnisvolle Feuerrituale vollzogen wurden.

Pe'te veränderte sich; das Fleisch löste sich von seinen Knochen, die lappenartigen Hautfetzen an seinem Kopf fielen endgültig ab, und sein Schädel wandelte sich auf grauenvolle Weise in etwas kaum noch Menschenähnliches. Ein zischender Laut drang aus seiner Brust, vielleicht war es die Art, in der dieses Etwas seine Wut herausschrie.

Daart stand wie gelähmt da und starrte auf das unglaubliche Bild, das sich ihm bot. Er hatte geglaubt, dass das, was von diesem verheerten menschlichen Körper Besitz ergriffen oder ihn sogar *erschaffen* hatte, schon längst aus ihm geflohen sei, aber das war, wenn überhaupt, offenbar nur zum Teil richtig. Pe'tes Leib zuckte mehrmals wie im Krampf; dann barst sein Brustkorb und gab den Blick auf das darunter liegende Etwas frei, das ihm seine Struktur gegeben hatte. Es war umgeben von einer Aura finsterer Macht und völliger Fremdheit …

Das Ding in Pe'te bewegte sich nicht wirklich, aber es lag auch nicht still; irgendetwas schien zu zucken und sich zu winden wie Hunderte von Schlangen in einem Nest. Doch es war viel zu viel Bewegung, als an einem einzigen Ort möglich sein konnte, und vielleicht war ja das, was Daart dort gewahrte, etwas ganz Ähnliches wie das, was ihm der Gezeitenwurm offenbart hatte: der gleichzeitige Einblick in eine Vielzahl von Wirklichkeiten, die er auf vollkommen unbegreifliche Weise allesamt wahrnehmen konnte, obwohl sie sich doch zu verschiedenen Zeiten ereigneten. Doch wenn es sich so verhielt, dann bedeutete es, dass dieses kranke und bösartige Gewimmel in Pe'tes Brustkorb in allen Epochen *gleichzeitig* stattfand und dass es der Kitt war, der sie an dieser Stelle zusammenhielt, und vielleicht die Grundlage einer Art von Lebensform, die sich dem menschlichen Verständnis von vornherein entzog.

Wieder lief eine seltsam zuckende Bewegung über Pe'tes geschundenen Körper, und dann brach er langsam und unter grauenvollem Stöhnen in sich zusammen. Aber noch war es nicht zu Ende. Das, was eben noch Pe'tes Gesicht gewesen war, schien zu zerschmelzen; schwarz-roter Schleim tropfte von dort hinab, wo zuvor einzelne Haarbüschel zu sehen gewesen waren, die Stirn wölbte sich nach innen, und dahinter … wimmelte es vor irgendwelchen winzigen, geflügelten *Dingen*, die in- und übereinander krochen.

Die ganze Kreatur zerfloss, aber Daart nahm es kaum noch wahr. Der Sauerstoffmangel drohte ihn umzubringen. Seine Sinne waren verstört, geblendet von dem Feuer und fast taub geworden von dem Donnern, Fauchen und Tosen um ihn herum und gelähmt von dem Entsetzen, das ihn erfüllte, seit er Pe'te begegnet war.

Aus dem, was gerade noch wie ein Brustkorb ausgesehen hatte und mittlerweile zu etwas ganz anderem geworden war, schoss eine helle Stichflamme hervor und jagte durch den Gang und über Daart hinweg. Es war der feurige Hauch des Todes, der ihn streifte, seine Haare versengte und sein Bewusstsein an den Rand des Zusammenbruchs brachte.

Daarts Gedanken verwirrten sich zunehmend. Dies war der Tod. Das Ende. Er wehrte sich nicht. Alles, was er fühlte, war ein schwaches Erstaunen darüber, dass es so ganz anders war, als er bislang geglaubt hatte.

Seine Augen nahmen das, was sich vor ihm abspielte, nur mehr undeutlich wahr. Und doch begriff er, ganz am Rande seines Bewusstseins, dass die Kreatur vor ihm längst zu einer brennenden Fackel geworden war, ja, dass der ganze Gang ein loderndes Inferno war, in dessen Mitte das, was die Gestalt Pe'tes angenommen hatte, wie ein flüchtig aufgeschichteter Scheiterhaufen brannte. Und Daart war endgültig klar, dass auch er jetzt sterben musste.

Damit war seine Schuld abgetragen, endlich, nach all der langen Zeit. Er hatte für seine Feigheit und sein unverzeihliches Zögern bezahlen müssen. Und erstaunlicherweise war das, was zurückblieb, eine tiefe Leere. Er empfand keinen Schmerz mehr und auch keine Trauer, keinen Zorn – nur eine schreckliche, saugende Leere, so als hätte sich im Grund seiner Seele ein schwarzer Wirbel aufgetan, in den all seine Gefühle unaufhaltsam hineingesogen wurden. Pe'te war tot, zum zweiten Mal gestorben, und jetzt, da auch er sterben würde, war es gut so …

Als der Boden unter ihm wegbrach, nahm er es kaum noch wahr. Heiße Metallsplitter und glühende Steine regneten auf ihn herab, während sein Bewusstsein einen wahren Tanz aufführte, hinweggerissen wurde in einen Strudel widersprüchlichster Empfindungen. Irgendetwas in ihm spürte, dass er hinabrutschte, und rechnete damit, dass jetzt womöglich das folgte, was er bei dem Sturz in den Schlund erlebt hatte – nur dass es diesmal tatsächlich geschehen und keine verrückte Phantasie mehr sein würde … Er hatte Schmerzen, elende Schmerzen, und die Welt war ein einziges, verrücktes Durcheinander von Wahrnehmungen und Empfindungen. Es war alles so … falsch, ganz anders, als er sich den Tod vorgestellt hatte. Es war eher wie die Verlängerung eines grauenhaften Albtraums …

TEIL 3

Der Drache lehrt:
Wer hoch aufsteigen will,
muss es gegen den Wind tun.

DAS ZWÖLFTE BUCH

1 … der sich ins Endlose dehnte und ihn mitten hinein in einen Farbwirbel riss, ein sich schnell drehendes Kaleidoskop gebrochener Wirklichkeiten, in denen es nichts Fassbares gab außer ein paar Erinnerungssplittern: Zar'Toran, der sich über ihn beugte, mit einem dämonischen Grinsen, um ihn zur Feuer-Zeremonie mitzunehmen; Pe'te, der torkelnd, brennend und mit einem Speer im Rücken auf ihn zutaumelte; die blinde Kulana, die ihm zuraunte, er müsse verschwinden, bevor ihn Zar'Toran in die Hände bekäme und den grausamen Feuerdämonen opferte; und immer wieder *Zar'Toran, Zar'Toran, Zar'Toran!* Irgendjemand schrie, und es dauerte eine geraume Zeit, bis Daart begriff, dass es seine eigene gemarterte, ausgetrocknete Kehle war, der sich dieser Schrei entrang. Er bäumte sich auf, gegen das Schicksal, gegen seine Erinnerungen und gegen das, was ihn in unbarmherzigem Griff hielt.

»Ruhig, ganz ruhig«, sagte jemand, fast sanft, und dann erklang eine andere, tiefere Stimme: »Ich fürchte, die Dosis war doch zu hoch.«

Irgendetwas an diesen Stimmen kam ihm bekannt vor – auf erschreckende Weise bekannt –, aber noch weigerte sich sein Verstand, daraus Schlüsse zu ziehen. Es war ein Albtraum, in dem er gefangen war, es war nicht die Wirklichkeit, konnte es gar nicht sein, denn wenn sie es gewesen wäre …

»Weck ihn auf«, sagte eine leise, sanft klingende Frauenstimme.

Bevor Daart begriff, was damit gemeint sein könnte, traf ein harter Schlag sein Gesicht. Sein Kopf wurde zur Seite geschleudert, und ein dünner Blutfaden lief aus seinem Mundwinkel. »Komm zu dir, Kerl«, sagte jemand grob.

Daart erkannte die Stimme, und das, obwohl er sie erst wenige Sätze hatte reden hören. Vielleicht lag es daran, dass ihn dieser Mann schon einmal geschlagen hatte und schon einmal die Rede von einer Dosis gewesen war. Er versuchte sich verzweifelt daran zu erinnern, wann und wo das gewesen sein mochte …

aber sein Gedächtnis verweigerte sich. Sein Bewusstsein – oder das, was davon noch übrig geblieben war – sperrte sich dagegen, seine Umgebung wahrzunehmen. Er hatte sich darauf eingestellt zu sterben, hatte inmitten des Chaos seinen Frieden gefunden, und er war nicht bereit, ihn sich jetzt wieder rauben zu lassen.

Dennoch ... er kannte diese Stimme. Sie gehörte einem schwarz gekleideten Krieger mit Silbermaske, genauer: dem Mann, der ihn schon einmal geschlagen hatte, als er sich vollkommen unbeweglich und wehrlos inmitten des blutrot wallenden *Nebels* wieder gefunden hatte, der in Wirklichkeit nichts weiter als die Ausläufer einer Wolke gewesen war, von der untergehenden Sonne beschienenen. Aber das hatte sich ereignet, nachdem er das Bewusstsein wiedererlangt hatte, für ihn nur einen Flügelschlag entfernt von dem Augenblick, in dem das Langboot die Höhle gerammt hatte und die Silbernen ihn und Irana gefangen genommen hatten, doch in Wirklichkeit vier Wochen später.

Der Silberne – wenn er es denn wirklich war – packte sein Kinn und zwang ihn grob, den Kopf zu heben. Daart blieb nichts anderes übrig, als der Bewegung zu folgen. Er fühlte sich seltsam leicht und losgelöst, als wäre sein Kopf nicht mehr auf den Schultern und er selbst nicht mehr vorhanden. Aber trotzdem, er fühlte Schmerz, jetzt, nachdem alles vorbei war, sogar einen größeren und furchtbareren Schmerz als je zuvor – auch wenn er nicht körperlicher Natur war. Vielleicht, dachte er mit einer Spur von Hysterie, wurde das Leben gerade aus ihm herausgesaugt, und das, was von ihm noch übrig geblieben war, nachdem sein Körper zusammengebrochen war, begann sich aufzulösen. Vielleicht war dies das letzte Aufflackern seines Lebenswillens. Er hatte geglaubt, nach der Begegnung mit Pe'te jenseits von Trauer und Leid zu sein und bereit, in das große Vergessen hinüberzugleiten – doch das stimmte nicht. Etwas in ihm klammerte sich an die verrückte Hoffnung, in einer perfiden Art von Traum gefangen zu sein – oder in einer Vision, die ihm von der Person geschickt worden war, die mit ihrer Magie hier alles zu beherrschen suchte.

Dennoch: Jemand erzwang seine Aufmerksamkeit. Alles in ihm wehrte sich dagegen. Er ahnte, nein, wusste, was ihn erwarten würde. Aber er wollte keine Gewissheit. Nicht nach dem, was geschehen war.

Trotzdem öffnete er – gegen seinen Willen, langsam und unendlich bedächtig – die Augen. Fast hätte er einen Schrei ausgestoßen, als er erkannte, dass seine Befürchtungen der Wahrheit entsprachen – und wer da vor ihm stand.

Es war Nubina. Wie bei ihrer ersten Begegnung trug sie einen eng anliegenden, silbrig glänzenden Schutzpanzer, der aussah wie polierter, auf wunderbare Weise elastisch gewordener Sternenstahl, schenkelhohe Schaftstiefel und einen Brustharnisch, der sich wie Spinnennetze über ihre Brüste spannte. Ihr Gesicht mit den hohen Wangenknochen und den schmalen, leicht schräg stehenden Augen wirkte genauso hochmütig, wie er es in Erinnerung hatte.

»Ich … ich verstehe nicht ganz.«

»Das wundert mich nicht«, sagte Nubina verächtlich. »Natürlich verstehst du nichts. Wie solltest du auch? Diese Prophetinnen-Schlampe hat dich vollständig in ihren Bann gezogen. Du bist doch nur noch ein Spielball ohne eigenen Willen!«

Daart wollte den Kopf schütteln, aber das gelang ihm nicht. Stattdessen spürte er eine Schwäche, eine Erschöpfung, die nichts mit körperlicher Müdigkeit zu tun hatte. »Nein. Davon kann überhaupt keine Rede sein.« Dumpf erinnerte er sich an das, was ihm in dem metallischen Gang widerfahren war. »Wo ist … Pe'te?«

»Pe'te?« Es war eine männliche Stimme, die das sagte. Sie klang rau, zerrissen, fast wie das bösartige Knurren eines Wolfes. Daart spürte, wie sich seine Gedanken klärten, aber auf eine unangenehme, schmerzhafte Weise. Er kannte diese Stimme. Er hasste sie. Es hatte eine Zeit gegeben, da hatte er diese Stimme mehr gefürchtet als alles andere in seinem Leben, aber da war er noch ein kleiner Junge gewesen, wehrlos ausgeliefert und tatsächlich das, was ihm Nubina gerade vorgeworfen hatte: ein Spielball. Nicht der Spielball einer jungen Prophetin, die ihm einreden wollte, dass sich das Leben um sie herum in einem vollkommen unnatürlichen, sich überschlagenden Rhythmus bewegte wie bei einem kranken Herzen. Sondern der eines Magiers.

Des Feuermagiers Zar'Toran.

»Nein«, stöhnte er. Beim Anblick des Mannes stiegen längst vergessen geglaubte Erinnerungen an sein Leben in Guan in ihm auf, aber es war, als wären es nicht seine eigenen, sondern die eines Fremden; Bilder, die irgendwo in seinem Gedächtnis waren, ohne dass er wusste, wie sie dorthin gekommen waren, und die ihn nichts angingen.

»Pe'te ist mein.« Es war etwas Merkwürdiges an dieser Stimme. Jede einzelne Silbe schien in viele Unterlaute zu zerfallen, die nicht richtig zusammengehörten und erst in Daarts Kopf einen Sinn ergaben. Und sie klang bösartig. Wie der Angriffslaut eines gereizten Raubtiers.

»Zar'Toran«, keuchte Daart. »Aber das … kann nicht sein!«

»Kann es nicht?«

Ein Schatten glitt auf ihn zu, Funken stoben auf und Glut zischte, und dann nahm der eben noch substanzlose Körper Gestalt an. Daart quollen vor Entsetzen fast die Augen aus den Höhlen. Er hatte alles Mögliche erwartet, aber nicht das. Er hatte nicht damit gerechnet, irgendwann diesem Mann wieder zu begegnen, der seine ersten Lebensjahre zur Hölle gemacht hatte. Aber er war es, daran konnte nicht der geringste Zweifel bestehen. Dieses hagere Gesicht mit den schwarzen, fast hypnotisch wirkenden Augen würde er nie vergessen.

»Du bist tot«, sagte Daart, gepeinigt von einem Gefühl der Hilflosigkeit, das mit rasender Geschwindigkeit von ihm Besitz ergriff. Und während er mit der bangen Furcht eines gemaßregelten Kindes auf eine Antwort wartete, spürte er, wie das letzte bisschen Lebenskraft aus ihm wich. Seine Gedanken verschleierten sich, als wären sie entlang einer gezackten Risslinie gespalten, und die Grenze, hinter der er noch klar denken konnte, verschob sich zunehmend. Bald würde Daart vollkommen abgleiten ins Nichts, oder in das, was alle Menschen nach dem Tod erwartete.

Falls Zar'Toran das zuließ. Falls er nicht ganz andere Pläne mit ihm hatte. Pläne, die möglicherweise die ganze Ewigkeit betrafen.

»Ach ja, tatsächlich?«, erwiderte der Magier. Seine Augen (oder das, was Daart für seine Augen hielt) verengten sich zu Schlitzen, und sein Gesicht wurde zu einer ärgerlich verzerrten Maske. Aber Daart wusste es besser. Das war kein Ärger, den er in den Zügen des alterslos wirkenden Mannes wahrzunehmen glaubte, das war hämische Freude. Genau so hatte er in Daarts Träumen ausgesehen, wenn er sich auf seiner schmalen Pritsche in der Korona hin und her gewälzt hatte, geplagt von der Erinnerung an die Demütigungen, die Zar'Toran der alten Kulana hatte zuteil werden lassen, weil sie sich einmal mehr schützend vor Daart und Pe'te gestellt hatte.

Nubina wandte den Kopf in Zar'Torans Richtung. »Schweig«, sagte sie leise, aber der Magier zuckte zusammen, als hätte er... Angst vor dieser ungewöhnlichen Frau.

Nubina wandte sich nun wieder an Daart. »Das ist nicht Zar'Toran«, sagte sie ruhig. »Das ist Cor Har'Kanarro.«

Daarts Herz setzte für einen Schlag aus. Er fühlte sich wie ein Mann, der begreifen muss, dass sein bester Freund in Wahrheit sein schlimmster Feind ist. »Das ist ... *wer?*«, fragte er vollkommen fassungslos.

»Ich denke, du kennst seinen Namen«, erwiderte Nubina. »Schließlich war es dein geheimer Auftrag, ihn zu suchen.«

»Geheimer Auftrag«, bestätigte Cor Har'Kanarro – oder Zar'Toran oder wie auch immer er in Wirklichkeit heißen mochte. »Das ist doch gut, oder, Daart, mein Kleiner? Da hast du jahrelang an meiner Seite gelebt, und dann erteilen dir die Satai – ausgerechnet die Satai! – den Auftrag, mich zu suchen. Welch ein Irrwitz!«

Daart schüttelte den Kopf. »Nein. Du kannst nicht Zar'Toran sein. Du bist tot.«

»Wer hier tot ist und wer nicht, bestimmt die Göttin«, fuhr der Magier fort. »Oder wusstest du das noch nicht? Sie entscheidet über Leben und Tod, über Vergnügen oder Qual.«

Zumindest Letzteres hatte Daart schon einmal gehört. Aber er hatte es anders gedeutet; er hatte geglaubt, die Herrscherin der Silbernen wolle ihm mit Folter und Tod drohen. Doch so, wie Zar'Toran es jetzt sagte (und Daart beschloss, ihn für sich so zu nennen), bedeutete es, dass Nubina nicht nur töten, sondern auch Tote zum Leben erwecken konnte ... Daart spürte, wie seine Gedanken in eine Zeit glitten, die längst vergangen war und die in der Form, in der er sie in Erinnerung hatte, vielleicht niemals stattgefunden hatte. Es war wie eine Flucht vor dem, was er sich weigerte zu akzeptieren. Wenn Nubina tatsächlich Tote zum Leben erwecken konnte ...

Er war zu verwirrt und geschwächt, um diesen Gedanken ernsthaft weiterzuverfolgen. Und trotzdem: Eine Göttin, dachte er, vermag Dinge zu tun, die kein Sterblicher kann. Sie kann ... Seine Gedanken schweiften erneut ab. Es war ein ganz eigentümliches Gefühl. Ein Satai-Sjen sollte in der Lage sein, jede Situation nüchtern zu betrachten. Aber das war er schon lange nicht mehr. Vielleicht war er es nie gewesen. Er wusste nicht, welcher Schoß ihn geboren und welcher Samen ihm Leben eingehaucht hatte, er hatte keine Ahnung, wer seine Eltern waren – und diese Frage auch längst begraben –, aber da waren immer Kulana und Zar'Toran gewesen. Die gleichermaßen distanzierte wie hingebungsvolle Mutter (obwohl sie vom Alter her eher eine Großmutter für Pe'te und ihn gewesen war) – und der schlimmste aller vorstellbaren Väter. Es wäre eine ganz alltägliche Geschichte gewesen, wären Pe'te und er tatsächlich Brüder gewesen und Zar'Toran und Kulana ihre Eltern. Aber so ...

Zar'Toran hatte von Anfang an seinen und Pe'tes Tod geplant, als grandioses Opfer für die Götter, die er und die Guhulan anbeteten. Und einer dieser Götter sollte Nubina sein? Es war lächerlich. Und doch ...

»Cor Har'Kanarro hast du gefunden«, sagte Nubina. »Was werden deine nächsten Schritte sein, Satai-Sjen?«

»Meine ... nächsten Schritte?«, stammelte Daart. Was sollte dieser Blödsinn? Er hatte keine Wahl.

»Du hattest einen Traum.« Nubina lächelte leicht. Es wäre ein entzückendes Lächeln gewesen, wenn ihre Augen nicht weiter eiskalt geschimmert hätten. »Einen Traum, den ich dir geschickt habe.« Sie beugte sich ein Stück vor. Zar'Toran verschwand aus Daarts Blickfeld – beinahe so, als wäre er niemals da gewesen. »Einen Traum, der dich glauben gemacht hat, Dinge zu sehen, die es nie gegeben hat. Einen Traum, in dem du in unglaubliche Tiefen hinabgestürzt bist. Einen Traum, der dich mit Dingen konfrontiert hat, die zwar nie wirklich waren, aber doch aus dir selbst herauskamen.«

Langsam, nur ganz langsam, sickerten ihre Worte in Daarts Bewusstsein. »Heißt das … heißt das, ich habe all das nicht wirklich erlebt?«

»O doch, natürlich, es gibt Dinge, die du tatsächlich erlebt hast«, antwortete Nubina. »Aber nur die Dinge, die ich dir gestattet habe zu erleben.« Sie zog sich wieder ein Stück von ihm zurück, und er hatte Mühe, ihr Gesicht überhaupt noch mit Blicken zu erfassen.

Daart spürte, dass er dabei war, endgültig in einen Zustand abzugleiten, aus dem es kein Zurück mehr geben würde. Aber da war noch etwas anderes: die tief sitzende Gewissheit, dass das hier nicht Teil der ihm bekannten Wirklichkeit war. Zar'Toran und Nubina schienen – fast – wirklich, aber es war etwas Unnatürliches, Abstoßendes an ihnen.

»Du …« Nubinas Gesicht tauchte wieder vor ihm auf, wunderschön und doch auf grausame Weise abstoßend. Irgendetwas Seltsames war in ihren Augen. Daart fühlte sich auf kribbelnde, gleichermaßen unangenehme wie verführerische Weise betrachtet und, was vielleicht das Schlimmste war, im wahrsten Sinn des Wortes durchschaut. Nubina starrte ihn mit einer sonderbaren Vertrautheit an, und ihre Augen blitzten. Ihm war, als sähe sie bis auf den tiefsten Grund seiner Seele und als bliebe ihm gar nichts anderes übrig, als sich ihr vollständig zu offenbaren.

»Du gehörst mir«, flüsterte Nubina. »Alles andere ist unwichtig. Alles andere hat niemals wirklich existiert.«

Ja, dachte Daart seltsam träge. Möglich, dass das stimmte. Zar'Toran war Cor Har'Kanarro? Eigentlich hätte ihn das erschrecken sollen. Aber es war nun unwichtig. Wichtig war nur Nubina. Und das, was sie von ihm wollte.

Alles um ihn herum geriet in Vergessenheit, und nichts existierte mehr für ihn außer dieser hoch gewachsenen, stolzen schönen Frau, die Zar'Toran *seine Göttin* genannt hatte. Vielleicht hatte nie mehr existiert. Vielleicht hatte ihn die Göttin geschaffen, und vielleicht war all das, was er für sein Leben gehalten hatte, nicht mehr als der Flügelschlag eines Vogels, und das, was er zu erreichen geglaubt hatte, nicht mehr als der leichte Lufthauch, der eine Pflanze wiegt.

Dann war Zar'Toran wieder in seinem Blickfeld. »Du warst ein böser Junge, Daart«, sagte er. »Du hast deine eigenen Gedanken gedacht.« Er schüttelte traurig den Kopf. »Habe ich dir nicht gesagt, was dann passieren könnte? Habe ich dich nicht davor gewarnt, dass du am Ende die Satai für gut und die Guhulan für böse halten könntest?«

Ja, dachte Daart erstaunt, da war etwas gewesen. Zar'Toran hatte ihn gewarnt. Er hatte ihn ermahnt und geleitet. Und wie hatte er es ihm gedankt? Er hatte ihn verraten. Er hatte sich mit Dingen beschäftigt, die Zar'Toran bei allem Wohlwollen nicht für gut befinden konnte.

»Es wird Zeit, Daart«, sagte Zar'Toran eindringlich.

»Zeit?«, fragte Daart mit schwerer Zunge. »Zeit wofür?«

»Nun ...« Diesmal war es die Göttin, die antwortete. Sie schwebte erneut heran, und ihr Gesicht umspielte ein feines Lächeln. »Ich habe dir doch gesagt, dass ich dir eine Frage stellen würde, wenn wir uns das nächste Mal sehen. Und jetzt ist die Zeit dafür gekommen.«

Daart nickte. »Eine Frage. Das ist gut ... Auch ich habe eine Frage, Göttin. Wenn es Euch recht ist.«

Täuschte er sich, oder glitt da tatsächlich der leichte Schatten eines Ärgers über die ebenmäßigen Züge der Göttin? »Dann frage«, sagte sie. Ihre Stimme klang jetzt scharf wie geschliffener Sternenstahl.

»Wer …« Daart hätte jetzt gern die Hände ausgebreitet und seine Worte mit einer weit ausholenden Geste begleitet. Aber das war ihm leider verwehrt. »Wer seid Ihr, Göttin? Seid Ihr es, die mich erschaffen hat? Seid Ihr es, die über mein Schicksal bestimmt? Oder … gibt es da noch … andere … *Götter?*«

»Was …« Es klang wie das bösartige Zischen einer Schlange. Eine Wolke düsterer Energie schien das Antlitz der Göttin einzuhüllen, sodass er es kaum noch erkennen konnte. »Was gibt dir das Recht, eine solche Frage zu stellen?«

»Aber Daart.« Zar'Toran seufzte. Dann tauchte er plötzlich wieder in Daarts Blickfeld auf. »Wie kannst du nur solche Fragen stellen?« Er schüttelte betrübt den Kopf. »Natürlich gibt es keine anderen Götter. Aber missgünstige Dämonen und andere böse Kreaturen, die die Macht der Göttin erschüttern wollen. Doch dafür habe ich ja dich ausgebildet. Dafür habe ich den Hass auf mich und die Guhulan in dein Herz gesenkt, auf dass du dich von uns abwendest. Dafür habe ich dir den sterbenden Satai geschickt, auf dass er dich zu den anderen Satai führt, diesen verderbten Kriegern, die sich mit dem Bösen verbündet haben.« Die letzten Worte spuckte er fast aus, und so, wie sich sein Gesicht bei dem Wort *Satai* verzerrte, fühlte sich Daart fast von ihm abgestoßen. War da nicht etwas falsch an dem, was Zar'Toran sagte? Bevor er diesen Gedanken weiterdenken konnte, entschlüpfte er ihm.

»Du, Daart, Sohn des Feuers.« Zar'Toran beugte sich vor, sodass sein Gesicht jetzt ganz nah an Daarts war und er die Hitze spüren konnte, die von diesem Mann ausging, der sein Leben der zerstörerischen Kraft des Feuers gewidmet hatte. »Du bist der Auserwählte. Dir wird die Ehre zuteil, als Wächter der *Großen Zeremonie* beizuwohnen, die die Kraft der Göttin vervielfachen wird. Du, der du geglaubt hast, ein Satai werden zu wollen, doch in deinem Herzen ein Guhulan bist, du, dessen Herz für die unseligen Legenden schlug, die sich um Skar ranken, obwohl du doch in deinem Innersten ein Diener des Feuers bist – du bist auserwählt worden, um die Feinde der Göttin vernichtend zu schlagen.«

Ja, da war etwas gewesen. Die alte blinde Kulana hatte ihn und Pe'te davor warnen wollen, aber sie hatte Unrecht gehabt. Zar'Toran hatte ihn von klein auf darauf vorbereitet, auf genau diesen Moment. Wie hatte er das nur vergessen können? Wie hatte er die Faszination vergessen können, die er empfunden hatte, wenn er stundenlang dem Spiel der Flammen zugeschaut hatte, dem Prasseln und Zischen, mit denen sich Zweige und Geäst der verzehrenden Kraft der Flammen gebeugt hatten? Wie war es möglich, dass er sich nicht mehr an die unglaubliche Pracht des Tempels erinnerte, den die Guhulan nahe dem Schattengebirge, nicht weit entfernt vom nordöstlichsten Rand des riesigen Sumpfgebiets von Cosh, errichtet hatten? Erstrahlte nicht mitten in diesem Niemandsland der Glanz ihres Feuer-Tempels, brach sich das Sonnenlicht nicht auf all den spiegelnden Flächen, loderten die vielen tausend kleinen und größeren Feuer, die hier ununterbrochen brannten, nicht hell genug, um ihn gegen die Verblendung zu schützen, die sich seiner dennoch bemächtigt hatte?

Zar'Toran war gerade noch rechtzeitig gekommen, um ihn wieder daran zu erinnern, wo er hin gehörte. Selbst das Erlebnis mit Pe'te erschien ihm jetzt in einem anderen Licht. Natürlich. Sein Freund war von den Toten auferstanden, um ihm die Macht des Feuers zu zeigen. Er hatte das auf so drastische Weise tun müssen, um den Schleier von Daarts Gedanken zu reißen und das Gift aus ihm herauszuspülen, das ihm die Satai mit ihren verlogenen Worten eingeträufelt hatten.

»Vor vielen Jahren habe ich die fauchende Kraft das Widerstands in dein Herz versenkt – eine Kraft, die du nun gegen die falsche Prophetin einsetzen kannst«, sagte Zar'Toran mit hörbarem Stolz in der Stimme. »Und nach deiner Flucht aus dem Kerker habe ich die Anweisung gegeben, dich und die anderen so lange in der Feuerhöhle in einen Kampf zu verwickeln, bis du des Gezeitenwurms ansichtig wurdest …«

»Der Kampf in der Höhle?«, fragte Daart verständnislos. »Der soll nur ein Hinhaltemanöver gewesen sein?« Er erinnerte sich schemenhaft an den Hünen, der ihn mit seiner riesigen Keule in den Boden hatte stampfen wollen, und an den schwarzen Schatten, der herangewirbelt war, um ihn aus den Fängen seiner Angreifer zu befreien ... und danach, ja, da war er dem Gezeitenwurm begegnet, und irgendetwas war mit ihm geschehen, das seine ganze Sicht des Zeitgefüges über den Haufen geworfen hatte. »Aber warum? Ihr hättet doch gleich Irana und die anderen niedermachen können. Warum dieser Umweg?«

»Weil es der gründlichere Weg ist, deshalb.« Es war Nubina, die diese Antwort gab. Ihre Stimme hatte jetzt jede Leichtigkeit verloren und klang merkwürdig gepresst. »Es muss uns gelingen, den Widerstand ein für alle Mal und mitsamt seiner wuchernden Wurzel auszumerzen. Denn dort, wo die Zeiten zusammenfließen, wird immerzu neues Übel geboren, wenn man ihm nicht Einhalt gebietet. Und genau dafür, für den Schutz der bereits eingeleiteten *Großen Zeremonie*, bist du da!«

»Aber ich habe doch nicht die geringste Ahnung, wie ich die Zeremonie schützen könnte!«, wand Daart hilflos ein.

»Das ist auch nicht nötig«, antwortete Zar'Toran. »Du hast Kontakt mit dem Gezeitenwurm gehabt – und weißt jetzt wieder, wo du hingehörst.« In der rauen Stimme des Magiers war ein kaum wahrnehmbares Zögern, bevor er fortfuhr: »Du wirst zur rechten Zeit wissen, was zu tun ist. Und wir können dich wieder ins Leben entlassen.«

»Und die Frage?«, wimmerte Daart. »Welche Frage wolltet Ihr mir stellen, Göttin?«

Die Göttin tauchte wieder in seinem Gesichtsfeld auf, und Daart wusste, dass es zum letzten Mal sein würde – zumindest für lange Zeit. Ihr Gesichtsdruck wirkte jetzt gleichermaßen unbeweglich wie höchst zufrieden, und was eigentlich ein Widerspruch sein sollte, rührte in Daart etwas an, von dem er nicht gewusst hatte, dass es da war: Er empfand Demut der Göttin gegenüber.

»Die Frage ist ganz einfach«, sagte die Göttin sanft. »Bist du bereit, die falsche Prophetin für mich zu töten?«

2

Die Zeit verstrich langsam, sie dehnte sich aus, zog sich wieder zusammen, wirbelte um ihn herum, und Daart selbst war nicht mehr als ein Spielball dieser Urgewalt. Es musste die flüchtige Berührung durch den Gezeitenwurm sein, die ihm dieses neue, fremde Zeitgefühl vermittelt hatte; möglicherweise war es auch der kurze Kontakt mit Url, dem rätselhaften Satai, von dem Irana behauptete, er sei nicht das, was er zu sein schien. Ganz sicherlich aber hatte es etwas mit Zar'Toran zu tun und mit der Frau, die er als *Göttin* bezeichnet hatte. Aber es war nicht Nubina, die daran schuld war, dass sich die Entwicklung auf ganz Enwor überschlug. Es war Irana. Sie hatte versucht, ihn mit ihren Lügen und Halbwahrheiten zu verwirren, und sein eigenes Erleben, die Art, wie er die Dinge wahrnahm, manipuliert.

Aber es würde ihr nichts nutzen. Daart war dazu ausersehen, sich ihr und ihren Begleitern in den Weg zu stellen und sie notfalls zu töten. Damit nichts und niemand mehr die wahre Kraft aufhalten konnte, die von Nubina und den Aralu verkörpert wurde.

Nachdem er ihre entscheidende Frage beantwortet hatte, hatte Nubina ihm alle wesentlichen Zusammenhänge vermittelt. Dabei hatte sie die Mühe auf sich genommen, ihm die Augen zu öffnen, ihm, dem unbedeutenden Sterblichen, der mit seiner beschränkten Sicht und lächerlich geringen Lebensspanne in ihren Augen nicht mehr sein konnte, als eine Ameise für ihn war. Sie hatte ihn zu sich geholt auf das Dach ihres Wolkenpalastes oder auch in eine unfassbare Sphäre, die sich irgendwo zwischen Tod und Leben befand; vielleicht war das sogar ein und dasselbe. Sie hatte ihm begreifbar zu machen versucht, dass ihre Begegnung seelisch-geistiger und nicht körperlicher Natur war – aber das hatte er nicht verstanden. Vielleicht hatte er es auch nicht verstehen *wollen*. Weil es bedeuten mochte, dass er dabei war, sich selbst in der Nähe des Todes zu verlieren, und weil sein Körper und seine Seele an der Schwelle des endgültigen Zusammenbruchs nicht mehr die untrennbare Einheit bildeten, die ihm vertraut war.

An den genauen Wortlaut der tieferen Einblicke in die übersprudelnde Quelle der Wirklichkeit, die Nubina ihm gewährt hatte, konnte sich Daart kaum noch erinnern. Dafür war ihm umso mehr bewusst, dass er im Begriff gewesen war, einen fürchterlichen Fehler zu begehen. Irana und Harkon mochten in bester Absicht handeln, aber ihr verzweifelter Plan beruhte auf einem grundsätzlichen Irrtum. Nubina verkörperte mitnichten die Gefahr, die es mit allen Mitteln zu bekämpfen galt. Sie war die Erlöserin, die Einzige, die wahrhaftig begriff, was mit Enwor geschah, und die alles tat, um die Katastrophe zu verhindern.

Nachdem Nubina ihn freigegeben hatte, um das zu tun, was sie ihm aufgetragen hatte, befand sich Daart in einem ganz merkwürdigen Schwebezustand. Er war nicht irgendwo hingegangen, und er war auch nicht weggebracht worden – er hatte sich eher von allem losgelöst, was ihn noch festgehalten hatte, und war, so lächerlich ihm das auch vorkam, *entschwebt*. Vielleicht waren seine Seele und sein Körper mittlerweile wirklich so weit auseinander gedriftet, dass sie wie zwei Wesen waren. Er hatte das Gefühl, ein gutes Stück über seinem eigenen Körper zu schweben. Er beobachtete, was mit ihm geschah, aber das so teilnahmslos und distanziert, als ginge ihn alles gar nichts mehr an.

Der mit Metall ausgekleidete, kochende Gang, in dem ihm Pe'te begegnet war, war längst zusammengebrochen. Unter ihm hatte sich plötzlich ein Loch aufgetan, nein, falsch, der Boden war weggesackt, und das offensichtlich an seiner schwächsten Stelle: Denn genau unter ihm, dort, wo er um Atem ringend – *sterbend!* – zusammengebrochen war, befand sich etwas, das er auf den ersten Blick wohl für einen schräg nach unten laufenden Tunnel gehalten hätte, wenn er Zeit und Kraft gehabt hätte, ihn eingehender zu mustern. Natürlich hatte er das nicht gehabt; er war einfach runtergerutscht, und sein Schwert, das Tschekal, hinterher, mit der Spitze voran, als wollte es ihn aufspießen. Es war weder ein Gang noch ein Tunnel gewesen, sondern eine Röhre aus einem grauen, gleichermaßen festen wie elastischen Material, die weit hinabführte und deren Wände so glatt waren, dass er eine unglaubliche Geschwindigkeit erlangte.

Er hätte darüber erschrocken sein können und sich Gedanken machen müssen, wohin diese Röhre führte. Er hatte sich fragen können, wie es möglich war, dass er sich selbst beobachtete und von allen Seiten sah – mithilfe unbekannter Sinne oder sogar noch viel direkter, von einem nicht-körperlichen Zustand aus.

Er stellte keine dieser Fragen, und er war auch nicht erschrocken, nicht einmal beunruhigt. Nubina hatte ihm offenbart, dass er eine Aufgabe zu erfüllen habe. Er musste die Feuer-Zeremonie schützen. Er musste dafür sorgen, dass nichts dazwischenkam, wenn der Feuerdrache hinabstieß, um das Werk Nubinas zu vollenden. Die Göttin hatte es ihm erklärt. Es war die Berührung durch den Gezeitenwurm, die es ihm ermöglichte, Irana und die anderen auf jenem Weg zu verfolgen, den Harkon *Abkürzung in der Zeit* genannt hatte.

Sein Körper, der ein Stück unter ihm durch eine steile Röhre rutschte, bewegte sich rasend schnell, doch es erschien ihm als schleichend langsam. Sein Zeitgefühl war durcheinander geraten. Das änderte aber nichts daran, dass er begriff, was gleich geschehen würde: Das Tschekal rutschte schneller durch die Röhre als der Körper in dem ledernen Echsenpanzer, und seine Spitze würde gleich in die Schulter des Mannes fahren, der – auf irgendeine verrückte Weise – immer noch er selbst war.

Er konnte nichts dagegen tun. Ausgerechnet die Waffe, die ihm Skarissa Rabork in dem Irrglauben mitgegeben hatte, er könne mit ihrer Hilfe jemanden wie Nubina aufhalten, würde ihn endgültig töten. Zu seiner Verblüffung machte sich jetzt doch so etwas wie Besorgnis in ihm breit. Die Klinge des Tschekals war so scharf, dass sie sich wahrscheinlich bis in seinen Lungenflügel bohren würde. Schon glaubte er zu spüren, wie die Schneide aus Sternenstahl durch die Schulterverstärkung seiner Ledermontur eindrang, fast widerstandslos, so als schnitte sie durch Butter.

Nubina hatte ihm aufgetragen, die *Große Zeremonie* mit seinem Leben zu schützen. Er durfte nicht zulassen, dass sein Auftrag in Gefahr geriet …

Aber er ist doch schon tot, dachte er in diesem Moment erstaunlich klar. Der Gedanke riss den Nebel auseinander, der sich über seinen Verstand gelegt hatte. Der Kerl da unten, der kleine Junge aus dem Dorf Guan am Rand der Sümpfe von Cosh, der junge Mann, der auf den Rat eines sterbenden Satais den Guhulan den Rücken gekehrt hatte, um zum Satai-Sjen zu werden, der Krieger, der geglaubt hatte, es mit Nubina aufnehmen zu können – der war bereits tot, erstickt und verbrannt in einem Gang, in dem er seinen Jugendfreund Pe'te zu sehen geglaubt hatte …

Das mochte durchaus die Wahrheit sein. Aber er durfte es nicht zulassen. Er musste Nubina beistehen. Nubina, die ihn genarrt hatte, als sie ihm, wie ein Mann gekleidet, als Nubin erschienen war. Vielleicht, dachte er verwirrt, waren Nubin und Nubina doch nicht eine Person. Vielleicht war ihm die Göttin die ganze Zeit über als Irana erschienen. Aber das konnte nicht sein. Denn er sollte ja in Nubinas Auftrag Irana aufhalten. Genauso wie Rarr, den Quorrl. Und Harkon, den hässlichen Shimpta …

Seine Gedanken entglitten ihm zunehmend. Das musste er verhindern. Obwohl für einen Teil von ihm die Zeit fast schleichend langsam verging, war die Schwertspitze jetzt erschreckend nah an den Körper des Mannes dort unten – an seinen Körper! – herangekommen. Das glatt polierte Tschekal musste eine erschreckende Geschwindigkeit aufgenommen haben …

Es war, als ginge ein Ruck durch seine Wahrnehmung. Die Zeit lief plötzlich wieder schneller, und er wurde geradezu hinabgesogen zu dem Körper, der dort unter ihm durch die Röhre sauste. Er drängte durch Zeit und Raum zurück zu seinem Körper und damit zu der Gefahr, in der er sich befand. Seine Perspektive verengte sich wie bei einem Raubvogel, der ein Wild gesichtet hatte. Er sah sich von oben, erstaunlich nah und mit allen Einzelheiten, die ihm zuvor nicht aufgefallen waren. Doch es war das Gesicht, das seine volle Aufmerksamkeit auf sich zog.

So hatte er sich noch nie gesehen. Er kannte sein Spiegelbild aus stillen Seen und Flüssen oder auch als Reflexion von seinem

Schwert und anderen blank polierten Metallgegenständen. Doch nun sah er zum ersten Mal sämtliche Einzelheiten, und das ausgerechnet jetzt, wo er so schlimm aussah wie in seinem ganzen Leben noch nicht. Die Augenbrauen waren versengt, das Gesicht war von Brandblasen übersät, von schwärenden Wunden bedeckt und überall dort, wo die Haut nicht Blasen geworfen hatte, vom Feuer gerötet. Nur unter den Augen und um die Mundwinkel herum wirkte die Haut leichenblass, wie die eines vor Stunden Gestorbenen. Aber das Allerschlimmste war der Ausdruck, der auf dem Gesicht lag: Es war die entsetzte Miene eines Mannes, für den ein alter, noch aus der Kindheit stammender Albtraum mit wahnsinniger Eindringlichkeit wahr geworden wahr – und der daran zu zerbrechen drohte.

Dieser Anblick zerstörte nun vollends die ohnehin fragile Grenze zwischen den beiden Teilen seines Selbst. *Er* war der Mann mit dem verbrannten Gesicht, und hinter ihm jagte ein Schwert her, als hätte eine wütende Gottheit es nach ihm geschleudert. Der Anblick des verbrannten Gesichts verblasste, und stattdessen nahm er nichts weiter als allumfassende Dunkelheit um sich herum wahr. Er hatte beinahe vergessen, dass er eine düstere Röhre hinabrutschte, aber die Gefahr, die von seiner eigenen Waffe ausging, war ihm nur allzu deutlich bewusst.

Es wäre sinnlos und höchst gefährlich gewesen, seine Höllenfahrt in der Hoffnung fortzusetzen, dem Tschekal zu entgehen. Stattdessen riss er die Hände nach unten und presste sie mit aller ihm noch – oder wieder – zur Verfügung stehenden Kraft auf den unteren Rand der Röhre. Seine Handkanten rubbelten schmerzhaft über das glatte Material, und fast augenblicklich jagte Hitze seine Handgelenke hinauf.

Da näherte sich etwas seinem Genick. Mit einer verzweifelten Anstrengung stemmte er sich hoch – keinen Augenblick zu früh, denn da polterte auch schon das Tschekal unter ihm durch, und er prallte hart auf dem rutschigen Untergrund auf. Ein eiskalter Schauder durchlief seinen Körper, und seine Zähne schlugen klappernd aufeinander. Das konnte nur eine Reaktion auf das Feuer und die Hitze sein, der er ausgesetzt worden war. Er hatte das schon ein paar Mal erlebt. Immer hatte es mit den Feuerzeremonien Zar'Torans in Zusammenhang gestanden und dem Funkenflug, der sich wie ein Schwarm bissiger Insekten in seiner Haut festgebissen hatte. Kulana hatte es ihm erklärt.

Aber immerhin lebte er noch. Er hatte es allein Nubina zu verdanken, die ihm diesen Fluchtweg durch die Röhre eröffnet hatte, als er dem Tod ins Angesicht geschaut hatte – ganz zu schweigen davon, dass er nur durch ihre Umsicht gewusst hatte, welche Gefahr ihm durch sein eigenes Schwert drohte. Und er war bereit, seine Schuld abzuzahlen.

Dazu musste er überleben. Und das wurde ihm alles andere als leicht gemacht.

Die Röhre endete indessen nicht dort, wo Nubina ihn brauchte, sondern sie machte einen kleinen Umweg. Ein tiefes Stöhnen drang über seine Lippen, als er lichtes Geflacker vor sich bemerkte. Sein Bedarf an Feuer und Flammen war mehr als gedeckt. Die Vorstellung, dass ihn die Röhre erneut in ein flammendes Inferno ausspeien könnte, erschrak ihn zutiefst.

Aber schon ein paar Augenblicke später erkannte er, dass er sich getäuscht hatte. Das Feuer lag hinter ihm, genauso wie der verhasste Rauchgeruch und mit ihm die Angst, bei lebendigem Leib verbrannt zu werden. Stattdessen sah er Rarr, den Quorrl – und Harkon.

Die beiden schritten ein Stück von ihm entfernt durch eine gespenstisch wirkende Stein- und Lavalandschaft. Es war ein flüchtiger Eindruck, der Daart gewährt wurde; dann wurde er von dem Rohr ausgespuckt, flog durch die Luft und schlug auf hartem Untergrund auf. Ein scharfer Ruck ging durch seinen Körper, und sein Rücken wurde schmerzhaft zusammengestaucht. Aber sein erster Gedanke, als er sich hinter einer Anhäufung losen Vulkangesteins aufrappelte, war: Hoffentlich haben sie mich nicht gesehen.

Denn nichts anderes war für ihn jetzt mehr wichtig, als Nubinas Befehl zu befolgen. Mit den Augen suchte er den Boden nach seinem Schwert ab.

Irana würde eine unangenehme Überraschung erleben.

3 »Keinen Schritt weiter!« Daart hatte nicht laut gesprochen, aber das leise Zischen, mit dem das Tschekal aus seiner ledernen Scheide glitt, war Warnung genug.

Rarr erstarrte mitten in der Bewegung. Mit dem silbernen Schild auf dem Rücken sah der Quorrl wie eine Riesenschildkröte aus. Sein Gesicht verriet keine Regung, ganz im Gegensatz zu Harkon, der auf ihn zustürmte und dabei sein eigenes, winziges Schwert zog, als wollte er sich damit auf Daart stürzen.

»Aus dem Weg, du aufgeblasener Satai-Sjen!«, schrie der Shimpta mit wutverzerrter Fratze.

»Daart«, knurrte der Quorrl. »Wo kommst du her? Und was willst du?«

Daart verzichtete auf eine Antwort. Es war erstaunlich leicht gewesen, sich an die beiden anzuschleichen. Aber das war auch kein Wunder; Harkon hatte angedeutet, dass sie und Irana auf einer Art Abkürzung unterwegs wären, einem ganz außergewöhnlichen Weg *durch die Zeit* – und damit unerreichbar für die Aralu. Genau das war ja auch der Grund, warum die Göttin Daart zu ihrem Werkzeug erwählt hatte. Daart hatte den Grund nicht ganz verstanden, warum er hier sein konnte, nur begriffen, dass es etwas mit Zar'Toran zu tun hatte und der Ausbildung, die er bei den Guhulan genossen hatte. Vielleicht lag es aber auch daran, dass er so gut wie tot gewesen war und nur in diesem Zustand hierhin hatte wechseln können.

Doch all das spielte jetzt keine Rolle. Er streifte Harkon mit einem flüchtigen Blick und wandte sich dann wieder dem Quorrl zu. Der mächtige Schuppenkrieger ließ mit langsamen, bedächtig wirkenden Bewegungen den schweren Schild von seinem Rücken gleiten. Das gefiel Daart ganz und gar nicht. Zudem wusste er nicht, wo Irana steckte. Auch das war alles andere als beruhigend.

»Du bist nicht mehr auf unserer Seite?«, grollte der Quorrl. Obwohl er seine Stimme zum Schluss des Satzes leicht angehoben hatte, klang es mehr nach einer Feststellung als nach einer Frage.

»Ich … ich bin nicht gegen euch«, versicherte ihm Daart hastig. »Ich fürchte nur, ihr habt euch in eine Sache verrannt, die uns allen gefährlich werden könnte. Nubina ist nicht unsere Feindin, Rarr.«

»Sie ist nicht unsere Feindin?«, wiederholte Rarr. In seine pupillenlosen Fischaugen trat ein harter Glanz, wie Daart ihn noch nie zuvor an einem Quorrl bemerkt hatte. »Was ist sie dann? Deine ganz besondere Freundin?«

»Nein. Natürlich nicht.« Daarts Gedanken überschlugen sich. Er wollte nicht gegen den Quorrl kämpfen. Selbst wenn er in weitaus besserer Verfassung gewesen wäre, wäre es mehr als fraglich, ob er es mit ihm aufnehmen könnte. Doch so war er ihm hoffnungslos unterlegen. Er musste einen Weg finden, um ihn mit Worten zu überzeugen. Und wenn das alles nichts nutzte …

»Ja nun, was ist sie dann?« Harkon hatte sein Schwert erhoben und stieß nun mit der Spitze in Daarts Oberschenkel, zur Sicherheit aber so leicht, dass es nur ein harmloser Piekser wurde. »Wie hat Nubina dich rumgekriegt? Hat sie dir ein Königreich versprochen? Unermesslichen Reichtum? Oder einen Platz in ihrem Bett?«

Daarts Hand fing an zu zittern und mit ihr das Schwert, das einen ganz leichten Schwenk in Harkons Richtung vollzog. Es war mehr Schwäche, die es Daart unmöglich machte, das Tschekal ruhig zu halten, und nicht Wut. Aber das konnte Harkon natürlich nicht wissen. Mit einem hastigen Sprung brachte sich der Shimpta in Sicherheit – und ließ sicherheitshalber seine Waffe sinken.

Rarr hatte den Schild mittlerweile vollends vom Rücken gleiten lassen und seine Schuppenhand auf den Griff des Zackenschwerts gelegt.

»Rarr, denk doch mal nach«, sagte Daart beschwörend. »Wer hat dir einzureden versucht, dass Nubina unsere Feindin ist? War es vielleicht Irana? Oder eine andere Prophetin?«

»Dass brauchte mir niemand einzureden«, knurrte Rarr. »Ich habe gesehen, was man meinem Volk angetan hat.« Eine merkwürdige Bewegung ging durch seinen Körper, wohl das, was bei einem Menschen ein Schaudern gewesen wäre. »Sie haben Angehörige meines Stammes verschleppt – und unsägliche Experimente mit ihnen angestellt. Sie haben Monster aus ihnen gemacht, mit riesigen wulstigen Schädeln, aus denen Stacheln wachsen …«

Die Super-Quorrl!, dachte Daart entsetzt. Er hatte sie gesehen, sie waren tatsächlich monströs. Aber Nubina sollte an ihrer Entstehung schuld sein? Das konnte er nicht glauben.

»Das Schlimmste aber ist, was Nubina ihren Seelen angetan hat«, fuhr der Quorrl nach einer Weile fort. »Mein Volk hat viele tausend Jahre gebraucht, um sich aus der Düsternis zu befreien, aus dem Zwang, zu töten und zu vernichten, den man in uns gelegt hatte in der Absicht, bestmögliche Kämpfer zu schaffen. Und nun …« Der Quorrl wirkte äußerlich gefasst, aber seine Hände zuckten unmerklich, und in seinen Augen stand ein gefährliches Flackern. »Nun ist Nubina gekommen, um uns zurück in die Dunkelheit zu führen. Sie hat sich an meiner Rasse vergangen, Satai-Sjen. Und sie wird noch viel mehr Leid über uns und über euch Menschen bringen, wenn wir sie nicht endlich aufhalten.«

»Es mag sein, dass man deinem Stamm Gewalt angetan hat«, sagte Daart. Als er sah, dass sich der lippenlose Mund des Quorrls zu einem festen Strich zusammenzog, fügte er schnell hinzu: »Und ich habe die … Abkömmlinge deines Volkes, von denen du gesprochen hast, mit eigenen Augen gesehen und weiß daher wahrscheinlich besser als mancher andere, was man ihnen angetan hat …« – und was diese Super-Quorrl anderen antun können, fügte er in Gedanken hinzu. »Und dennoch … könnte es nicht sein, dass jemand ganz anders dahinter steckt?«

»Nein«, sagte der Quorrl knapp, und es klang wie das wütende Knurren eines Hundes, der sich zum Angriff duckt.

»Ganz sicher nicht«, sprang ihm Harkon bei. »Und glaub nur nicht, dass sich Nubina lediglich an den Quorrl vergangen hat. Sie hat auch ganz gezielt Jagd auf uns Shimptas machen lassen, weil sie wusste, welch besondere Beziehung wir zu dem

Gezeitenwurm haben.« Im Gegensatz zu dem Quorrl gab sich Harkon keine Mühe, seine Gefühle zu unterdrücken. Sein Gesicht glühte geradezu vor Hass. »Hunderte von uns sind umgekommen, der Rest versklavt – bis auf mich und die wenigen anderen, die ihr noch Widerstand leisten. Und da trittst ausgerechnet du uns in den Weg, um uns daran zu hindern, sie von ihrem Sockel zu stürzen?«

»Davon kann doch überhaupt keine Rede sein«, sagte Daart mit einer Heftigkeit, die vollkommen unangebracht war – und vor allem ihn selbst erschreckte. »Ich will doch Nubina nicht verteidigen. Ich will nur verhindern, dass ihr einen fürchterlichen Fehler begeht.« Er wandte sich um und deutete hinter sich und nach oben. »Dort wird gleich der Feuerdrache auf den Tempel hinabstoßen. Mit seiner Hilfe wird Nubina die jährliche *Große Zeremonie* durchführen können. Das ist alles. Danach wird alles wieder so, wie es war.« Daart drehte sich den anderen zu … und erstarrte.

Er hatte gar nicht bemerkt, dass inzwischen Irana zu ihnen gestoßen war. Sie stand im Schatten des Quorrls und wirkte damit so zart und zerbrechlich wie ein kleiner Strauch neben einem Mammutbaum. »Daart«, sagte sie leise und fast unhörbar. »Was redest du da nur? Und was fuchtelst du mit dem Schwert herum?«

»Ich … ich tue nur das, was ich tun muss«, sagte Daart stockend.

»Und was soll das sein?«, fragte Irana müde. Unter ihren Augen lagen dunkle Ringe, die einen scharfen Kontrast zu ihrem ansonsten leichenblassen Gesicht bildeten. »Lass uns durch, Daart, oder schließe dich uns an. Lass uns das tun, was getan werden muss.«

Daart schüttelte den Kopf. »Das kann ich nicht.«

Irana warf einen Blick hoch zu Rarr – und dann einen hinab zu Harkon. »Habe ich irgendetwas verpasst?«

»Ja.« Der Quorrl klopfte ungeduldig auf den Knauf des Zackenschwerts. »Dieser Irre glaubt plötzlich, Nubina verteidigen zu müssen.«

Irana wandte sich zu Daart um. Eine ganze Zeit lang sagte sie nichts und starrte ihn nur schweigend an. Der Blick ihrer dunklen Augen wirkte fast hypnotisch, aber ihr Gesicht war unendlich traurig. »Ich kann verstehen, wenn du wütend auf uns bist«, sagte sie schließlich. »Wir hätten dich in unseren Plan einweihen sollen. In unseren wirklichen Plan.«

»Also hatte Nubina doch Recht«, sagte Daart bitter. »Ihr habt mich zu einem billigen Ablenkungsmanöver benutzt.«

»Ein Ablenkungsmanöver – ja«, sagte Irana mit fester Stimme und ohne den Blick zu senken. »Aber kein billiges. Bitte, Daart, glaube mir: Wir wussten, dass es nur einen Weg gibt, den Feuer-Tempel zu erreichen. Niemals wäre es uns gelungen, uns ihm auch nur auf ein paar hundert Schritte zu nähern.« Sie lachte, heiser und humorlos. »Sieh uns doch an. Wir sind keine Streitmacht; selbst Harkons Shimptas haben wir auf diesem letzten Weg zurücklassen müssen. Wir sind die letzten Versprengten eines verzweifelten Widerstands. Nubina hat hier, im Innersten ihres Heiligtums, Hunderte ihrer besten Kämpfer zusammengezogen – darunter sicherlich auch Super-Quorrl, wie du sie nennst.«

»Und der Pfeil, den ich verschießen sollte?«, fragte Daart mit harter Stimme.

»Hätte das Chaos auslösen sollen, das Nubina im Hier und Jetzt festhält – damit wir uns unbemerkt anschleichen können«, sagte Irana. »Nicht mehr und nicht weniger.«

»Aber das«, Daart beschrieb einen weiten Kreis mit der Schwertspitze, »ist nicht das Hier und Jetzt, habe ich Recht?«

Irana biss sich auf die Unterlippe, eine Geste der Verlegenheit, die Daart nicht zum ersten Mal an ihr bemerkte. »Das ist richtig. Eigentlich«, sie zuckte hilflos mit den Achseln, »ist das gar nichts. Es ist eher … eine Art Zeitspalte, die nirgends hingehört, sondern zwischen den Epochen vagabundiert.«

»Ich verstehe kein Wort«, sagte Daart. »Zeitspalte? Was soll das denn sein?«

»Etwas wie ein Nebeneingang in der Zeit«, mischte sich Harkon ein. »Aber das brauchst du nicht zu verstehen. Es reicht, wenn wir Shimptas uns damit auskennen.«

Irana warf Harkon einen gedankenverlorenen Seitenblick zu. »Es stimmt, dass die Shimptas einen besonderen Bezug zur Zeit haben. Das liegt daran, dass ein Großteil ihres Volkes hier, in der Nähe dieses uralten Vulkans, zu Hause ist – und damit an dem Ort, an dem durch den Gezeitenwurm eine ganz besondere … Atmosphäre herrscht.«

»Denn nur hier ist der Übergang zwischen den Zeiten fließend«, ergänzte Harkon. »Aber das können lediglich die Priester unseres Volkes nutzen.« Sein Gesicht verfinsterte sich zusehends. »Und die hat Nubina in ihrer Gewalt. Bis auf einen Einzigen, den Wichtigsten. Und der bin ich.«

»Du siehst also, dass wir dich nicht belogen haben. Wir haben nur diese Art … Abkürzung durch die Zeit genommen«, sagte Irana. Sie wischte sich eine Haarsträhne aus dem Gesicht. »Und das war das Einzige, was ich dir verschwiegen habe – aus Sorge, du würdest es nicht verstehen und mir nicht glauben …«

»Halt, hör auf!« Mit der linken Hand griff sich Daart an den Kopf. Ein dumpf pochender Schmerz hämmerte seine Gedanken beiseite. »Ich will das alles gar nicht hören.« Plötzlich sah er Nubina vor sich, die ihn zum Abschied beschwörend und fast verheißungsvoll angelächelt hatte. Er konnte sich nicht vorstellen, dass sie ihn belogen hatte. Welchen Bären ihm Irana und Harkon auch auf die Nase binden wollten: Sie sagten die Unwahrheit. Ob sie dabei bewusst logen oder nicht, spielte im Grunde gar keine Rolle.

»Es sind sowieso schon genug Worte gewechselt worden«, sagte der Quorrl finster. »Lasst uns endlich …«

»Halt, halt«, unterbrach ihn Harkon. »Eines solltest du noch wissen. Nubina kann ihren Traum von Unsterblichkeit nur mit Hilfe jener Substanz verwirklichen, die wir Shimptas aus den Ausscheidungen des Gezeitenwurms gewinnen. Und genau darum geht es bei dieser Zeremonie …«

»Schweig«, donnerte der Quorrl. »All das spielt jetzt keine Rolle mehr. Und was immer dieses Geschwätz von der Unsterblichkeit bedeuten soll – nicht das ist der Grund, warum ich gegen die Aralu in den Kampf ziehe.«

»Natürlich nicht, Rarr«, sagte Irana besänftigend. »Es geht darum, Nubina aufzuhalten. Deshalb müssen wir sie auch an ihrer empfindlichsten Stelle treffen. Und das ist nun einmal ihr Streben nach Unsterblichkeit.«

Unsterblichkeit. Ja. Das alles machte Sinn. Der Sterngeborene brauchte die *Essenz des Lebens*, um seine besondere Form der Existenz aufrechtzuerhalten. Hieß das etwas anderes, als dass er eine ganz eigene Art der Unsterblichkeit anstrebte? Wohl kaum.

Aber Unsterblichkeit war ein hohes Gut. Vielleicht das höchste überhaupt. Macht und Reichtum – was nutzte das, wenn man starb? Der Nachwelt gewaltige Todestempel und Mausoleen zu hinterlassen war doch nichts weiter als ein verzweifelter Versuch, die Grenzen seiner eigenen Sterblichkeit zu sprengen. Und noch dazu ein vollkommen unsinniger. Dem Hier und Jetzt konnte man nur dann seinen Stempel aufdrücken, wenn man lebte.

»Daart«, sagte Irana eindringlich, »ich weiß nicht, welche Art von Begegnung du in der Zwischenzeit gehabt hast, seit wir uns getrennt haben, dort oben in dem Gang, durch den wir den Feuer-Tempel hätten sehen müssen – wenn uns nicht Nubina mit Hilfe ihrer Magie falsche Bilder vorgespiegelt hätte.«

»Nubina und Magie.« Daart lächelte schwach. »Ja. Ich habe in ihrer Begleitung einen Magier vorgefunden. Einen Mann, den ich schon immer gesucht habe. Nur, dass ich fälschlicherweise dachte, er sei mein Feind. Aber weißt du was, Irana? Das ist er gar nicht. In Wirklichkeit ist er sogar … eine Art Beschützer. Er hat nichts weiter getan, als dafür zu sorgen, dass ich das Richtige tue. Und genau das, verstehst du, werde ich jetzt auch.«

»Nein, ich verstehe nicht.« In Iranas Stimme schwang spürbare Ungeduld mit. Daart begriff, dass es gleich losgehen würde. Die Entscheidung war längst getroffen, und sobald Irana das begreifen würde – und vor allem der Quorrl! –, konnten sie gar nicht anders, als ihn anzugreifen. »Du siehst schrecklich aus, Daart. Dein Gesicht wirkt … verbrannt. Du kannst dich kaum noch auf den Beinen halten …«

»Doch, das kann ich!« Daart schrie nun fast.

»Aber ich fürchte, dass dich Nubina mit ihrem ganz besonderen Zauber eingefangen hat«, fuhr Irana ungerührt fort. »Und dass du dem nichts entgegenzusetzen hattest, so geschwächt, wie du warst. Aber es ist nicht *wahr*, was immer du auch behaupten magst.«

»Es ist wahr!« Daart schrie jetzt tatsächlich. »Und du weißt es ganz genau, du falsche Schlange!«

Die Art, wie sich seine Gedanken überschlugen, gefiel ihm überhaupt nicht. Nubina und Zar'Toran (wieso Zar'Toran? War er nicht sein Feind?) hatten ihm klargemacht, dass genau das passieren würde, was jetzt tatsächlich geschah: Irana und die anderen würden ihn mit Argumenten davon abzubringen versuchen, das zu tun, was getan werden musste.

Aber die Entscheidung, wie er darauf reagieren sollte, wurde ihm abgenommen. Von Rarr.

Mit einer Bewegung, die zu schnell war, als dass Daart in seinem geschwächten Zustand ihr etwas hätte entgegensetzen können, warf er sich vor und umklammerte ihn. Daarts stieß ein ersticktes Stöhnen aus. Seine Rippen knackten hörbar. Noch wenige Sekunden, und der Quorrl würde ihm den Brustkorb eingedrückt haben.

»Nicht!«, rief Irana entsetzt. »Töte ihn nicht, Rarr! Mach ihn nur kampfunfähig.«

Daart wusste nicht, ob der Quorrl bereit war, sich tatsächlich von der Gewalttat abhalten zu lassen, die ihm der Instinkt seiner Rasse vorgab. Aber zumindest lenkte ihn Iranas Ausruf einen winzigen Augenblick ab. Und genau diese kurze Zeitspanne der Unachtsamkeit, das fast unmerkliche Nachlassen seiner Muskelspannung, nutzte Daart aus.

Er riss seinen Schwertarm hoch. Aber er hatte die eiserne Fessel um sein Handgelenk vergessen. Sie behinderte ihn, drohte sich zu verfangen. Doch schon schnitt der scharf geschliffene Sternenstahl seines Tschekals durch die Schuppen von Rarrs rechtem Unterarm. Er riss sein Schwert vollends hoch, ließ es herabsausen und schlug mit der flachen Seite der Klinge zu. Der

Stahl traf Rarrs Handgelenk mit erbarmungsloser Wucht. Der Schuppenkrieger brüllte, mehr vor Wut als vor Schmerz, ließ ihn los und wich zwei, drei Schritte zurück. Sein Blick sprühte vor Hass, während er den linken Arm umklammerte, aus dem schaumiges Blut hervorsprudelte.

Daart wollte ebenfalls zurückweichen, um eine direkte Auseinandersetzung zu vermeiden, aber seine Knie gehorchten ihm nicht richtig, und seine Waden zitterten so heftig, dass er fast gestürzt wäre. Und dann war es auch schon zu spät. Rarr sprang vor, mit einer Geschmeidigkeit, die Daart diesem Koloss niemals zugetraut hätte. Sein Zackenschwert hackte nach Daarts Kopf, verfehlte ihn um Haaresbreite und schlug Funken aus dem Fels hinter ihm. Daart ließ sich zur Seite fallen und den Quorrl über sein ausgestrecktes Bein stolpern, und dann schlug er ihm mit aller Kraft den Schwertknauf in den Rücken. Rarr schrie und taumelte, doch der Felsvorsprung hinter Daart wurde ihm zum Verhängnis. Mit der Wucht einer abstürzenden Flugechse knallte der Quorrl dagegen und brach in die Knie.

Daart aber erging es kaum besser. Der Ansturm des Giganten hatte ihm das Schwert aus den Händen geprellt; mit einem hässlichen Klirren schlug es dicht neben Rarr gegen den Felsen und rutschte weiter. Das Bein, über das der Gigant gestolpert war, fühlte sich gebrochen an, und während er sich vergeblich aufzuraffen versuchte, wurde ihm nur allzu klar, dass er einen weiteren Angriff dieser Art nicht überleben würde.

Zudem war jetzt Irana heran. Sie hatte ihr Schwert gezogen, und ihre Augen funkelten vor Zorn. »Was tust du, du Narr?«, schrie sie ihn an. »Wieso greifst du uns an?«

Wie ein Racheengel stand sie vor ihm, das Schwert zum Schlag erhoben. Daart wartete auf ihren Angriff. Alle Energie, die er noch hatte aufbringen können, hatte er bei dem kurzen Kampf gegen den Quorrl verbraucht.

»Schlag doch zu«, keuchte er. »Aber glaube mir, du wirst Nubina niemals aufhalten können!«

»Das sehe ich anders.« Irana holte zu einem wuchtigen Schlag aus. Daart war wie gelähmt und unfähig, sich zu wehren.

Er sah das Schwert kommen. Und erst im letzten Augenblick begriff er, was Irana vorhatte.

Dann versank die Welt um ihn in tiefem Schwarz.

4 Als er wieder zu sich kam, lehnte er ausgerechnet neben Rarr an der Felswand. Sein Kopf dröhnte von dem Schlag, den ihm Irana mit der stumpfen Seite ihrer Klinge versetzt hatte. Sie hatte offensichtlich beobachtet, auf welche Art er den Griff des Quorrls gesprengt hatte – und es ihm dann gleichgetan, nur, dass sie sich seinen Kopf als Ziel ausgesucht hatte und nicht sein Handgelenk.

»Die Ratte ist aufgewacht«, knurrte der Quorrl böse. »Ich würde sie am liebsten am Schwanz packen und durch die Luft schleudern, damit sie sich an den Felsen das Rückgrat bricht.«

Irana warf Daart einen schrägen Seitenblick zu. »Beachte ihn einfach nicht.«

»Was ist geschehen?«, fragte Daart mühsam.

»Das würde ich gern von dir wissen«, erwiderte Irana mit einem bitteren Unterton in der Stimme, der Daart alarmiert hätte, wenn er nicht immer noch benommen gewesen wäre. »Und vor allem eins«, fuhr Irana fort, ohne ihn aus den Augen zu lassen: »Auf wessen Seite stehst du im Augenblick?«

Daart starrte auf seine Hände hinab. Jemand hatte es sich zunutze gemacht, dass er noch die beiden eisernen Handfesseln trug, ein Stück massiven Draht durchgesteckt, der wahrscheinlich dem Kampfgürtel des Quorrls entstammte, und diesen so fest verzurrt, dass zwischen die beiden Eisenfesseln kaum noch ein Stück Papier gepasst hätte. Dem frechen Grinsen nach zu urteilen war es eine Idee des Shimptas gewesen. Daart beschloss, Harkon das heimzuzahlen, egal wie diese Geschichte auch ausgehen mochte.

»Nubina …«, begann Daart.

»Ja, ich weiß«, sagte Irana. »Sie hat dich irgendwie in ihre Gewalt bekommen.« Sie beugte sich ein Stück vor. »Du musst mir genau erzählen, was sie mit dir gemacht hat. Wie hat sich dich überzeugen können, dass ihre Sache eine gerechte ist?«

Der Quorrl stieß ein Knurren aus und sah von seiner heftig blutenden Wunde auf, die er gerade mit einem Stofffetzen verband. »Wir brauchen diesen Menschen nicht«, sagte er verächtlich. »Lass mich ihn töten, Prophetin!«

Irana schüttelte heftig den Kopf. »Nein, Rarr. Ich fürchte sogar, wie werden diesen *Menschen* noch bitter brauchen …«

»Du verstehst nicht«, brüllte der Quorrl so laut, dass sich Harkon erschrocken die Ohren zuhielt. »Der Feuerdrache ist bereits auf dem Weg hierher. Uns bleiben bestenfalls noch ein paar Minuten. Bis dahin müssen wir unsere Position eingenommen haben!«

Irana starrte ihn entsetzt an, dann nickte sie. »Du hast Recht, Rarr. Mir bleibt keine andere Möglichkeit mehr.«

Sie rutschte noch näher an Daart heran – so nahe wie auf dem Wolkendach von Nubinas gigantischer Festung – und starrte ihn schweigend an. Ein merkwürdiges Gefühl ergriff Daart. Seine Nackenhaare stellten sich auf, und ihm war … als ergriffe ihn eine große warme Hand. Iranas Gesicht verschwamm vor ihm. Sie schloss die Augen, doch ihm kam es so vor, als starrten ihn Dutzende toter Augen an: die Augen Pe'tes und all der anderen, die Zar'Toran und die Guhulan geopfert hatten, während er in ihrer Mitte gelebt hatte. Einen Herzschlag lang gab es für Daart nichts weiter als all diese Augen, die ihn vorwurfsvoll musterten. Du hast uns vergessen, schienen sie zu sagen. Du hast vergessen, dass uns Zar'Toran bedenkenlos den falschen Göttern geopfert hat, denen er huldigt. Du hast geglaubt, Zar'Toran habe mit guter Absicht gehandelt. ABER DAS IST FALSCH! ZAR'TORAN IST DAS BÖSE SELBST!

In seinem Kopf fühlte es sich an, als packte jemand zu und verpasste ihm einen Stoß, aber nicht auf körperlicher, sondern auf geistiger Ebene. Er spürte einen scharfen Schmerz, der in seinen Schläfen hämmerte.

»Das ist nicht wahr«, stöhnte er auf. Aber es lag eine seltsame Unsicherheit in seiner Stimme, die ihn selbst verblüffte.

Zar'Toran hat dich betrogen, hämmerte es weiter, er hat dich und alle anderen betrogen. Und wenn du dich nicht – endlich – von ihm befreist, wirst du dafür sorgen, dass Zar'Toran am Ende noch gewinnt – und unsägliches Leid über Enwor bringt.

»Es ist nicht wahr«, wimmerte Daart. »Es ist nicht … es kann nicht …« Er versuchte sich an Nubina zu erinnern, wie sie gebieterisch und stolz vor ihm gestanden hatte, jeder Zoll eine Göttin. Nubina war bei ihm gewesen in jenem Moment, in dem er eigentlich hätte sterben müssen, und sie hatte ihn tatsächlich in seinen Bann gezogen, ganz genau so, wie ihn jetzt Irana in ihren Bann zog – oder war es eher so, dass sie den Bann sprengte, der ihn zu einem willenlosen Werkzeug Nubinas gemacht hatte?

Eine Flut von Erinnerungsfetzen ergoss sich über ihn und brachte die Mauer zum Wanken, die Nubina und Zar'Toran errichtet hatten. All das, was er erlebt und erlitten hatte, all die Demütigungen, die fürchterliche Angst, die seine Seele von den ersten Lebensjahren an vergiftet hatte, die grausamen Opfer-Zeremonien, das schleichende Gift der Furcht, das sich in die Dorfbewohner gesenkt hatte – das war die Wahrheit, und nicht das, was Zar'Toran ihm versucht hatte weiszumachen.

Du bist kein Kind mehr, du bist ein Mann, meldete sich – endlich – die Stimme wieder zu Wort. *Wehre dich! Bekämpfe diejenigen, die dir das alles angetan haben.*

Es durchfuhr ihn wie ein scharfer Blitz. Nubina und Zar'Toran – oder Cor Har'Kanarro – hatten ihn genarrt. Sie standen nicht auf seiner Seite, hatten nie dort gestanden, sondern waren seine erbitterten Gegner. Sie würden keinen Sekundenbruchteil zögern, ihn zu töten, wenn es die Lage erforderte.

Das Blut hämmerte in seinem Schädel. Er fühlte sich bis ins Mark getroffen. Die Einsicht, dass Nubina ein falsches Spiel mit ihm gespielt hatte, macht ihn krank. Das Stöhnen, das aus ihm hervorbrach, klang beinahe wie das Prasseln eines soeben entfachten Opferfeuers im Tempel der Guhulan, und es brachte keine Erleichterung. Wie sollte es auch? Es gab nichts mehr, an dem er sich festhalten konnte. Stattdessen hielten ihn Wut und

Scham in unbarmherzigem Griff … und ein Zustand völliger Ernüchterung.

Irana stieß einen tiefen Seufzer aus und öffnete wieder die Augen. Auf ihrer Stirn perlte Schweiß, und die Ringe unter ihren Augen waren jetzt tiefschwarz, so als hätte ihr etwas auf einen Schlag alle Lebensenergie entzogen. »Daart«, sagte sie leise. »Wie … wie geht es dir?«

Auch wenn Daart es gewollt hätte, hätte er es ihr nicht sagen können. Er war vollständig verwirrt.

»Bringen wir es hinter uns.« Der Quorrl stand auf. Er blickte auf Daart herab, als wollte er ihm am liebsten einen groben Fußtritt verpassen. »Was machen wir mit dieser Kröte? Wir können den *Menschen* hier schlecht zurücklassen.«

»Allerdings, das können wir nicht.« Irana erhob sich ebenfalls, aber wohl ein bisschen zu schnell für ihren geschwächten Zustand, denn sie schwankte kurz. »Was ist mit dir, Daart?« Ihr Gesicht drückte eine Besorgnis aus, die Daart weit über das hinauszugehen schien, was man einem Kampfgefährten entgegenbrachte. »Bist du wieder du selbst?«

»Ich selbst?« Daart hätte beinahe verzweifelt aufgelacht. »Ich weiß nicht, wer ich bin. Jemand – Nubina – hat mich einen Spielball genannt, Irana. Vielleicht bin ich das. Aber eigentlich glaube ich das nicht …«

Er stockte und brach dann ab. Irgendetwas in ihm war vollkommen durcheinander geraten. Nicht nur seine Gedanken waren in Aufruhr geraten, sondern auch seine Empfindungen. Verzweiflung, Schrecken und Furcht mischten sich mit Wut – und einem Gefühl der Hilflosigkeit, wie er es nie zuvor erlebt hatte. Den Glauben an Nubina zu verlieren bedeutete auch, Sicherheit zu verlieren. Und erst jetzt begriff er schmerzlich, dass es genau die Art von Sicherheit war, die er sein Leben lang gesucht hatte. Sie ähnelte dem, was er empfunden hatte, wenn sich Kulana vor ihn und Pe'te gestellt hatte, um sie gegen Zar'Toran zu schützen.

Aber schon damals hatte er gewusst, dass es falsch war, sich diesem Gefühl von … *Geborgenheit* hingeben zu wollen. Es machte schwach. Und diese Schwäche verstanden andere auszunutzen. So wie Nubina, als sie sich das letzte Mal begegnet waren – wenn man dabei überhaupt von einer Begegnung sprechen konnte. Ob sie dabei Magie gegen ihn eingesetzt hatte?

Er schob den Gedanken beiseite. Es war müßig, über etwas nachzudenken, das das menschliche Bewusstsein nicht erfassen konnte. Wenn es keine Magie war, dann etwas so Fremdes und Unvorstellbares, dass das Wort seine Berechtigung erhielt.

In jedem Fall war es etwas Mächtiges gewesen, mit dem Nubina versucht hatte, seinen Willen zu brechen. Und genau das durfte er nicht zulassen.

»Ich glaube, ich bin Nubina auf den Leim gegangen«, sagte er schließlich. »Aber jetzt erkenne ich, dass das ein Fehler war. Ich … ich werde euch unterstützen.«

Irana starrte ihn eine Zeit lang schweigend an. Ihr Gesichtsausdruck veränderte sich dabei. Zuerst war es Misstrauen, das sie hart und fast alt wirken ließ, doch dann stahl sich so etwas wie ein Lächeln in ihre erschöpften Züge. »Ich hoffe, du meinst es ernst, Daart«, sagte sie leise.

Als er nicht antwortete, sondern nach einer Weile nur knapp nickte, sagte sie: »Dann lass uns endlich das tun, was zu tun ist. Lass uns Nubina in ihre Schranken weisen.«

5

»Es geht los!«, rief Harkon. »*Es geht los!*« Seine Stimme zitterte und klang so durchdringend wie bei jemandem, der jahrelang auf diesen Augenblick gewartet hatte. Vielleicht hatte er das auch. Aber Daart, dessen Hände immer noch gebunden waren, hätte durchaus auf das verzichten können, was nun geschah. Es war wie der Übergang in eine andere Welt. Grelles, flackerndes Licht umflutete ihn und stach wie mit winzigen glühenden Nadeln in seine Augen, sodass er nicht in der Lage war, seine Umgebung wahrzunehmen.

Aber das schien ihm nicht allein so zu gehen. Der Quorrl stieß ein dumpfes Grollen aus, und dann spürte Daart, wie sich jemand in seinem Oberarm festkrallte. Es war Irana. »Oh, verdammt«, keuchte sie, »wir sind ja schon am Krater!«

Daart begriff nicht, was sie meinte – bis sich der Schleier um seine Augen lichtete.

Im ersten Moment gewahrte er nur zuckende rote Flammen, hektische Bewegung und tanzende Schatten, die ihm das Gefühl gaben, geradewegs ins Herz der Hölle hineingestolpert zu sein. Dann erkannte er die Ähnlichkeit mit dem, was er bereits gesehen hatte, zwar nur aus weiter Ferne und während er damit beschäftigt gewesen war, den davonrollenden Schild einzufangen.

Es war nicht das Herz der Hölle, sondern das Herz des Vulkans, das sich vor ihm auftat. Um den Kraterrand wogte eine riesige Menge verschwitzter Menschen, ein unüberschaubares Gewusel, in dem Daart auf den ersten Blick kaum Einzelheiten ausmachen konnte – und auch gar nicht wollte. Mit morbider Faszination starrte er auf den mehrere hundert Fuß durchmessenden, kochenden, Rauch beißenden Schlund, der scheinbar endlos tief hinabführte. Daart glaubte schon die giftigen Gase zu riechen, und er konnte sich lebhaft vorstellen, dass die flüssigen Gesteinsmassen in der Magmakammer nur darauf warteten, mit entfesselter Kraft nach oben zu dringen, um zusammen mit Staub, Asche und Schlacke in einer gewaltigen Eruption in die Luft geschleudert zu werden.

Doch dann bemerkte er seinen Irrtum. Das, was die ersten Anzeichen eines Vulkanausbruchs hätten sein können, war nichts anderes als ein gigantisches – aber offensichtlich künstlich entzündetes – Feuer, das mit ungestümer Wucht Holz und anderes brennbares Material verzehrte. Es prasselte und zischte, als hätte jemand mitten in die züngelnden Flammen Fett geschüttet. Funken stoben in alle Richtungen davon, und grell beißende Flammen schossen die Kraterwände empor, als wollten sie nach schweißtriefenden Leibern greifen, die sich hier eingefunden hatten. Es waren halb nackte, in den Farben hell lodernder Fackeln geschminkte Menschen, die singend um das Feuer tanzten, Trommler, die mit blutenden Händen auf die dünn geschabten Tierhäute ihrer Instrumente einschlugen, und Krieger, die mit verschränkten Armen ein Stück abseits standen und wie geistesabwesend hin und her schwankten.

Daarts Blick schweifte in aller Eile über die entfesselte Zeremonie. Zu seiner Verblüffung wirkten alle Menschen im Zentrum des Vulkans wie tief in Trance versunken und unfähig, ihrer Umgebung Aufmerksamkeit zu schenken. Das war unfassbar. Was auch immer die Art der *Abkürzung* gewesen war, durch die sie hierher gekommen waren: Es musste mehr als ein Zufall sein, dass sie ausgerechnet an einer Stelle und zu einem Zeitpunkt in das Treiben der Zeremonie gewechselt waren, an der sie – zumindest im Augenblick – unbeachtet blieben.

Nicht allein das große Feuer im Krater war es, das die Tänzer, Trommler und Krieger in flirrendes, zerrissenes Licht tauchte, sonders das, was sich ein Stück weiter rechts von ihnen in Schwindel erregende Höhen erhob: der Feuer-Tempel. Er sah nicht genauso aus wie der Tempel der Guhulan – streng genommen sah er ihm nicht einmal ähnlich –, aber trotzdem strömte er die gleiche, Angst machende und Luft nehmende Atmosphäre aus, die Daart das Leben jahrelang zur Hölle gemacht hatte. Fasziniert starrte er auf die glitzernde Fassade, auf der sich nicht nur das große Feuer widerspiegelte, sondern Tausende weitere Feuer zugleich. Das unüberschaubare Gebäude hatte verwirrend viele Vorsprünge, schräg laufende Wände, Ecken und Kanten, die wie falsch zusammengefügt wirkten. Überall, in jeder noch so kleinen Nische, in jedem Erker und jeder Ausbuchtung flackerte und flammte eine der kleineren oder größeren Feuerquellen: Fackeln, die in aufwändig verzierten Halterungen steckten, Opferschalen, in denen es vor Hitze brodelte und aus denen ein wahrer Funkenregen stob, Becken voll brennender Flüssigkeit und eine Vielzahl anderer Gefäße, aus denen helle Flammen loderten. Der unglaubliche Anblick ließ Daart für einen Moment vergessen, wo er war – bis er die hoch gewachsene Gestalt entdeckte, die auf einem spitz zulaufenden Vorsprung in der Mitte des Tempels stand und inmitten der feurigen Vielfalt so klar erkennbar war, als stünde sie direkt vor ihm.

Daart starrte sie gebannt an und merkte gar nicht, dass Iranas Griff immer fester wurde und sich ihre Fingernägel fast schmerzhaft in seinen Oberarm bohrten.

»Wir müssen in Deckung gehen«, zischte Irana.

Aber es war zu spät. Die Gestalt drehte bedächtig den Kopf in ihre Richtung. Daart erkannte ohne große Überraschung, dass es sich um Nubina handelte; sie sah so strahlend und Furcht erregend aus, dass Daart gar nicht anders konnte, als sich zu erinnern: Er hatte ihr Abbild schon einmal gesehen, und zwar im Heiligtum des Guhulan-Tempels.

Nubina eine Göttin der Guhulan? Die Frage verblasste angesichts der Wirkung, die diese ungewöhnliche Frau auf ihn ausübte. Ihre eng anliegende Kleidung spiegelte all die Licht- und Feuerquellen auf geradezu übertriebene Weise wider, sodass sie wie eine übernatürliche, göttliche Lichtgestalt wirkte. Obwohl sie so weit entfernt war, dass er ihr Gesicht nicht erkennen konnte, glaubte er den prüfenden Blick ihrer dunklen Augen zu spüren. Er schien sich geradezu in seine Seele einzubrennen.

»Also doch«, wisperte es in seinen Gedanken. »Du hast dich von der falschen Schlange einfangen lassen, die gerade versucht, dir ein Stück Fleisch aus dem Arm zu reißen«, fuhr Nubina fort.

Auf einer Ebene seines Bewusstseins nahm Daart sehr wohl wahr, dass Iranas Griff in der Tat unverhältnismäßig stark geworden war, und er packte ihre Finger und bog sie ein Stück zurück, aber der andere Teil seines Bewusstseins war vollkommen gebannt durch die gottähnliche Erscheinung, die Nubina jetzt bot. Ein gequältes Stöhnen entrang sich seiner Brust. Er wusste überhaupt nicht mehr, was er denken sollte. Aber nicht tiefe Ratlosigkeit war es, die ihn beherrschte, sondern ein diffuses Schuldgefühl, so wie es ein kleiner Junge empfinden mochte, der bei einer verbotenen Tat überrascht worden war. Ihm war klar, was Nubina so erzürnte: Es war die Unterstützung, die er Irana gewährte, der Leichtsinn, den Worten der Prophetin Glauben zu schenken, statt auf das zu hören, was seine Göttin von ihm verlangt hatte.

»Ich … ich …«, stammelte er. Weiter kam er nicht, denn dann prallte etwas gegen seinen Rücken, und noch während ihm klar wurde, dass es der Quorrl war, der ihm diesen kräftigen Stoß versetzt hatte, taumelte er ein ganzes Stück weiter. Irana, die ihn zwischenzeitlich losgelassen hatte, packte ohne zu zögern mit beiden Händen zu und zerrte ihn nach links weg, in den Schutz eines Felsens, der eigentlich keiner war: Es war bröckliges, grau-schwarzes Gestein, das wie vernarbt aussah und sich trotz aller Festigkeit merkwürdig porös anfühlte, als Daart dagegen knallte.

»Was glaubst du damit zu erreichen?«, rief Nubina, und diesmal war ihre Stimme nicht mehr ein Wispern, sondern ein schriller Aufschrei. »Daart, bleib hier! Ich befehle es dir! Gehorche deiner Göttin, oder deine Strafe wird fürchterlich sein!«

Noch während ihre Worte in Daart eindrangen wie die Klinge eines Schwerts, ergriff ihn eine fürchterliche Atemnot; seine Brust schien noch stärker zusammengedrückt zu werden, als hielte ihn Rarr in tödlichem Griff umklammert, doch es war nicht der Quorrl, sondern eine nichtkörperliche Kraft, die ihn in ihrem unbarmherzigen Griff hatte. Daart ging in die Knie, und seine Finger glitten kraftlos über die raue, rissige Oberfläche der vor Unzeiten erstarrten Lava. Er hatte das Gefühl, als griffe etwas nach seiner Seele, etwas abgrundtief Böses – und unvorstellbar Mächtiges. Für einen Moment schien sein Bewusstsein gänzlich von einer unsagbar fremden und auf absurde Weise doch vertrauten Kraft ausgefüllt. Mit einer fast beiläufigen Bewegung riss er die Drahtschlinge an seinen eisernen Handfesseln auseinander, sodass sie davonschnellte und ein ganzes Stück weiter klirrend auf dem Boden aufschlug. Seine Schwerthand kroch wie von selbst zum Griff seiner Waffe, und seine Finger umklammerten den kalten Stahl. Es fühlte sich so leicht an, so wunderbar leicht. Er brauchte bloß die Waffe zu ziehen, sie hervorschnellen zu lassen in die Richtung, in die sie von selbst drängte. Er konnte geradezu spüren, wie das Tschekal unter seiner Berührung erbebte, als erschauerte es bei dem Gedanken, jetzt wieder Blut trinken zu dürfen.

Iranas Blut.

Die Prophetin packte ihn bei den Schultern und schüttelte ihn. »Daart!«, schrie sie. »Daart, was ist mit dir?«

Als sich Daarts Brust erneut ein tiefes Stöhnen entrang, schlug sie ihm mit aller Kraft ins Gesicht. Er spürte, wie die Brandblasen aufrissen und ein dünner Blutfaden seinen Mundwinkel herabrann. Vielleicht war es gut, dass ihn Irana schlug. Das würde es ihm einfacher zu machen, sie zu töten.

»Sie ist eine falsche Schlange«, wisperte Nubinas Stimme in seinen Gedanken. »Töte sie!«

Der Bluthunger des Schwertes schien sich zu fürchterlicher Intensität zu steigern. Daart konnte gar nicht anders, er musste diesem Drängen nachgeben. Zar'Toran hatte Recht gehabt. Seit er denken konnte, war der Feuer-Magier da gewesen. Er hatte ihn ausgewählt. Und sorgfältig auf seine Aufgabe vorbereitet. Daart durfte nicht versagen, sonst würde er Zar'Toran enttäuschen.

Seit wann ist Zar'Toran dein Freund?

Es war nicht Nubina, die er jetzt zu hören glaubte. Es war die Stimme, die ihn genarrt hatte, seit er auf Irana gestoßen war. Irgendwie gehörten die Stimme und die junge Prophetin zusammen. Er durfte sich von ihr nicht beeinflussen lassen. Seine Hand krampfte sich noch immer um den Schwertgriff, aber er verharrte regungslos, leicht vorgebeugt und ohne etwas von seiner Umgebung mitzubekommen. Seine Arme zitterten, und die Kopfschmerzen wüteten schlimmer als je zuvor. Er spürte, wie seine Gedanken vollkommen durcheinander gerieten. Es war beinahe so, als kämpften Nubina und Irana in ihm um die Vorherrschaft. Aber selbst das bemerkte es nur *ganz am Rande*.

Trotz der Hitze, die hier im Herzen des Vulkans herrschte, überlief ihn ein eiskaltes Frösteln. Er begriff, dass er dabei war, sich zu verlieren. Sein fassungsloser Verstand erfasste nur eine einzige, unglaubliche Tatsache: Zar'Toran hatte immer und immer wieder versucht, seinen Willen zu brechen. Und er würde letztendlich gewinnen, wenn er zuließ, dass die fremde Macht ihn vollständig ausfüllte …

»Wehr dich!«, schrie Irana. »Daart, verdammt noch mal, wehr dich!«

Und Daart wehrte sich. Er wusste nicht, wie, er hatte keine Ahnung, wie er gegen das unbändige Verlangen der fremden Macht bestehen sollte, die versuchte, ihn endgültig zu brechen. Er würgte und gab ein verzweifeltes Röcheln von sich. Sein Blick verschleierte sich. Er rutschte durch die Zeit zurück, in die ersten Jahre seines Lebens, die er zusammen mit Kulana und Pe'te verbracht hatte …

Es war heiß. Der heißeste Sommer seit langem. Der Brunnen in der Mitte des Dorfes war bereits seit Wochen versiegt. Vor ein paar Tagen war Zar'Toran bei ihnen aufgetaucht. Die Dorfältesten hätten den Magier am liebsten davongejagt, aber dann hatten sie ihm doch widerwillig das Gastrecht gewährt, das verlangte, jeden Fremden willkommen zu heißen. Daart hatte die Angst gespürt, die in den Herzen und Köpfen der Erwachsenen Einzug gehalten hatte. Und die Vorahnung, die die Gesichter der Männer und Frauen hatte grau werden lassen. Sie hatten es gewusst. Alle. Jahrhundertelang hatte das Dorf im Schatten der Berge existiert, ohne dass ihnen aus der Nähe zum Feuer-Tempel ein Nachteil entstanden war. Aber jetzt hatten die Guhulan ihren langen Arm nach Guan ausgestreckt. Und die Hand, die sich um sie ballte und ihnen die Lebenskraft zu nehmen drohte, war so heiß wie der Wind, der ausgetrocknetes Gebüsch mit sich riss und über die steinigen Wege fegte, und so kräftig wie das erstaunlich ausgeruht wirkende, prächtige Pferd, mit dem Zar'Toran am heißesten Tag des Jahres in das armselige Dorf gesprengt war wie ein Herrscher, der von einem eroberten Land Besitz ergreifen will.

Zar'Toran war ein Lügner gewesen. Vom ersten Tag an. Er hatte den Ältesten versprochen, Wasser zu beschaffen – und stattdessen Feuer gebracht. Er hatte ihnen eine bessere Zeit versprochen – doch nichts als Tod und Vernichtung waren über die Dorfgemeinschaft hereingebrochen.

Daarts Blick jagte nach oben. Aber da war nicht Zar'Toran, der ihn verderben wollte, und auch nicht Nubina, die sich über ihn erheben wollte, um ihn zu seinem willenlosen Werkzeug zu machen. Stattdessen war dort das, was ihm ein alter, einäugiger Satai offenbart hatte: der Himmel.

Daart blieb stehen. Seine Hand umspielte den Knauf seines Schwertes, als liebkoste er die Brust einer Frau. Er hatte – trotz Urls Ankündigung – über sich das feste Dach einer Höhle erwartet. Stattdessen tat sich dort derselbe Himmel mit seinen unwirklichen Farben auf, wie er ihn vom Dach der Festung aus erblickt hatte. Er war so weit weg, so verdeckt durch die Wände des Kraters, dass Daart wohl selbst dann kaum Einzelheiten hätte erkennen können, wenn ihn nicht die vielen Feuer über die Maßen stark geblendet hätten.

Zar'Toran mochte ein Lügner sein. Aber trotzdem … Nubina hatte ihm befohlen, Irana zu töten. Und er musste ihr gehorchen. Denn sie … sie verkörperte die wahre, die reine Macht. Seine Hand zog das Schwert halb aus der Scheide, erstarrte aber mitten in der Bewegung. Wie konnte er Zar'Toran für einen Lügner halten – und Nubina nicht? Die beiden waren wie die zwei Seiten einer Münze. Er konnte nicht die eine verneinen und der anderen die Treue halten. Er konnte doch nicht denken, dass Irana Recht hatte und Nubina es war, die den Tod verdient hatte – und Irana dann mit einem Tschekal erschlagen!

Fürchterliches Entsetzen stieg in ihm auf, als er erkannte, dass er im Begriff war, genau das zu tun. Eine Woge von Schuldgefühlen und Scham drohte ihn zu überschwemmen. Er hatte das Gefühl, dass alles falsch wäre, was er tun würde – oder auch *nicht* tun würde.

Dabei war es ihm kaum möglich aufzuhalten, was Nubina ihm aufgetragen hatte. Mit einer letzten Anstrengung versuchte er, seine Hand vom Griff der Waffe wegzuziehen. Die Muskeln in seinem Arm vibrierten wie stark gespannte Federn, aber sie gehorchten ihm nicht. War es schon zu spät? Hatte der bloße Anblick Nubinas schon ausgereicht, ihn seines Willens zu berauben? Ihn wieder zu dem Werkzeug zu machen, als das sie ihn schon einmal benutzt hatte? Daart stöhnte, krümmte sich wie unter Schmerzen und versuchte, das Tschekal in seine lederne Scheide zurückzuschieben. Aber es ging nicht, er war wie gelähmt, starr, unfähig, sich zu bewegen.

Iranas Fingernägel krallten sich schmerzhaft in seine Haut. »Wehr dich«, hauchte sie. »Wenn du es nicht schaffst, sind wir alle verloren.«

Daart hätte sich vielleicht darüber wundern sollen, dass sie gar nicht die Gefahr zu begreifen schien, in der sie schwebte. Aber es fiel ihm nicht einmal auf. Stattdessen löste er die Hand vom Schwert, hob die Arme und ballte die Hände vor dem Gesicht zu Fäusten, so fest, bis er vor Schmerz aufstöhnte und Blut unter seinen Fingernägeln hervorkroch.

Als er die Hände wieder herunternahm, drehte sich alles in seinem Kopf, und der pochende Schmerz hinter seinen Schläfen wurde fast unerträglich. Er nahm seine Umgebung nur noch schemenhaft wahr. Vor seinen Augen wogten blutige Schatten, und ihm war übel und schwindelig zugleich.

Dies war also das Ende. Er hatte versucht, Irana zu töten, es aber letztlich nicht vermocht. Was jetzt mit ihm geschah, war ihm vollkommen gleichgültig. In ihm war eine fürchterliche Leere. Er hatte Nubinas geballte Macht gespürt, die dazu in der Lage war, den Verstand eines Menschen fast beiläufig zu zerbrechen und die Wirklichkeit auf den Kopf zu stellen. Vielleicht war kein menschlicher Geist fähig, dieser Gewalt auf Dauer zu widerstehen, ohne sich selbst zu verzehren, daran zu verbrennen wie eine Motte, die dem Licht zu nahe gekommen war.

»Es geht los!«, kreischte Harkon. »Jetzt geht es los!«

Daart drehte sich ganz langsam zu dem Gnom um. Wenn er noch die Kraft dazu aufgebracht hätte, hätte er womöglich aufgelacht, als er den Shimpta mit fassungsloser Miene und zitternden Fingern auf den Hintergrund des Vulkans deuten sah. Hatte Harkon nicht schon einmal behauptet, dass es gleich losgehen würde? Und was sollte überhaupt losgehen?

Er hatte den Gedanken noch nicht zu Ende gedacht, als, vollkommen widersprüchlich und an diesem Ort vielleicht nicht einmal unmöglich, für ein paar Sekunden die Zeit stehen zu bleiben schien. Ein dumpfes Grollen ertönte, das aus der Tiefe des Vulkans hinaufdrang, und einen fürchterlichen Augenblick lang fürchtete Daart, dass sich der Boden unter ihnen auftun werde, um sie alle miteinander zu verschlingen und in rot glühender Lava zu ersticken und bis auf ihre Knochen zu verbrennen. Doch dann begriff er, dass das Geräusch nicht vom Zentrum des Vulkans kam, sondern von dort, wohin Harkon deutete, und wie Irana, der Quorrl und Harkon wandte er sich in diese Richtung.

Etwas Großes, Glitzerndes bewegte sich aus dem diffusen Hintergrund auf sie zu, von einem dumpfen, mahlenden Laut begleitet. Zuerst konnte Daart nicht einmal schemenhafte Umrisse wahrnehmen, doch dann tauchte ein riesiger Schatten auf. Im allerersten Moment hatte Daart nur den Eindruck von unglaublicher Größe. Im zweiten Moment bemerkte er die Augen, die funkelnd in ihre Richtung starrten.

Das musste er sein. Der Feuerdrache. Das riesige Monstrum, das sie abwehren mussten, um der Zeremonie ein vorzeitiges Ende zu bereiten, die Nubinas Macht stärken und Enwor endgültig ins Chaos stürzen würde.

Daart erwartete, dass der Boden unter den machtvollen Tritten erzitterte, mit denen der Feuerdrache auf sie zustampfte, er erwartete, ein riesiges, weit aufgerissenes Maul zu sehen mit Zähnen, die nicht kleiner als der Shimpta waren, und er erwartete, ein Flügelpaar zu Gesicht zu bekommen, das mit einer beiläufigen Bewegung einen wahren Wirbelsturm erzeugte. Aber er sah sich in allem getäuscht.

Die Kreatur war tatsächlich riesig, doch sie bewegte sich nicht. Sie blieb stehen und tat nichts weiter, als ihn anzustarren. Und langsam, nur ganz langsam wandte sie den Kopf. Der ferne flackernde Feuerschein fing sich auf seiner Seite … Daart versuchte das Bild einzufangen, das sich ihm bot, aber es entglitt ihm immer wieder. Es verschmolz mit dem dunklen Vulkangestein, mit den kantigen Bruchstücken erstarrter Schlacke, die alles Licht und Geflacker in sich aufzusaugen und zu verschlucken schienen. Die grauen Schleier wurden dichter, und ihre Farbe veränderte sich zunehmend von Grau zu Schwarz.

Es war überhaupt kein Drache, der sich ihm zugewandt hatte, jedenfalls keiner von der Sorte, von denen Daart bislang gehört hatte. Die Kreatur sah eher wie ein riesiger Raubvogel aus. Wie ein wahrlich *riesiger* Raubvogel.

Daart starrte die Kreatur fassungslos an, während Tausende verrückter Gedanken durch seinen Kopf jagten. Und als bemerkte dieser riesige Drachenvogel seinen entsetzten Blick, schob er den Kopf noch ein Stück weiter vor.

Daart sah sich abermals getäuscht. Es war kein Vogel. Es war auch kein Drache. Er wusste nicht, wie er sich so hatte irren können. Für einen winzigen Moment, als etwas Unsichtbares, Körperloses und unglaublich Weises seine Seele berührte, erbebte er am ganzen Körper. Es war ein zeitloser Moment, zu kurz, um ihn wirklich wahrzunehmen, aber plötzlich verstand er, dass alles ganz anders war, als er erwartet hatte.

Vielleicht gab es tatsächlich einen Feuerdrachen, vielleicht auch nur dieses Vogelwesen. Oder beide. Aber darauf kam es nicht an. Alles hier, der Vulkan, das Feuer, das Ineinandergreifen verschiedener Zeitebenen zeigte sich ihm und den anderen nur deshalb so, weil hier etwas Ungeheuerliches geschah. Vielleicht existierte das Wesen schon seit dem Anbeginn aller Zeiten – und war identisch mit dem Gezeitenwurm –, vielleicht war er aber auch nur ein Abbild von etwas ganz anderem, das er aus seiner begrenzten menschlichen Sicht heraus niemals verstehen würde.

Doch was es auch war oder zu bedeuten hatte: Nubina versuchte es sich dienstbar zu machen. Sie versuchte, aus den Ausscheidungen dieses Wesens – aus seinem Kot! – etwas zu gewinnen, das ihr half, die Grenzen der Zeit für sich selbst einzureißen.

Vielleicht war dazu tatsächlich das notwendig, was Nubina und die Aralu als Atem eines Feuerdrachen wahrnahmen. Aber Daart wusste es besser: Es war der Atem des Gezeitenwurms selbst, der mit dem, was er zuvor in der Feuerhöhle ausgeschieden hatte, etwas im Gefüge der Zeit veränderte. Daart spürte die Ausstrahlung eines unfassbaren Wesens, die alles umfasste, was es über Jahrhunderte und Jahrtausende hinweg gespeichert hatte: Angst, Verzweiflung, Hoffnung, Liebe, Verrat; ein fürchterliches Sammelsurium, das niemand ertragen konnte, jedenfalls kein Mensch und kein anderes sterbliches Wesen. Es war tatsächlich so etwas wie Drachenfeuer, aber nur in übertragenem Sinne: es war der Odem der Zeit und dessen, was sie in ihrem breiten Flussbett mit sich trug. Das Echo all dessen, was sich ereignet hatte – und was sich künftig ereignen würde.

Vielleicht war es wahrhaftig der Schlüssel zur Unsterblichkeit – oder aber etwas, das die ganze Welt ins Chaos stürzen konnte. Vielleicht auch beides.

Aber nichts davon betraf Daart wirklich, sondern nur das, was er sah, als er in die unendlich weisen und vollkommen zeitlosen Augen des Wesens blickte. Er konnte alles endlos weit vor sich herschieben. Oder direkt zu sich heranholen. Seine Vergangenheit war nur einen winzigen Schritt von ihm entfernt. Die Mauer, mit deren Hilfe er all das Grauenhafte, das in Guan passiert war, abzublocken versucht hatte, hatte es in Wirklichkeit nie gegeben. Alles, was ihm je widerfahren war, war in Wirklichkeit ganz nah. Und er brauchte nur zuzulangen, wenn es ihn danach dürstete, und in seine Vergangenheit hinabzutauchen.

Und ihn dürstete danach. Er war fast verrückt danach, in sich selbst zu graben, denn irgendwo in ihm, das spürte er ganz deutlich, war der Schlüssel zu all dem hier verborgen. Auch zu der Frage, wem er eher vertrauen konnte: Nubina, Irana – oder keiner von beiden.

Als er sich erst einmal dazu entschlossen hatte, gab es kein Halten mehr. Es ging schnell, jetzt. Wie Wasser, das sich beharrlich seinen Weg durch ein Hindernis gräbt, sickerten die Erinnerungen an seine grausame Kindheit und Jugend wieder in sein Bewusstsein, ein dünnes, tröpfelndes Rinnsal scheinbar zusammenhangloser Bilder und Ereignisse zuerst, das rasch zu einem Bach und dann zu einem reißenden Strom wurde. Es war, als bräche der Damm in seinem Kopf, der jahrelang zwischen seiner Existenz als Satai-Sjen und seinem früheren Leben existiert hatte, unter dem Ansturm der unterschiedlichsten Eindrücke.

Daart stöhnte auf, als die Erinnerungen Dinge berührten, die er zu Recht tief in sich vergraben hatte – weil er andernfalls wohl an ihnen zerbrochen wäre. Noch immer bäumte sich etwas in ihm auf, wehrte sich gegen die Flut von Erinnerungssplittern, die ihn verletzen würden, wenn er sie ohne Schutz an sich herankommen ließe. Und er hatte Angst vor dem, was aus den Abgründen seiner Seele emporsteigen mochte …

Vor seinem inneren Auge erschien das Bild eines Jungen von allerhöchstens elf Jahren, der ihn schreckensbleich und aus Augen anstarrte, die weit und dunkel vor Furcht waren. Seine Hände zitterten, und sein Mund stand ein wenig offen, als wollte er schreien, doch es kam kein Laut über seine Lippen. Er starrte auf etwas hinter Daart, mit einer Mischung aus Entsetzen und Neugierde, wie sie auch Daart in diesem Augenblick empfand. Seine kleinen Hände umklammerten einen angekokelten Ast, ganz in der Art, wie ein Mann ein Schwert hielt, aber sie zitterten, und Daart sah die harten Linien in seinem Gesicht, die von Furcht und Erschöpfung zeugten. Er sah auch, dass sein Gesicht von Brandblasen übersät war und seine Hände rot-weiße Verfärbungen aufwiesen, die typisch waren für jemanden, der immer wieder Verbrennungen erlitten hatte. Über seiner linken Schläfe prangte eine eitrige, kaum verschorfte Brandwunde, und sein rechtes Handgelenk war mit einem alten Fetzen verbunden, der kaum reiner als eine vergiftete Wasserstelle sein konnte. Sein Gewand, das mehr einem schmutzigen Sack glich als einem Kleidungsstück, klebte mit dunklen Flecken an seinem Körper. Sein Atem ging schnell. Er war gerannt.

Und plötzlich begriff Daart: Er selbst war dieser Junge. Genau so hatte er ausgesehen, als er den schwer verletzten Satai in der Höhle gefunden hatte, in der er ein tödlich verwundetes Tier vermutet hatte, das seinen Speisezettel hätte bereichern können …

Irgendetwas war wichtig an dieser Szene. Daart versuchte sie festzuhalten, aber das wollte ihm nicht gelingen. Es war etwas geschehen an diesem Tag. Zar'Toran hatte behauptet, er habe die Begegnung mit dem Satai arrangiert – wie auch alles andere, was darauf folgte. Aber das konnte nicht sein. Es war eher das Gegenteil ...

Andere Erinnerungssplitter drangen auf Daart ein, wahllos in Abfolge und Bedeutung. Das, was sich in seinem Kopf zusammenfügen wollte wie die Teile eines zerbrochenen Glasbildes, war wild durcheinander gewürfelt und mit scharfen Kanten, an denen er sich schnitt, wenn er versuchte, sie zu ordnen. Aber er begriff, dass er viel zu lange die Frage ignoriert hatte, wie er zu dem geworden war, der er jetzt war: zu einem Grenzgänger zwischen Guhulan und Satai, zu einem Wanderer zwischen feuriger Magie und nüchterner Tatsachenbetrachtung.

Eine Feuerwoge explodierte, jagte über ihn hinweg. Daart wusste nicht mehr, wie alt er war; oft, viel zu oft war das Feuer über ihn hinweggerast, viel zu oft hatte ihn der heiße Hauch des Todes gestreift, viel zu oft hatte ihn feurige Glut verbrannt. Er merkte nicht, dass ihn Irana hinter den Schutz des Schildes aus Sternenstahl riss. Er bekam nicht einmal mit, dass Harkon wie ein brennendes Bündel auf ihn zugeflogen kam und dass der Quorrl den Gnom aus der Luft fischte wie einen brennenden Ball.

Er wusste nur eins: Der Kreis schloss sich. Es endete, wie es begonnen hatte. Diesmal, vielleicht, für immer.

6

Mühsam, Stück für Stück, zog er sich hoch, um die letzten Lava-überkrusteten Mannlängen zu überwinden, die ihn noch vom Rand des Vulkans und damit von der Freiheit trennten. Er hatte das Gefühl, als wäre innerhalb der letzten Stunden etwas in ihm gestorben. Nach der Explosion hatte er sich ein gehöriges Stück vom Zentrum des Vulkans, von dem Herzen der Zeremonie, von Nubina und ihrem Feuer-Tempel wieder gefunden. Zuerst hatte er geglaubt, der Vulkan sei erneut ausgebrochen. Riesige Feuergarben waren in den Himmel geschleudert worden, und es hatte gekracht und gedonnert wie seinerzeit in der Unterwasserhöhle, als das Langboot das natürlich gewachsene

Kuppeldach gerammt hatte. Doch diesmal hatte auch der Boden unter ihm gebebt, so als drückte sich rot glühende Lava nach oben, um die nach dem letzten Ausbruch erstarrte Schicht aus Vulkangestein in einer gewaltigen Eruption zu sprengen.

Daart fühlte sich innerlich leer, im wahrsten Sinn des Wortes wie ausgebrannt. Seine Mundhöhle war ausgedörrt, und als seine Zunge über die spröden Lippen fuhr, brachte das keine Erleichterung, sondern im Gegenteil: Er schmeckte nur Salz und Blut, wodurch sein Verlangen nach Wasser gesteigert wurde. Wenn er sich nicht zusammenriss und in den nächsten Minuten den brennenden Durst aus seinen Gedanken verbannte, würde er zwar nicht verdursten – aber er würde vor Entkräftung von der Kraterwand fallen wie ein Insekt, das man beiläufig zerquetscht hatte.

Daart versuchte seine Gedanken in eine andere Richtung zu lenken. Aber auch das half ihm nicht viel weiter. Er verstand nicht, was geschehen war. Er hatte eine ungefähre Ahnung davon, was Nubina beabsichtigt hatte – sie hatte nach einem Zipfel der Unsterblichkeit gegriffen, vielleicht aber auch nach der unvorstellbaren Macht, die dem in die Hände gelegt werden würde, der die Zeit beherrschte. Ob sie wirklich eine Göttin war, erschien ihm – zumindest für den Augenblick – ohne Bedeutung. Sie tat jedenfalls so. Menschen, Quorrl oder Shimpta – alle waren für sie nur Mittel zum Zweck. Aber war Irana in diesem Punkt wirklich besser als die Herrscherin der Aralu? Oder war sie ihm nur auf eine schwer zu erklärende Art sympathischer? Daart wusste es nicht. Und vielleicht gab es ja gar keine richtige Seite, auf der er stehen konnte.

Seine Finger, die unermüdlich jede Unebenheit in dem porösen Gestein auf dem Weg in die Freiheit ausnutzen, zogen ihn mit einer Beharrlichkeit weiter nach oben, als wären sie eigenständige Lebewesen, die einen viel ausgeprägteren Überlebenswillen hatten als er selbst. Dann endlich griffen sie nicht mehr in scharfkantige Lava, sondern in weiches Erdreich. Er stieß sich mit den Füßen von dem Vorsprung ab, auf dem er Halt gefunden hatte, und schwang sich endgültig über den Kraterrand, mitten hinein in eine verschlafen wirkende, frühmorgendliche Stimmung mit einer fernen Sonne, die irgendwo am Horizont aufging und der teils spärlichen, teils wuchernden Vegetation um ihn herum sanfte Wärme spendete.

Welch eine Wohltat nach der Flucht aus der alles verzehrenden Feuersbrunst!

Er schaffte es nicht einmal mehr, sich aufzurichten. Stattdessen ging er ganz langsam in die Knie. Einen unglaublich kostbaren Augenblick, in dem er seine verkrampften Arme baumeln ließ, hockte er einfach nur da; dann gab er dem Drängen seines erschöpften Körpers nach und ließ sich mit einem Seufzer bäuchlings auf den weichen Boden gleiten. Seine Hände umkrampften erstaunlich feuchte Grasbüschel, sein Kopf lag auf etwas, das sich wie Moos anfühlte. In seinem halb betäubten Zustand begriff er dennoch, dass er es geschafft hatte, einer Feuerhölle zu entkommen, die eigentlich sein Verderben hätte sein müssen – so wie das all der anderen, die dort unten verbrannt waren.

Aber es spielte nun keine Rolle mehr. Irana hatte ihn auf ihre Seite zu ziehen versucht. Aber wozu? Er hätte ihr nicht helfen können, selbst wenn er es gewollt hätte. Der ganze Plan war ein vollkommener Irrwitz gewesen. Der Schild aus Sternenstahl mochte sein Leben gerettet haben, indem er dem Feueratem dieses monströsen Wesens standgehalten hatte. Aber mit diesem Schild Nubinas *Große Zeremonie* sabotieren zu können und das auseinander zu sprengen, was Tausende Aralu geschaffen hatten – das konnte nicht einmal der größenwahnsinnige Harkon ernsthaft geglaubt haben. Und trotzdem. Daart ließ das unbestimmte Gefühl nicht los, irgendetwas übersehen zu haben. Vielleicht hatte er auch etwas vergessen oder falsch gedeutet – irgendetwas, von dem er nicht hatte erkennen können, was es in Wirklichkeit war.

Der Wind hatte gedreht, und die Böen trugen den rußigen schwarzen Qualm jetzt aus dem Vulkan heraus in seine Richtung und ließen ihm das Atmen erneut zur Qual werden. Es wurde Zeit, dass er von hier wegkam, wenn er sein Leben um einen weiteren Tag verlängern wollte.

Er stemmte sich auf. In seinem Rücken spürte er eine schier erdrückende Größe, die ihn irritierte. Er drehte sich um und erstarrte förmlich, als er die Wehranlage erblickte, auf deren Dach er vor einer Zeitspanne gestanden hatte, die ihm jetzt wie eine Ewigkeit vorkam. Von hier unten wirkte sie noch viel monströser, als er sie in Erinnerung hatte. Es war ein Gewirr aus eckig zulaufenden Mauern, verschiedenst geformten Wachtürmen, verspielt wirkenden Erkern, ausladenden, durch Zinnen und Vorbauten geschützten Plattformen und Vorsprüngen, die ineinander griffen, als wären sie mehr oder weniger zufällig zusammengefügt worden. Auf unüberschaubar vielen Ebenen schraubte sich die Anlage in die Höhe. Er musste den Kopf in den Nacken legen, um zu erkennen, wo er einst gestanden hatte: am Rand des Daches dieser unglaublichen Festung, nicht weit entfernt von der dünnen Wolkenschicht, die darüber lag wie ein feuchtes Tuch.

Es musste ein Heer von Kriegern, Bediensteten, Handwerkern, Köchen und Offizieren nötig sein, um diese Anlage in dem tadellosen Zustand zu erhalten, in dem sie sich zweifellos befand. Zum ersten Mal fragte sich Daart, über wie viele Männer Nubina gebot. Er hatte von Königen gehört, die in dem verfallenen Teil einer kleiner Burg gelebt hatten und mit einigen Dutzend Getreuen und ein paar hundert Söldnern einen weiten Landstrich unterjocht hatten. Im Vergleich zu Nubina waren diese nicht mehr als kleine, schlecht organisierte Räuberbanden. Und dennoch – war Nubina all das noch nicht genug?

Daart seufzte und wandte sich ab. Es lag wahrscheinlich in der menschlichen Natur, dass einem das Erreichte nie genug war. Aber solche Gedanken halfen ihm jetzt nicht weiter. Für ihn war es höchste Zeit, von hier wegzukommen. Vielleicht sollte er versuchen, sich nach Irapûano durchzuschlagen. Zwar war die Suche nach Cor Har'Kanarro jetzt überflüssig geworden – aber das konnte Carnac, die möglicherweise ihre Suche nach dem Magier die ganze Zeit über fortgesetzt hatte, nicht wissen. Und mit etwas Glück war sie noch in der Stadt, wenn Daart dort ankam.

Carnac war ihm jetzt der einzige Halt, den er noch hatte. Vielleicht wusste sie, wie es weitergehen sollte. Daart selbst war nicht einmal sicher, ob er überhaupt in die Korona zurückkehren wollte. Was hätte er Skarissa Rabork auch berichten sollen? Dass der feinsinnige Plan, den er hinter dem Rücken des Hohen Rates geschmiedet hatte, vollkommen gescheitert war? Dass das geheimnisvolle Reich hinter der südlichen Grenze Enwors noch viel mächtiger war, als er geglaubt hatte? Und dass Cor Har'Kanarro in Wirklichkeit kein Verbündeter war, sondern ein Magier, der den Todfeinden der Satai, den Guhulan, nahe stand und unter dem Namen Zar'Toran Daart dafür ausgebildet hatte, um im entscheidenden Augenblick die Sache der Satai zu verraten?

Es war ein leicht ansteigender Weg, den Daart jetzt wählte, um den Vulkan, die Festung und all das, was damit zusammenhing, so schnell wie möglich hinter sich zu lassen. So zügig, wie es ihm sein erbärmlicher Zustand erlaubte, ging er los. Einige wenige – wenn auch farbenprächtig blühende – Sträucher standen am Wegrand, und die Bäume, die den Pfad säumten, wirkten unnatürlich klein, fast verkrüppelt. Doch je höher er kam, desto mehr änderte sich das Bild: Die Vegetation wurde zunehmend üppiger und die Bäume ausladender. Der Grund dafür war nicht schwer zu erraten: In der Ferne hörte er das vertraute Tosen eines Wasserfalls, der dem zerrissenen Klang nach zu urteilen über mehrere Stufen in das Tal hinabfiel, das Daart vom Dach der Festungsanlage aus gesehen hatte.

Das Geräusch – und vor allem die Vorstellung – herabstürzender Wassermassen hatte etwas Quälendes. Die dünne Barriere zwischen Daarts Gedanken und seinem Körperempfinden brach, und es war, als explodierte nun der Durst in ihm. Der Weg, der Himmel und die flirrende Sonne fingen an, sich um ihn zu drehen. Er schwankte, griff Halt suchend in die Leere und fing sich im letzten Augenblick wieder. Aber er machte sich nichts vor – es würde nicht mehr sehr lange dauern, bis er endgültig zusammenbrach.

Schwer atmend ging er weiter, gelenkt von dem verheißungsvollen Geräusch überschäumenden Wassers. Schon nach wenigen Schritten kam er an eine Abzweigung. Es war ein reiner Wildpfad, der rechts in steilem Winkel abknickte, und er zeugte davon, dass das nasse Lebenselixier hier nicht nur Menschen anlockte. Daart taumelte den Pfad regelrecht voran, und mehrmals griff er nach dem Zweig eines Baumes, der weit in den Weg hineinragte – nicht, um ihn beiseite zu schieben, sondern um mit seiner Hilfe das Gleichgewicht wieder zu finden, so weit ihm das möglich war. Jeder bewusste Gedanke war ihm mittlerweile entglitten. Er lauschte jetzt nur noch begierig auf das Rauschen, das ihm den Weg zu so viel Wasser wies, wie er nur vertragen konnte.

Der Pfad, der bislang sanft bergan geführt hatte, führte nun über eine Kuppe ein Stück hinab. Daart schob die Zweige eines ausladenden Baumes beiseite – und erstarrte mitten in der Bewegung. Er fühlte sich schlagartig an einen ganz anderen Ort und in eine ganz andere Zeit versetzt. Es musste kurz vor dem Abschluss seiner Satai-Sjen-Ausbildung gewesen sein, als er sich das letzte Mal heimlich zum Wasserfall in der Nähe der Korona geschlichen hatte. Damals hatte er gehofft, Carnac dort zu treffen, sogar sehnsüchtig gehofft. Sie hatten sich wegen irgendeiner Nichtigkeit gestritten, und er hatte sich mit ihr versöhnen wollen. Und ganz nebenbei wäre er froh gewesen, noch einmal mit ihr reden zu können, bevor sie zu ihrer gemeinsamem Satai-Sjen-Reise aufbrachen.

Aber Carnac war nicht da gewesen. Es war überhaupt niemand da gewesen. Ganz im Gegenteil zu jetzt.

Es war eine schmale Gestalt in einem zerrissenen, mit Brandflecken übersäten Gewand. Sie stand mit dem Rücken zu ihm am Rand des Wasserfalls, der sich tosend und mehrfach brechend in jenes Tal hinabstürzte, das unter der Festung einer Göttin lag. Die ohnehin zerrissene Kapuze hing herab, genauso wie ein Teil des zerschlissenen Gewandes, sodass die nackte und bleiche Schulter zu sehen war.

Daart hätte beinahe einen Schrei ausgestoßen. Es waren lange, verklebte Haare, die auf das blasse Fleisch fielen. So wie die Gestalt dort stand, konnte es niemand anders als Irana sein – von der er geglaubt hatte, sie sei in der Feuersglut verbrannt, aus der er nur durch einen glücklichen Zufall im allerletzten Moment herausgeschleudert worden war. Aber die Art, wie sie mit der rechten Hand ein Bündel aus Gräsern und Kräutern gegen die Schulter presste und dann sanft über eine eiternde Wunde unterhalb des Schulterblatts strich ... Diese Wunde musste etliche Tage, wenn nicht Wochen alt sein, und sie war mit Sicherheit durch einen Pfeil gerissen worden. Ein merkwürdiger Zufall, denn Daart erinnerte sich an eine ganz andere Gelegenheit, bei der er eine solche Wunde ausgesaugt hatte in der Hoffnung, dadurch das Gift entfernen zu können, mit dem die Pfeilspitze eingerieben worden war ...

Daart blinzelte. Fast wäre er gestrauchelt und auf dem feuchten Gras ausgerutscht. Es war wohl nur dem Donnern des Wasserfalls und dem recht kräftigen Wind zu verdanken, der ihm direkt ins Gesicht blies und alle anderen Geräusche zerfaserte, dass ihn das Mädchen noch nicht gehört hatte. Er war so irritiert, dass er mit seinem Gleichgewicht kämpfen musste, und das sowohl körperlich als auch seelisch. Es konnte einfach nicht sein. Er musste sich täuschen. Alles andere hätte keinen Sinn ergeben.

Die Prophetin hatte ihn immer noch nicht bemerkt. Sie wusch sich mit ihrem behelfsmäßigen Heilschwamm die Wunde aus. Er versuchte, einen Blick auf ihr Gesicht zu erhaschen, aber das verhinderte der Wind, der mit ihrem Haar spielte wie ein ungeduldiger Liebhaber.

Daart machte einen Schritt vor. Ein Schweißtropfen rann ihm über die Stirn und lief ihm stechend ins rechte Auge. Er wischte ihn mit dem Knöchel weg und ging weiter, darauf gefasst, dass sie erschrocken – und kampfbereit – herumfahren würde. Er hatte keine Ahnung, wie er darauf reagieren sollte. Es kam ihm alles so unwirklich vor.

Und doch passte es. Der Kreis schloss sich, wieder schloss sich ein Kreis ...

Die Prophetin beugte sich vor, und aus der Art, wie sie ihre Arme bewegte, schloss Daart, dass sie den Stoff beiseite zog, der über ihrem rechten Bein hing – wohl um eine Wunde zu versorgen, die sie sich dort eingefangen hatte. Sie wirkte vollkommen konzentriert und in sich ruhend, so als gäbe es nur sie auf der Welt und als wäre es vollkommen unmöglich, dass sie hier, am Rand eines Wasserfalls, von jemandem überrascht werden könnte. Es erschien Daart geradezu verrückt, wie sicher sie sich fühlte, nach allem, was sie erlebt hatte. Er jedenfalls hätte niemals dem Pfad den Rücken gekehrt; er hätte sich so hingestellt, dass er sowohl den Wasserfall als auch den Pfad aus den Augenwinkeln hätte beobachten können.

Vielleicht war sie zu erschöpft, um auf diesen Gedanken zu kommen. Vielleicht war es ihr auch einfach egal. Vielleicht gab es auch einen anderen Grund.

Er war nur noch rund zehn Schritte von ihr entfernt, als sie ihn – endlich bemerkte. Als sie vor sich ins Wasser griff und ihr an einen Vorsprung gelehntes Schwert an sich riss, begriff er, dass es klüger gewesen wäre, sie aus größerer Entfernung anzusprechen.

Dann wirbelte sie herum. Die Spitze ihre Waffe zeigte genau in seine Richtung und zitterte leicht. Ihre Augen weiteten sich, als sie erkannte, wer da vor ihr stand.

»Daart!«, stöhnte sie auf.

Daart konnte nicht antworten. Seine Kehle fühlte sich jetzt, da er zum ersten Mal seit einer Ewigkeit wieder sprechen wollte, so hart an und sein Mund so ausgetrocknet und speichellos, dass er nicht einmal ein heiseres Krächzen hervorbrachte. Das ist nicht möglich, hämmerte es währenddessen die ganze Zeit in seinen Gedanken, das kann doch nicht möglich sein! Dabei hätte er es ahnen müssen.

Vor ihm stand nicht Irana.

Sondern Carnac.

7

Carnac rammte das Schwert in den Boden und rannte ihm entgegen. »Bei allen Göttern, Daart!« Sie packte ihn am Arm und zog ihn mit sich. Er ließ es mit sich geschehen. Kann

Carnac Irana sein?, fragte er sich währenddessen ganz nüchtern. Kann Irana Carnac sein?

Natürlich konnte sie es nicht, aber ohne jeden Zweifel war sie es. Die junge Frau, die ihn zum Wasser zog, hatte ihn jedenfalls erkannt.

Aber wie war das möglich? Sie hatte Iranas Körper, aber ihr Gesicht sah aus wie das Carnacs! Ohne Unterlass starrte er sie an. Er musste wissen, mit wem er es zu tun hatte. Oder ob er erneut einer Sinnestäuschung unterlag.

Je länger er die junge Frau betrachtete, umso mehr fühlte er sich zwischen Hoffen und Zweifel hin und her gerissen. Ihre mit Brandblasen übersäten Wangen waren eingefallen, die Gesichtsfarbe fahl, und sie kam ihm deutlich dünner vor, als er sie in Erinnerung hatte. Ein ungewohnt bitterer Ausdruck von Schmerz und tiefer Sorge lag um ihre Mundwinkel, und ihre Augen wirkten stumpf und glanzlos. Aber er wünschte sich so sehr, dass es wirklich Carnac war und dass sie ihm erklären konnte, was das alles bedeutete!

»Daart, du musst trinken«, drängte sie, als er stehen blieb, um ernsthaft über die Frage nachzudenken, ob er schon wieder im Begriff war, Opfer einer Vision zu werden oder schlicht und einfach den Verstand zu verlieren. »Du bist ja halbtot!«

Es mochte stimmen, was sie da sagte, aber es berührte ihn nicht. Während er dem Pfad zum Wasserfall gefolgt war, hatte sein Verstand immer wieder kurzzeitig ausgesetzt. Es waren kurze Flecken von Dunkelheit gewesen, Vorboten des endgültigen Zusammenbruchs, das begriff er erst jetzt, als ihn Carnac (oder Irana?) darauf ansprach. Und nach wie vor stand er auf der Kippe. Die Schweißperlen auf seiner Stirn fühlten sich abwechselnd heiß und kalt an. Seine Knie zitterten. Und war es nicht auch so, dass ihm seine Augen etwas vorgaukelten, was gar nicht sein konnte? Dass sich Irana in Carnac verwandelt hatte?

»Setz dich«, sagte die junge Frau und drückte ihn sanft auf den Boden. Viel Gewalt hätte sie sowieso nicht anwenden müssen. Er klappte nicht wirklich in sich zusammen, aber es fehlte auch nicht viel daran.

»Warte kurz.«

Daart starrte auf das Wasser vor sich. Es war eine Mulde, eine Art kleine Bucht, die vom Wasserfall gespeist wurde, der direkt dahinter über steinigen Untergrund nach unten stürzte. Er hätte sich vorbeugen müssen, um Wasser zu schöpfen und zu trinken, nur kümmerte ihn das merkwürdigerweise gar nicht mehr. Ob er trank oder nicht – es war ihm gleichgültig.

Das Mädchen beugte sich statt seiner vor und schöpfte mit beiden Händen Wasser. Zuerst benetzte sie seine Lippen. Dann hob sie die Hände ein wenig und führte sie wie eine Schale an seinen Mund. Er spürte den sanften Druck ihrer Finger auf seinen Lippen und kurz darauf das Wasser, das in seine Mundhöhle floss.

Wasser. Ganz gewöhnliches Wasser hatte noch nie so köstlich geschmeckt. Er schluckte gierig. »Mehr«, verlangte er, als der Strom der Flüssigkeit viel zu schnell versiegte.

»Langsam, langsam«, mahnte sie. »Du weißt doch selbst, dass man nicht zu hastig trinken darf, wenn man vollkommen ausgedörrt ist.«

Er nickte. Natürlich *wusste* er das. Aber das Verlangen in ihm sprach eine andere Sprache. Er beugte sich ein Stück vor, um selbst Wasser aus der Mulde zu schöpfen – und erstarrte mitten in der Bewegung.

Es war Zar'Toran, der zu ihm hochsah. Der Magier hockte im Uferschlamm und grinste ihn an, als freute er sich, einen alten Bekannten wiederzusehen.

Daart hätte später nicht mehr zu sagen vermocht, was er in diesem Moment gedacht hatte. Vielleicht gar nichts. Weil einfach zu viel Unfassbares in den letzten Tagen geschehen war. Weil zu viel, was er als sicher erachtet hatte, sich im nächsten Augenblick schon wieder verflüchtigt hatte, weil jeder Zipfel einer Gewissheit zu Lug und Trug geworden war, wenn er genauer hingesehen hatte.

»So sieht man sich wieder«, sagte Zar'Toran schließlich.

Daart nickte. »Ja.« Er hätte sein Schwert gezogen, wenn er in diesem Augenblick nicht bemerkt hätte, dass der Magier an den Händen mit kräftigen Stricken gefesselt war.

»Ich habe ihn überrumpeln können, als er zu fliehen versuchte«, erklärte die junge Frau, um deren Identität sich Daart nach wie vor nicht im Klaren war. Sie lachte heiser auf. »Ich hätte mir nie träumen lassen, dass wir Cor Har'Kanarro ausgerechnet hier finden würden. Aber ich hätte es mir denken können. Nubina hat ihn auf ihre Seite gezogen – deswegen konnten ihn die Satai auch nicht finden.«

»Cor Har'Kanarro. Ja.« Daart schöpfte Wasser, trank in gierigen Zügen und spürte, wie ein Teil seiner alten Lebenskraft in ihn zurückpulste. Aber das hatte nicht viel zu sagen. Seine Gedanken blieben genauso verwirrt wie zuvor. Er ertappte sich bei dem verrückten Wunsch, aufzustehen und zu gehen, um das hinter sich zu lassen, was er hier am Wasserfall vorgefunden hatte. Und zwar für immer. Er wollte nichts mehr von den Satai wissen, nichts mehr von Irana, Carnac oder diesem Magier, der behauptete, Zar'Toran und Cor Har'Kanarro in einer Person zu sein.

Die junge Frau – Irana? Carnac? Oder jemand *ganz anderes?* – berührte sanft seinen Arm, als spürte sie seine Verwirrung. »Komm. Ein Stück weiter oben können wir uns unterhalten. Ungestört.«

»Macht euch nur keine Umstände«, sagte der Magier gehässig. »Von mir aus könnt ihr ruhig hier bleiben.«

Daart beachtete ihn gar nicht. Bevor er dem Mädchen folgte, ließ er den Blick schweifen. Hinter dem donnernden, aber nicht allzu breiten Wasserfall wucherten Sträucher und Bäume, und in etwas weiterer Entfernung erkannte Daart einen kleinen, spärlich bewaldeten Hügel, der dorthin abfiel, wo die Seen sein mussten, die er vom Dach der Festungsanlage aus gesehen hatte. Der Himmel, der sich darüber spannte, hatte eine makellose, frühmorgendliche Farbe, so unschuldig und wolkenlos, als ginge ihn all das hier nichts an. Es sah nicht so aus, als drohte ihnen von irgendwoher Gefahr.

Das Mädchen hatte sich ein Stück oberhalb des Wasserfalls auf einem moosbewachsenen Felsen niedergelassen. Ihr zerschlissenes, blutbesudeltes und verdrecktes Gewand bedeckte ihren Körper nur sehr unvollständig. Überall schimmerte nackte Haut durch. Doch selbst wenn Daart in einer anderen Stimmung gewesen wäre, hätte er wohl kaum darauf geachtet. Er hatte nur Augen für ihr Gesicht.

Es war das Carnacs. Zwei Jahre lang hatten sie Seite an Seite trainiert und gekämpft – und nur eine Armspanne voneinander entfernt teilweise recht unruhige Nächte verbracht. Es gab wahrscheinlich keinen lebenden Menschen auf der Welt, mit dem Daart so vertraut war wie mit ihr. Er glaubte, jede Kleinigkeit in dem durchaus hübschen, wenn auch herben Gesicht zu kennen, und während er sie betrachtete, verspürte er ein seltsam neues Gefühl: Hoffnung.

Und doch war es ausgeschlossen, dass es Carnac war.

»Wer bist du?«, fragte er über das Tosen des Wasserfalls hinweg, als er sie erreichte.

Sie antwortete nicht sofort. Stattdessen blickte sie hinab zu der Stelle, an der Zar'Toran hockte. Sie tat sicherlich gut daran, den Magier nicht aus den Augen zu lassen, der immer wieder für eine Überraschung gut gewesen war. »Du weißt doch, wer ich bin.«

Daart ließ sich seitlich von ihr nieder, sodass er sie im Blick hatte und gleichzeitig jede Regung Zar'Torans aus den Augenwinkeln mitbekäme. »Ich weiß es nicht«, sagte er. »Du siehst aus wie Carnac. Oder auch wie Irana. Denn Carnac hätte wohl nie freiwillig ihren Echsenpanzer abgelegt.«

Das Mädchen nickte langsam. »Was dir wie ein Widerspruch erscheinen muss, ist in Wirklichkeit keiner.«

Daart schloss einen Herzschlag lang die Augen. Hinter seiner Stirn tobte ein scharfer Schmerz, der heftiger zu werden schien, je länger er über das nachdachte, was er soeben gehört hatte. Er öffnete die Augen wieder und blickte in Carnacs Gesicht. »Ich bin es leid. Ich will keine Halbwahrheiten, keine Andeutungen mehr hören. Beantworte mir meine Frage so, dass ich es auch verstehe.«

»Also gut.« Sie seufzte. »Ich will es versuchen. Doch dazu muss ich ein wenig ausholen.«

»Tu das nur.« Daart wurde sich plötzlich bewusst, dass er einen ekelhaft metallischen Geschmack im Mund hatte und immer noch fürchterlichen Durst. Er stand wieder auf, warf einen letzten Blick auf Zar'Toran, der mit unbewegter Miene zu ihnen herüberstarrte, und beugte sich zum Wasser hinab, das hier an dieser Stelle über ein Kiesbett tobte. Daart schob erst den Kopf und dann die Hände in das gischtende Nass. Es zischte und brodelte in einem wilden Tanz über ihn hinweg. Es war eine Wohltat, Tausende von feinen Tropfen zu spüren, die seine Haut benetzten. Er streckte die Zunge vor und nahm mit ihr Wasser auf. Es waren nur dünne Rinnsale, die in seinen Hals liefen, aber sie erfrischten ihn ungemein.

Fast hätte er sogar Zar'Toran vergessen – aber auch nur fast. Die Erinnerungen an all das, was dieser Feuer-Magier ihm und den anderen Dorfbewohnern angetan hatte, ließ sich nicht mehr zurückdrängen. Obwohl der Magier unbewaffnet und gefesselt war, konnte Daart die alte Furcht in sich nicht vollständig besiegen, die er als kleiner Junge vor diesem Mann empfunden hatte.

Daart schöpfte mit den Händen Wasser, trank in kleinen, wohldosierten Schlucken und kehrte dann zu dem Mädchen zurück, das behauptete, Carnac und Irana zugleich zu sein.

»Also«, sagte er betont schroff, als er sich wieder setzte. »Was ist nun? Wie soll ich dich ansprechen?«

Die junge Frau lächelte gequält. »Es wäre mir lieb, du würdest bei Carnac bleiben. Schließlich hast du mich so kennen gelernt.«

Daart nickte langsam. »Also gut … Carnac. Wie kommt es, dass dein Gesicht in den letzten Tagen … so verändert aussah?« Und wie kommt es, dass du mich belogen hast, hätte er fast schroff gefragt, ließ es dann aber doch bleiben.

»Ich …« Carnac biss sich auf die Unterlippe. »Ich habe dir immer die Wahrheit gesagt«, erwiderte sie, als hätte sie seine Gedanken erraten. »Ich habe dir lediglich ein paar Dinge verschwiegen.«

Daart forderte sie mit einer ungeduldigen Handbewegung auf fortzufahren.

»Also gut.« Carnac wischte sich eine Haarsträhne aus dem Gesicht. »Ich heiße tatsächlich Irana. Und ich bin auch eine Prophetin. Und wenn ich mich auf mein ursprüngliches Wesen besinne ... dann sehe ich auch wieder so aus wie früher. Mein Gesicht ...«

»Ich habe dein Gesicht gesehen«, unterbrach sie Daart. Er erinnerte sich daran, dass er gleich im ersten Moment eine gewisse Ähnlichkeit mit Carnac festgestellt hatte, als er dem fremden Mädchen am Fluss begegnet war. Irgendeine Ahnung hatte ihm von Anfang an gesagt, dass etwas mit dieser Irana nicht stimmte, aber es wäre ihm niemals in den Sinn gekommen, dass es sich bei ihr und Carnac um ein und dieselbe Person handeln könnte.

»Es ist eine sehr überzeugende Maskerade, unter der ihr Prophetinnen euch verbergt«, sagte er schließlich.

Carnac starrte ihn verständnislos an. »Maskerade? Glaubst du etwa ...« Sie lachte heiser auf. »Nein, Daart. So einfach ist das nicht. Ich weiß nicht genau, wie ich es dir erklären soll ... Weißt du, es gibt einige Tiere, die ihr Aussehen – die Farbe, sogar die Struktur ihrer Haut – abhängig von der Situation verändern können.«

Jetzt war es an Daart, sie ungläubig anzublicken. »Du willst doch wohl nicht behaupten, ihr hättet euch diesen Trick von den Eidechsen abgeguckt?«

»Aber nein. Es ist auch keine simple Art der Verstellung wie bei einem Chamäleon, es ist ... wesentlich komplizierter. Aber es ist nicht so viel anders, als wenn sich ein Krieger vor einem Kampf mit einem Kopfschutz rüstet oder eine Frau ihr Gesicht hinter einem Schleier verbirgt.«

»Das verstehe ich nicht«, bekannte Daart. »Wie soll das denn funktionieren?«

Carnac machte eine flüchtige Geste mit der Hand. »Ich glaube nicht, dass du das wirklich wissen willst. Abgesehen davon«, fuhr sie schnell fort, als Daart das Gesicht verzog, »gehört es mit zu den am strengsten gehüteten Geheimnissen der Prophetinnen. Gewöhnlich fällt es ja niemandem auf – weil wir die Struktur unseres Gesichtes verändern, wenn wir in den Orden eintreten, und dann bis zu unserem Tod so beibehalten.«

Daart blickte gedankenverloren auf seine Handgelenke. Sie sahen schlimm aus. Er musste sie unbedingt versorgen. Aber zuvor sollte ihm Carnac noch ein paar Fragen beantworten. Vor allem die, die ihm auf der Seele brannte, seit er ihren *Betrug* verinnerlicht hatte.

»Warum hast du mir davon nie etwas gesagt?«

»Dir gesagt?«, fragte Carnac beinahe erschrocken. »Wie stellst du dir das vor?« Sie senkte ihre Stimme zu einem Raunen, sodass ihre Worte im Donnern des Wasserfalls fast untergegangen wären. »Eine junge Prophetin, die sich bei den Satai einschleicht – weder mein Orden noch die Satai durften auch nur auf den Verdacht kommen, dass so etwas möglich sei.«

»Gut. Das kann ich verstehen.« Daarts rechte Hand ballte sich zur Faust. »Aber diese Farce in dem Schneesturm …«

»In den uns Harkon mehr oder weniger freiwillig geführt hat.« Carnac bemühte sich, ein entschuldigendes Lächeln aufzusetzen, aber es misslang ihr kläglich. »Es war so besprochen, dass er uns vom Weg wegführte. Und dann …« Sie wirkte mit einem Mal unruhig. »Ich bin wirklich nicht sehr stolz darauf, aber es war Harkons Idee. Du bist natürlich nie abgerutscht. Wie hätte sich auch unter einer Schneelandschaft ein Dschungel verbergen sollen?«

»Aber wie …«

»Ich … ich hatte dir etwas in dein Essen gemischt«, sagte Carnac tonlos. Sie sah ihn nicht an. Sie schien überhaupt nichts anzusehen. »Du bist ausgerutscht. Nun, den Rest kannst du dir ja denken.«

»Nein, das kann ich nicht«, widersprach Daart.

»Erspar mir die Einzelheiten, Daart, bitte, ja?« Sie sah ihn geradezu flehend an, aber er schüttelte entschieden den Kopf. »Nun gut«, fuhr sie tonlos fort. »Nehmen wir also einfach an,

Harkon und ich hätten dich hierhin schaffen müssen. Aber wie hätten wir das tun sollen, wo du doch nach Irapûano wolltest – *musstest*, weil dir der Hohe Rat das aufgetragen hat?«

Daart fühlte sich wie betäubt. »Weiter«, verlangte er, als Carnac nicht gleich fortfuhr.

»Der Fluss, an dem du mich getroffen hast – an dem uns Nubinas Krieger schneller aufgestöbert hatten, als wir erwartet hatten –, liegt nur ein paar Meilen von hier entfernt. Einer seiner Nebenarme speist diese Seenplatte hier. Wir haben dich hierher gebracht, in einem Boot. Dieser Teil unserer Reise verlief erstaunlich glatt. Und du hast die ganze Zeit über geschlafen.«

»Das kann doch nicht wahr sein«, polterte Daart. Er sprang auf, ging zum Wasserfall hinüber und starrte in die Gischt, ohne sie bewusst wahrzunehmen.

Carnac hatte ihn betrogen, schamlos hintergangen. Es war so unnötig gewesen, so verdammt unnötig, und das schmerzte Daart am meisten. Sie hätte ihm einfach sagen *müssen*, um was es ging, sie hätte ... Ja, aber was? Wenn sie ihm gesagt hätte, dass sie in Wahrheit eine Prophetin sei und er sich gefälligst daran gewöhnen solle, dass ihr Gesicht in der Rolle der Irana so verunstaltet aussah, als hätte sich ein kohonischer Folterknecht phantasievoll an ihr vergangen, was hätte er dann wohl gedacht? Und vor allem: Was hätte er getan, wenn er begriffen hätte, dass Carnac dabei war, ein Komplott in die Tat umzusetzen, das ein verräterischer Hoher Satai und eine abtrünnige Prophetin zusammen mit einem Rebellenführer der Shimpta geschmiedet hatten?

Er hätte es ihr niemals gegenüber zugegeben: Aber ein ganz kleines bisschen konnte er sogar verstehen, dass sie ihn nicht eingeweiht hatte. Denn wahrscheinlich hätte er sich niemals auf dieses Spiel eingelassen, wenn ihm die Beteiligten reinen Wein eingeschenkt hätten; er hätte es einfach nicht geglaubt. Jetzt, nachdem er Nubinas gigantische Festung gesehen, mit ihren monströsen Kriegern gekämpft hatte und diesem unglaublichen Wesen begegnet war, das Harkon *Gezeitenwurm* genannt hatte – jetzt sah er Dutzende von Gründen, die es rechtfertigten, die

Anweisungen des Hohen Rates zu ignorieren. Aber vorher? Da hätte er sich schwerlich überzeugen lassen.

All das änderte jedoch nichts daran, dass er sich immer noch verletzt – und vor allem *benutzt* – fühlte.

Nach einer Weile drehte er sich wieder zu Carnac um. An ihrem Blick erkannte er, wie stark sie verunsichert war. »Du solltest deine Wunden versorgen«, sagte sie, als er zu ihr zurückkehrte und sich wieder neben ihr niederließ.

»Später«, sagte er knapp. »Lassen wir erst einmal alles beiseite, was dem vorausging, was wir hier erlebt haben. Sag mir eins: Was habt ihr zu erreichen geglaubt? Wolltet ihr es wirklich mit dem lächerlichen Schild gegen den … *Feuerdrachen* aufnehmen?«

Carnac blickte ihn verwirrt an. »Aber ich dachte …«

»Ja?«

Carnac warf einen nervösen Blick zu Zar'Toran. Der Magier konnte nicht hören, was sie besprachen, dazu donnerte das Wasser zu laut ins Tal hinab. Dennoch rückte sie jetzt ein bisschen näher an Daart heran und senkte ihre Stimme so weit, dass er sie kaum mehr verstehen konnte. »Ich dachte, du hättest es begriffen«, fuhr sie fort. »Es ging darum, die Energie des Drachen abzulenken oder, genauer gesagt: zu reflektieren. Denn nur so kann man ihn vertreiben …«

»Aber es war kein Feuerdrache«, sagte Daart hart. »Sondern etwas ganz anderes. Es sah aus wie ein … riesiger Vogel.«

Carnac starrte ihn überrascht an. »Tatsächlich? Es ist so …« Sie knetete nervös die Hände. »Die meisten Menschen nehmen ihn während der Zeremonie als Drachen wahr. Aber … in Wahrheit ist er wohl nicht einmal ein Lebewesen, jedenfalls nicht in dem Sinn, wie wir es verstehen. Er ist etwas Uraltes – und zugleich Zeitloses.«

Daart schüttelte den Kopf. »Du willst doch nicht ernsthaft behaupten, dass ich diesen … diesen *Drachen* anders wahrgenommen habe als du!«

»Aber doch, genau das«, entgegnete Carnac. Sie sah Daart fast verzweifelt an. »Du hattest doch Kontakt mit dem Gezeitenwurm. Du musst doch gespürt haben ...« Sie brach ab und schlug sich die Hand vor den Mund. »Das ist es«, sagte sie eindringlich. »Zumindest vermute ich es. Dadurch, dass dich der Gezeitenwurm berührt hat ... muss sich deine Wahrnehmung verändert haben!«

Daart zuckte mit den Schultern. Er hätte am liebsten eine abfällige Bemerkung gemacht, die das Ganze ins Lächerliche gezogen hätte, aber es gelang ihm nicht. Er spürte den großen Ernst hinter Carnacs Worten und ahnte, dass ihre Erklärung, wenn sie schon nicht vollständig stimmen mochte, doch zumindest in die richtige Richtung ging. »Was ist mit Harkon und dem Quorrl?«, fragte er nach einer Weile.

»Ich weiß es nicht«, antwortete Carnac unglücklich. »Ich bin weggeschleudert worden, und dann ... als ich gesehen habe, dass wir unser Ziel erreicht haben, dass der ... *Feuerdrache* seiner eigenen, durch den Sternenstahl reflektierten Energie nicht standgehalten hat und die Zeremonie im Chaos geendet hat ... da bin ich nur noch um mein Leben gerannt. Seit ich aus dem Vulkan geklettert bin, habe ich mich immer wieder umgesehen. Aber ich habe keine Spur von ihnen entdeckt.«

»Also sind sie tot?«

»Ich weiß es wirklich nicht«, sagte Carnac in einem fast verzweifelten Tonfall. »Es war ein fürchterliches Chaos dort unten, nachdem die abgelenkte Energie des Feuerdrachen teilweise in das Feuer geschlagen war, das die Aralu in dem erloschenen Krater entzündet hatten. Vielen von ihnen dürfte es zum Verhängnis geworden sein. Vielleicht auch Rarr und Harkon. Aber ich weiß es einfach nicht!«

Daart starrte eine ganze Zeit lang schweigend in den Wasserfall. Sprühendes Weißwasser, von dunklen, glitschigen Felsen hochgewirbelt, fiel zerfasert zurück und vereinigte sich mit der Grundströmung, um an weiteren Vorsprüngen und Felsen erneut zu zerschellen. Es hatte etwas Vertrautes und Beruhigendes, dem Gischten, Schäumen und gemächlichen Dahingleiten zuzusehen. Auch hier wurde Energie umgelenkt und reflektiert, so wie es mit dem grellweißen Feuer geschehen war, das auf den

Feuerdrachen zurückgeworfen worden war, doch sie war anderer, harmloser Art.

Immerhin half ihm der Blick in die Naturgewalt des herabstürzenden Wassers, das Gehörte einigermaßen zu verdauen. »Eines musst du mir noch erklären«, sagte er, nachdem er sich wieder zu Carnac umgedreht hatte. »Etwas, das nichts mit dem zu tun hat, was heute geschehen ist – aber dennoch damit zusammenhängt.«

»Ja?«, fragte Carnac zögernd.

»Wie bist du zu den Satai gekommen?«

»Auf ganz ähnliche Weise, wie du aus dem Dorf der Guhulan zu ihnen kamst. Und doch anders.« Carnacs Blick verlor sich in weiter Ferne. »Nicht nur bei den Satai gibt es verschiedene Strömungen, sondern auch bei uns. Es gibt Prophetinnen, die auf keinen Fall in die Geschicke Enwors eingreifen wollen, und andere, die meinen, unter bestimmten Umständen sei es sogar unsere Pflicht einzugreifen.«

»Lass mich raten«, sagte Daart, und er spürte, wie seine Stimme einen unnötig gehässigen Unterton annahm. »Du gehörst zu der Gruppe, die sich nicht davon abhalten lassen will, gegen das Chaos zu kämpfen, das von Enwor Besitz zu ergreifen droht, oder? Auch wenn das bedeutet, dabei selbst ein bisschen mehr Chaos zu verursachen.«

Carnac nickte flüchtig. »Wenn du es unbedingt so ausdrücken willst … Jedenfalls ist es schon Jahre her, dass die Große Prophetin Fatama Kontakt mit Skarissa Rabork aufnahm. Du weißt ja, dass wir Prophetinnen schon recht frühzeitig die Strömungen der Zeit und des Schicksals wahrnehmen. Zuerst lehnte Skarissa Rabork das Angebot der Großen Prophetin ab, gemeinsam das zu bekämpfen, was Enwor zu zerstören droht. Doch als auch er immer deutlicher die Zeichen der Zeit erkannte und begriff, was auf dem Spiel stand, einigten sich die beiden auf ein gemeinsames Vorgehen. Und ich bin sozusagen das Kind dieser Einigung.«

»Ich verstehe«, sagte Daart düster. »Skarissa Rabork und die Große Prophetin haben dich also bei uns eingeschmuggelt.

Aber wozu? Was kann eine einzige junge Prophetin, was die Satai nicht können?«

»Ich glaube, das weißt du sehr genau«, sagte Carnac. »Du hast doch gesehen, wozu ich fähig bin.«

»Stimmt.« Daart nickte mit dem trotzigen Gefühl eines Jungen, der beim Kampf von einem Mädchen besiegt wurde. »Ich kenne jedenfalls keinen Satai, der in der Lage wäre weiterzukämpfen, nachdem man ihm den Kopf abgeschlagen hat.«

»Man hat mir nicht den Kopf abgeschlagen«, sagte Carnac heftig. »Ich hab dir doch schon erklärt …«

Daart grinste breit. Er hatte keine Ahnung, woher dieser plötzliche Stimmungsumschwung kam – vielleicht lag es einfach daran, dass es tatsächlich Carnac war, die da vor ihm saß und ihm in aller Ernsthaftigkeit streng gehütete Geheimnisse preisgab, bis ihr altes, gefürchtetes Temperament wieder mit ihr durchging. Er beugte sich vor und küsste sie auf die Stirn. »Schön«, sagte er. »Schön, dass ich dich wiederhabe, Carnac.«

Die junge Prophetin, die genauso viel oder genauso wenig Satai-Sjen war wie er selbst, starrte ihn verwirrt an. »Hör mal, Daart …«

»Ja, ja.« Daart wischte ihren Einwand mit einer Handbewegung zur Seite. »Ich weiß, dass es dir nicht passt, wenn ich dir zu nahe komme. Vergiss es einfach, ja? Immerhin ist es doch fast ein Wunder, dass wir beide diese Geschichte überlebt haben.«

Carnac starrte ihn noch eine ganze Weile wortlos an – dann erwiderte sie sein Lächeln. Es war ganz eindeutig Carnacs Lächeln, wie Daart mit Erleichterung feststellte.

»Es ist nicht das einzige Wunder. Cor Har'Kanarro hatte eine Tasche bei sich. Und du wirst nicht glauben, was er darin in Sicherheit zu bringen versuchte.«

Daart spürte, wie sich sein Herzschlag beschleunigte. »Doch nicht etwa die *Essenz des Lebens*?«

Carnac schüttelte so heftig den Kopf, dass ihre Haare hin und her flogen. »So viel Glück haben wir nun wieder auch nicht. Aber immerhin ist es die Grundsubstanz …«

»Die Ausscheidung des Gezeitenwurms«, unterbrach sie Daart. »Aber was können wir damit anfangen?«

»*Wir* sicherlich *nichts*«, sagte Carnac. »Aber dieser verlogene und verräterische Magier dürfte dazu in der Lage sein, daraus das zu machen, was wir in die Korona bringen sollten.«

»Und du willst ihn dazu zwingen?«, fragte Daart ungläubig.

»Aber nein.« Carnac schüttelte entschieden den Kopf. »Doch was hindert uns daran, den Verräter zur Satai-Festung zu bringen? Ich bin davon überzeugt, dass Skarissa Rabork Mittel und Wege finden wird, um Cor Har'Kanarro dazu zu zwingen, das zu tun, was nötig ist.«

Daart starrte auf Zar'Toran hinab. Der Magier erwiderte trotzig seinen Blick. Daart hatte nicht das Gefühl, dass es einfach werden würde, diesen Mann zu irgendetwas zu zwingen. Er drehte sich wieder zu Carnac um. Vielleicht hätte er ihr jetzt von der inneren Stimme erzählen sollen, die ihn in den letzten Tagen geleitet hatte, ohne dass er ihren Ursprung kannte, oder davon, dass er den Mann, den sie Cor Har'Kanarro nannte, als Zar'Toran kennen gelernt hatte. Und natürlich hätte er ihr erzählen müssen, dass es genau dieser Magier gewesen war, der versucht hatte, auf irgendeine gleichermaßen vorausschauende wie heimtückische Weise seine Handlungen im Herzen des Vulkans zu manipulieren.

Aber die Worte blieben ihm im Hals stecken. Alles, was mit Zar'Toran zu tun hatte, war tief in ihm vergraben, und auch wenn er sich wieder an weit mehr Einzelheiten aus seiner Zeit in Guan erinnerte als die Jahre zuvor, so war er doch nicht in der Lage, darüber zu reden.

Noch nicht.

Carnac hatte ihre Haare mittlerweile so gut es ging zusammengesteckt, sodass sie – zumindest im Gesicht und abgesehen von den Verletzungen und Spuren der Erschöpfung – wieder fast genau wie die Carnac aussah, die er kannte. Die wenigen Stofffetzen, die einst das Gewand einer Prophetin gewesen waren, waren ihr inzwischen fast vollständig von den Schultern gerutscht.

Als sie Daarts Blick bemerkte, lächelte sie ihn spöttisch an. Das Funkeln in ihren Augen wirkte vertraut – und verheißungsvoll.

Daart hatte das Gefühl, dass ihm in jeder Beziehung eine wahrhaft spannende Zeit bevorstand.

Eismeer
Noron
Calgar
Tohoma
Spokane
Caran
Kanah
Eureka
Boran
Brachmar
Valsko
Denwar
Drachenland
Tormon-Gebirge
Sanan
Anchor
Tusco
Südliche
Schwertbünde
Larn
Sora
Sonora-
höhen
Irapûano
Westmeer
Tuancho
Lurano

Karna
Lucida
Urcoùn
Cor-Seen
Nonakesh
Schattengebirge
Tuan
Nebelmeer
Wolan
Bel-Ishtar
Ikne
Besh
Malab
Besh Ikne
Fluss Besh bis
hinab nach Endor
Aradat
Endora
Endor
an
Bryl
Est
Nardosta
Die verbotenen Inseln
e von Coroz
Toran
Orxana
Coroz
Arkar
Tropenmeer
Nyingma
Aralu
Marlet
Kevin Winkler

SERIE PIPER

Wolfgang Hohlbein

Das Vermächtnis der Feuervögel

Fantasy-Storys. 269 Seiten. Serie Piper

Wolfgang Hohlbein, der »deutsche Stephen King«, ist der meistgelesene Autor phantastischer Spannungsromane. Jedes seiner Bücher wurde ein Bestseller. In der vorliegenden Sammlung mit sieben Fantasy-Storys ziehen Menschen unversehens die Rache eines verzauberten Vogelschwarms auf sich oder sehen ihre Umwelt plötzlich durch die Augen eines anderen Wesens. Nie ohne eine Prise Horror mixt Wolfgang Hohlbein dem Leser unwiderstehliche und einzigartige Cocktails, wie sie meisterhafter niemand zu zaubern versteht.

05/1477/03/L

Andreas Gößling

Drachenwelten

Von den Geistern der Schöpfung und Zerstörung. 301 Seiten. Serie Piper

Das Abendland ist eine Drachentöterkultur. Jahrtausendelang wurden diese Urgeister der Schöpfung und der Zerstörung als Satansbrut dämonisiert und von Legionen nordischer und christlicher Helden mit dem blanken Schwert niedergemetzelt. Was wissen wir aber wirklich von diesen mythischen Wesen? Und wie erklärt sich die Verbreitung des Drachenglaubens in den unterschiedlichen Kulturen und Zeiten rund um den Erdball? Eine Tour de Force durch die Kulturgeschichte der Götter und Dämonen, der religiösen Motive und der geistlichen Tyranneien, die sich wie ein spannender Krimi liest.

Das Kultbuch der Drachenszene, ursprünglich unter dem Pseudonym Pietro Bandini erschienen, jetzt als erweiterte Taschenbuchausgabe.

05/1478/02/R